어장을 나온 물고기 2

위즈덤하우스

차례

1장. 엄청난 진실 … 7

2장. 내게 아주 필요한 사람 … 113

3장. 나만 봐주었으면 좋겠는데 … 205

4장. 나만을 위한 호수 … 274

작가후기 … 410

엄청난 진실

“엘레나, 그게 무슨 말이야. 내가 변했다니 나는……!”

본인은 변하지 않았다며 펄쩍 뛰는 칼리드의 모습에 엘레나는 쓰게 웃었다. 본인이 변한 줄도 모르는 그의 태도에 그만큼 칼리드에게는 지금 이 제안도 하잘것없다는 것을 깨달았다. 그가 평소에 그녀를 어떻게 생각해왔는지 드러나는 부분이었다.

“난 분명히 칼리드에게 사랑 없는 약혼은 싫다고 말했어. 그리고 칼리드에게 약혼하자고 제안한 적도 있었고.”

칼리드에게 약혼 얘기를 꺼내면서 원래의 엘레나가 얼마나 떨었을지 생각하면, 지금 멍청한 표정을 짓고 있는 칼리드가 괘씸했다. 아마 엘레나는 가슴을 졸이면서 그에게 약혼 얘길 꺼냈을 것이다. 혹시라도 거절 받게 될까, 불안에 떨면서 말했을 거다.

하지만 칼리드는 그녀의 약혼 제안을 거절했다. 제가 겪은 일은 아니었지만, 거절을 받고도 바보처럼 웃어 보였을 엘레나가 눈에 그려졌다. 그런데 지금 칼리드는 본인이 거절해놓고서 이제 와서 약혼을 해주겠다고 말하고 있었다. 그것도 아주 선심 쓰듯이, 당연히 너는 나와 약혼을 하는 게 당연하다는 태도로 말이다.

"하지만 칼리드는 내 약혼 제안을 무참히 거절했지."

"엘레나, 내가 약혼을 거절했던 이유는……."

엘레나는 다급하게 변명을 늘어놓는 칼리드를 차가운 눈빛으로 바라봤다. 사실 제가 칼리드에게 직접 거절당한 것이 아니라, 그가 어떻게 그녀를 거절했는지는 몰랐다. 다만 그저 짐작하고 있을 뿐이었다. 그가 엘레나를 거절하는 장면은 매우 익숙했다. 마지막 순간까지 그녀의 사랑을 부정하며, 거절했었던 칼리드가 떠올랐다.

칼리드는 끊임없이 그녀를 저울 위에 올려놓고 저울질했다. 그건 사랑하는 사람에게 하는 행동이 아니었다. 오로지 그녀를 본인의 체스 말, 이용대상으로 생각했기에 그럴 수 있었던 거였다. 아마 그녀의 약혼 제안을 거절했던 그날도 엘레나를 저울 위에 올려두고, 후작위를 받게 되면서 만날 여자들과 비교하며 판단을 내렸을 것이다.

그리고 그 결과가 엘레나를 버리는 거였기에, 그녀의 약혼 제안을 거절한 것이었다. 칼리드가 엘레나에게 손톱만큼의 애정을 주게 된 것도 모두 그녀의 능력을 알고 나서였다. 칼리드는 그전까지는 엘레나를 좋아하지 않았다. 그냥 후작위를 받기 전에 이용할 수 있는, 바보같이 순진한 귀족 영애였을 뿐이다.

"약혼을 거절했던 건, 내가 아니라 칼리드였어."

"그땐 이유가 있었어!"

"무슨 이유였는데?"

무슨 이유였냐는 제 물음에 입을 꾹 다물고 아무 말도 못 하는 칼리드의 모습에 엘레나는 속으로 혀를 찼다. 막상 아무 말도 못 하고 있는 칼리드의 반응에 그가 왜 거절을 했었는지, 더욱더 알 수 있었다.

솔직히 엘레나는 왜 지금 그가 약혼하고 싶어 하는지 이해할 수 없었다. 칼리드는 황제의 자리에 오를 때까지도 누구와 약혼이나 결혼을 하지 않았다. 힐다와 어릴 적에 약속한 것을 빼면, 누군가와 공식적으로 관계를 맺은 적은 없었다. 누군가와 공식적으로 관계를 맺으면, 어장관리를 할 수 없었기 때문이다.

그런데 왜 지금 그가 어장관리마저도 포기하고, 제게 약혼을 제안하는 것인지 이해할 수가 없었다.

"그땐…… 엘레나를 사랑하는지 몰랐어."

"……."

"엘레나를 좋아하니까, 약혼하자고 말하는 거야."

자신을 사랑한다는 칼리드의 말이 거짓이라는 걸 알고 있는데도, 심장이 욱신거리면서 고통스러웠다. 욱신거릴 뿐 아니라, 쿵쿵 뛰는 심장을 제어할 수가 없었다. 두근거림과 동시에 고통이 밀려왔다.

엘레나는 욱신거리는 가슴을 부여잡고, 숨을 몰아쉬었다. 쿵쿵 뛰고 있는 심장을 진정시키기 위해서 다른 곳으로 눈을 돌렸다.

"……."

그곳에는 새파랗게 질린 얼굴로 숨조차도 쉬지 못하고 있는 힐다의 모습이 보였다. 떨고 있는 모습이 안쓰러울 정도였다. 누구보다도 칼리드를 사랑했던 힐다였으니, 엘레나에게 하는 그의 사랑 고백에 저런 반응을 보이는 게 이해가 갔다. 그녀에게는 엄청나게 충격적인 일일 것이다.

힐다는 환대받는 황비가 아니었어도, 칼리드를 위해서라면 본인을 바꾸는 일도 기꺼이 했다. 힐다를 황비로 들이는 것에, 대신들이 공식적으로는 황후를 들인 지 며칠 지나지 않았다는 이유로 반대했지만, 본질적인 이유는 힐다의 출생 때문이었다.

기사와 하녀의 사이에서 낳은 갈색 머리의 천한 신분. 그들에게는 힐다의 마법 능력이 중요하지 않았다. 보이는 것이라고는 뒷배도 없는 신분과 천한 갈색 머리였다.

"하지만 나는 칼리드를 좋아하지 않으니까, 칼리드와 약혼할 이유가 없어."

칼리드를 좋아하지 않는다고 얘기하면서도 욱신거리는 심장의 고통에 엘레나는 인상을 찡그려야 했다. 그를 사랑하지 않는다고 얘기하는 것부터가 이렇게 몸에서 거부반응이 일어나는데, 앞으로 있을 일들에는 어떤 반응을 보일지 조금 무서웠다.

엘레나는 이건 원래의 그녀가 제 의견을 반대하는 것이라고 생각했다. 정말 그렇게 자신의 계획이 싫다면, 제발 그녀가 나타나 주기를 바랐다. 자신도 원래의 세계로 돌아가고 싶었다.

"……정말이야? 정말로 나를 좋아하지 않아?"

"그래."

칼리드의 상처받은 듯한 눈빛을 보게 되자, 더욱 거세지는 욱신거리는 고통에 엘레나는 숨을 삼켰다. 심장이 제멋대로 쿵쾅거리면서 고통을 호소하고 있었다. 왜 저렇게 상처받은 얼굴을 하고 있는 건지 이해가 가질 않았다.

엘레나를 사랑하는 게 아니었잖아. 그녀가 아니라, 힐다를 사랑하고 있잖아.

"후, 후작 각하…… 저는 이만……."

"……록사나."

핏기 없는 얼굴로 일어난 힐다는 급하게 자리를 뜨려고 했다. 칼리드는 비틀거리는 힐다를 부축하기 위해 자리를 박차고 일어섰다. 그의 걱정 어린 얼굴을 본 엘레나는 입술을 잘끈 깨물었다. 결국에 힐다는 힐다였다. 어떻게 해서든지 그의 관심을 이끌어냈다. 칼리드 또한 마찬가지였다.

엄청난 욕을 먹을 만큼 희대의 어장관리남이었지만, 그가 결국 마지막에 택하는 건 힐다였다. 이상하고도 이해할 수 없는 둘의 관계는 누군가가 끼어들 틈이라곤 없었다. 그 둘 사이에서 괴로워하는 건 엘레나였다.

"영애와 편히 대화 나누시길 바랍니다……."

기어들어 갈 것 같은 처량한 목소리로 말을 한 뒤에, 금방이라도 쓰러질 사람처럼 걸어가는 힐다의 뒷모습은 매우 위태로워 보였다. 그녀의 뒷모습은 안아주고 싶게 만드는 그런 애처로움이 있었다. 힘없이 비틀거리는 뒷모습은 보호 본능을 자극했다.

"록사나!"

뒷모습이 위태롭나 싶더니 아니나 다를까, 힐다는 휘청거리며 넘어지려 했다. 그런 그녀의 모습에 칼리드는 용수철처럼 튀어 나가 힐다를 부축했다. 자신이 여태껏 봐온 칼리드의 모습이 아니었다. 누군가를 속이거나 거드름을 피웠으면 피웠지, 저토록 간절한 얼굴은 처음이었다.

사랑하는 여자가 혹시라도 다칠까 노심초사하는 남자의 얼굴이었다.

결국, 마지막에 남는 건 저 혼자였다. 간절한 표정으로 힐다에게 달려간 칼리드는 그녀를 안고 어디론가로 뛰어가 버렸다. 힐다가 말 그대로 혼절하듯이 쓰러져버렸기 때문이다. 힘없이 고꾸라지는 그녀를 보는 칼리드의 표정이란…… 새파랗게 질려서 사색이 다 된 얼굴이었다.

"물건같이 여길 때는 언제고……."

힐다를 신경도 쓰지 않고 마치 그녀를 물건처럼 여길 때는 언제고, 쏜살같이 달려가는 칼리드의 모습에 절로 입안이 썼다. 엘레나는 결국 이 넓은 식탁에 혼자 남은 상황에 쓰게 웃어 보였다.

그렇게나 서로를 소중히 여기는 모습에 아무 말도 할 수가 없었다. 왜 원래의 그녀가 힐다에게 그런 박탈감과 허망함을 느꼈는지 이해가 갔다. 둘의 관계는 이상했다. 칼리드는 힐다를 이용하는 것 같으면서도 더없이 소중하게 여겼다.

"그랬으니…… 머리가 새하얗게 되는 고통까지도 견디면서 꿋꿋이 염색을 했던 거겠지."

황비들 중 가장 만만히 여겼던 상대는 뒷배가 없는 힐다였다. 아무리 엘레나가 허울뿐인 황후이고, 모든 실권을 힐다가 가졌다 하더라도 대신들은 계속해서 힐다에 대한 안 좋은 말을 했다. 그녀의 천한 출신이 문제라는 얘기였다. 힐다에게는 칼리드의 총애만으로는 넘길 수 없는 신분의 벽이 있었다.

대신들은 끊임없이 힐다의 흔한 갈색 머리에 대해 말을 했다. 따지고 보면 엘레나의 빨간 머리도 불길하다는 이유로 천대받는 머리카락 색이었지만, 엘레나에게는 힐다에게는 없는 것이 있었다.

그건 바로 페이트 백작가의 영애라는 신분과 가뭄을 해결할 수 있는 유일한 능력이었다. 엘레나를 향한 제국민들의 지지는 엄청났고, 누가 그런 그녀를 손가락질할 사람은 없었다.

따지고 보면 그녀를 향한 멸시감은 엘레나를 향한 것이기도 했다. 누구도 엘레나에게는 손가락질할 수 없으니, 모두 만만한 대상인 힐다에게 향했다.

"그래도 그렇지…… 머리가 새하얗게 되고, 두피가 고통스러울 때까지도 멈추지 않았다는 게 대단해."

막다른 곳에 다다른 힐다가 선택한 건, 바로 염색이었다. 천한 머리카락 색이라는 말을 듣는 머리카락 색부터 바꾸는 것을 택한 것이다. 그녀는 뛰어난 마법사였지만, 머리카락 색은 마법으로는 영구적으로 바꿀 순 없었다. 또한, 머리카락 색을 본질적으로 바꾸는 것이 아니라, 환각으로 그 위에 다른 색을 덧씌우는 것뿐이었다.

현대에서처럼 염색약이 발달해 머리카락에 손상을 덜 주는 건 이곳에는 없었다. 애초에 염색약이라는 것도 존재하지 않는 곳이었다. 하지만 힐다는 뛰어난 마법사였다. 그녀가 만들지 못하는 마법 물품은 없었다. 힐다는 본인의 머리카락 색을 바꿔줄 염색약을 개발해냈다.

처음에 힐다는 염색약을 발명하고 뛸 듯이 기뻐했다. 드디어 본인을 괴롭히던 머리카락 색을 바꿀 수 있었기 때문이다. 그러나 염색약은 아주 문제가 많았다.

"젊은 나이인 그녀를 할머니처럼 백발로 만든 것으로 모자라서,

두피에 온갖 염증이 생기고 탈모가 시작되었었지?"

힐다가 원했던 머리카락 색은 바로 금발이었다. 희귀한 머리카락 색도 부를 상징했지만, 금발이야말로 귀족들의 상징인 색이었다. 그리고 만날 수 없었던 그녀의 아버지의 머리 또한 옅은 금발이었다.

힐다는 무리하게 염색약을 사용해 금발이 될 수 있었다. 처음에는 그녀의 실험은 성공했다고 생각했었다. 실제로 힐다는 매우 아름다운 금발 머리가 되었다. 그러나 문제는 그다음부터였다. 머리를 유지하기 위해서는 끊임없이 염색을 해야만 했다.

그때부터 염색약의 부작용이 서서히 나타나기 시작했다. 처음에는 머리카락에 힘이 없어지기 시작하더니, 종국에는 모든 색이 다 빠져버려 흰색이 되어버렸다. 하지만 힐다는 백발이 된 머리에도 염색을 멈추지 않았다. 아니 멈추지 못했다. 그녀가 염색을 시작하면서부터 그녀를 향한 모든 안 좋은 말들이 없어졌기 때문이었다.

힐다의 입장에서는 염색을 멈출 수가 없었다. 모두가 말리는데도 힐다는 끝끝내 염색을 강행했고, 그녀에게 남은 건 백발 머리와 탈모의 시작이었다.

"그때는 누구보다 잔인했으면서……."

칼리드는 그런 힐다의 모습마저 사랑하진 않았다. 추한 모습으로 변해가는 힐다를 보고 눈살을 찌푸렸었다. 힐다가 아니더라도, 황궁에는 여인이 많았다.

"엘레나!"

헉헉거리는 가쁜 숨과 함께 급하게 달려온 듯한 칼리드의 모습에 엘레나는 무표정한 얼굴로 그를 바라보았다.

칼리드는 제게 사랑을 고백하며 약혼을 하자고 말하더니, 정작 힐다가 쓰러지자 헐레벌떡 그녀에게 달려가 버렸다. 그 순간 칼리드에게 자신은 눈에 보이지 않았다. 그의 눈에는 오로지 힐다만이 담겨 있었다.

"칼리드. 그녀는 괜찮아?"

"아…… 다행히도……."

엘레나는 아무렇지 않은 척 웃으면서 힐다의 안부를 물었다. 이런 곳에서 바보처럼 감정을 티 낼 생각은 없었다. 오늘 힐다와 칼리드를 보면서 느꼈다. 적어도 지금 칼리드를 버리는 일을 하면 안 됐다. 만약 제가 지금 칼리드를 버린다면 칼리드는 아쉬워는 할 테지만, 고통스러워하지는 않을 것이다. 저를 대체할 물고기들은 아주 많았기 때문이다.

가장 효과적으로 가장 괴롭게 그를 버려야만 했다. 그가 제일 고통스러워할 만한 방법으로 말이다. 그 증거로 제가 조금 그에게 소홀한 것 같다고 느끼니, 칼리드는 제게 약혼을 제안했다. 물론 아직은 힐다를 이길 수는 없었다.

"엘레나, 미안해…… 갑자기 록사나가 쓰러지는 바람에……."

"아냐, 괜찮아."

사실 칼리드의 사과에는 관심이 없었다. 이번에는 둘의 사이에 껴서 괴로워하고 싶지 않았다. 일반인의 입장으로는 전혀 이해할 수 없는 둘의 관계에 고통스러워할 생각은 없었다.

엘레나는 허울뿐인 황후였다. 황후의 자리에 오름과 동시에 많은 황비가 황궁에 들어왔다. 명목은 황권의 안정, 엘레나는 칼리드의 부탁을 거절할 수 없었다. 그때 엘레나와 힐다는 처음 만나게 됐다. 둘은 첫눈에 서로를 연적인 것을 알아차렸다.

"지금 이런 상황에 얘기를 꺼내는 건 그렇지만…… 하지만 내 마음만큼은 진심이었어."

"응. 알고 있어."

엘레나는 칼리드의 말에 최대한 초연한 척 말을 해야 했다. 하지만 의지와는 다르게 테이블 밑에 숨겨져 있는 손이 바르르 떨리고 있었다. 이건 절대로 제 반응이 아니었다. 원래의 그녀가 슬퍼하고 있는 거였다. 그런 거여야만 했다.

이건 아직 그녀가 칼리드에게 감정이 남아 있어서 그런 것이었다.

"칼리드를 좋아하지 않는다는, 내 마음도 진심이야."

손이 떨린다면, 힘을 주어서 떨림을 멈추면 되는 일이었다. 엘레나는 떨리는 손에 힘을 줘 주먹을 쥐었다. 여기서 칼리드를 버릴 생각은 없었다.

"알고 있어. 엘레나가 나를 좋아하지 않아도, 상관없어. 나는 엘레나를 사랑하니까."

테이블 밑으로 주먹을 꽉 쥐고 있는 제 손을 꺼내어 손등에 입 맞추는 칼리드의 행동에도 엘레나는 가만히 침묵을 지켰다.

"좋아해."

"……."

지금 이 행동이 그의 완벽한 진심은 아니라는 건 알고 있었다. 하지만 다정한 눈을 한 채로 눈을 맞추며, 달콤한 말을 속삭이는 칼리드를 매정하게 뿌리칠 수가 없었다.

결국, 그의 고백에 아무런 대답도 하지 못했다. 긍정의 답도 부정의 답도 할 수 없었다. 제가 할 수 있는 것이라곤, 입술을 꾹 깨물고 견뎌내는 것뿐이었다. 조금이라도 긴장을 풀면, 저 자신도 무슨 말을 할지 몰랐기 때문이다.

칼리드에게 매정한 말을 하고 그에게 복수를 하고 싶어도, 원래의 그녀가 마지막 순간에 멈칫거렸다. 아직도 이 몸은 칼리드에게 미련이 뚝뚝 묻어나 있었다.

"그럴 거면, 아론한테 두근거리지나 말아야지."

아직도 칼리드에게 미련이 있으면서도, 아론에게 끌리고 있는 이 몸이 이상했다. 아론과 조금이라도 접촉한다 싶으면, 두 방망이 치듯 심장이 요동쳤다. 어쩌면 칼리드에게 미련이 남아 있는 것은 원래의 엘레나, 아론에게 끌리는 것은 자신인 한수진일 수도 있었다.

시간이 늦었으니 후작가에서 하루 묵고 가라는 칼리드의 제안을 거절하고, 지금 혼자서 마차를 타고 백작가로 돌아가는 중이었다. 무슨 정신으로 그와 말을 나누었는지 기억이 나질 않았다. 그저 당황해서 도망치듯이 후작가를 떠나는 게 전부였다.

"하……."

엘레나는 오늘 생각지도 못했던 일들에 얼굴을 무릎에 묻고 길게 한숨을 내쉬었다. 후작가에 가자는 칼리드의 제안을 수락한 것이 문제였다. 이런 일들이 벌어질 것이라곤 예상치 못했다.

직접 제 두 눈으로 둘의 관계를 확인하자, 이 모든 것들이 진짜라는 실감이 났다.

정말로 힐다는 존재했다.

"기분이 매우 안 좋아."

힐다를 보는 순간, 기분이 좋지 않았다. 그녀가 좋고 싫고의 이유가 아니었다. 제가 느낀 건 동질감에서 오는 혐오였다. 힐다와 엘레나는 둘 다 같은 선택을 했고, 둘 다 칼리드에게 이용당하는 것을 서슴지 않았다는 점은 같았다. 그러나 둘의 결말은 극명하게 달랐다.

오늘 저는 왜 엘레나와 힐다 둘 다 같은 선택을 했지만, 다른 결말을 맞았는지 알 수 있었다. 엘레나와 힐다에게 다른 점이 있었다면, 그건 바로 칼리드의 사랑이었다. 엘레나에게는 칼리드의 사랑이 없었기에 그토록 비참한 최후를 맞이했던 것이었다. 그에 반해 힐다에게는 칼리드의 사랑이 있었기에 그녀 나름의 행복한 결말을 맞았다.

힐다가 얻지 못한 것이라고는 황후의 자리밖에는 없었다. 엘레나는 이름뿐인 황후의 자리를 얻었지만, 칼리드의 사랑도 황궁 내에서의 권력도 얻지 못했다. 황후의 자리 말고는 모두 힐다의 것이었기 때문이었다.

"만약 제국민들의 지지가 아니었다면, 황후의 자리마저도 힐다에게 주었겠지."

원래 그들이 어릴 적부터 약속했던 것이 황후의 자리였으니까. 칼리드는 힐다에게만큼은 모든 것을 털어놓았었다. 모두에게 인정받고 싶은 그의 욕망을 숨기지 않았다.

생각하면 생각할수록 기분이 더러워지기만 했다. 황후의 자리도 마지못해서 주고, 그마저도 이름뿐인 자리만 줘?

똑똑-

"잠시 들어가도 되겠습니까 영애?"

한참을 칼리드에 대한 분노로 발을 구르고 있었는데, 들려오는 노크 소리에 놀라 고개를 들었다. 칼리드가 후작저의 마차를 빌려준다 했었지만, 그걸 거절하고 그냥 일반 마차를 타고 있었다.

엘레나는 혹시라도 기습일 수도 있는 상황에 아무 말도 하지 않고 쥐 죽은 듯이 가만히 있었다. 가뭄이 계속되고 나서 가끔 나쁜 마음을 먹은 평민들이 귀족들의 마차를 습격하기도 했다. 하지만 이 마차는 문양이 없는, 돈만 있다면 누구나 사용할 수 있는 마차였다. 그런데 어떻게 누가 타고 있는 줄 알고 영애라고 부르는 것인지 알 수 없었다.

"……."

"페이트 영애?"

상대방은 제 정체를 정확히 알고 있었다. 그러고 보니 마차가 더는 움직이질 않고 있었다. 생각에 빠져 있느라, 마차가 멈춰 있었다는 것도 모르고 있었다. 엘레나는 창문을 열고 바깥 상황을 보고 싶었지만, 한눈에 보아도 오래돼 보이는 마차는 창문을 열게 되면 소리가 날 것 같았다.

"영애? 제 말이 들리질 않으십니까?"

똑똑, 철컥철컥.

다시 한번 울리는 노크 소리와 거칠게 손잡이를 돌리는 소리에 엘레나는 눈을 질끈 감은 채로 숨을 들이켰다.

"꺄아아-!"

엘레나는 문이 열림과 동시에 크게 소리를 지르면서, 빠져나가기 위해서 문 앞으로 돌진했다. 젖 먹던 힘까지 죽을힘을 다해서 달려 나가서 다행히도 무사히 마차에서 빠져나올 수 있었다. 비록 바닥에 나동그라지기는 했지만, 이건 별로 중요한 게 아니었다.

"여, 영애!"

"꺄악-!"

뒤편에서 저를 부르는 소리가 들렸지만, 엘레나는 뒤도 돌아보지 않고 벌떡 일어나서 내달리기 시작했다. 마차를 빠져나올 때, 너무 순식간이라서 제대로 확인한 것은 아니었지만 분명히 처음 보는 얼굴이었다.

이대로 잡히면 죽는다.

"영애! 잠시만, 잠시만요!"

"날 붙잡으면 아주 후회하게 될 거에요!"

그나마 엘레나의 몸이라서 체력이 좋아서 뛸 수 있는 것이 다행이었다. 만약 한수진의 몸이었더라면, 마차에서 빠져나오는 것부터가 불가능이었을 것이다.

제가 달리는 순간, 상대방도 같이 뒤에서 저를 뒤쫓아 오고 있었다. 엘레나는 이곳이 어디인지도 모르고, 그저 뒤의 남자에게서 달아나야 한다는 생각뿐이었다.

"헉, 헉! 영애!"

"쫓아오지 마세요!"

"제발…… 잠깐만……!"

아무래도 뒤에 있는 남자는 체력이 매우 좋지 않은 것 같았다. 헉헉대는 거친 숨소리가 바로 그 증거였다. 원래 자신의 몸이었다면 모르지만, 엘레나의 몸이라면 충분히 승산이 있었다. 이 몸은 체력 하나만큼은 끝내주게 좋았다.

"허억…… 영애, 거기는-!"

엘레나는 자신감에 가득 차서 더욱 세게 지면에서 발을 구르며 빠르게 뛰어나갔다. 마법이라도 할 수 있었다면, 이렇게 도망가지 않아도 되는 일이었는데 애석하게도 자신은 힐다 같은 능력은 없었다.

"읏……!"

엘레나는 갑자기 튀어 나오는 커다란 벽에 놀라서, 뒤로 급하게 물러났다. 그대로 계속 직진했더라면 크게 다칠 수도 있는 상황이었다. 왜 멀쩡하던 공간이 벽이 튀어 오른 것인지 알 수 없었다. 벽은 커다란 소리를 내며, 위협적으로 솟아오르더니 통로를 막아버렸다.

"마법……."

이건 저 남자가 마법을 쓴 것이 틀림없었다. 그러지 않고서야 이런 벽이 튀어 나올 리가 없었다.

"허억, 헉…… 제가 조심, 조심하라고 말씀을……."

남자는 제가 도망칠 수 없는 상황인데도 저를 붙잡을 생각을 하지 않았다. 허리를 숙이고 거친 숨만을 내몰아 쉬고 있었다. 자세히 보니 남자는 젊은 나이는 아닌 것 같았다. 누가 보아도 나이가 있어 보이는 얼굴로 숨을 몰아쉬고 있는 모습을 보자니, 엘레나는 자신이 못 할 짓을 한 것 같았다.

"헉, 저는…… 워프 정류소의 소장…… 카르탈 휴고입니다."

"정류소 소장?"

남자는 숨을 어느 정도 고르자, 본인을 워프 정류소의 소장 카르탈이라고 소개했다. 그러고 보니 도망치느라 눈치채지 못했었는데, 이곳은 워프 정류소 안이었다.

"네. 엘레나 페이트 님의 최고급 워프 이용 등록을 도와드리려고 마중하러 나왔던 거였습니다."

최고급 워프라는 말에 엘레나는 눈을 크게 떴다. 최고급 워프는 황족만이 사용하는 워프였다. 그 이유로 칼리드도 최고급 워프를 사용하지 못했던 게, 바로 오늘 오전의 일이었다. 그런데 제가 최고급 워프를 사용한다고?

"하지만 최고급 워프 사용은 황족만이 사용하는 게 아니었나요?"

고작 백작 영애인 제가 사용할 수 있는 워프가 아니었다. 저도 그래서 집에 돌아가는 길에는 중급 워프를 사용할 생각이었다. 고급 워프의 가격은 너무나 비쌌다.

"황태자 전하께 명령이 내려왔습니다. 페이트 영애를 최고급 워프를 이용할 수 있도록 있게 하라고요."

"전하께서요?"

어쩐지 카르탈의 태도는 몹시 정중했다. 오전에 칼리드가 최고급 워프를 이용하겠다고 억지를 부릴 때도, 카르탈은 나타나지 않았다. 그 아래의 관리자만이 칼리드를 말릴 뿐이었다. 카르탈은 식은땀을 흘리며, 제게 허리를 숙이고 있었다.

"네. 저는 영애의 이용 등록을 도와드리려 한 것이지…… 절대로 영애께 해를 가하려 한 것은 아닙니다."

"아…… 제가 오해를 했네요."

"그리고 이 벽 또한 제가 한 게 아닙니다. 이건 최고급 워프 통로를 무단으로 통과하려면, 자동으로 발동되는 마법입니다."

카르탈은 제게 수없이 변명하며, 본인의 결백을 주장하고 있었다. 그런 카르탈의 모습에 그가 아론을 두려워하고 있다는 걸 알 수 있었다.

"저는 영애에게 절대로 위해를……."

"전 황족이 아니라, 최고급 워프를 사용할 수 없어요."

황제의 핏줄이라 암묵적으로 알려진 칼리드조차도 최고급 워프를 사용하지 못했다. 그런데 겨우 아론의 말 한마디로 제가 최고급 워프를 사용할 수 있을 리가 없었다.

"황태자 전하께서는 페이트 영애가 황족이라고 말씀하셨습니다."

"제가 황족이라고요?"

"네."

제가 황족이라는 카르탈의 말에 엘레나는 다시 한번 되물었지만, 그는 매우 진지한 태도로 고개를 끄덕일 뿐이었다.

"최고급 워프 이용 등록을 도와드리겠습니다."

카르탈은 그 말과 함께 벽 한가운데에 손바닥을 가져다 댔다. 그러자 마법처럼 그가 손을 가져다 대는 순간, 벽이 갈라지면서 사라져버렸다.

"와……."

"최고급 워프 통로는 소장인 저와 이용이 등록된 사람들만이 통과할 수 있습니다."

눈앞에서 사라지는 벽은 신기했지만, 여전히 제가 황족이라는 의문은 풀리지 않은 상태였다.

아론이 저를 보고 황족이라고 말했다고?

"저…… 소장님, 뭔가 오해를 하고 계신 것 같은데 저는 황족이 아니에요."

제 말에 카르탈은 무슨 그런 희한한 소리를 말하냐는 표정으로 저를 바라보고 있었다. 황제의 아들인 칼리드도 이용할 수 없던, 최고급 워프를 자신이 이용할 수 있다니 이건 뭔가 오해가 있었다.

"소장님?"

"황태자 전하께서는 제게 페이트 영애가 황족이라고만 말씀하셨습니다. 클로드 제국의 황족이라면, 누구든 최고급 워프를 사용할 수 있습니다."

엘레나는 자신의 말에도 이해할 수 없는 말만 하고 있는 카르탈의 행동에 답답함이 차올랐다. 꼭 명령어가 입력된 로봇처럼 그는 똑같은 말을 하고 있었다.

"전하께 영애가 황족이라고 전해 받았고, 저는 영애를 최고급 워프를 이용할 수 있도록 등록해드려야 합니다."

단호해도 이런 단호함이 없었다. 과연 이 모습이 오전에는 칼리드의 이용을 막았던 사람들이 맞는지 믿기지 않았다.

"아니! 전……."

"이곳에 서 주십시오."

카르탈은 제 말은 들으려 하지도 않고, 그저 어서 이용 등록을 끝내고 싶어 하는 것 같았다. 엘레나는 그런 카르탈의 행동이 어이가 없었지만, 그가 시키는 대로 마법진이 그려진 원형 위에 자리 잡았다.

"앞으로 영애께서 정류소를 방문하시면, 최고급 워프 통로가 자동으로 열릴 겁니다. 이건 전국 모든 정류소에 동일하게 적용되는 마법입니다."

카르탈의 말이 끝남과 동시에 빛무리가 생기더니 저를 휘감았다. 엘레나는 기이한 광경에 눈을 뗄 수가 없었다.

"최고급 워프는 고급 워프와는 다르게, 원하는 곳에 곧바로 이동할 수 있습니다. 그게 제국의 끝과 끝일지라도요."

"전 정말로 황족이……."

"다음번에는 황태자 전하와 함께 방문하시길 기다리고 있겠습니다."

엘레나는 그에게 다시 한번 황족이 아니라는 말을 하려 했지만, 눈앞의 공간이 뒤바뀌기 시작했다. 이건 워프의 발동이었다. 지금 카르탈은 저를 워프로 이동시키고 있는 거였다.

"정류소에서 내리면, 마차가 준비되어 있을 겁니다. 그럼, 좋은 여행되시기를. 황태자비 전하."

"윽……!"

최고급 워프라 어지럽거나 불안정한 것은 아니었지만, 엘레나는 너무 급작스러운 워프에 놀라 몸을 비틀거렸다. 카르탈이 말을 시작했을 때는 이미 워프가 시작되고 있는 상태여서 그가 하는 말을 전부 들을 수 없었다.

"분명 뭐라고 말을 한 것 같았는데……."

귀에 들린 말이라고는 마차가 준비되어 있었다는 말뿐이었다. 그다음부터는 공간이 뒤바뀌어서 들리질 않았다.

"아가씨?"

"아…… 실비아?"

엘레나는 눈앞에 보이는 실비아의 모습에 주변을 두리번거렸다. 칼리드의 후작저에서 페이트 백작저까지 절대로 한 번에 올 순 없었다. 고급 워프를 사용한다 해도, 적어도 2번의 워프 정류소를 환승해야 했다.

그런데 지금 후작 저의 정류소에서 바로 페이트 백작가의 정류소까지 이동한 것이었다. 믿을 수 없는 사실에 엘레나는 방금 자신이 정말로 최고급 워프를 이용했다는 것이 실감이 났다.

"어서 오세요. 오신다고 미리 연락을 받았어요."

"아…… 응."

이상하게도 유난히 침착한 실비아의 태도에 엘레나는 이상했다. 하지만 지금 자신도 제정신이 아니었기에 그냥 고개를 끄덕였다.

"……."

"……."

실비아는 백작 성으로 향하는 내내, 마차 안에서 아무 말도 하지 않고 있었다. 평소라면 웃으면서 얘기를 늘어놓을 실비아가 침울해져 있는 게 신경 쓰였다.

"실비아. 내가 성을 비운 사이에 무슨 일이 있었어?"

"……아뇨, 아가씨. 아무 일도 없었습니다."

전혀 아무 일도 없다는 표정이 아니었다. 엘레나는 그녀가 왜 이런 반응을 하는지, 미치도록 궁금했지만 애써 호기심을 눌러 참았다.

"힘들면 오늘은 쉬어도 좋아."

마차는 금방 백작성에 도착했다. 엘레나는 실비아의 침울한 표정이 지쳐서 그런 것이라고 생각했다. 그래서 그녀에게 힘이 들면 일을 쉬라는 말을 해주었다. 실비아가 없더라도, 백작가에는 많은 사용인들이 있었다.

"저…… 아가씨."

"왜 그래?"

"아, 아뇨. 아니에요……."

무슨 말을 하려고 그랬던 건지는 모르지만, 망설이는 실비아의 행동에 엘레나는 그녀가 조금 이상하다는 생각을 했다.

"실비아, 무슨 일이야?"

"그게……."

그러고 보니 성안에 들어왔음에도 저를 반길 클로비스가 보이질 않았다. 제가 어디를 가든 항상 마중을 나와 있었던 클로비스가 없자 이상했다.

"실비아, 클로비스는……."

고개를 돌려 실비아를 바라보고 있는데, 그녀의 안색이 새하얗게 변해 있었다. 무언가에 두려워 떨고 있는 모습이었다.

"이제 오나?"

뒤를 돌아본 그곳에는 차가운 보라색 눈동자로 저를 바라보고 있는 아론이 있었다.

"전하?"

아론은 그 어느 때보다도 차갑고 시린 시선으로 저를 보고 있었다. 그 시선이 너무 서늘하고 추워서 주변이 얼어붙을 것만 같았다.

"전하가 여긴 어떻게……."

일주일에 두 번. 그와 데이트를 하는 조건은 있었지만, 아론과 데이트한 지 겨우 하루가 지났다. 그가 연이어 백작가에 나타날 거라곤 예상하지 못했다.

"최고급 워프는 어땠나?"

"네? 그게……."

여긴 어떻게 왔냐는 제 질문에 대답을 하지 않고, 다른 말을 하는 아론의 말에 엘레나는 고개를 갸웃거렸다. 갑자기 최고급 워프는 어떠냐니…….

"고급 워프와 비교하면 최고급 워프는 어떻냐는 말이야."

"제가 고급 워프를 이용했다는 걸, 전하께 어떻게 알고 계시죠?"

"내가 정말 모를 줄 알았나?"

높낮이가 없어 평이한 그의 말투는 스산하기까지 했다. 싸늘한 아론의 보라색 눈동자는 소름이 끼치는 것 같은 오싹함이 느껴졌다. 엘레나는 왜 아론이 이런 태도를 보이는지 알 수가 없었다.

아론은 지금 매우 화가 나 보였다. 언뜻 보면 고요해 보이는 보라색의 눈에는 숨겨지지 않는 분노가 그 안에 도사리고 있었다.

"칼리드…… 그대와 칼리드가 오늘 워프 정류소에서 고급 워프를 이용한 걸 내가 모를 줄 알았냐는 말이야."

엘레나는 아론의 말에 아무 대답도 하지 못하고, 그저 놀라서 입을 벌리고 있는 게 전부였다. 그가 알고 있을 것이라곤 전혀 생각하지 못했다.

"그걸 어, 어떻게……."

"워프 정류소는 제국에서 운영하는 기관이지. 내가 약혼녀인 그대의 일거수일투족을 보호하고 있을 거라곤 예상하지 못했나?"

"그럼…… 최고급 워프 등록도……."

갑자기 제가 황족이라며, 최고급 워프 등록을 시킨 것도 아론이 모두 알고 있었다면 이해가 되는 일이었다. 이제야 끼워 맞춰지는 일들에 엘레나는 경악을 금치 못했다.

아론이 전부 알고 있었다.

"더불어 페이트 백작저로 방문하는 칼리드 녀석의 기록도 전부 알고 있었지. 영애가 너무도 숨기고 싶어 하길래 눈감아준 것뿐이야."

"전부, 전부 다 알고 있었다고요?"

엘레나는 제 말에 고개를 끄덕이는 아론의 모습에 절망감을 맛봤다. 그것도 모르고 그에게 칼리드의 존재를 숨기려고 필사적으로 노력했었던, 자신의 과거 모습이 생각났기 때문이다. 그때마다, 아론이 무슨 생각으로 제 발악을 지켜보았을지 말하지 않아도 알 수 있었다.

"하지만 그전까지는 영애가 찾아간 것이 아니니 상관하지 않았지. 영애는 나와의 계약 조항을 잊고 있는 건가?"

아론이 전부 알고 있었다면, 그가 왜 이렇게 화가 나 있는지 이해가 갔다. 이건 앞뒤 상황을 모르는 사람이 보기에는 전부 제 잘못이 맞았다.

"두 번째 조항, 서로에게 충실한다. 내 기억이 틀리지 않는다면, 이 조항은 그대가 먼저 제시한 거지. 그 조항을 제시한 영애가 먼저 계약을 어기는 건가?"

"아뇨! 제가 칼리드 후작저로 간 이유는……."

엘레나는 칼리드 후작 저로 간 이유를 그에게 말해야 할까 고민이 되었다. 아무리 생각해도 아론이 이해할 만한 설명을 할 수 없을 것만 같았다.

"후작저까지 간 특별한 이유가 있다는 말인가? 그를 좋아해서, 그의 초대를 받아들인 게 아니고?"

마음 같아서는 아니라고, 진짜 이유를 그에게 말하고 싶었지만 그럴 수 없었다. 제가 칼리드의 초대를 받아들여, 후작저까지 간 이유는 누구도 납득시킬 수 없는 이유였다.

엘레나는 입술을 달싹거리며, 어떤 대답도 하지 못한 채 망설이고 있었다. 그 행동이 아론의 미간을 더 찡그려지게 한다는 것을 몰랐다.

"칼리드를 좋아하지 않는다는 영애의 말을 믿었어. 그때의 영애는 숨기는 것은 많았지만, 그 마음만큼은 진심이라고 생각했지. 하지만 지금 그대의 모습을 보면, 나는 더는 영애를 믿을 수가 없군."

진즉에 이상하다고 생각해 조심해야 했다. 갑자기 이용할 수 있었던 최고급 워프부터, 침울한 실비아의 얼굴. 저를 마중 나오질 않는 클로비스까지 전부 다 이상하다고 느꼈다.

이미 아론이 모든 걸 알고 있을 거라고 눈치챘어야 했다. 오해를 하고 있는 그에게 어떤 말을 해야 할지 떠오르질 않았다. 이대로 아론이 오해를 하고 있는 건 싫었다.

다른 사람이라면 몰라도, 그가 저를 오해하고 싫어하게 되는 것만은 막고 싶었다.

"……."

"내 말에 어떤 대답도 하지 못하는군. 내 생각이 모두 맞다고 생각해도 되는 건가?"

엘레나는 그의 말에 고개를 마구 도리도리 휘저었다. 절대로 그렇지 않았다. 칼리드를 좋아하지 않는 건 진실이었다. 그에게 미련이 조금 있을 수도 있었다. 하지만 그건 제가 아니라, 원래의 그녀가 가진 미련이었다.

"워프 기록이라는 명백한 증거가 있으니, 어떤 변명도 하지 못하겠지."

맹세코 워프 기록이 아론에게 보고되는 줄 알았더라면, 절대로 칼리드의 초대를 받아들이지 않았을 것이다. 그와의 약속을 어기려고 한 것은 아니었다.

이 세계는 제가 읽었던 책과 같으면서도 조금 달랐다. 그래서 확인받고 싶었다. 이곳이 정말로 자신이 읽고 있던 그 책 속이 맞는지. 정말로 칼리드가 저를 배신하는 것이 진짜인지, 그 증거를 찾고 싶었다.

엘레나는 제가 알던 것들과는 조금씩 다르게 진행되는 상황들에 혼란스러웠다. 이곳이 진짜 자신이 알고 있는 책 속의 세상이고, 칼리드가 배신하게 되는 미래가 맞는지. 그래서 그 증거인 힐다의 흔적을 확인하고 싶었다.

"그런 게 아니에요……!"

"상관없어. 이미 그대는 계약 조항을 어겼으니까."

"그게 무슨 말이에요? 제가 계약 조항을 어겼다니요."

분명 두 번째 계약조건은 서로에게 충실하자는 것이었지만, 고작 칼리드 후작저에 방문한 것만으로는 성립되지 않았다. 자신은 칼리드와 절대로 바람 비스름한 것도 하지 않았다. 이건 정말로 맹세할 수 있는 일이었다.

"계약서를 제대로 읽지 않았나 보군."

"계약서요……?"

엘레나는 계약서라는 아론의 말에 무언가가 많이 쓰여 있었던 게 떠올랐다. 그때는 너무 급해서 제대로 읽어보지도 못하고, 그를 믿고 마법 계약서에 손도장을 찍었던 기억이 났다.

첫 번째 조항까지는 꼼꼼히 읽었던 것 같은데, 두 번째 조항부터는 시간이 없어서 큰 글씨만 대충 훑었었다. 심지어 너무 바빠서 종이로 된 계약서까지도 읽질 않았다. 솔직히 아론을 믿고, 읽지 않았다는 게 더 옳았다. 그가 사기를 칠 인물이라고 생각하지 않았으니까.

"그래, 계약서의 두 번째 조항 말이야."

계약서의 두 번째 조항이라는 그의 말에도 엘레나는 멍하니 눈만 깜빡거리고 있었다. 정말 제가 조항을 어겼다면…… 자신의 영혼은 이미 아론에게 귀속되었다는 얘기였다.

"그, 그럼…… 저는 이미…… 여, 영혼이……."

엘레나는 손가락으로 자신을 가리키면서, 아론에게 이미 영혼이 구속되었냐고 묻고 있었다. 하지만 차마 귀속이라는 말을 꺼낼 수가 없어 입술만 뻥긋거렸다. 진짜로 영혼이 귀속된 거라면, 원래 세계로 돌아가지 못할 수도 있는 일이었다.

그와 계약한 것은 한수진이었지. 엘레나 페이트가 아니었다. 만약 영혼이 귀속된다 해도, 저의 영혼이 귀속될 것이다.

"……정확히는 아직은 아니지."

엘레나는 아론의 입술이 떨어지는 순간이 천년만년처럼 길게 느껴졌다. 아니라는 그의 말에 안도감이 들면서, 바짝 긴장하고 있는 몸에 힘이 풀렸다.

"하지만 언제 그렇게 될지는 시간문제지."

몸에 긴장을 풀고 크게 안도의 한숨을 내쉬고 있는데, 다시금 저를 긴장하게 만드는 아론의 말에 몸을 굳혀야 했다.

"설마 계약서를 읽지도 않고 있었던 것은 아닐 거 아냐?"

"아…… 네, 네! 맞아요."

계약서를 읽지도 않고 있었던 것은 아닐 거 아니냐는 아론의 말에 엘레나는 차마 그랬다고 대답할 수 없어, 울며 겨자 먹기로 고개를 끄덕여야만 했다. 계약서를 제대로 읽지 않고 있었다는 걸 알면, 그가 저를 한심하게 볼 것 같았기 때문이다.

이보다 더 한심하게 보이는 건 사양이었다.

"그럼 얘기가 쉽겠군."

"아, 아뇨! 잠깐! 잠깐만요. 자세히 기억이 안 나서 그러는데…… 계약서를 다시 살펴봐도 될까요?"

당장에라도 영혼을 가져갈 것처럼 손을 들어 올리는, 아론의 행동에 엘레나는 기겁을 하고 필사적으로 그를 말리려 했다. 아직 영혼이 귀속되지 않았다는 얘기는 제게 기회가 있다는 얘기였다. 원래 본디 계약이란 빠져나갈 구멍이 있는 거였다.

빠져나갈 구멍이 없네.

아론에게 받아든 계약서에는 빠져나갈 구멍이라고는 존재하질 않았다. 어찌나 촘촘하고 얄미울 정도로 교묘한지, 빠져나갈 구멍이라고는 보이질 않는 완벽에 가까운 계약서였다.

이 계약서를 누가 만들었는지를 잠시 잊고 있었다. 칼리드라면 모를까, 아론이 이런 일에 허술할 리가 없었다.

"아……."

떨리는 손으로 계약서를 붙잡고, 아무리 들여다본들 변하는 건 없었다. 여전히 계약서는 견고하리만큼 빈틈이 없었고, 지금 눈앞의 그도 빈틈이라곤 존재하지 않았다.

'첫 번째, 엘레나 페이트의 능력을 남용하지 않는다. 무엇보다도 그녀의 안전을 먼저 생각하며, 절대로 무리가 갈만한 능력의 사용은 할 수 없다. 그것이 그녀가 원하는 일이더라도, 아론 클로드는 엘레나 페이트의 안전을 위해서라면 그녀의 능력을 막을 권리가 있다.'

첫 번째 조항까지는 괜찮았다. 이 조건은 자신의 건강을 위해서 요구한 것이었다. 하지만 자세히 읽어보면, 제 능력의 사용도 이제부터는 모두 아론의 의사에 달려 있다는 걸 알 수 있다. 앞으로는 능력의 사용은 아론의 허락이 있어야만 사용할 수 있다는 것과 다름없었다.

"이, 이 계약은 무효예요!"

"그게 무슨 소리지?"

엘레나는 계약서를 받아들이자마자, 자신이 그에게 당했다는 것을 깨달았다. 그날 그때, 그렇게 서둘러서 계약에 동의를 하라는 것도 모두 아론의 계획된 일이었다. 엘레나는 몸을 부들부들 떨었다.

이건 불공정 계약이었다. 자신은 조금 더 꼼꼼히 계약서를 읽고, 동의를 해야 했었다. 저는 너무나 쉽게 아론을 믿어버리고야 말았다.

"계약서에 동의를 한 건, 바로 그대야."

"그건 맞지만……."

"계약조건을 정한 것도 그대고."

'두 번째, 엘레나 페이트와 아론 클로드는 서로에게 충실해야 한다. 상대방 외에 다른 이성과는 만날 수 없다. 그 대상이 누구든 간에 서로가 아닌, 다른 이성이라면 동일하게 적용된다. 다만, 이 기준은 상대방이 어떻게 느끼냐에 따라서 달라질 수도 있는 조항이다.'

'세 번째, 아론 클로드는 엘레나 페이트의 가족을 친절히 대해야 한다. 가족과의 일에 있어서는 최대한 그녀의 의사를 존중한다. 하지만 가족들보다도 우선시 되는 건, 계약의 이행과 그녀의 안전이다'

계약서를 간추리자면 저는 능력도 마음대로 쓸 수 없었고, 아론을 제외한 그 어떤 누구도 만날 수 없었다. 그게 설령 남동생인 클로비스라고 해도 말이다. 그리고 마지막 조항 또한, 언제든지 지켜지지 않아도 상관없었다.

"저는 이런 조건을 원한 게 아니었어요!"

"나는 그대가 말한 대로 작성했을 뿐이야."

엘레나는 아론의 태연한 말에 모두 그가 의도했던 대로 움직였다는 걸 알아차렸다. 아론은 협상의 달인이었다. 그는 황태자의 자리에서 귀족들과 수도 없이 싸우고 협상을 하는 사람이었다. 그리고 그 협상에서 아론은 언제나 승리했다.

그런 그에게 저는 손쉬운 상대였을 것이다. 이건 완벽한 '을'의 계약이었다. 계약서의 내용은 두루뭉술했고, 모두 아론에게 유리하게 적혀 있었다. 이것도 그가 나쁜 마음을 먹었더라면, 충분히 더 독소조항들이 가득 있었을 거다.

"이건 말도 안 되는 계약이에요. 저는 충분히 계약서를 읽지 못했고…… 이런 조항인 줄 알았더라면……!"

"그랬더라면, 나와 계약을 하지 않았을 건가?"

알고 있었다면 계약을 하지 않았을 거냐는 아론의 말에 엘레나는 입을 다물 수밖에 없었다. 알고 있었더라도 그와의 계약을 진행했을 것이다. 인정해야만 했다. 이 계약의 '갑'은 그였고, 저는 '갑을병정'에서 '정'이었다.

"……그건 아니지만……."

지금도 두 번째 조항을 어겨, 아론의 처분만을 기다리고 있는 상황이었다. 처음부터 이 계약은 비밀이 많은 제게 불리한 계약이었다. 엘레나는 애꿎은 입술을 물어뜯고, 바닥을 발로 찼다.

"말해봐."

"네?"

여유로운 태도로 팔짱을 끼고 제게 말해보라는 아론의 말에 엘레나는 멍하니 그를 바라보았다. 그의 단단한 팔뚝 위에서 유려하게 움직이고 있는 기다란 손가락에 시선을 빼앗겨버렸다. 그래서 그만 바보 같은 표정으로 입을 헤 벌리고 대답해버리고 말았다.

"왜 후작 저로 가야만 했는지, 이유를 말해봐."

엘레나는 이번이 마지막 기회라는 걸 직감적으로 깨달았다. 만약 이 기회를 놓친다면, 저의 영혼은 그에게 영영 귀속될 것이라고…….

"계약의 이유를 찾기 위해서요."

"계약의 이유?"

그에게 모든 걸 털어놓을 순 없었다. 그건 어디까지나 제가 겪지 않은, 책 속에서 일어난 일이었다. 그리고 아론에게만큼은 비참했던 그 모습을 알려주고 싶지 않았다.

적어도 그에게만큼은 쓸데없는 동정이 아닌, 동등한 관계에서의 선택을 받고 싶었다. 이미 어느 정도는 그가 저보다 우위에 있는 건 인정해야 했지만 말이다.

"칼리드가 황제의 자리에 오르면서, 황후가 될 여자…… 그녀를 보기 위해서였어요."

"황후가 될 여자?"

아론의 물음에 엘레나는 고개를 끄덕였다. 그를 속이는 건 기분이 좋지 않았지만, 그에게 사실대로 털어놓기에는 걸리는 것이 많았다. 그 끔찍했던 일들을 모두 털어놓고, 동정의 눈길을 받을 바에는 약간의 거짓을 섞어 말하는 것이 나았다.

"저는…… 그를 도와 그가 황제의 자리에 오를 수 있게 했어요. 하지만 칼리드는 저를 배신했고, 제가 아닌 그녀를 택했죠."

엘레나가 황후였고, 힐다가 황비라는 지위만 빼면 모두 맞는 말이었다.

"황후의 자리에는 제가 아니라, 그녀가 차지했어요. 저는 그를 황제에 오르게 한 공로를 인정받아 황비의 자리에 올랐어요. 칼리드는 저를 완전히 버리지 않았어요. 아니, 버릴 수가 없었죠."

차라리 칼리드가 엘레나를 버렸더라면, 그런 일들은 일어나지 않았을 것이다. 둘의 지위가 바뀌었다는 점만 빼면 이건 모두 사실이었다. 엘레나는 황후였지만 황후보다 못한 대접을 받았고, 힐다는 황비였지만 황후보다 더한 권력을 갖고 있었다.

"그가 원할 때마다, 비를 내려줄 사람이 필요했으니까요."

칼리드는 엘레나를 차가운 황후궁에 가둬놓았다. 냉궁에 유폐된 것과 다름없었다. 엘레나가 밖에 나올 수 있는 날은 유일하게 비를 내리는 날뿐이었다. 칼리드가 황제가 되기 위해서 내건 공약은 일주일에 한 번 전국에 비를 내리는 거였기 때문이다.

"일주일에 한 번. 전 일주일에 한 번 제국의 모든 지역에 비를 내려야만 했어요."

"그러면 그대의 몸은 버텨내지 못했을 텐데?"

아론의 걱정스러운 말투에 엘레나는 쓰게 웃었다. 전혀 상관도 없는 아론마저도 몸 상태를 걱정했으나, 칼리드는 아니었다.

"맞아요. 일주일에 한 번, 비를 내리고 나면 저는 죽어갔어요."

차가운 냉궁 같은 황후궁에서 혼자 끙끙 앓고만 있어야 했다. 일주일마다 제국 전역에 비를 내리라니, 처음부터 말이 되지 않는 무리한 요구였다. 하지만 엘레나는 그녀의 몸이 상하면서까지도 비를 내렸다. 사랑하는 그의 부탁이었기 때문이다.

이미 칼리드를 황제의 자리에 오르게 하는 과정부터, 그녀의 몸은 약해져 갔다. 결국, 마음의 상처와 무리한 능력의 사용으로 엘레나의 몸은 망가져 쇠약해지고 말았다.

그녀 스스로 삶을 포기해버릴 만큼 망가져 버렸다.

"확인하고 싶었어요. 정말 제가 아는 미래가 맞는지…… 정말로 그녀가 존재하고 있는지."

"그 여자를 찾았나?"

엘레나는 힐다를 찾았냐는 아론의 질문에 고개를 끄덕였다. 힐다의 흔적을 찾으러 간 곳에 그녀의 존재뿐 아니라 예상치 못한 다른 일들도 일어났지만, 힐다를 찾긴 했다.

"그래서 그렇게 울 것 같은 얼굴을 하고 있었나."

울 것 같은 얼굴을 하고 있었냐는 그의 말에 엘레나는 멍하니 아론을 바라보고만 있었다. 제 손가락의 두 배쯤 될 것처럼 기다래, 강인하다고 생각했던 그의 손가락이 저의 볼을 살며시 어루만지고 있었다.

소중한 것을 만지고 있는 것처럼, 깃털처럼 조심스러운 손길은 이따금 씩 제 볼가를 문질렀다. 그의 손안에 잡힌 얼굴을 빼낼 수도 있었다. 그만큼 아론의 손길은 매우 조심스럽고 힘이 들어가 있지 않았다.

그런데 그럴 수가 없었다.

"울지 마."

제 눈물을 닦아주고 있는 그의 손길은 무척이나 따뜻했다.

엘레나는 울지 말라는 그의 말에 제가 눈물을 흘리고 있다는 걸 깨달았다. 아론의 앞에서 눈물을 흘리는 게 벌써 이번이 몇 번째인지 알 수 없었다. 이곳에 오게 되고 나서 자신은 단 한 번도, 다른 사람 앞에서 울지 않았다. 그런데 어째서인지 아론의 앞에만 서면 눈물이 나오는지 이해할 수가 없었다.

"엘레나."

부드럽게 뺨을 어루만지면서, 다정히 제 이름을 부르는 그의 목소리에 눈물이 왈칵 샘솟았다. 그가 모르는 게 있었다. 울지 말라고 달래주고 토닥여주는 사람이 있다면, 울음이 쉬이 멈추질 않는다는 점이었다.

괜찮다고 생각했었는데, 그렇지 않았던 것 같다. 언제부터인가 원래의 그녀가 겪었던 일들이 꼭 제가 겪었던 일들처럼 기억하게 되었다. 그녀의 고통과 슬픔이 생생했고, 책으로만 읽었어야 할 일들이 실제 기억처럼 자리 잡았다.

꼭 그녀가 제가 되고, 제가 그녀가 되는 것만 같았다.

"엘레나 페이트."

다정하게 눈물을 닦아주는 그의 손가락에 울음을 멈출 수가 없었다. 이상하게도 아론이라면 제 눈물을 전부 받아줄 것 같은, 그런 느낌이 들었다. 뺨에 와 닿는 거친 손가락은 작은 동물이라도 만지는 것처럼 조심스럽고 또 조심스러웠다.

"그 둘이 정확히 그대에게 무슨 짓을 했었지?"

아론의 말에 대답을 하고 싶었지만, 멈추지 않는 설움에 대답을 할 수가 없어 고개만 마구 흔들었다. 사실 힐다의 얼굴을 마주하는 순간, 마음이 불편해졌었다. 원래의 엘레나가 당했었던 기억들이 마구 떠올라, 그 자리를 박차고 도망치고 싶은 생각이었다.

칼리드를 보았을 때와는 달랐다. 그 둘을 동시에 보게 되자, 뚜렷해지는 기억들에 괴로웠었다. 특히 칼리드가 힐다를 안고 달려 나갈 때는 정말로 힘들었다.

"……."

"엘레나."

자꾸만 기대고 싶어지는 다정한 목소리. 눈물에 흐려져 눈앞이 흐릿했지만, 아론이 지금 저를 따스하게 바라보고 있다는 건 알 수 있었다. 절대로 따뜻하리라고는 생각지 못했던 보라색 눈동자에 온기가 담겨 있었다.

물론 눈에 띄는 따뜻한 온기는 아니었다. 그 미세한 차이는 알아차릴 수 없을 만큼이나 희미했다. 그러나 눈물로 흐릿한 시야에도 느낄 수 있었다.

"말하지 않을 생각인가?"

눈물을 훔치던 손길은 어느새 흐트러진 머리카락을 넘겨주고 있었다. 눈물에 젖어 엉망인 모습일 텐데도 아론은 아무 말도 하지 않았다. 그저 어리광을 부리고 싶어질 만큼, 부드럽고 다정하기만 했다.

저도 모르게 일어난 일이었다. 이곳에 오고 나서 처음으로 겪는, 다정한 품 안이었기 때문일까. 그게 아니면, 계속 터져 나오는 눈물 때문에 제대로 된 사고를 하지 못해서일까.

"계속 말하지 않는……."

그 순간은 그냥 그러고 싶다는 생각밖에는 없었다. 두 팔을 뻗어 그의 목을 끌어안았다. 제 모든 것을 받아줘도 남을 것 같은, 너른 어깨에 고개를 묻었다.

아론은 멈칫하면서도 저를 밀어내지 않았다. 되려 제 머리를 쓰다듬으며, 토닥여주었다. 하지만 누군가를 달래주는 것이 처음이었는지, 몹시 어색하기 짝이 없는 손길이었다.

그러나 그 형편없는 위로에도 마음이 편해지는 것을 느꼈다.

"이번에는 절대로 그런 일들을 겪게 하지 않을 거야. 약속하지."

"……네……."

과장된 거짓이 아닌, 담백한 그의 어조에는 정말로 이루어질 것만 같은 믿음이 느껴졌다. 엘레나는 지금 이 상황이 제법 편안하고 괜찮다고 생각했다. 어색하게 등을 토닥이는 손길이나, 머리카락을 쓰다듬는 손도 모두 자상했다.

엘레나는 이 시간이 조금 더 지속되어도 나쁘지 않을 것 같았다. 그래서 그의 넓디넓은 어깨에 고개를 묻고 얼굴을 비비고 있을 때, 평화로운 시간을 방해하는 불청객이 나타났다.

"누님! 괜찮……."

"엘레나!"

불청객들의 정체는 페이트 백작과 영식이었다. 또 언제 황궁에서 빠져나왔는지, 능글맞은 너구리 아니랄까 봐 잽싸기도 했다.

"……."

황당한 얼굴로 아무 말도 하지 못하고 있는 페이트 백작의 모습에 아론은 실소를 감출 수 없었다. 항상 능글거리며 자신을 짜증나게 하던 백작의 바보스러운 모습은 처음이었다. 우스운 건 우스운 것이고, 불청객의 존재는 달갑지 않았다.

"따, 딸아……."

불청객들의 목소리를 듣자마자, 제 품에 포옥 안겨 있던 작은 여우가 바들바들 몸을 떨기 시작했기 때문이다. 차마 고개를 들지도 목에 감긴 팔을 풀지도 못하고, 몸을 떠는 모습은 가련하기 그지없었다.

어찌나 바들바들 몸을 떠는지, 그녀의 붉은 머리카락도 흔들리고 있었다. 바짝 긴장해서 힘이 들어간 팔은 제 목을 더욱 강하게 끌어안는 것이 느껴졌다.

"나가주지그래?"

아론은 당연히 나가 달라는 자신의 말에 클라우스가 나갈 사람이 아니란 걸 알고 있었다. 그러나 이 말은 클라우스가 아니라, 엘레나에게 하는 말이기도 했다. 일부러 그녀가 듣고 안심하라고 한 말이었다.

나가지 않는다면, 문을 닫아 쫓아내면 되는 거였다.

쾅-

아론은 마법으로 문을 닫으면서, 함부로 다시 들어오지 못하도록 결계를 걸었다. 큰소리를 내며 닫히는 문 사이로 억울해하는 클라우스의 표정이 보였으나, 아론은 웃어 보일 뿐이었다. 결계를 걸지 않으면, 다시고 방안으로 들이닥칠 것을 알고 있었다.

"……."

아무 말도 하지 못하고 겨우 숨만 내쉬고 있는 엘레나의 모습에 아론은 가만히 그녀가 안정이 될 때까지 기다리기로 했다. 많이 놀란 것인지, 바들바들 떨면서 숨만 쉬고 있는 모습이 가여웠다.

바들거리는 팔 사이로 느껴지는 그녀의 뜨거운 온기는 제법 나쁘지 않았다. 특이하다고 생각했던 빨간 머리는 보기와는 다르게, 무척 부드럽고 좋은 향기가 났다.

"아…… 저기……."

우물쭈물하는 엘레나의 목소리에 그녀를 바라보니, 난감한 표정으로 저를 올려다보고 있었다. 주근깨가 콕콕 박혀 있는 콧잔등을 찡그리며 힘을 잔뜩 주고 있는 모습이었다. 그녀의 갈색 눈동자에는 난처함이 가득 묻어나 있었다.

"왜 그러지? 백작이랑 영식은 당분간 들어오지 않을 거다."

"그게……."

클라우스와 클로비스가 들어오지 않을 거라는 말에도, 여전히 망설이고 있는 그녀의 표정에 아론은 무언가 이상함을 눈치챘다. 주근깨가 박힌 귀여운 콧잔등은 아까부터 계속 찡그리고 있는지 오래였고 입술까지 잘근잘근 깨물고 있는 것을 보아, 그녀에게 무슨 문제가 생겼음을 알 수 있었다.

"파, 팔이 안 풀려요……."

울 것 같은 얼굴로 팔이 굳어서 풀리지 않는다고 말하는 그녀의 모습에 저번에도 팔이 굳어서 풀리지 않았던 첫 만남이 기억이 났다. 그때도 빨간 머리를 휘날리며, 제품으로 뛰어들어 왔었다.

"이제 좀 기분은 괜찮나?"

"네……."

아론은 그녀의 빨간 머리처럼이나 빨개진 얼굴로, 자신의 시선을 피하려고 고개를 돌리고 있는 엘레나를 바라봤다. 툭 건들면 터질 것만 같은 사과처럼이나, 붉어진 얼굴에 호기심이 일었다. 이상하게도 시선을 피하는 것은 같은데 지금이 전혀 기분이 나쁘질 않았다.

오히려 비죽비죽 웃음이 새어 나올 것만 같은 기분이었다.

"아! 그런데 아버지랑 클로비스가 이런 모습을 봐서 어떡하죠?"

부끄러워서 붉어진 얼굴을 하다가, 금세 우울한 표정으로 바뀌는 엘레나의 다채로운 표정에 아론은 물끄러미 엘레나를 바라보았다. 휙휙 바뀌는 생동한 표정은 신기하기까지 했다.

아론은 보통 다들 본인의 감정을 숨기는 데 능한 사람들을 수도 없이 봐왔다. 이렇게 그녀처럼 감정을 다 드러내는 사람은 그녀가 처음이었다.

생각해보면 엘레나는 처음부터 매우 솔직했다. 아무렇지도 않게 자신을 마주 보았고, 제게 당당하게 결혼을 요구하기도 했다.

"뭐가 문제지?"

"뭐가 문제라뇨! 당연히……."

그리고 생각보다 그녀는 자각이 없었다. 지금도 제 목에 팔을 두르고, 저와 굉장히 밀접한 거리에 있다는 걸 금방 잊어버린 것 같았다. 무언가에 빠지면, 그 외의 다른 것들은 잊어버리고 마는 게 그녀의 성격 같았다.

그런 그녀의 성격이 나쁘다는 것 아니었다. 하지만 지금처럼 제 품에 안겨서 앉아 있으면서도, 아무런 자각이 없는 건 곤란했다.

그리고 대개는 그런 그녀의 정신을 홀려내는 대상은 엘레나의 가족이나, 제 이복동생인 칼리드였다.

"백작은 우릴 서로 좋아하는 사이로 알고 있지. 아닌가?"

"그렇게 얘기한 건 맞지만-! 솔직히 완전히 믿고 계시지는 않잖아요……."

"그럼 이번 기회로 우리의 말을 완전히 믿겠군."

아론은 지금 이 상황이 마음에 들지 않았다. 그녀는 또 다른 사람을 생각하고 있었다. 생각에 몰두하고 있는 저 작은 머리통에 들어 있는 사람은 제가 아니라 다른 사람이었다.

이건 감히 제 품에 안겨 있으면서, 다른 사람을 생각하는 것에 대한 불쾌함이다. 절대로 다른 이유 때문만은 아니었다.

"전하?"

"나는 그대의 부탁도 받아들여, 백작의 말대로 비밀 약혼도 허락했어."

물론 절대로 비밀 약혼을 할 생각은 없었다. 클라우스가 원하는 것이 무언인지, 순진한 그녀는 몰랐다. 클라우스는 비밀 유지를 빌미로 이 약혼이 없었던 일이 되길 원하는 거였다.

그렇게 될 일도 없었지만, 클라우스가 원하는 대로 움직여줄 생각도 없었다.

"그런데 그런 내게 돌아온 결과가 뭐지? 칼리드와 같이 워프를 이용했다는 기록을 받았을 때의 내 기분이 어땠는지 아나?"

제 이복동생을 들먹이자 눈에 띄게 움찔거리며, 자신의 눈치를 보는 엘레나의 모습에 아론은 속으로 회심의 미소를 지었다. 그녀는 너무도 순진했다. 너구리 같은 페이트 백작의 딸이라고는 믿기지 않을 정도로 천진난만했다.

말할 때마다 모두 드러나는 그녀의 표정 변화도 그랬고, 허술하기 짝이 없는 계약 조건도 그랬다. 엘레나는 모르고 있었지만, 허술한 계약은 언제라도 제가 유리하게 바꿀 수 있도록 쓰여 있었다. 하지만 다른 것들보다 아론은 조건 없는 믿음을 그녀에게 받을 때마다, 기분이 더없이 이상해졌다.

"기록을 보고…… 바로 백작가로 오신 거예요?"

"그대가 워프 정류소로 다시 나타나기만을 기다렸지. 카르탈을 만나지 못했나?"

"봤어요! 워프 정류소의 소장이라고 하던데요?"

열렬히 고개를 끄덕이는 엘레나의 모습에 아론은 살짝 웃을 수밖에 없었다. 언제 울었냐는 듯, 반짝반짝 빛나고 있는 그녀의 갈색 눈동자는 초롱초롱하기만 했다. 저 모습을 보면 카르탈의 정체를 알아차리지 못했던 것 같았다.

"소장. 소장이라, 그래 그럴 수도 있지."

"소장이 아닌 건가요?"

눈을 동그랗게 뜨고 고개를 갸웃거리는 그녀의 모습은 제법 귀여웠다. 꼭 작은 다람쥐가 고개를 갸웃거리는 것 같았다. 엘레나가 고개를 갸웃거릴 때마다, 흩날리는 빨간 머리는 시선을 사로잡았다.

아론은 휘날리는 그녀의 빨간 머리를 부드럽게 매만졌다. 손 사이로 빠져나가는 가는 머리카락은 그 어떤 것보다 부드러운 것 같았다.

"최고급 워프를 태워달라, 한바탕 소동을 피웠다더군."

"……."

"아주 발칙하게도 말이야."

꿀꺽-

엘레나는 긴장감에 마른침을 꼴깍 삼켰다. 그가 조금 제게 다정한 모습을 보여줬다고, 크나큰 착각을 하고 말았다. 아론은 결국 아론이었다.

아론의 마지막 말에 엘레나는 바짝 긴장했다. 발칙하다고 말하는 그의 모습이 무서웠기 때문이다. 그리고 머리를 매만지는 행동 또한, 저를 압박하기 위해서 그러는 것만 같았다.

"……."

엘레나는 예리하게 빛나는 보라색 눈동자를 차마 마주할 수가 없어, 그의 시선을 피해버리고 말았다. 아론의 얘기가 무슨 뜻인지 알고 있었다. 아론은 지금 칼리드의 만행을 얘기하고 있는 거였다. 평소였다면 칼리드의 바보 같음에 비웃어주었겠지만, 이번에는 상황이 달랐다.

무려 칼리드가 발칙하게 구는 그 상황에 제가 칼리드의 옆에 있었기 때문이다. 잘 벼려진 칼 같은 날카로운 아론의 눈빛은 저를 꿰뚫는 것만 같았다. 엘레나는 조금이라도 그와 눈을 마주치면, 그의 보라색 눈동자가 자신을 관통하고 말 것이라고 생각했다.

"감히- 황족만 탈 수 있는 최고급 워프를 이용하게 해달라 요구했다지?"

"네……."

아론의 목을 끌어안은 상태에서 그를 완전히 피할 수 있는 방법이란 존재하지 않았다. 엘레나는 식은땀을 흘리면서도, 아론을 벗어날 수 없어 고개를 끄덕여야만 했다.

왜 칼리드를 따라나서서는 이런 고생을 하게 되는 건지 서러울 지경이었다. 어차피 워프를 이용한다면 그의 귀에 들어갈 일이었지만, 그런 행동을 해서 굳이 꼬투리가 잡힐 걸 늘린 칼리드가 짜증이 났다.

"최고급 워프는 오직 황족만이 이용할 수 있는 거라는 걸, 방종한 그놈도 모르진 않았을 텐데."

엘레나는 차라리 그가 제게 뭐라고 화를 냈으면 싶었다. 자상한 손길로 머리를 어루만지는 아론의 행동은 외려 공포심을 더 극대화했다. 여유롭게 말을 이어나가는 그의 목소리는 그 어느 때보다도 무서웠다.

꼭, 느긋하게 목을 죄어오는 맹수의 앞발 같았다.

"워프 정류장을 누가 운영하는지 모르고 있던 것 같더군. 바보 같은 놈."

"누가 운영하고 있는데요?"

최고급 워프는 오직 황족만이 이용할 수 있는 시스템에 어느 정도는 황실이 개입되어 있다는 것은 알고 있었지만, 정확히 워프 정류장을 누가 운영하는지는 모르고 있었다.

또, 황실이 제국민들을 대상으로 돈벌이를 한다고는 생각할 수 없었기 때문이다. 황실은 워프 정류소를 만드는 데 도움을 줬다고만 알려져 있었다. 그걸 통해서 이익을 추구하는 건 아니라고 공표했었다. 하지만 다들 그 입장을 완전히 믿진 않았다. 다들 뒤에서 황실이 개입되어 있을 거라고 어림잡아 짐작하고 있을 뿐이었다.

"그 많은 마력을 어디서 충당하고 있다고 생각하지?"

엘레나는 마력이라는 아론의 말에 머리를 스쳐 지나가는 것 있었다. 본인을 워프 정류장의 소장이라고 말하던 그 노인.

"카르탈. 카르탈 휴고. 현존하는 최강의 마법사."

"맞아. 카르탈은 황실 수석 마법사이자, 내 스승이기도 하시지."

이건 조금만 생각해봐도 알 수 있는 문제였다. 워프 정류소는 기존의 마법진 위에 계속 마력을 부여하는 시스템이었다. 물론 마법진이 없는 상태에서 워프를 가동하는 것보다는 마력이 덜 소모될 테지만, 그래도 완전히 마력이 필요하지 않은 건 아니었다.

계속되는 가뭄으로 마법사는 무척이나 귀한 존재가 됐다. 마력석을 만들 수 있는 마법사는 더더욱 그랬다. 그 정도의 마법사가 황궁 소속이 아닐 리가 없었다.

"워프 정류장을 지은 건 나야. 그걸 운영하는 것도 나고."

그럼 이제까지 칼리드는 정류장이 누구의 본거지인 줄도 모르고, 그곳에서 소란을 피웠던 거였다. 아마 칼리드는 당연히 아론이 아니라, 황제가 운영하는 것인 줄 알고 그렇게 억지를 부렸던 것 같았다.

그곳이 아론의 영역이라는 것을 모르고, 당당히 칼리드와 방문한 자신의 어리석음에 소름이 끼쳐 몸을 부르르 떨었다.

"그놈이 워프 정류장을 이용해서, 어디에 돌아다니고 있는지 다 알고 있었지."

엘레나는 아론의 말이 꼭 칼리드뿐만 아니라, 이 나라 제국민들 모두 본인의 손아귀에 있다고 말하는 것만 같았다. 아론은 제 생각보다 더 무섭고 위험한 남자였다.

"그래서 저와 칼리드의 사이도 알고 있었던 거였군요."

"페이트 백작은 절대로 칼리드를 반길 이유는 없으니까. 그럼 남은 가능성은 하나지. 백작이 애지중지하는 딸."

엘레나는 이제껏 모든 걸 알고 있는 아론에게 필사적으로 칼리드의 방문을 숨기려 했던, 저의 과거들이 안쓰럽기까지 했다. 그런 저의 발악에 가까운 노력을 보고, 그가 무슨 생각을 했을까?

"후작위에 오르자마자, 고급워프를 타는 것도 용인했어. 그런데 오늘 그대와 같이 최고급 워프를 타겠다고, 뻔뻔하게 요구하는 건 도저히 못 참겠더군."

아론은 말을 하면서도 내내, 부스스한 제 머리를 정리해주고 있었다. 그가 칼리드를 왜 이렇게 싫어하는지 알고 있었다. 비록 자세한 내용을 아는 것은 아니었지만, 충분히 납득할 수 있는 이유였다.

엘레나는 왠지 그의 눈이 상처받은 것 같다는 생각이 들었다. 날카롭고 무섭다고만 생각했던 보라색 눈동자는 저런 눈빛을 띨 거라곤 생각하지 못했다.

"최고급을 이용할 수 있는 건, 오직 황족뿐이야."

"……그래서 카르탈을 보낸 거예요?"

처음으로 아론이 같은 인간이라는 느낌이 들었다. 그는 언제나 차갑고 매서워서 저와 같은 인간이라기보다는, 냉혹한 야수 같다고 생각했었다. 실제로도 아론은 매우 냉혹하고 쌀쌀했었으니까.

그런데 왜 지금은 그가 어린아이가 떼를 쓰는 것 같다고 느껴지는지 알 수 없었다. 소중한 것을 지키려고 억지를 부리는 아이 같았다.

"그래."

"제가 황족이라는 거짓말까지 하면서요?"

"왜 그게 거짓말이지? 그대는 내 약혼녀고, 나의 황후가 될 텐데?"

"……."

너무도 당연하게 황후가 될 거라는 말을 하는 아론의 말에 엘레나는 아무런 말도 하지 못했다. 우리의 약혼 관계를 카르탈에게 말한 거였다. 비록 공식적인 약혼이 아니라 비밀 약혼이었지만, 누군가에게 관계를 털어놓는 건 큰 의미가 있었다.

"칼리드가 당연하게 그대와 만나는 게 마음에 들지 않아."

"그건……."

"또 앞으로 칼리드와 그대가 같은 곳에 있다는 보고를 다신 받고 싶지 않군."

칼리드와 만나는 것이 싫다고 말하는 그의 말에 엘레나는 애꿎은 입술만 깨물었다. 그의 말이 틀린 건 하나도 없었다. 솔직히 아론이 이렇게 나올 것이라고는 전혀 예상하지 못했다. 그라면 강제로 칼리드와의 사이를 갈라놓을 거라고 생각했다.

"하지만 그대는 바로 칼리드를 버릴 생각은 없겠지? 그대가 원하는 건 고작 그런 시시한 복수는 아닐 테니까."

"그걸 어떻게 아셨어요?"

머리를 매만지던 손은 턱 근처를 살살 간질이고 있었다. 단단하고 거친 손가락과는 다르게 부드럽다 못해 간지러운 손길에 엘레나는 기분이 이상했다. 조금만 긴장을 늦추면 웃음이 새어 나올 것 같았다.

"그런 이유가 아니라면, 그렇게나 싫어하는 사람과 만날 일은 없지. 그것도 무의식중에 눈물을 흘릴 정도로 싫어하는 사람이라면 말이야."

턱 근처를 간질이던 손가락은 어느새 입술을 매만지고 있었다. 긴장감에 꾹 깨물고 있는 입술을 빼내는 그의 손길에 엘레나는 그대로 뻣뻣하게 굳어버리고 말았다.

다른 데도 아니고 입술을 만지는 것에는 전혀 면역이 없었다. 가뜩이나 잘생기다 못해 아름답기까지 한 아론의 외모는 몸에 해로울 지경이었다. 그런데 그런 얼굴을 이렇게 가까이 마주 보는 것도 힘든데, 계속 이곳저곳을 매만지기까지 하니 심장에 무리가 왔다.

그런데 이제는 입술까지 만지는 그의 행동에 엘레나의 심장은 터질 것처럼 세차게 두근거렸다. 거세게 두근거리는 심장과 함께, 정신을 차릴 수 없을 정도로 머릿속이 새하얘졌다.

"그래도 마음에 안 드는 건, 안 드는군."

"전, 하……."

저를 응시하고 있는 보라색 눈동자에 마법이라도 건 것처럼, 그의 시선을 피할 수가 없었다. 피하기는커녕 그 안에 빨려 들어갈까 무서웠다.

"엘레나, 후작저에 가서 무슨 일이 있었지? 어서 내게 사실대로 말해봐."

"약혼, 칼리드가 제게 약혼하자고 말했어요."

엘레나의 갈색 눈동자는 흐물흐물 풀려 있었다. 꼭 무언가에 홀린 사람처럼, 초점이 나간 눈은 몽롱해 보였다.

"……약혼?"

"네, 그가 약혼하자고 했어요."

아론은 약혼하자고 말했다는 엘레나의 말에 이를 으득 갈았다. 하마터면 화가 나서 평정심을 잃고, 그녀에게 걸린 마법을 해지할 뻔했다. 엘레나는 마법이 잘 걸리지 않는 타입이었다. 지금 마법을 걸 수 있었던 것도 그녀가 당황해 집중력이 흐려졌기 때문이었다.

강제로 엘레나에게 마법을 거는 것은 할 수 있었지만, 이런 고도의 정신계열의 마법은 강제로 걸게 되면 그녀의 정신을 붕괴시킬 수도 있어 위험했다.

"그래서 그대는 뭐라 답했지?"

"전……."

아론은 대답을 하기 위해서 그녀가 입을 떼는 시간이 너무 긴 것 같다고 생각했다. 엘레나에게 걸린 마법이 슬슬 풀리려 하고 있었다. 여기에서 조금 더 강제하게 된다면, 그녀의 정신이 위험했다. 그러나 이대로 끝내기에는 아직 대답을 듣지 못했다.

"기분이 이상했어요…… 원래 그는 제게 약혼하자고 말하면 안 되거든요."

"거절했나? 수락했나? 당연히 거절했겠지?"

"당연히……."

약혼에 대한 대답이 아니라, 다른 얘기를 하는 그녀의 반응에 아론은 마음이 급해졌다. 이 이상 마법을 지속한다면 그녀의 정신에 문제가 생길 수도 있었다.

"당연히 거절- 어?"

흐물거리던 눈동자에 다시 이채가 서리고, 몽롱했던 표정도 모두 원래대로 돌아왔다. 엘레나는 무슨 일이 일어난 건지 몰라, 입을 벌리고 멍하니 아론만 바라보고 있었다.

"……약혼을 하자고 말했다고."

"어, 그게……."

엘레나는 지금 이게 무슨 상황인지 도통 이해할 수가 없었다. 아론의 눈길을 피할 수가 없어서, 그의 눈을 계속 쳐다보았다. 그런데 어느 순간 정신이 몽롱해지더니, 제 의지와는 다르게 입이 말을 내뱉고 있었다.

"약혼, 약혼이라……."

아론의 중얼거리는 말에 엘레나는 지금 이 상황이 위험하다는 것을 감지했다. 평소의 아론도 차가운 얼굴이었지만, 지금 그의 얼굴은 한겨울의 한파보다도 더욱 싸늘하고 냉혹했다.

"저…… 저 이제 팔이 풀리는 것 같아요!"

사람이 궁지에 몰리면 초인적인 힘이 발휘된다 했던가. 거짓말 같게도 그동안 절대로 풀리지 않았던 팔의 경직이 풀렸다. 엘레나는 급하게 그의 목에 두르고 있었던 팔을 풀어내었다.

"저…… 저는 이만 나가봐야 할 것 같아요. 아무래도 밖에서 다들 기다리고 있을 테고……."

"……."

엘레나는 아무 말도 하지 않고 저를 바라보고만 있는 그의 모습에 불안했다. 왜 사실대로 약혼 얘기를 꺼내서 이런 분위기를 만들어버린 건지, 저 자신도 이해가 가질 않았다.

어떻게 팔까지는 그의 목에서 풀어내기는 했지만, 문제는 그의 품 안에 안겨 있다시피 앉아 있는 몸이었다. 엘레나는 최대한 슬금슬금 그의 심기를 거스르지 않기 위해서 조심스레 몸을 움직였다.

"앗! 저, 전하?"

거의 다 빠져나왔다고 생각했을 때쯤, 몸을 강하게 끌어당기는 힘에 아무런 반항도 하지 못하고 그대로 끌려가는 걸 느꼈다.

"나는 놓아준다고 말한 적 없는데."

겨우 그의 품에서 벗어났다고 생각했는데, 다시 돌아간 상황에 엘레나는 눈만 깜빡거렸다. 지금 이게 무슨……?

"놓아줄 거라고 말한 적이 없는데, 왜 멋대로 도망치지?"

"……네?"

엘레나는 지금 이 상황을 이해할 수가 없었다. 왜 아론이 이렇게 저를 품에 다시 끌어안은 건지, 그리고 왜 그가 화가 난 것 같은지 알 수 없었다.

물론 칼리드가 약혼 신청을 한 건 아론을 화나게 할 수도 있었다. 그러나 그의 품에서 빠져나왔다고 이런 소리를 들을 거라곤 예상치 못했다.

"다, 당연히 이제는 밖에 나가야……."

"영애는 내게서 도망칠 궁리만 하는군."

으르렁거리는 아론의 목소리에 엘레나는 아무 말도 하지 못했다. 정말로 그가 저를 놓아주지 않을 것처럼 제 허리를 붙잡고, 이를 드러내며 으르렁댔기 때문이다. 그의 목 안을 긁으면서 나오는 그르렁거림은 마치 진짜 야수의 포효소리 같았다.

듣는 순간, 사람의 간담을 서늘하게 만드는 그런 울음소리였다.

"전하, 저는…… 읏!"

"아직 제대로 대답을 하지 못했지."

엘레나는 옴짝달싹 못 하도록 허리를 끌어안는 아론의 손길에 고통 어린 신음을 내뱉었다. 다정했던 모습은 온데간데없이 사라지고, 거친 야생의 모습만 남은 그의 보라색 눈동자에 겁이 났다.

사나운 야수의 눈. 이제 그 야수가 입을 벌리고, 저를 잡아먹으려

들고 있었다. 분명 자신은 뼛조각 하나도 남지 않고, 흔적도 없이 그에게 먹혀 없어지고 말 것이다.

"칼리드의 약혼 제안은 받아들였나? 그의 제안을 받으니, 기분이 어떻던가?"

"으, 절대로 제가 원한 게…… 아니었어요!"

"……."

그에게 끌어안긴 허리 때문에 절로 인상이 쓰였다. 엘레나는 아론의 힘이 느슨해짐을 타, 그의 손아귀에서 벗어났다.

어딘가 멍해 보이기까지 하는 그의 표정이 이상했지만, 지금은 그게 중요한 게 아니었다. 이제껏 아론이 제게 다정하게 굴어왔다는 건 알고 있었다. 황태자인 아론의 소문은 무시무시했다.

피도 눈물도 없는 철혈의 황태자.

"……원하지 않았다고?"

"네, 맞아요."

"그럼 왜…… 기분이 이상했다고 한 거지? 그의 제안이 끌려서 그랬던 게 아니었나?"

엘레나는 그의 말에 어이가 없어서 헛웃음을 터뜨렸다. 칼리드의 약혼 제안이 끌리다니! 제가 미치지 않고서야 그럴 리가 없었다.

"그건 그냥……! 원래라면 칼리드는 제게 약혼하자고 말하지 않았어요. 그래서 뒤바뀐 지금 이 상황이 이상하다는 얘기였어요."

어떻게 저와 칼리드를 엮을 수가 있는지! 엘레나는 분노에 차, 애꽃은 그의 옷깃을 잡아당겼다. 화가 나긴 했지만 차마 그를 때릴 수는 없어서, 그의 옷을 구기고 잡아당기며 괴롭혔다.

"……미안."

"네?"

"미안해. 나는 당연히 그대가 칼리드의 청혼에 흔들릴 거라고 생각했어."

엘레나는 아론의 사과에 살짝 놀라, 그의 옷을 괴롭히던 행동을 멈췄다. 전에도 한번 그의 사과를 들은 적은 있었지만, 다시 그에게서 사과를 들을 것이라곤 생각하지 못했다.

아론은 누구에게도 사과하지 않아도 되는 최고의 자리에 있었다. 그런 그에게 잘못이란 없었다. 설령 그가 잘못된 판단을 하더라도, 그게 옳은 일이 될 만큼 그의 위치는 절대적이었다.

"제가 왜요? 저는 그동안 전하께 누누이 칼리드를 좋아하지 않는다고 말했잖아요."

자신은 꾸준히 그와 클라우스 클로비스에게 칼리드를 좋아하지 않는다고 주장했었다. 그보다 더 뭘 어떻게 해야, 칼리드를 좋아하지 않는다는 제 말을 믿어줬을까.

"하지만 영애는 그 말을 하면서도, 계속 칼리드와 만났지."

"그건…… 미리 말하지 못해서 미안해요."

당연히 아론이 모를 것이라고 생각했다. 일부러 그에게 칼리드의 이름을 꺼내, 아론의 심기를 불편하게 하고 싶지 않았다. 그래서 그가 모른다고 생각하고, 그에게 미리 말하지 못했다. 사실은 말하고 싶지 않아서 그런 것이기도 했다.

칼리드와 만나는 건 그만큼이나 제게 아무런 의미가 없었다. 굳이 그와 칼리드 때문에 사이가 틀어지는 걸 막고 싶었다.

"전하를 속이려고 한 건 아니었어요. 전 절대 칼리드와 만나는 걸 좋아하지 않아요. 그와 만나는 것보다는 전하와 만나는 게, 더 편하고 좋단 말이에요!"

엘레나는 그의 옷깃을 부여잡고 토해내듯이 소리쳤다. 정말 거짓말이 아니라, 칼리드와 만나는 건 하나도 즐겁지 않았다. 오히려 불쾌하고 짜증이 나는 게 대부분이었다. 하지만 아론과 만나는 건 이상하게도 싫지 않았다. 심지어 저번에는 그와 고아원을 갔을 때는, 처음으로 안정적인 느낌을 받았었다.

이곳에 오고 나서 한 번도 안정적인 느낌을 받은 적이 없었다. 입은 웃고 있었지만, 속은 항상 타들어 가며 불안했다. 그런데 유일하게 그와 함께 있을 때는 그렇지 않았다. 그의 앞에서는 정체를 들킬까 전전긍긍하지 않아도 됐고, 마음을 숨기고 연기를 할 필요도 없었다.

아론의 앞에서는 소설 속 여주인공 엘레나 페이트가 아닌, 대한민국의 평범한 고시생 한수진이 된 것 같았다.

"하아…… 하……."

속에 있는 말들을 모두 토해내니, 시원한 기분이 들었다. 엘레나는 그에게 모두 소리친 뒤에야, 거친 숨을 고르고 있었다. 숨도 쉬지 않고, 빠르게 모든 걸 뱉어내듯이 진실을 말했다.

"엘레나."

아론이 떨리는 목소리로 저를 불렀고, 엘레나는 거의 울 것 같은 얼굴로 그를 쳐다보았다.

"나를 용서해줘."

갑작스러운 그의 말에 엘레나는 당황할 수밖에 없었다. 그게 무슨 말이냐고 물어보기도 전에 아론의 입이 열렸다.

"같잖은 오해에 빠져서 오직 내 생각만 했어. 그대가 무슨 마음일지는 생각도 하려 들지 않고, 질투하는 나에게만, 내 마음에만 집중했어. 그 바람에 그대에게……."

"……."

"그대를 소중히 대하지 못한 걸 정말로 후회해."

그 말과 함께 아론은 괴로운 표정으로, 제 얼굴을 살며시 쓸어내렸다. 그런 다음 옷깃을 붙잡고 있는 손을 이끌어, 그의 입술로 가져가 댔다. 곧 부드러운 촉감이 제 손등을 타고 번져나갔고, 엘레나는 이상한 감각에 저도 모르게 입술을 깨물었다.

"으, 읏!"

그의 입술이 닿은 손등이 불에 덴 것처럼 뜨거워졌다. 처음에는 손등, 그리고 다음에는 손가락. 아론의 입술이 닿는 곳마다, 화인이 찍히는 것처럼 뜨겁게 달아올랐다. 마침내 아론의 입술이 손목까지 타고 올라오고 나서야, 엘레나는 남은 손으로 그의 가슴팍을 밀어냈다.

"그, 그만!"

"……."

방금 전까지만 해도 엄청나게 친밀하고 농밀한 행위를 한 사람이라고는 믿을 수 없을 만큼, 태연하고 평소와 다름없는 아론의 모습에 엘레나는 분했다.

그의 얼굴은 한 치의 흔들림도 보이질 않았다. 그에 반해 자신은 굳이 거울을 보지 않더라도, 얼굴이 새빨갛게 달아올라 있을 것이다.

"어, 어떻게……."

어떻게 이런 짓을 하고서도 저렇게 태연한 얼굴을 할 수가 있지? 심지어 아론은 뭐가 문제냐는 듯이 저에게 묻고 있는 눈빛이었다.

엘레나는 부끄러움에 말이 제대로 나오질 않았다. 어서 빨리 그의 품에서 도망치고 싶었다. 하지만 그에게 허리는 옭아매듯이 붙잡혀 있었고, 한쪽 손마저도 꽁꽁 휘감겨 있는 상태였다.

"어떻게 이런 짓을……!"

"뭐가 문제지?"

뭐가 문제냐는 아론의 말에 엘레나는 너무나 황당해서 입술만 뻥긋거렸다. 그런 짓을 해놓고서 아무런 타격이 없는 그의 반응에 그만 할 말을 잃어버렸다.

"방금 그, 그런 짓을 하셨잖아요!"

"그런 짓이라면, 그대의 손등에 입 맞춘 걸 말하는 건가?"

"그, 그뿐만 아니라……."

엘레나는 차마 손가락과 손목에도 입을 맞추지 않았냐는 말을 할 수가 없었다. 지금도 얼굴에 터질 것처럼 열이 올라, 도무지 진정하기가 어려웠다. 누구보다 서늘한 얼굴을 하고서, 그렇게 진득하고 뜨거운 행위를 할 줄이라곤 전혀 모르고 있었다.

"얼른, 얼른 내려주세요!"

아론은 새빨갛게 달아오른 얼굴을 하고, 제게 내려달라고 소리치는 엘레나의 모습에 그녀를 휘감고 있던 손들을 풀어주었다. 그러자, 누구보다도 빠르게 도망치는 그녀의 반응에 웃음이 나왔다.

"거기에 있을 건가?"

"다가오지 마세요!"

손을 풀어줌과 동시에 후다닥 재빠르게 도망치는 그녀의 모습이 제법 귀여웠다. 어찌나 빠른지 붙잡을 수도 없는 속도였다.

아론은 침실 구석에 바싹 달라붙은 채로, 잔뜩 저를 경계하고 있는 엘레나의 모습에 미소를 숨길 수 없었다. 그녀는 경계하는 모습마저도, 하나도 무섭지 않았다. 오히려 작은 새끼 고양이가 한껏 털을 세우고 있는 모습 같았다.

"엘레나."

"오, 오지 말라고 했어요."

제가 일어나는 모습에 소스라치며 경계하는 그녀의 반응에 아론은 괜한 장난기가 일었다. 바짝 경계를 하고 있는 엘레나의 모습은 귀엽다 못해 깜찍하기까지 했다. 여기서 더 그녀를 자극한다면, 어떤 반응을 보일지 궁금했다.

"계속 거기에 있을 생각인가?"

"그럴 거예요! 전 전하가 그, 그렇게 음흉한 사람이라고는 예상하지 못했단 말이에요!"

"음흉해?"

아론은 음흉하다는 말을 처음 들어보았다. 하지만 그녀는 정말로 저를 음흉하다고 생각되는지, 열렬히 고개를 위아래로 끄덕이고 있었다.

"이렇게 음흉한 줄 알았었다면…… 이 결혼은 무효예요!"

엘레나는 이 결혼이 무효라며, 고개를 흔들면서 소리를 지르고 있었다. 아론은 그런 그녀의 모습을 가만히 지켜보기만 했다.

경계하느라 바짝 움츠러든 어깨, 좀 전의 일 때문인지 그게 아니면, 소리를 질러서 그런지 목까지 빨갛게 달아올라 있는 피부까지. 모두 집어삼키고 싶을 만큼 매력적이었다.

"무효라고?"

"맞아요. 무효! 저는 전하가 여자에는 관심이 없는 줄로만 알았단 말이에요!"

이제는 말도 안 되는 소리를 하는 엘레나의 모습에 아론은 어디서부터 그녀의 말을 고쳐줘야 할지 알 수 없었다. 그녀의 말대로, 여자들에게 관심이 없던 것은 맞았다. 하지만 그건 그래야 할 필요를 못 느꼈기 때문이지, 그녀에게도 관심이 없는 것은 아니었다.

도리어 관심이 넘쳐나서 탈이었다. 지루한 일상에 엘레나 페이트라는 존재가 나타나고 나서는, 많은 것들이 뒤바뀌어 버렸다.

"정말로 음흉한 건, 보지 못했나 봐."

처음에는 그저 신경 쓰이는 것뿐이었다. 덜덜 떨면서도 제 눈을 맞추고, 하고 싶은 말을 다 하는 모습에 흥미가 일었다. 그래서 한 순간의 변덕으로 그녀의 제안을 수락했다.

"꺅! 전, 전하!"

"장난이니 그렇게 겁내지 않아도 돼."

더는 도망칠 곳이 없는데, 벽을 박박 긁는 엘레나의 모습에 아론은 그녀에게 장난이라 말해주었다. 그제야 안도의 한숨을 내쉬는 그녀의 반응이 조금 기분이 이상했다.

"앞으로 이런 장난은 치지 말아주세요."

"그대도 칼리드의 일로 나를 속였으니, 이걸로 서로 주고받은 거로 하지."

칼리드라는 말이 나오자, 그녀의 갈색 눈동자에 분노가 차올랐다 사라지는 것이 보였다. 아론은 지금 엘레나가 무슨 생각을 하고 있는지, 대강 짐작이 갔다.

"그럼, 이걸로 이번 일은 모두 끝난 거죠?"

겨우 이 정도로 넘어갈 거라고 생각하는 그녀가 순수했다. 아직 자신의 진짜 계획은 시작되지도 않은 상황이었다.

"아니."

"네?"

아론은 아니라는 제 말에 다시 눈이 동그래지는 엘레나의 귀여운 모습에 그녀를 만지고 싶었다.

"그대가 내 약혼녀라는 걸 밝혀야겠어. 아무래도 질투가 나서 말이야."

엘레나는 질투가 난다는 말을 하는 아론의 모습에 몸을 흠칫 떨었다. 서늘한 얼굴 위로 떠오른 그의 미소가 무척 사악해 보였기 때문이다. 아무래도 영영 저 미소에 익숙해지지 않을 것 같았다.

"제가 약혼녀라는 걸 밝히다니요…… 그건 계약에 위배되는……."

"계약의 존재를 비밀로 해야 한다는 조항은 있지만, 계약서 어디에도 우리의 관계를 비밀에 부쳐야 한다는 조항은 없어."

아론의 말에 엘레나는 조금 전 보았던 계약서의 내용을 떠올렸다. 그의 말대로 계약서 어디에도 약혼 관계를 비밀에 부쳐야 한다는 내용은 없었었다.

"약혼을 제안한 것도, 비밀이라는 조건을 내건 것도 모두 페이트 백작이었지."

약혼을 원한 것도, 비밀로 진행되기를 원했던 것도 모두 클라우스의 의견이었다. 아론은 계약서의 세 번째 조항 때문에 클라우스의 의견에 동의했던 것뿐이었다. 하지만 그마저도 계약서를 읽어 본 지금은 충분히 깨질 수 있단 걸 알았다.

'가족과의 일에 있어서는 최대한 그녀의 의사를 존중한다. 하지만 가족들보다도 우선시 되는 건, 계약의 이행과 그녀의 안전이다.'

계약서에 쓰여 있는 대로라면, 언제든지 아론이 원하는 대로 할 수 있다는 거였다. 엘레나는 그동안 그가 참고 있었던 이유가 계약서의 내용을 숨기기 위해서가 아니었을까 생각했다.

자신은 아론이 파놓은 철저한 덫에 걸려버린 거였다.

"하지만 약혼녀인 걸 밝히겠다고 말하면, 아버지의 반대가 장난 아닐 거예요."

"그 부분은 내가 백작과 잘 얘기하도록 하지. 그대가 걱정해야 할 건, 아무것도 없을 거야."

저와 칼리드가 계속 만나고 있었다는 것을 알고 있었던 아론이었으니, 그는 이런 기회가 오기만을 기다렸을 것이다. 마침 자신은 칼리드와 후작저에 간 것을 들키게 되었다. 거기에다 칼리드에게 약혼하자는 말까지 들은 상황이었다.

아론이 이런 절호의 기회를 놓칠 리가 없었다. 엘레나는 그의 제안을 거절할 수도 없는 이 상황에 눈물이 나올 것 같았다.

"저를 약혼녀로 공표하실 생각인가요……?"

다른 남자에게 약혼하자는 말까지 들은 상태에서, 도저히 그의 말을 거부할 수가 없었다. 아직 칼리드에게 아무런 말도 하지 않았는데, 아론과의 관계가 밝혀진다는 소리에 엘레나는 애가 탔다. 애가 타서 입술이 바짝바짝 마를 정도였다.

물론 칼리드에게 말하지 않고 깜짝 발표를 통해서도 칼리드에게 타격을 줄 수도 있었다. 하지만 그 순간, 가면이 부서지고 칼리드가 절망해 무너져 내리는 모습을 제 눈으로 확인해야 했다.

그게 바로 자신이 원하는 것이었으니까. 칼리드에게도 헤어나올 수 없는 절망을 선사해주고 싶었다.

"그럴 예정이라고 말하면, 그대의 계획에 차질이 생기겠지?"

"……네."

"건국일. 내가 그대에게 줄 수 있는 시간은 건국일 파티 전까지야. 그전까지는 내 이복동생을 만나도 좋아."

엘레나는 그가 하는 말을 믿을 수 없어, 멍하니 아론을 바라보고만 있었다.

"단, 단둘이 만나는 것만은 자제해줬으면 좋겠군. 그건 조금 질투가 날 것 같아서 말이야."

단둘이 만나는 것만은 자제해달라고, 질투가 날 것 같다며 웃는 아론의 모습에 엘레나는 넋이 나갈 것 같았다. 질투가 난다며 미소

짓는 그의 모습이 매우 아름다웠기 때문이다.

"아…… 저기, 전하……."

쾅, 쾅-

"누님!"

"전하! 문을 열어주십시오!"

엘레나는 괴성과 함께 거세게 방문을 두드리는 소리에 화들짝 놀라서, 몸을 잔뜩 움츠렸다. 방문을 두드리는 소리가 꼭 건물이 무너지는 소리처럼 커다랬다.

"벌써 풀었나."

"네?"

방문은 계속해서 쾅쾅 울리고 있었고, 아론은 알아들을 수 없는 말을 하고 있었다. 엘레나는 지금 이 상황을 어떻게 해야 할지 몰랐다.

"엘레나-!"

"누님!"

엘레나는 저러다가 방문이 부서질 것 같다는 생각이 들었다. 클라우스와 클로비스는 그야말로 정말 처절하게 제 이름을 부르짖고 있었다. 어찌나 방문을 세게 두드리는지, 문에 구멍이나 뚫리지 않는 게 용할 정도였다.

"얼른 문을 열어줘야 하지 않을까요?"

"……."

엘레나는 저렇게 밖에서 난리를 치고 있는 상황에도, 눈 하나 깜짝하지 않고 제 앞에 떡하니 버티고 있는 그의 반응에 난감했다. 이런 상황에도 전혀 동요하지 않는 아론의 모습에 대단하다는 생각이 들었다. 자신은 지금도 계속 방문 앞이 신경 쓰여서 미칠 것 같은데, 아론은 아무 소리도 들리지 않는 것처럼 행동했다.

"공개."

"네?"

"약혼 관계를 공개하기로 한 거에 동의하지?"

이미 다 결과가 나온 얘기를 다시 한번 물어보는, 아론의 말에 엘레나는 지금 이게 무슨 상황인가 싶었다. 지금 밖에서 문이 부서져라 두드리고 있는데, 약혼 얘길 하는 그의 의도를 알 수 없었다.

"네, 그건 방금 그렇게 하기로 결정한 게 아니었나요?"

"분명 동의한다고, 그대 입으로 직접 말한 거야."

엘레나는 아론의 말에 자신이 그에게 당했다는 것을 깨달았다. 자신은 그에게 정확히 동의한다는 말을 꺼내지 않았다. 그의 의견에 거절하지 않았을 뿐이지, 직접 제 입으로 동의한다는 말은 하지 않았다.

하지만 지금 동의한다는 말을 제 입으로 꺼내버리고 말았다. 이제 정말로 세 번째 조항은 완벽하게 문제가 되지 않았다.

쾅! 쿵.

"엘레-!"

"누님!"

아무리 두드려도 열리지 않을 것 같던 방문이 갑자기 열리더니, 클로비스와 클라우스가 뛰어 들어왔다. 둘도 방문이 열릴 거라고는 생각하지 못했는지, 방문을 두드리던 자세 그대로였다.

"동의한다고 말했으니, 지금부터 내가 하는 일에 놀라지 마."

다정하게 귓가에 속삭이는 아론의 말에 그게 무슨 의미냐고 묻기도 전에, 그는 이미 앞으로 걸어 나가버렸다.

"백작, 이번에는 정말로 황궁에 있는 줄로만 알았는데?"

"전하께서 무척 화가 난 상태로 백작저에 찾아오셨다는데, 제가 어떻게 가만히 있겠습니까?"

엘레나는 지금 상황이 무슨 상황인지 보고 싶었지만, 저를 지키듯이 앞에 자리하고 있는 아론 때문에 앞이 보이질 않았다. 원래도 키가 매우 크다고 생각했었지만, 이렇게 뒤에서 그를 바라보게 되니 더욱 크게 느껴졌다.

"연인들끼리 다툴 수도 있는 거지, 그렇게 하나하나 반응하다 보면 백작만 힘들어지네."

"저는…… 전혀!"

"누님!"

뒤에서 듣기만 해도 아론의 목소리는 절로 얄미움이 느껴졌다. 엘레나는 그의 커다란 등에 도무지 앞이 보이질 않았다. 요리조리 목을 길게 빼보아도, 보이는 거라곤 옷 위로도 느껴지는 아론의 유려한 등 근육뿐이었다.

"누님, 괜찮으십니까?"

"클로비스. 나는 괜찮아."

이게 무슨 벽 하나를 사이에 두고 대화를 나누는 이산가족도 아니고, 아론이라는 큰 벽을 두고 대답하는 이 상황이 너무나 웃겼다. 앞에서는 클로비스와 클라우스가 걱정스러운 목소리로 말하고 있었지만, 엘레나는 도저히 웃음을 참을 수가 없었다.

"흡……!"

"설마 울고 계신 건가요?"

"아니, 아니야! 나는 그냥 지금 이 상황이 너무 웃겨서……."

엘레나는 제가 울고 있는 줄 오해를 한 클로비스의 반응에 놀라서, 손을 휘저으면서 강하게 부정했다. 손을 휘젓고 있는 모습은 아론에게 가려져 보이지 않을 테지만, 그만큼이나 다급했다는 소리였다. 클로비스는 저번에도 제가 우는 줄 알고 오해했던 전적이 있었다.

"그리고…… 마법을 써서, 출입을 막은 건 무슨 이유입니까?"

마법을 써서 출입을 막았다는 클라우스의 말에 아론을 쳐다보았지만, 그는 아무런 미동도 없었다. 그가 마법을 써서 출입을 막았으리라고는 전혀 예상하지 못했던 일이었다. 문을 그렇게 두드리는데도 들어오지 못하길래, 아론이 무언가 수를 썼다고 짐작은 했으나 마법까지 썼을 줄이라곤 눈치채지 못했다.

"그것도 이중으로 말입니다."

이중으로 마법을 걸었다는 소리에 놀라서 입을 다물 수가 없었다. 애석하게도 자신은 마법을 할 수는 없었지만, 클라우스와 클로비스 덕분에 마법에 익숙한 편이었다.

적어도 이중으로 마법을 거는 게 얼마나 힘든 일인지는 알고 있었다. 이미 걸린 마법 위에 또 마법을 덧씌울 수 있는 사람은 없다고 봐야 했다. 그건 제국 내에서도 손에 꼽는 마법사인 클라우스와 클로비스도 할 수 없는 일이었다.

"내가 그랬나?"

"네. 아주 단단하게도 걸어놓으셨습니다. 카르탈이 와도 못 풀 정도였습니다."

카르탈은 클로드 제국 내에서 가장 강한 마법사였다. 그런 카르탈이 와도 못 풀 정도의 마법이라면, 클로비스와 클라우스가 풀 수 있을 리가 없었다. 어쩐지 그 모습을 보고서도 너무도 조용한 둘의 반응에 조금 이상하다고 생각했었다.

"저는 전하가 무슨 생각인지, 아무리 고민해도 모르겠습니다. 정말로 제 딸과 연애라도 하시는 겁니까?"

연애를 하냐고 말하는 클라우스의 목소리에는 피곤이 짙게 묻어 있었다. 엘레나는 그 목소리를 듣자, 마음이 좋지 않아졌다. 저렇게 지친 목소리의 클라우스는 처음이었다.

"그렇다고 말하지 않았나?"

"전하께서 그럴 리 없다는 걸, 누구보다도 제가 잘 알고 있습니다."

엘레나는 굳이 보지 않아도, 앞의 상황이 어떨지 눈에 그려졌다. 클라우스와 아론은 꼭 견원지간 같았다. 어찌나 서로를 싫어하는지 처음에는 오해를 할 뻔했었다.

"엘레나를 두고 장난을 치실 생각이라면……."

"백작은 내가 왜 그녀에게 장난을 칠 거라고 생각하지?"

이대로라면 전과 똑같았다. 둘의 견제는 누군가가 중재하지 않으면, 영영 끝나지 않을 싸움이었다. 클라우스는 자신이 엘레나가 됐을 때부터, 아론을 경계하라고 말했을 정도로 그에게 결코 호의적이지 않았다.

물론 그렇다고 클라우스가 칼리드에게 호의가 있는 것은 아니었다. 클라우스와 클로비스는 유난히 저를 빼앗기고 싶어 하지 않는, 어린아이 같은 면모가 있었다.

"게다가 좀전의 모습은-!"

차마 말을 할 수 없었는지, 클라우스의 말은 거기에서 끝이 났다. 클라우스가 분을 삭이는 소리가 여기까지 들리고 있었다. 아까 그 모습을 클라우스와 클로비스에게 보였을 때, 그냥 넘어가진 않을 것이라곤 생각했지만, 이렇게 힘들어할 줄 몰랐다.

"가뭄 때문에 엘레나를 협박하는 거라면, 지금이라도 말해주십시오."

"백작은 왜 자꾸 내가 그녀를 이용한다고 생각하지? 그것도 고작 가뭄 때문에?"

엘레나는 점점 험악해지는 분위기에 자신이 나서야 한다고 생각했다. 이대로 그냥 두기에는 걷잡을 수 없는 지경에 이를 것 같았다. 아론도 클라우스도 모두 화를 참고 있는 것이 느껴졌다.

생각해보면 클라우스와 아론이 사이가 좋아지길 기대한 제가 바보였다. 클라우스에게 아론은 난데없이 나타나, 딸을 데려가겠다고 말하는 도둑놈이었다. 어떤 사람이 두 팔 걷고 도둑놈을 환영하겠는가.

"아버지……."

"엘레나!"

아론의 등 뒤에서 나와, 앞으로 나가자마자 화색이 도는 클라우스의 모습에 엘레나는 씁쓸하게 웃었다. 클로비스와 클라우스의 모습이 평소보다 지쳐 보였다. 아마 이유는 아론이 걸었다는 마법 때문인 것 같았다.

두 사람이 저를 안에 두고, 풀 수 없는 마법이라고 포기하고 물러났을 리가 없었다. 분명 죽을힘을 다해서 마법을 깨려고, 온 힘을 다했을 것이다.

"아버지, 너무 걱정하지 마세요. 저는 전하에게 협박 같은 건 당하고 있지 않아요."

협박은커녕, 능력을 빌미로 그를 꼬여내어 계약을 제안한 건 엘레나 자신이었다.

“엘레나, 내 딸아. 네가 아직 전하에 대해서 모르고 있는 거란다. 전하는 네가 생각하는 그런 사람이…….”

“백작이 생각하는 내가 어떤 사람인지 궁금하군.”

엘레나는 또다시 험악해지려는 분위기에 한숨을 내쉬고, 그만하려는 말을 하려고 입을 열려 했다.

“그럼 전하께서 정말로 엘레나를 사랑하기라도 하십니까?”

“아버지!”

아론을 향해 이죽거리는 클라우스의 모습에 엘레나는 얼른 클라우스를 말려야 된다는 생각뿐이었다. 아무리 계약 조항이 있다 해도, 아론을 더 이상 자극하는 건 위험했다.

“그렇다면?”

엘레나는 저를 사랑하냐는 질문에 당연히 아론은 대답하지 않을 거라고 생각했다. 그래서 클라우스를 막으려 했던 거였다. 그런데 전혀 예상치 못한 대답을 한, 아론 때문에 그만 당황해버리고 말았다.

“그렇다면 어떻게 할 거지?”

한 번 더 쐐기를 박는 그의 대답에 엘레나의 눈동자가 파르르 흔들렸다. 지금 그가 무슨 말을 하고 있는지, 잘 이해가 가질 않았다.

세상에, 지금 아론이 저를 사랑한다고 말하고 있는 거였다.

“지, 지금…… 뭐라고 하셨습니까?”

그의 말에 당황한 것은 저뿐만이 아니었다. 클라우스와 클로비스도 당황해서 말을 더듬고, 손을 떨고 있었다. 클로비스 쪽은 아주 심각했다. 얼굴이 새하얘져서, 눈만 깜빡이는 모습이 많이 놀란 것 같았다.

"백작이 그녀를 사랑하냐고 물었고, 난 그 대답에 그렇다고 답을 했어."

"그럴 리…… 그럴 리가 없습니다! 애초에 전하께서 누군가를 사랑하실 수 있는 사람이 아니지 않습니까?"

클라우스의 모습은 처참했다. 언제나 가지런히 정리되어 있던 금발 머리는 헝클어져 있었고, 자상했지만 날카로움을 잃지 않았던 녹색 눈에 처절함이 가득했다. 엘레나는 그 모습에 클라우스가 얼마나, 그녀를 아끼고 있었는지 알 수 있었다.

"백작도 두 눈으로 직접 보지 않았나? 조금 전 나와 그녀가 무얼 하고 있었는지."

클라우스와 클로비스가 방에 들어오기 전에, 제게 무슨 짓을 해도 놀라지 말라는 의미가 이런 의미였나. 일부러 정확한 대답은 하지 않으면서도, 그가 원하는 분위기를 이끌어내는 아론의 화법은 대단했다.

하지만 모든 진실을 알고 있는 엘레나 입장에선 얄밉기 그지없었다. 엘레나는 새삼 아론이 협상의 달인이라는 생각이 들었다. 이렇게 손쉽게 그가 원하는 대로 분위기를 장악하는 그의 능력이 놀라울 정도였다.

"……아……."

새하얗게 질린 얼굴로 위태위태하던 클로비스가 눈물이 그렁그렁한 얼굴로 저를 바라보자, 엘레나는 끝내 참을 수 없었다.

"가지 마."

클로비스에게 다가가려는 찰나, 저를 칭칭 휘감는 누군가의 손길에 더는 앞으로 걸어 나갈 수가 없었다. 엘레나는 굳이 보지 않아도 자신을 붙잡은 손이 누구인지 알 수 있었다. 이 방에는 저와 클라우스, 클로비스 그리고 아론뿐이었다.

아마 좀 전의 사건이 아니었더라면, 저를 안다시피 휘감고 있는 아론의 손길이 믿기지 않았겠지만, 지금은 제법 익숙해졌다.

"하지만 클로비스가……!"

"언제까지 우는 아이를 그대가 달래줘야지?"

"그게 무슨 소리예요?"

엘레나는 아론의 말에 화가 나 그를 쳐다보았다. 그의 서늘하고 무감정한 보라색 눈도, 지지 않고 저를 뚫어져라 응시하고 있었다.

"울 때마다 달래줘야 하냐고 물었어. 그대와 영식이 정상적인 남매 관계가 아니라는 걸 모를 줄 알았나?"

"그걸 어떻게……?"

정상적인 남매 관계가 아니라는 걸 모를 줄 알았냐는, 그의 말에 엘레나는 혹여 클로비스가 이 대화를 들었을까 뒤를 돌아봤지만,

클로비스와 클라우스는 여전히 그대로였다.

"우리의 대화는 둘에게 들리지 않아."

"전하가 그 사실을 어떻게 알고 있는 거죠?"

"그건 조금만 알아보면 알 수 있는 일이지. 엘레나, 그대의 동생은 이제 울기만 하던 어린애가 아니야. 그렇게 품 안의 아이처럼 싸고돌지 않아도 돼."

엘레나는 그가 어떻게 이 비밀을 알고 있는지 혼란스러웠다. 이건 누구에게도 말하지 않았고, 알고 있는 사람이 극히 적은 페이트 가문의 비밀이었다. 아무리 그가 황태자라지만 알고 있을 리가 없었다.

"이제부터 일어날 일에 놀라지 말라고 말했을 텐데. 아직 약혼 관계를 공표하겠다는 말은 꺼내지도 않았어."

"하지만…… 클로비스가……."

아론은 지금 이 상황이 많이 답답한 것인지, 인상을 찡그리고 머리를 쓸어 올렸다. 인상을 찡그리는 모습도 머릴 쓸어 올리는 행동도 모두 근사하고 잘생겨 보였다.

"동생의 모습에 마음이 약해져서, 결정이 바뀌기라도 한 건가?"

"아뇨……."

클로비스의 모습에 마음이 바뀐 것은 아니었다. 다만 자신은 클로비스의 우는 얼굴에 약했다. 아니, 약할 수밖에 없었다.

"그런 게 아니라면, 무슨 일이 벌어져도 내 곁에 있어."

그의 말이 끝남과 동시에 멈춰 있었던 시간이 흐르는 것처럼, 클로비스와 클라우스의 목소리가 들리기 시작했다.

"그 안에서 무슨 짓을 하신 겁니까?"

"아무것도."

금방이라도 달려들 것처럼 따지는 둘의 반응에도, 아론은 눈 하나 깜짝하지 않고 있었다. 그는 여전히 저를 꽁꽁 휘감고 있었고, 그런 아론을 향해 클라우스와 클로비스는 매서운 눈빛을 숨기지 않았다.

"보시다시피 나와 그녀는 한시도 떨어지고 싶지 않을 만큼, 서로에게 푹 빠져 있는 상태지."

아론의 말에도 클라우스와 클로비스는 전혀 믿고 있지 않은 눈치였다. 믿고 싶지 않은 것이, 더 크겠지만.

"엘레나, 정말이니?"

"누님…… 정말인가요?"

엘레나는 그의 말은 들은 척도 하지 않고, 제게 본인들을 버릴 거냐는 동정의 눈빛을 쏘아대는 둘의 모습을 보지 않으려고 노력했다. 여기서 저 눈빛에 넘어가게 되면, 큰일이었다.

아론뿐만 아니라, 페이트가의 남자들도 약은 것은 마찬가지였다.

그리고 그 사이에서 죽어나는 것은 맨날 저였다.

"맞아, 맞아요. 저와 전하는 서로 좋아하고 있다고 말씀드렸잖아요."

엘레나는 말을 하면서도 최대한 둘의 눈을 마주치지 않기 위해서 노력해야만 했다. 도저히 물기 어린 눈망울들을 외면하기 어려웠다.

아론의 말이 맞았다. 언제까지고 품 안의 아이처럼, 클로비스를 싸고돌 수는 없었다. 이제는 도망치지 않고 직면해야 할 때였다.

"아까도 보셨잖아요. 제가 칼리드를 따라 후작저에 간 일로, 전하는 화가 난 게 아니라 질투했던 거예요."

질투를 했다는 제 말에 저를 휘감고 있는 그의 손이 움찔거린 것도 같았지만, 자신은 거짓말은 하지 않았다. 제게 먼저 질투가 난다고 말했던 건, 다름이 아니라 아론 바로 그였다.

"전하께서…… 질투를 했다고?"

"네. 그래서 후작 저에 달려온 걸, 아버지가 오해를 하신 거라고요."

엘레나는 믿을 수 없다는 표정을 하고 있는 클라우스에게 확인사살을 해줬다. 사실 저도 처음에는 질투가 난다는 아론의 말을 믿지 못했었다.

"아버지가 오신 줄 알았으면, 그런 모습을 보여드리지 않았을 거예요."

연기는 혼자만 할 줄 아는 것이 아니었다. 아론이 한 것은 연기라기보다는 교묘한 진실을 통해, 오해하게 만드는 것이었지만 엘레나가 느끼기에는 그게 그거였다.

이건 비즈니스다. 계약 관계에 의한 비즈니스야.

"저는 질투가 난 전하를 달래느라 정신이 없어서……."

엘레나는 일부러 아론의 팔을 두 팔로 끌어안으며, 그와 더욱 친밀한 척 굴었다. 그 모습에 클라우스와 클로비스의 표정이 점점 변해가고 있었지만, 애써 외면하며 연기에 집중했다.

제 반응에 뒤에 서 있는 아론의 움찔움찔하는 게 느껴졌다. 좀 전까지만 해도 자신만만하게 굴더니, 움찔거리며 어쩔 줄을 모르는 그의 반응에 짜릿한 기분이었다.

"제가 정말 그러면 안 되는 거였는데…… 이건 제가 잘못한 일이에요. 전하와 약혼을 하고, 칼리드의 초대에 응하면 안 됐어요."

"에, 엘레나……."

허망하기까지 한 클라우스의 표정에 엘레나는 자신이 조금 심했나 생각이 들었다. 하지만 이렇게 하지 않으면, 절대로 클라우스와 클로비스는 단념할 사람들이 아니었다.

창피함은 단 한 번이었다.

"전 전하를 사랑해요."

사랑에 빠진 소녀의 모습을 연기하는 건 쉬운 일이었다.

"……."

사랑 발언에 방 안은 쥐 죽은 듯이 조용해졌다. 고요한 침묵 속에 얼이 빠져 있는 클라우스의 모습이 조금 안쓰러웠지만, 엘레나는 못 본 척 고개를 돌렸다.

엘레나는 그런데 왜 아론까지도 조용히 하고 있는지 이해가 안 갔다. 클라우스와 클로비스는 그렇다 쳐도, 이 연기의 상대 배역인 아론마저도 침묵하고 있었다.

혹시…… 연기가 너무 형편없었나?

"아버지? 클로비스?"

엘레나는 혹시나 자신의 연기가 어색해서 아무도 믿고 있지 않는 건가 생각했다.

분명 제 사랑에 빠진 소녀 연기는 완벽했을 텐데!

물론 자신이 고시 공부가 아니라, 연기를 공부했던 것은 아니었다. 하지만 제가 그간 봐왔던 숱한 드라마들과 연애 소설들이 저를 배신할 리가 없었다.

"엘레나…… 나는 말이다……."

"저는 믿을 수 없어요! 누님은 제 누님이란 말이에요!"

클라우스가 무언가를 말하기도 전에, 클로비스는 소리를 지르면서 자리를 박차고 방을 나가버렸다.

"크, 클로비스!"

엘레나는 너무나 순식간에 일어난 일에, 미처 클로비스를 붙잡을 수도 없었다. 저렇게 감정적으로 흥분한 클로비스의 모습은 처음이었다.

"아버지, 클로비스가……."

"따라가지 말아라. 지금 중요한 건 클로비스가 아니라, 엘레나 너란다."

클로비스가 자리를 박차고 나갔는데도, 클라우스는 눈 하나 깜빡이지 않았다. 오히려 따라나서려는 저를 말리는 클라우스의 모습에 엘레나는 묘한 감정을 느꼈다.

이 익숙한 기이함은 대체 뭐지?

"괜찮을 거다. 클로비스도 이제는 어린아이가 아니잖니."

"그러겠죠?"

"그럴 거란다."

하지만 자신의 기이함은 기우였는지, 다시 제가 원래 알고 있던 다정한 클라우스의 모습이었다. 엘레나는 아무래도 자신이 아론과의 일 때문에 예민해진 것 같다는 생각을 했다.

"전하. 이 일을 다시 꺼내신 걸 보면, 제게 원하는 것이 있으시군요."

"그래."

"아버지? 전하?"

엘레나는 자신과의 얘기가 끝나자마자, 다정했던 표정을 지우고 아론을 향해 날카롭게 말하는 클라우스의 행동에 적응할 수 없었다. 아론 또한 마찬가지였다. 언제 가만히 있었냐는 듯, 원래의 그로 돌아왔다.

"엘레나까지 이용할 만큼, 제게 하고 싶으신 말씀이 무엇인가요."

"아버지 저는 이용당한 게 아니라……."

"이제 백작의 말도 안 되는 요구를 들어주는 건, 오늘로 끝이라는 말을 하려고."

저를 가운데 두고는 전혀 신경도 쓰지 않고, 서로 다시 으르렁거리는 두 사람의 반응에 엘레나는 화가 나기 시작했다.

이건 뭐 자신은 완전히 꿔다놓은 보릿자루였다. 실컷 연기에는 이용하고, 이제 와서는 저를 무시해?

"그게 무슨 말씀입니까?"

"건국일 파티에 엘레나를 내 약혼녀라고 공표하겠어."

"그건 약속이 틀리지 않습니까!"

엘레나는 당연히 클라우스가 바로 받아들이지 않을 것을 알고 있었다. 그러나 이렇게나 분노할 것이라곤 생각하지 못했다. 커다랗게 소리를 지르는 클라우스의 모습은 조금 무서웠다.

"그럼, 내가 언제까지 백작의 말도 안 되는 요구를 들어줄 거라고 생각한 거지?"

"……."

"설마 내가 정말로 받아들였을 거라고 생각했나? 그 사이에 그녀를 내게서 도망치게 하려는 자네의 요구를?"

클라우스가 무서웠다는 말은 취소한다. 역시 제일 무서운 것은 아론이었다. 엘레나는 저를 향한 말이 아니었음에도, 그의 싸늘한 목소리에 몸을 흠칫 떨어야 했다.

"이건 허락을 받는 게 아니야. 왜 그런지는 백작, 자네가 제일 잘 알고 있겠지."

"……알겠습니다."

엘레나는 당연히 클라우스가 반대를 할 것이라고 생각했었다. 이렇게나 바로 아론의 말 몇 마디에 수긍하는 건 전혀 예상에 없던 일이었다.

게다가 이건 허락이라기에는 어딘가 찝찝했다. 물론 클라우스가 깔끔하게 허락을 할 것이라곤 생각지 않았지만, 너무 마지못해서 어쩔 수 없이 허락하는 게 이상했다.

"말이 통하니 좋군."

"제가 왜 그러려고 했는지, 누구보다도 전하께서 잘 알고 계시리라 생각합니다."

여전히 저를 두고 자기들끼리만 알 수 없는 얘기를 하는 아론과 클라우스의 대화에 엘레나는 답답했다. 무슨 얘기인지 도통 알아들을 수가 없었다.

둘이서만 싸웠다가, 화해했다가 따라가기가 힘들었다.

"백작이 생각하는 그런 결말은 일어나지 않을 거야."

"저는 전하를 믿는 게 아니라, 제 딸을 믿는 겁니다. 만약 그런 일이 일어난다면……."

엘레나는 처음 보는 클라우스의 모습에 눈을 뗄 수가 없었다. 아론 못지않게 무시할 수 없는 날카로움을 가졌다곤 생각했으나, 이런 모습까지 숨어 있을 거라곤 모르고 있었다. 푸르른 녹음 같던 눈동자에 스산함마저 감돌았다.

"그때는 페이트 가문의 모든 걸 걸고, 전하께 도전할 겁니다."

반역을 저지르겠다는 말을 아론의 앞에서 아무렇지 않게 말하는 클라우스의 말에 엘레나는 경악을 금치 못했다. 칼리드마저도 이런 배짱 있는 짓은 하지 않았다. 칼리드는 음흉하게 뒤에서 계획을 세웠었다.

그런데 지금 당당하게 반역을 저지르겠노라 말하고 있는 클라우스의 태도는 너무도 당당했다. 너무나 당당해서 이게 잘못된 말이라는걸, 순간 바로 눈치채지 못할 정도였다.

"유능한 신하를 잃지 않기 위해서라도, 더욱 조심해야겠군. 언제 다른 나라로 도망칠지 모르니까 말이야."

"……그렇습니다."

아론은 클라우스가 반역을 저지르겠다는 말을 해도, 전혀 개의치 않을 뿐 아니라 도리어 다른 얘기를 하고 있었다. 여기서 다른 나라 얘기는 왜 나오는 것인지, 엘레나는 도무지 이해할 수가 없었다.

"하지만 백작, 백작이 생각하는 일은 일어나지 않을 일이야."

엘레나는 저로서는 끼어들 수가 없는 대화에 멍한 얼굴로 허공을 바라보고만 있었다. 어차피 저를 빼놓고 얘기하는데, 신경 써봐야 머리만 아파질 뿐이었다.

그냥 항상 그렇듯이, 둘이 기 싸움을 하는 거라고만 생각했다.

"그러니 이번만큼은 넘어가 주겠어."

대체 뭘 넘어가 주겠다는 건지.

본인들만 아는 얘기를 하는 둘의 말에 엘레나는 심통이 나서 입술을 쭉 내밀고 부루퉁한 얼굴을 하고 있었다. 그때 아론이 엘레나에게 다가와 작별인사를 고했다.

"2주 뒤에 건국 파티에서 보도록 하지."

"……!"

그리고 엘레나는 너무 놀라서 그대로 뻣뻣하게 굳어버리고 말았다.

무려 아론이 제 볼에 입술을 맞춰왔다. 믿기지 않는 상황에 두 눈이 커다래졌다.

지금 자신의 볼에 닿는 감촉이 정말로 그의 입술이 맞는 건지, 아니면 제가 꿈을 꾸고 있는 건지 분간할 수가 없었다.

"그동안 질투가 많이 나지 않게 해줬으면 좋겠군."

질투가 나지 않도록 해줬으면 좋겠다고, 볼에 입 맞추는 그의 행동에 엘레나는 멍하니 눈만 깜빡이고 있었다. 너무 놀란 나머지 숨도 쉬지 못했다. 그저 눈앞에는 아론의 붉은 입술만이 보였다.

"……."

아론은 그렇게 충격적인 입맞춤을 선사한 뒤에, 홀연히 이곳을 떠나버렸다. 남은 것은 충격에 휩싸인 엘레나와 클라우스였다.

엘레나는 충격으로 아무 말도 하지 못하고, 그대로 선 채로 굳어버린 상태였다.

무려 그가 제 볼에 입을 맞췄다.

"아……."

엘레나는 뒤늦게 몰려오는 부끄러움에 얼굴을 붉히고, 가느다란 신음을 내뱉었다. 아직도 볼에는 그의 입술 감촉이 남아 있는 것 같다.

질투가 많이 나지 않도록 해줬으면 좋겠다고 말했다.

엘레나는 그게 무엇을 의미하는지 알고 있었다. 건국일 전까지 칼리드를 만나는 것을 막지는 않을 거라는 얘기였다. 하지만 이번처럼 칼리드와 단둘이 있을 만한 상황을 용납하지 않겠다는 거다.

"미쳤나 봐……."

엘레나는 진정하기 위해서 연신 얼굴에 손부채질을 했지만, 얼굴의 열은 도통 가라앉을 기미가 보이질 않았다. 오히려 더욱 달아오르는 것만 같은 기분이었다.

화끈거리는 열기를 가라앉히고자, 두 볼에 손을 올리고 열을 식히고 있었다. 하지만 자꾸만 생각나는 아론의 얼굴에 그마저도 소용이 없었다. 쿵쾅쿵쾅 요동치는 세찬 심장 소리가 귓가에 크게 울렸다.

"적어도 아주 거짓은 아니구나."

"네……?"

터질 것처럼 달아오르는 볼의 열기를 가라앉히던 엘레나는 갑자기 들려오는 목소리에 이곳에 저 혼자만 있던 게 아니라는 걸 깨달았다.

생각해보니 이곳에는 저와 아론 말고 클라우스도 있었다. 아론은 클라우스의 앞에서 제게 입을 맞춘 거였다. 물론 진짜 입술 위에 입을 맞춘 게 아니라, 어린아이들 장난처럼 볼에 하는 가벼운 스킨십이었다.

"아버지! 그게…… 지금 이 상황은……."

아까는 진하게 끌어안고 있는 것을 보여주지 않나. 지금은 볼에 입을 맞추는 모습까지 보여주고 말았다. 엘레나는 딸을 끔찍하게도 여기는 클라우스가 보고 그냥 넘어갈 수 없을 거라고 생각했다.

한 가지만 해도 그냥 넘어가기 힘든데, 마지막에는 무려 최후의 어퍼컷까지 날리고 가셨다. 엘레나는 저를 이런 상황에 두고 가버린 아론이 원망스러웠다.

"굳이 내게 변명하지 않아도 된단다. 사실 칼리드와 약혼시켜달라, 나를 조르던 엘레나 네가 갑자기 전하와 결혼한다고 싶다고 할 때는 믿지 않았다."

대체 얼마나 클라우스에게 칼리드와 약혼하게 해달라고 졸랐는지, 엘레나는 굳이 물어보지 않아도 알 것 같았다. 그녀는 사랑을 듬뿍 받고 자라서인지, 원하는 것에 대한 집요함이 상당했다.

"하지만 지금 이 모습을 보니, 도저히 믿지 않을 수가 없구나."

"아버지……."

엘레나는 씁쓸해 보이는 클라우스의 모습에 아무런 말도 할 수 없었다. 그의 푸르른 녹음 같은 눈동자에는 말할 수 없는 쓸쓸한 기운이 감돌았다. 클라우스에게는 지금 이 상황을 감당할 수 없는 것 같았다.

"나는 끝까지 내 딸이 이용당하고 있는 거로만 생각했다."

"그런 게 아니라고 말씀드렸잖아요."

"엘레나, 너를 믿지 못해서가 아니라, 황태자 전하를 믿지 못해 그런 거란다. 누구보다도 전하의 본모습을 잘 알고 있는 사람이 나라고 생각했지……."

클라우스의 표정은 어딘가 허탈해 보이기까지 했다. 세상살이에 깊은 회의감을 느끼고 있는 것 같았다. 엘레나는 클라우스에게 이 정도로 큰 충격일 거라곤 생각하지 못했다.

"……하지만 겪어보니 그것도 아닌 것 같구나."

엘레나는 이제는 클라우스가 저를 바라보고 있는지도 헷갈렸다. 클라우스는 저 멀리 무언가를 보고 있는 것 같은 표정이었다. 제 붉은 머리를 보며, 아련한 표정을 짓고 있는 클라우스의 표정에 엘레나는 어떤 말도 할 수 없었다.

왜냐면 클라우스의 표정이 너무도 슬퍼 보였기 때문이었다.

"너는 나와 에블린의 자랑이니까. 어디를 가더라도 항상 사랑받을 거란다."

"네."

엘레나는 클라우스가 저를 보며, 죽은 백작 부인인 에블린을 떠올리고 있었다는 걸 깨달았다. 클라우스와 에블린이 사이가 좋았다는 것은 알고 있었다.

하지만 얼마나 그녀를 사랑했기에 아직도 아무와도 재혼하지 않은 채, 에블린을 그리워하고 있는지 엘레나는 이해가 가질 않았다.

"에블린은 항상 말했지…… 엘레나 너는 세상에 하나밖에 없는 존재라고."

엘레나는 회상에 빠진 클라우스를 방해하고 싶지 않았지만, 오늘의 클라우스는 조금 이상했다.

"아버지, 그건 클로비스도 마찬가지예요."

"……그래, 그렇구나. 클로비스도 마찬가지지……."

아까 클라우스에게 느꼈던 기이함은 이거였다. 자세히 들여다보지 않으면, 알 수 없는 묘한 차별. 겉으로 보기에는 페이트 백작가는 완벽한 것 같았다.

딸을 사랑하는 아버지, 누나를 사랑하는 남동생. 보는 사람으로 하여금 훈훈한 미소를 지어지게 하는 그들의 가족애는 완벽해 보였다. 하지만 어딘가 이상했다. 그 완벽한 가족애는 엘레나라는 존재가 없으면 이뤄지지 않았다.

클라우스와 클로비스의 연결고리는 엘레나였다. 그녀가 없다면, 이 가족 구성원은 완벽할 수 없었다.

"오늘은 많이 피곤하겠구나. 건국일 파티에 관한 이야기는 나중에 나누자꾸나."

"아버지. 클로비스는-!"

"더 얘기를 나누기에는 나도 피곤하구나. 방에서 푹 쉬도록 하렴."

이건 명백한 거절이었다. 더 이상 클로비스에 관한 얘기는 나누고 싶지 않다는 뜻이었다.

클라우스는 단호하기까지 했다. 한 번도 엘레나에게만큼은 저렇게 단호한 모습을 보여주지 않던 클라우스였다.

"내일 보자꾸나."

"아버지……."

클라우스마저 방을 나가고, 엘레나는 침실에 혼자 남게 되었다. 클라우스가 보여준 마지막 모습, 상처받은 듯한 모습으로 뛰쳐나간 클로비스까지.

모든 게 알 수 없고, 머리가 어지러웠다.

"하아……."

오늘은 많이 피곤하겠다는 클라우스의 말이 맞았다. 클라우스가 나가자마자, 피로감이 온몸을 지배했다. 아무래도 오늘 하루 정말 많은 일이 일어나서, 몸이 잔뜩 긴장하고 있던 것 같았다.

정말 하루 만에 너무도 많은 일이 일어났다. 칼리드에게 초대를 받아 후작저에 갔고, 그곳에서 힐다를 만났다. 그리고 그녀의 앞에서 칼리드에게 청혼을 받기까지 했다.

"머리 아파."

엘레나는 지끈거리는 두통에 머리를 부여잡고, 침대 위에 털썩 주저앉았다. 하루 안에 머리가 받아들일 수 있는 정보의 수치를 넘은 것 같았다.

태풍처럼 휘몰아치는 일들에 맥없이 휩쓸려 다니기만 했다. 원래 제가 아는 대로라면, 칼리드는 자신에게 고백을 해서는 안 됐다. 그런데 칼리드는 제게 약혼하자고 고백을 했다. 엘레나는 대체 어디서부터 이야기가 틀어진 건지 알 수가 없었다.

"클로비스도 마찬가지야."

책 속의 내용에는 백작 부인은 클로비스를 낳고, 얼마 가지 않아 죽은 것으로 알고 있었다. 그래서 클라우스가 클로비스보다는 엘레나를 좋아했다고 쓰여 있었다.

그런데 왜 자신의 머릿속에는 그와 다른, 전혀 알 수 없는 기억이 있는 건지 이해할 수 없었다. 대체 이 출처를 알 수 없는 기억은 무엇인지, 그리고 이 기억이 가짜가 아니라 진짜인지…….

"대체 뭐지?"

어디서부터 어디까지가 진실이고, 어디서부터 어디까지가 거짓인 거지?

엘레나는 제가 알고 있는 것들이 정말 맞는 내용인지 혼란스러웠다. 왜 저는 몰라야 할 일들마저도, 알고 있는 것인지 머리가 어지러웠다.

"약혼, 페이트 백작가, 아론."

모두 떠올리면 떠올릴수록 머리가 어지러워, 두통이 몰려왔다. 대체 원래의 그녀는 어떤 기억을 가지고 있는 건지, 제가 읽었던 책의 내용은 어디까지가 진실인지 가늠하기가 어려웠다.

점점 제가 모르고 있는 일들이 일어나고 있었다. 엘레나는 제가 알고 있는 것들이 정말 진짜였는지 이제는 자신조차도 알 수가 없었다.

"엘레나…… 페이트."

아직 머릿속에 제대로 된 정리가 끝나지 않았는데, 자꾸만 몰려오는 피로감에 그만 잠이 들어버리고 말았다.

"아가씨, 일어나셨나요?"

"아. 소피아, 실비아."

엘레나는 자신이 저도 모르게, 잠결에 종을 울렸나 생각을 했다. 눈앞에서 휘장을 걷고, 부산스럽게 몸을 움직이는 실비아의 소피아의 모습에 멍하니 그들을 바라보고 있었다.

"좋은 아침입니다."

"좋은 아침…… 소피아, 내가 종을 울렸어?"

"아니요! 아가씨는 종을 울리지 않으셨어요. 다만 도련님께서 아가씨를 깨워달라고 부탁하셨어요."

제 물음에 씩씩하게 대답하는 실비아의 모습에 엘레나는 그렇구나, 라는 생각을 했다. 딱히 잠을 더 자고 싶었던 것은 아니었으니, 크게 상관은 없었다.

"클로비스와 아버지는?"

클로비스와 클라우스가 아침을 먹지 않고, 저를 기다리고 있냐는 질문이었다. 둘이 저를 기다리느라, 식사를 늦게 하는 건 페이트 백작가에서는 무척 흔한 일이었다.

"백작 각하는 오늘 아침 일찍 황궁에 가셨고, 도련님께서는 아가씨를 기다리고 계십니다."

"그래, 그렇구나."

실비아는 휘장을 걷고, 부지런히 이부자리를 정리하고 있었다. 소피아는 약간 굳은 얼굴로 제 머리를 매만지고 있었다.

소피아와 실비아가 아침마다 진지한 얼굴로 머리를 정리하는 모습을 보면, 엘레나는 웃음을 참을 수가 없었다. 그만큼 자신의 머리가 손이 많이 가는 머리기는 했다. 하지만 중요한 수술을 하는 의사처럼이나 진지한 그녀들의 얼굴은 미소를 자아냈다.

"오늘은 어떻게 해드릴까요?"

"음…… 오늘은 그냥 하나로 묶어 올려주겠어?"

"네."

이내 두 사람이 달라붙어 무척이나 진지한 얼굴로 머리를 매만지기 시작했다. 소피아와 실비아는 마치 마법사처럼 엉망이 된 자신의 머리를 차분하게 만들었다.

"어젯밤, 향유를 바르지 않고 주무셨나요?"

"아…… 미안. 많이 힘들어?"

어젯밤에 향유를 바르고 자지 않았냐는 소피아의 질문에 엘레나는 어색하게 웃었다. 이 머리는 정말 불편하게도 아침저녁으로 관리를 해주어야만 했다. 그러나 어제는 너무 피곤해서 까무룩 잠이 들어, 잠들기 전 발라야 하는 향유를 바르지 못했다.

"아닙니다."

아닌 게 아닌 것 같은데……

엘레나는 힘겨워하는 소피아와 실비아의 모습에 미안한 미소를 지었다. 아무리 마법사 같은 실력을 갖춘 둘이라도, 향유를 바르지 않은 머리는 쉽지 않은 싸움인 것 같았다.

"다 됐습니다."

"고마워."

겨우겨우 힘든 사투가 끝나고, 뿌듯한 얼굴의 소피아와 실비아에게 감사의 미소를 건넸다.

"아!"

"왜 그래?"

"도련님께서 문 앞에서 기다리고 계십니다."

엘레나는 문 앞에서 클로비스가 기다리고 있다는 소리에 발걸음을 서둘러, 침실의 문을 활짝 열었다.

"누님!"

"클로비스!"

오늘도 평화로운 페이트 백작가의 하루가 시작되었다.

"누님."

클로비스는 애가 탄 것처럼, 제게 말을 걸지 못해서 안달이었다. 엘레나는 그런 클로비스의 불안한 마음을 어느 정도는 이해하고 있었기에, 최대한 클로비스에게 맞춰주고자 했다.

하지만 이건 해도 해도 너무했다. 아침 식사 이후로 계속해서 제 뒤만 졸졸 따라다니는 클로비스의 모습에 지칠 수밖에 없었다.

"클로비스. 오늘은 전하와 만나지 않을 거야."

아론이 2주 뒤에 만나자고 말했으니, 별일이 없는 한 아론은 찾아오지 않을 거였다.

"알고 있습니다. 아버지께 전부 전해 들었습니다. 건국 파티날, 약혼녀인 걸 공표한다고……."

"내가 전하와 약혼하는 게 싫으니?"

차마 미움을 받을까, 싫다는 말도 하지 못하고 있는 클로비스의 모습에 엘레나는 작게 한숨을 내쉬었다. 예전이라면 클로비스의 이런 행동이 이해가 가지 않았을 테지만, 지금은 왜 클로비스가 이토록 조급히 구는지 알았다.

"싫진 않습니다."

"클로비스."

누가 보아도 싫은 얼굴을 하고서 싫지 않다는 말을 하는, 그의 모습에 엘레나는 클로비스를 옆으로 불렀다.

"무엇이 그렇게 불안한 거니?"

엘레나는 클로비스의 머리를 쓰다듬으며, 다정하게 말을 걸었다. 저와는 다르게 얌전한 금발 머리는 손안에서 부드럽게 흩어졌다. 제 손길에 몸을 기대는 클로비스의 커다란 몸에, 엘레나는 그의 등을 살짝 토닥였다.

"저는……."

대체 뭐가 그렇게 불안한 것인지, 자꾸만 말을 삼키는 클로비스의 반응에 엘레나는 마음이 착잡해졌다.

"저는…… 더는 누님이 제 누나가 아니게 되는 것이 무섭습니다."

"그게 무슨 소리니?"

엘레나는 전혀 예상치 못한 클로비스의 대답에 깜짝 놀랐다. 제가 아론과 약혼하게 된다고, 클로비스가 제 동생이 아니게 된다는 말은 이해할 수 없었다.

"전……."

미처 말을 잇지 못하고 입술을 깨물고 있는, 클로비스의 모습에 엘레나는 그의 등을 부드럽게 쓸어주었다.

"클로비스. 내가 전하의 약혼녀가 되더라도, 내가 너의 누나인 것에는 변함이 없어."

"……정말인가요?"

"그래."

엘레나는 갈색 눈에 담긴 희망의 빛에 클로비스가 얼마나 이 문제로 고민을 했는지 알아차렸다. 버림받지 않기 위해서 발버둥 치는 클로비스의 모습에 입안이 절로 써졌다.

"저는 앞으로도 계속 누님의 동생인 거죠?"

"맞아. 그건 우리가 죽게 되더라도 변하지 않아."

엘레나는 클로비스가 왜 불안해하는지 알고 있어, 그의 불안을 잠재우기 위해 더욱 다정히 말을 건넸다.

"그러니 불안해할 필요 없어. 너는 내 동생이고, 페이트 백작가의 후계자야."

"……네."

금세 붉어진 클로비스의 눈가에 엘레나는 살짝 웃으면서, 그를 품 안에 안아주었다. 어릴 적 고목나무 앞의 그날처럼…….

"그런데 누님……."

"왜 그러니?"

엘레나는 오랜만에 불청객들이 없는 평화로운 하루에 느긋하게 차를 마시며, 못다 한 독서를 하고 있었다.

"누님께 말씀드려야 할 게 있습니다."

좀 전의 일뿐 아니라, 또 다른 말을 할 게 있다는 클로비스의 말에 엘레나는 고개를 갸웃거렸다.

그 문제라면 아까 다 끝난 것이 아니었나?

"아까 다 말한 것이 아니었어?"

"그게 아니라…… 아버지께서는 말하지 말라 하셨지만, 말해야 할 것 같아서요."

클라우스가 말하지 말라는 말이라니. 엘레나의 머리 위로는 물음표가 가득했다.

"어제 전하께서 아버지께 화를 많이 내셨다 들었습니다."

"아…… 그랬지."

엘레나는 클로비스의 말에 고개를 끄덕였다. 하지만 클라우스와 아론의 부딪힘은 하루 이틀이 아니었다. 굳이 어제가 아니더라도, 둘은 만날 때마다 으르렁거리기 일쑤였다.

"사실 아버지께서는……."

엘레나는 둘이 싸우는 것이 어제오늘 일도 아니고, 이번에도 별 것 아니라는 생각에 차를 홀짝였다.

"저와 누님을 외국으로 도망치게 하려고 했습니다."

쨍그랑-

하지만 엘레나는 클로비스의 말을 듣는 순간, 너무 놀라 찻잔을 놓쳐버리고 말았다.

"외, 외국?"

"누님! 괜찮으십니까?"

클로비스가 놀라 허겁지겁 찻잔을 치우고 있는 것이 보였지만, 엘레나는 지금 상황이 눈에 들어오지 않았다.

갑자기 난데없이 외국이라니!

"클로비스. 그게 무슨 말이니……?"

"누님, 손에 피가……."

"그게 무슨 말이냐 물었어."

엘레나는 손에 피가 났다며 치료하려 드는 클로비스의 손을 뿌리쳤다.

외국으로 도망치게 하려 했다니! 자신은 전혀 모르고 있는 일이었다.

"누가 누구랑 외국으로 도망쳐?"

"저와 누님을 레널드 제국으로 도망치게 하려 했습니다."

클로비스의 쐐기를 박는 대답에 엘레나는 기가 차서 한숨을 내뱉었다. 어쩐지 어제 아론과 클라우스의 대화가 조금 이상했다. 저는 하나도 모르고 있는 일이니, 대화를 전혀 이해할 수가 없지.

"누구의 머리에서 나온 생각이야?"

"누님, 그게 중요한 게 아닙니다. 지금 누님 손이……."

"지금 이거 말고 중요한 게 뭔데!"

그러면 안 된다는 걸 알고 있는데도, 엘레나는 저도 모르게 클로비스에게 소리를 질러버렸다. 다른 사람은 몰라도 저 아이에게만은 그래서는 안 된다는 걸 알고 있어도 어쩔 수 없었다.

"누님……."

"정말 둘 다 미친 거야? 레널드 제국? 레널드 제국으로 도망을 친다고?"

어제 그 대화를 듣고, 그냥 넘어간 자신이 바보였다. 언제나 그랬듯이 그저 둘이 으르렁거리며 기 싸움을 하는 것이라고만 생각했었다.

"일단 치료부터 하지 않으면, 얘기해드리지 않을 겁니다."

클로비스의 말에 엘레나는 어이가 없어서, 고개를 휙 돌려 클로비스를 바라봤다.

"그렇게 보셔도 소용없습니다. 치료를 하지 않으면, 얘기해드리지 않을 겁니다."

"클로비스 네가 얘기해주지 않아도 알 수 있어. 분명 너와 아버지가 세운 계획이겠지."

"……."

클로비스는 굳은 표정으로 아무 말도 하지 않고 있었다. 그 모습에 엘레나는 정말 치료를 하지 않으면 얘기를 해주지 않을 거라는 걸 알아차렸다.

"치료하지 않으면, 전 말씀드릴 수 없습니다."

"그래, 알겠어."

굳어 있던 얼굴이었던 게 언제였는지, 클로비스의 갈색 눈에 떠오른 안도감에 엘레나는 퍽 어이가 없었다.

"자, 이제 말해봐."

클로비스는 마법으로 하는 치료임에도 꼼꼼하고 세심하게 손을 살폈다. 기껏 해봐야 찻잔에 손등이 살짝 긁힌 정도였다. 그것도 마법으로 치료를 해서 흉하나 지지 않을 상처다.

"처음에는…… 아버지는 누님을 어떻게 황태자 전하에게서 떼어 놓을까 고민하셨습니다."

클라우스라면 그럴 만했다. 클라우스가 바로 자신을 아론에게 보낼 리가 없었다.

"하지만 아무리 생각해보아도, 이 제국에서 전하의 눈을 피할 곳은 없죠. 그래서 눈을 돌린 곳이 레널드 제국이었습니다."

"아무리 그래도 레널드 제국이라니!"

"그게 유일한 방법이었으니까요. 전하의 눈길을 피할 만한 곳이, 레널드 제국 말고 어디 있겠습니까?"

엘레나는 클로비스의 말에 입술을 지그시 깨물었다. 클로비스의 말이 맞았다. 아론의 눈을 피할 수 있는 곳은 레널드 제국이 유일했다. 레널드 제국은 클로드 제국과 적대국인 나라였다. 두 제국은 휴전 중이었지만, 아직도 전쟁이 언제 일어나도 이상하지 않은 상태다.

"레널드 제국에 간다는 건……."

"모든 걸 포기하고, 죽을 각오를 한 자만 갈 수 있죠. 레널드 제국으로 망명한 클로드 제국의 귀족들은 깡그리 죽음을 맞았으니까요."

20년간 지속된 가뭄에도, 귀족들이 클로드 제국을 떠나지 않은 이유는 있었다.

처음은 레널드 제국 경계 근처에 영지가 있는 귀족들이었다.

레널드 제국으로 망명한 귀족들은 흔적도 없이, 싸늘한 죽음을 맞이했다. 황태자인 아론이 피도 눈물도 없는 철혈의 황태자라는 소문이 돈 이유가 있었다. 그에게 자비란 존재하지 않았다.

그는 망명한 귀족들 모두를 한 명도 남김없이, 잔인하게 죽인 것으로 유명했다. 그리고 그걸 곁에서 도운 건, 바로 제 아버지인 페이트 백작이었다.

"그만큼 아버지는 누님을 황태자 전하에게 보내고 싶지 않았던 겁니다. 그건 저 또한 마찬가지였기에, 아버지의 계획을 수락한 거였고요."

"어떻게 그럴 수가…… 누구보다도 그 의미를 잘 알고 있는 게, 너와 아버지였잖아!"

사실 말하지 않고 있어도, 전부 알고 있었다. 마법 능력이 뛰어난 클로비스를 클라우스가 가만히 내버려 두지 않았다.

클라우스는 저에게는 다정한 아버지였지만, 클로비스에게는 누구보다 엄한 아버지였다. 저는 온실 속의 화초처럼 사랑만 받았지만, 클로비스는 그렇지 않았다는 걸 알았다.

"그래서 저를 선택한 겁니다."

"아……."

엘레나는 이 엄청난 진실에 눈앞이 새하얘지는 걸 느꼈다.

"하지만 그마저도 전하께 계획을 들켜버리고 말았죠."

2장

내게 아주 필요한 사람

“그래서…… 어제 전하가 왔을 때, 네가 성에 없던 거였어?”

아론이 올 때마다, 제게 붙어 있지 못해서 안달이 난 클로비스였다. 하지만 어제 아무리 제가 칼리드에게 다녀와서 아론이 화가 나 있다고 해도, 그냥 쉽게 물러난 클로비스가 아니었다.

“네.”

고개를 끄덕이는 클로비스의 모습에 엘레나는 눈앞이 깜깜해졌다.

“너는…… 왜 아버지의 계획을 수락한 거야.”

엘레나는 원망이 담긴 목소리로 클로비스에게 물었다. 적어도 클라우스가 그런 말도 안 되는 계획을 세웠더라도, 클로비스는 그걸 받아들이지 말았어야 했다.

“누님은 정말로 제가 거절할 수 있을 거라고 생각하십니까?”

"아……."

씁쓸한 얼굴로 대답을 하는 클로비스의 모습에 엘레나는 단말마의 신음을 내뱉었다. 제게는 누구보다도 유하고 사랑을 주는 클라우스였지만, 클로비스에게는 누구보다 매정한 사람이 클라우스라는 걸 잊고 있었다.

"제가 거절하지 못한 건, 누님이 생각하는 이유는 아니에요. 물론 그런 이유로 아버지의 부탁을 거절하지 못 한 일도 많았죠. 하지만 이건 제 의지였어요."

"왜 그랬어. 이건 너도 죽을 수 있는 문제였어!"

"누님이 아니었다면, 저는 이미 그 어릴 적에 죽어 없어졌겠죠."

엘레나는 클로비스의 대답에 몸을 멈칫했다. 제가 아니었으면, 어릴 적에 죽어 없어졌겠다는 그의 말이 이해가 가질 않았다.

"그게……."

"누님도 아시다시피, 페이트 가문이 클로드 제국에서 가진 힘을 아시잖아요. 유일하게 비가 내리는 영지. 게다가 비를 내릴 만한 힘을 가진 마법사가 둘이나 있어요. 그런 가문이 아직도 백작위에 머물러 있다는 게 이상하지 않나요."

클로비스의 말대로 페이트 가문이 백작위에만 머무르고 있다는 게 이상했다.

"오직 누님의 정체를 들키지 않기 위해서, 저희는 누님의 힘이 세상에 알려지는 걸 막기 위해서 낮은 곳을 자처한 겁니다."

어느 정도 예상은 하고 있었지만, 겨우 그런 이유로 백작위에만 머물고 있다는 얘기에 엘레나는 놀랄 수밖에 없었다.

"그런데 그런 누님의 힘이 알려지고, 이용당한다는데 저희가 가만히 손을 놓고 있을 거라고 생각하셨습니까. 누님은 정말 순진하십니다."

"클로비스, 그러니까 나는……."

"저와 아버지가 누님을 어떻게 생각하시는지, 누님은 아직도 모르고 계세요."

엘레나는 제게 순진하다고 말하는 클로비스의 모습이 너무나 낯설었다. 저렇게 어두운 표정의 클로비스는 처음이었다. 처음 보는 클로비스의 어두운 면모에 엘레나는 뭘 어떻게 해야 할지 몰랐다.

"저희는 오직 누님의 행복을 바랍니다. 그래서 칼리드의 방문도 막지 않은 겁니다. 오직 누님이 좋아한다는 이유 하나만으로."

엘레나는 이제야 어떻게 그녀가 칼리드에게 갈 수 있었던 건지 알게 되었다. 이렇게 직접 입으로 확인받게 되니, 그간 고민했던 것이 허탈할 정도였다.

"우리 모두 죽을 수도 있었어. 너도나도 아버지도, 모두 죽을 수도 있는 계획이야. 그걸 계획한 아버지도 아버지지만…… 어떻게 클로비스 너까지!"

"상관없으니까요."

"……뭐?"

일말의 표정 변화도 없이, 곧바로 상관없다고 말하는 클로비스의 말에 엘레나는 지금 자신이 잘못 들은 건가 싶었다.

“상관없었어요. 저도 아버지도, 설령 이 계획이 실패해서 죽게 되더라도 전혀 상관이 없었다는 말입니다.”

엘레나는 자신이 잘못 들은 게 아니라는 듯, 다시 한번 말해주는 클로비스의 대답에 그만 할 말을 잃어버리고 말았다.

저를 구할 수만 있다면, 죽어도 상관없다는 둘의 마음에 어떤 말을 해줄까. 이건 정말 이상했다.

“어, 어떻게…….”

“그날 이후로 제 생명은 누님이 구해준 것과 다름없어요. 누님이 아니었더라면, 저는 그대로 목숨을 잃었을 테니까요.”

클로비스의 맹목적인 애정.

엘레나는 그 맹목적인 애정이 두려웠다. 대체 무엇이 그들을 저리 맹목적으로 만든 것일까 무서워졌다.

“이상해, 이건 이상한 거야! 나를 위해서라면, 목숨을 버려도 상관없다니 그게 말이 된다고 생각해?”

“아직도 모르고 계셨습니까? 페이트 백작가가 누굴 위주로 돌아가는지, 이때쯤이면 당신도 눈치채셨으리라고 생각했습니다.”

엘레나는 클로비스의 말에 소름이 돋아, 그의 어깨를 밀쳐내고 도망쳤다. 클로비스의 말투가 조금 이상했다.

마치 자신이…… 원래의 그녀가 아닌 걸 알고 있는 것 같았다.

"너…… 전부 알고 있었어?"

"무얼 말이죠? 당신은 페이트 백작가의 사랑받는 딸이며, 제가 사랑하는 누님이라는 걸요?"

클로비스는 이미 모든 걸 알고 있으면서도, 회피하려는 것 같았다. 다시 생글생글 웃는 그의 얼굴이 그걸 말해주고 있었다.

"걱정하지 마세요. 당신은 저의 누님이고, 아버지의 딸입니다."

"……."

엘레나는 이 소름 끼치는 상황에 몸을 부들부들 떨고 있었다. 다 알고 있었다. 이미 눈치채고도, 모른 척하고 있었던 거였다.

오로지 그들의 가족 관계를 유지하기 위해서!

"누님이 제 생명을 구해준 건, 변하지 않아요."

"내가 아니라는 걸 알고 있잖아."

"그렇지 않다는 것도 알고 있죠."

엘레나는 정확한 대답을 회피하는 클로비스의 행동이 무서웠다. 온몸에 소름이 돋아, 털이 바짝 솟은 상태였다. 소름이 돋을 정도의 싸늘함이 온몸을 뒤덮었다.

"그렇게 겁내지 마세요. 누님의 말대로, 저는 영원히 누님의 남동생이니까요."

"……."

영원히 제 남동생이라며, 손등 위에 입을 맞추는 클로비스의 행위는 더없이 고결했다. 하지만 엘레나는 오히려 그 행위에 소름이 쫙 끼치는 것을 느꼈다.

“제가 말하고 싶은 건, 황태자가 저희의 계획을 모두 알고 있었다는 얘기예요.”

“…….”

“황태자가 계획을 알아차리고 백작가에 찾아왔을 때는…… 저희 모두 죽는 줄로만 생각했습니다.”

엘레나는 클로비스에게 붙잡힌 손등을 빼내고 싶었다. 그러나 손가락 하나도 까딱일 수가 없었다. 이 충격적인 진실에 숨을 쉬는 것이 고작이었다.

“소름…… 끼쳐.”

“저와 아버지가 누님을 사랑하는 것만은 곡해하지 말아 주세요. 어서 누님이 모든 걸 깨우치는 날이 왔으면 좋겠네요.”

소름이 끼친다는 제 대답에도 클로비스는 살포시 웃기만 할 뿐, 이렇다 할 반응을 보이질 않았다. 그저 다시 한번 제 손등 위에 우아하게 입 맞출 뿐이었다.

“누님이 정말로 원한다면, 그게 황태자 전하라도 저희는 받아들일 수 있습니다. 여차하면 죽을힘을 다해 누님을 지키면 되니까요. 그럼, 오늘도 좋은 하루 보내시길.”

클로비스는 그 말을 마지막으로 방을 나갔다. 엘레나는 이 충격적인 사실들에 아무 말도 하지 못하고, 그대로 자리에 앉아 굳어 버렸다.

"……."

클로비스가 나갔다는 것을 알고 있는데도, 정신적 충격에 손가락 하나 까딱일 수가 없었다. 클로비스도 클라우스도 모두 알고 있었다. 알고 있는데도 입을 다물고 있던 거였다.

"……돌아갈래."

돌아갈래. 원래 세상으로 돌아가고 싶어.

"어디 있지?"

엘레나는 방 안을 미친 듯이 초조하게 뒤지고 있었다. 아론에게 연락할 수 있는 수정구슬을 찾기 위해서였다.

'설마 내가 정말로 받아들였을 거라고 생각했나? 그 사이에 그녀를 내게서 도망치게 하려는 자네의 요구를?'

'이건 허락을 받는 게 아니야. 왜 그런지는 백작, 자네가 제일 잘 알고 있겠지.'

어제 둘의 대화를 듣고도 그냥 넘어간, 자신이 잘못이었다. 이상하다고 느꼈음에도 별일이 아닐 거라고 생각했다. 클로비스에게 모든 걸 전해 듣고 난 뒤에, 어제 그의 말을 떠올리니 왜 아론이 그런 말을 했는지 깨달았다.

"어디……!"

분명 자신의 방에도 연락용 수정구슬이 있었는데, 당최 어디에 있는지 찾을 수가 없었다. 스마트폰을 쓰던 세상에서 온 자신에게 수정구슬은 낯설었다.

애니메이션에나 나올 법한 수정구슬로 연락을 한다는 자체가 이상했다. 그래서 비상용 수정구슬이 아니면, 수정구슬은 쓴 적이 없었다. 수정구슬을 쓸 때는 클라우스에게 연락이 올 때만 사용했었다.

"대체 소피아가 수정구슬을 어디에 놨었지?"

작은 크기의 수정구슬은 아니었으니, 꼭꼭 숨겨놓을 수도 없었다. 그런데 왜 아무리 찾아도 수정구슬의 형태도 보이질 않는 것인지 답답했다.

"어디에…… 찾았다!"

등잔 밑이 어둡다고 수정구슬은 생각보다 가까운 곳에 있었다. 엘레나는 수정구슬을 찾아, 구슬 표면을 쓱쓱 문질렀다.

수정구슬을 문지르니, 정말 자신이 마녀라도 된 느낌이었다.

"어…… 맞다. 나는 아론의 코드 번호를 모르지."

수정구슬이라고 만능은 아니었다. 상대방의 코드 번호를 알지 못하면, 연락할 수가 없었다.

그동안은 굳이 연락을 하지 않아도 아론이 직접 찾아왔으니 상관없었지만, 지금은 그의 코드 번호를 모르면 연락할 수 없는 상황이었다.

엘레나는 이제껏 그의 코드 번호조차도 모르고 있었다는 사실에 허탈했다.

"어서 그에게 오해라고 모두 설명해야 하는데……."

하루가 멀다 하고, 불쑥불쑥 찾아오는 아론이 싫었는데 오늘따라 그가 찾아오지 않자 이상했다. 겨우 하루인데도 그가 찾아오지 않는다는 사실에 기분이 저조해지다니.

"……."

아마 무섭고 불안해서 그런 것 같았다. 이상하게도 그의 곁에 있으면, 이유 모를 안정감을 느꼈다.

지금도 클로비스에게 들은 엄청난 일들에 몸이 떨렸다. 본능적으로 몸이 그를 찾고 있는 것이다. 그러기에 한 번도 꺼내지 않았던, 수정구슬을 찾겠다고 방을 뒤집었던 거였다.

"무서워."

엘레나는 두려움에 두 무릎을 껴안고, 그 사이에 고개를 묻었다. 이곳에 오고 나서 처음으로 느끼는 무서움과 외로움이었다. 이제까지는 마냥 즐겁기만 했었다. 모두 제가 원하는 대로 바뀌고 있다고 생각했다.

그러나 전부 아니었다. 모두 다 제 착각이었다. 페이트 백작가가 무서웠다. 원래의 그녀가 대체 무슨 삶을 살아왔는지, 두려워서 더는 알고 싶지도 않았다.

그냥 이대로 집에 돌아가고만 싶었다.

"한수진으로…… 한수진으로 돌아가고 싶어."

하지만 무엇보다도 제일 무서운 것은 원래 세상의 기억들이 하나도 나질 않는다는 거였다. 지금 제게 남은 기억은 제 이름인 한수진이라는 것과 이 책 속의 이야기밖에는 기억이 없었다.

책 속의 기억마저도 자신이 알고 있는 것들이 진짜였는지, 이제는 저 자신도 알 수가 없었다. 모든 게 불안정하고 무서웠다.

"엄마, 아빠……."

엄마 아빠를 불러보았지만, 제게 부모님이 있었는지조차도 기억나지 않았다. 제가 어떤 삶을 살아왔는지조차도 희미해져 버렸다.

눈을 감으면 온통 새카만 어둠뿐이었다.

"난……."

제가 정말 한수진이 맞다면, 왜 한수진이었던 시절의 기억들이 모두 사라져버리고 만 것인지 이해할 수가 없었다. 한수진의 기억들이 모두 사라지고, 그 위에 엘레나의 기억들이 덧칠된 것 같은 느낌이었다.

아무리 떠올리려 노력해보아도, 덧칠된 기억 때문에 아래에 있는 기억은 희미했다. 이제는 한수진이라는 이름마저도 잊어버릴 것 같아서 무서웠다.

점점 한수진이 아니라, 엘레나 페이트 그 자체가 되어가는 것만 같았다.

눈을 감으니 과거가 보였다.

"엄마!"

어린 엘레나가 누군가에게 엄마라고 부르며, 달려가고 있는 모습이었다. 엘레나는 씩씩하게 웃으면서 뛰어가고 있었다. 그 뒤를 어린 클로비스가 소심하게 뒤따라가고 있었다.

엘레나의 나이는 겨우 8살이나 될까 싶었다.

"엘레나, 클로비스."

엄마라고 불린 여인은 에블린인 것 같았다. 그녀는 엘레나라고 말해도 믿을 정도로, 엘레나와 너무도 똑같이 생겼다. 살짝 주황빛이 감도는 빨간 머리와 초콜릿같이 부드러운 갈색의 눈동자까지. 엘레나가 나이가 든다면, 그녀처럼 될 것 같았다.

"어서 오렴."

"엄마!"

엘레나가 이렇게 밝은 모습은 처음이었다. 에블린에게 푹 안긴 엘레나의 얼굴을 무척이나 행복해 보였다.

"클로비스도 이쪽으로 오렴."

"아…… 저는……."

에블린에게 푹 안겨 애교를 부리고 있는 엘레나와는 다르게, 뒤에서 우물쭈물 바라만 보며 눈치를 보는 클로비스의 행동이 이상했다.

다가오라는 에블린의 말에도 곧바로 다가가지 않고, 그 자리에 서서 망설이고 있었다. 고작 5살 정도 되어 보이는 모습이었다. 어린 클로비스는 생각보다 너무나 귀여웠다.

"클로비스, 이리와!"

"누, 누님……."

어린 엘레나는 생각보다 많이 씩씩했던 것 같았다. 장난스레 올라간 입꼬리에 보통 성격이 아니겠다는 짐작은 했었지만, 이렇게 직접 활달한 모습을 보니 새로웠다.

"클로비스도 어서 오렴."

"아…… 저……."

"얼른 와!"

계속 다가오지 못하고 머뭇거리는 클로비스가 답답했는지, 엘레나가 클로비스를 끌어당겼다. 아무리 남자아이라지만 3살 차이가 나는 엘레나를 이길 순 없었는지, 클로비스는 엘레나의 손길에 힘없이 딸려오고 말았다.

"크, 큰어머니……."

"이제는 큰어머니가 아니라, 엄마라고 부르라고 말했잖니."

"……네에……."

에블린의 말에 기쁜 듯이 얼굴을 붉히는 클로비스의 얼굴은 무척 행복해 보였다. 그런 클로비스와 에블린을 꽉 안아주는 에블린의 얼굴에도 기쁜 미소가 걸려 있었다.

그래, 셋의 행복한 모습은 매우 훈훈했다. 가슴이 따뜻해질 정도로 훈훈한 모습이었지만, 이건 책 속에는 나오지 않은 제가 몰라야만 하는 기억이라는 게 문제였다.

"허억-!"

뭐지? 그 기억은 대체…….

"왜…… 분명 에블린은 클로비스를 낳고, 얼마 지나지 않아 죽은 게 아니었어?"

분명히 제가 읽었던 〈칼리드의 여자〉에서는 엘레나의 어머니는 클로비스를 낳고, 얼마 지나지 않아 죽은 것으로 쓰여 있었다. 자신도 그렇게 알고 있었고…… 그런데 왜 클로비스와 에블린이 얘길 나누고 있는 거지?

"그리고 나는 그걸 어떻게 알고 있는 거야……."

그리고 왜…… 자신은 클로비스가 클라우스의 아들이 아니라는 걸 알고 있는 거지?

처음은 그 고목나무 아래에서의 기억이었다. 그 기억이 떠오른 순간부터 계속해서 알지 못하는 기억들이 머릿속을 침투했다.

"이상해……."

정상적 남매 관계가 아니라는 아론의 말에 의하면, 정말 클로비스는 제 친동생이 아니었다. 그렇다면 이 말도 안 되는 자신의 기억이 맞다는 얘기였다.

똑똑-

"아가씨, 주무세요?"

흠칫.

엘레나는 노크 소리에 주변을 둘러보자, 여전히 창밖은 밝은 햇살 그대로였다. 아무래도 깜빡 잠이 들었던 것 같다. 한 번도 낮잠을 잔 적은 없었는데, 낮잠에 빠졌다는 게 이상했다.

그것도 그런 이상한 꿈을 꿨다는 게…….

"아가씨?"

"아…… 실비아, 미안. 조금만 기다려줘."

침대에 누운 상태도 아니었다. 자리에 앉은 상태로 그렇게 깊은 잠에 빠졌다는 게 이상했다. 마치 마취라도 당한 것처럼, 갑자기 일어난 일이었다. 정신을 차려보니, 잠에서 깨 헉헉거리고 있었다.

"칼리드 후작 각하가 찾아오셔서 그래요."

"칼리드가?"

칼리드가 찾아왔다는 말에 엘레나는 급히 일어나, 문을 벌컥 열었다. 문을 열자 곤란한 표정의 실비아가 웃고 있었다.

"접견실에 계세요."

대체 왜?

약혼을 거절한 지 얼마나 되었다고, 이렇게 불쑥 찾아오는 칼리드의 행동에 엘레나는 짜증이 났다.

"아, 아가씨…… 허억, 조금만 천천히……."

"아…… 미안."

엘레나는 뒤따라오는 실비아의 거친 숨소리에 걸음을 멈췄다. 저도 모르게 화가 나서, 경보하듯이 걸음을 빨리한 것 같았다. 이 몸의 체력은 생각보다 대단했다. 얼마나 대단한지, 전이었더라면 할 수 없었던 달리기도 할 수 있었다.

"하아, 하…… 아가씨의 체력은 언제 봐도 대단하세요."

"그러게. 특별히 따로 운동을 하지 않는데도, 그러네."

신기하게도 따로 운동을 하는 것이 아닌데도, 항상 몸이 쌩쌩했다.

"무슨 화나신 일이라도 있으세요?"

"아냐. 아! 실비아 부탁하고 싶은 게 있는데……."

"네?"

엘레나는 화들짝 놀라는 실비아의 모습에 야살스럽게 입꼬리를 올렸다. 방금까지는 기분이 나빴었는데, 기분이 좋아질 만한 일이 생겼기 때문이다. 엘레나의 갈색 눈동자는 장난기로 가득 차 반짝거리고 있었다.

"아, 아가씨. 만약 그렇게 한다면……."

"걱정하지 마. 모든 일의 책임은 내가 지는 거야 알겠지?"

"하지만……."

엘레나는 겁이 나는 건지 망설이는 표정인 실비아의 어깨를 감싸 안았다. 이건 모두 멋대로 찾아온 칼리드의 잘못이었다.

멋대로 찾아왔으면 이 정도의 환대는 감수해야지?

"나만 믿어. 그렇게 해줄 수 있지?"

"네, 네……."

어쩔 수 없이 고개를 끄덕이는 실비아의 모습에 엘레나는 환하게 웃음을 지었다.

"엘레나!"

"칼리드."

자신이 접견실에 들어서자, 벌떡 일어나서 반기는 모양새가 꼭 애가 탄 개 같았다. 여기서 개는 클로비스처럼 좋은 의미의 개는 아니었다. 애가 탄 모습의 칼리드는 제법 볼 만했다.

그렇다고 그가 봐줄 만하다는 게 잘생겼다는 게 아니라, 초조함에 발버둥 치는 모습이 웃긴다는 얘기다.

"여긴 어떻게 온 거야? 우리 어제도 만난 거 아니었어?"

"엘레나가 보고 싶어서…… 언제든 와도 좋다고 했잖아."

"아…… 그랬나."

엘레나는 일부러 관심이 없다는 듯이 심드렁하게 굴었다. 제가 그런 의미로 한 말이 아닐 텐데, 곧이곧대로 듣고 보고 싶어서 왔다는 대답을 하는 칼리드가 한심했다.

멍청한 것에도 정도가 있지…… 역시 저번에 느꼈던 기시감은 자신의 착각이었던 것 같다. 다른 사람도 아니고 칼리드가 그럴 리가 없다.

칼리드는 멍청한 것을 떠나서, 눈치까지도 없었으니까.

"어제 엘레나를 그렇게 보낸 게, 신경이 쓰여서 아무것도 할 수가 없었어."

"그래, 그랬구나."

실비아가 이때쯤이면 준비를 했으려나?

더는 칼리드의 멍청한 얼굴을 마주 보는 것도 한계에 달하고 있었다. 이곳에 오기 전에 꿨던 기분 나쁜 꿈 때문일까, 칼리드와 마주 보고 앉아 있는 것이 불편했다.

대화의 의미를 알아챌 머리가 없다면, 적어도 분위기를 읽을 눈치라도 있던가. 칼리드는 둘 중 아무것도 가지고 있지 않았다. 그런 칼리드와 한 테이블에서 대화를 나눈다는 건, 무척 고역이었다. 그것도 오늘처럼 기분이 나쁜 상태에서는 말이다.

엘레나는 어서 실비아가 들어와 주기만을 바랐다.

"엘레나 어제 네게 말했던 것 있잖아…… 나는 여전히……."

똑똑-

"아가씨, 들어가도 될까요?"

"실비아. 어서 들어와."

칼리드는 실비아의 방문으로 본인의 말이 끊긴 것에 대해, 기분이 나빠 보였지만, 엘레나는 무척 기뻤다. 드디어 이 시답잖은 대화에서 벗어날 수 있었다.

"홍차? 차라면 이미……."

칼리드는 두 개의 찻잔과 새로운 찻주전자에 의문을 표현했다. 칼리드는 이미 자신을 기다리느라, 차를 먼저 마시고 있었다. 그런 상황에 다시 찻잔이 들어오니 의아할 만도 했다.

"칼리드에게 대접하고 싶은 차가 있어서, 꼭 가져오라고 말했어."

"나한테 대접할 차?"

"응."

엘레나는 벌써부터 칼리드가 보여줄 반응에 가슴이 오싹오싹해지는 기분이었다. 이런 기분인 와중에 칼리드가 찾아와서, 한편으로는 얼마나 다행인지 몰랐다. 기분이 조금 나쁘기는 했지만, 그에게 복수하는 것만큼 짜릿한 건 없었다.

기분도 나쁜데, 어디 오늘 너 한번 엿 먹어보라는 심보였다.

"실비아, 내가 할게."

"네? 네……."

덜덜 떨리는 손으로 찻물을 우려내는 실비아의 모습에 엘레나는 제가 직접 하겠다며 실비아를 내보냈다. 저렇게 마음이 약해서야…… 누구는 독까지 타서, 사람을 바보로 만들어 놓았었는데…….

바보? 누굴 바보로 만들어?

"엘레나? 갑자기 왜 그래?"

"아…… 아냐! 잠깐 이상한 생각이 들어서……."

이상했다. 어떻게 듣지도 못한 일을 제가 기억하고 있는 거지? 그리고 누굴 바보로 만든다는 건지 알 수가 없었다.

"엘레나가 직접 내려주는 차를 맛본다니…… 정말 기뻐."

"나도 칼리드에게 차를 내려주는 게 기뻐."

이 앞으로 무슨 일이 일어날지도 모른 채, 기뻐하는 칼리드에게 엘레나는 환히 웃어주었다. 위기대처능력이라고는 쥐뿔도 없는 칼리드가 과연 어떻게 반응할지 궁금하기도 했다.

칼리드는 정말로 잘생기고 반반한 얼굴밖에는 믿을 것이 없는 자였다.

"내가 서툴러서 칼리드가 실망할까 걱정이야…… 정말 특별한 찻잎인데……."

엘레나는 제가 말하고도 가식이 줄줄 흐르는 말투에 그만 혀를 내두를 뻔했다. 언제부터 이렇게 연기를 잘하게 된 거지? 이대로 간다면 여우주연상은 떼놓은 당상이었다.

"난 엘레나가 해주는 것이라면 뭐든 좋아."

“고마워.”

칼리드는 헤벌쭉한 얼굴로 제가 해주는 것이라면, 뭐든 좋다고 실없이 웃고 있었다. 과연 이걸 그가 먹어보고도 그런 말이 나올지, 아주 기대감이 컸다.

엘레나는 일부러 온 정성을 들여서, 찻주전자에 홍차 잎을 우리고 있었다. 이건 오로지 칼리드만을 위한, 특별한 홍차였다.

“그런데 물이 조금 적은 것 같은데…….”

“아, 이건 칼리드가 먹을 거라서 그래. 누군가에게 차를 우려주는 게 처음이라서…… 실수할까 봐 칼리드 것만 우리고 있어.”

정말로 처음 차를 우리는 것은 맞았다. 하지만 이상하게 자신감이 넘쳐났다. 꼭 전에도 해본 것만 같은 느낌이었다.

“엘레나…… 정말 영광이야.”

“별거 아니야.”

“아니야! 난 정말로 고마워.”

“꺅!”

엘레나는 손을 덥석 잡아 오는 칼리드의 돌발행동에 하마터면, 그대로 주전자를 떨어뜨릴 뻔했다.

“놀랐어?”

“아, 아니…… 괜찮아.”

칼리드가 닿은 손은 벌레라도 묻은 양, 메스껍고 더러운 느낌이 들었다. 그의 손길이 이렇게나 불쾌할 줄 몰랐다. 당장이라도 손을 씻어내고 싶은 정도였다.

"엘레나, 정말로……."

"괜찮아!"

다시금 제게 다가오려는 칼리드의 손을 보는 순간, 엘레나는 저도 모르게 크게 소리를 쳐버렸다. 하지만 저 손이 다시 제 몸에 닿는다면, 견딜 수 없을 것 같았다.

아론의 손길이 닿았을 때와는 전혀 다른 의미로 심장이 마구 두근거렸다. 불쾌함과 두려움에 손이 마구 떨렸다.

"엘레나……?"

"그러게 내가 괜찮다고 말했잖아!"

칼리드는 제가 본인을 거부한 것에 대한 충격이 컸는지, 잔뜩 상처를 받은 표정이었다. 하지만 지금 제 상태는 다른 사람을 신경 쓸 수 있는 상황이 아니었다.

지금도 부들부들 떨리는 가슴과 손을 진정시키기 위해서, 몇 번이나 심호흡을 해야만 했다. 그전에도 칼리드와 이런 스킨십은 있었지만, 이렇게나 무섭고 불쾌했던 적은 없었다.

"혹시 어디가 안 좋은 거야?"

"아니, 아니야. 잠깐 뜨거운 찻물을 우리고 있는데, 칼리드가 건드려서 놀랐던 거야."

엘레나는 혹시라도 칼리드가 다시 다가올까, 뒤로 물러나며 방어적인 자세로 두 팔로 몸을 끌어안았다. 만약 다시 칼리드의 손이

제 몸에 닿기라도 한다면, 이대로 소리를 지를지도 몰랐다.

"미안, 더는 건드리지 않을게."

"……그래, 나도 미안해."

엘레나는 왜 자신이 갑자기 이런 반응을 보이는지 이해할 수 없었다. 칼리드와의 가벼운 접촉이 전혀 처음도 아니었다. 게다가 아론과는 칼리드보다 더한 스킨십을 해도 멀쩡했다. 심지어는 아론과의 스킨십에 설레서 심장이 두근댔던 적이 한두 번이 아니었다.

달그락, 달그락-

숨 막힐 듯 고요한 접견실에는 오직 엘레나가 차를 우리는 소리만이 났다.

"저…… 엘레나."

"……왜?"

"아무래도 내가 너무 조급했던 것 같아."

엘레나는 조급하다는 칼리드의 말을 이해할 수 없어서, 살짝 인상을 찡그렸다. 그가 왜 이런 얘길 꺼내는지 의도를 알 수 없었기 때문이다.

또 어떤 망발을 하시려고…….

"그게 무슨 소리야?"

"말 그대로 내가 너무 조급했어. 요즘 들어 엘레나 너와 멀어지는 것 같다고 생각했거든."

생각보다는 눈치가 아예 없지는 않은 것 같았다. 얼굴만 믿고 아무것도 할 줄 아는 것이 없는 놈이라고 생각했는데……

"혹시나 너를 잃게 될까 봐 조급해져서, 그래서 내가 너무 멋대로 굴었어."

엘레나는 솔직히 칼리드의 말을 듣고 놀랐다. 그가 이런 말을 할 줄이라고는 전혀 생각하지 못했기 때문이다. 다른 사람도 아니고, 칼리드가 이렇게 저자세로 나오다니…….

그만큼 칼리드가 궁지에 몰려, 초라해진 상태라는 얘기였다.

"……."

"하지만 너를 좋아하는 내 마음만은 진짜야."

틀렸다. 어쩌면 좋아한다는 말을 하지 않았더라면, 그의 말을 조금은 믿어봤을지도 몰랐다. 하지만 적어도 자신은 예전 엘레나, 그녀가 아니었다. 이런 달콤한 감언이설에 넘어가기에는 너무나 많은 것들을 알고 있었다.

즉, 이런 연기에 놀아나기에는 이미 모든 결말을 알고 있다는 얘기였다.

사랑에 빠진 것 같은 표정, 금방이라도 애정이 넘쳐흘러 보이는 보라색 눈동자. 누구라도 그를 보면, 사랑에 빠진 남자라고 생각할 것이다.

그러나 자신은 거짓으로 점철된 탁한 보라색 눈동자가 아니라, 누구보다 진실하고 제게 믿음을 주는 다른 보라색 눈동자를 알고 있었다.

“……차가 다 우려진 것 같아.”

엘레나는 차가 다 우려졌다는 말로, 자연스럽게 칼리드의 말에 대한 대답을 피했다. 칼리드는 저를 속이려면 적어도 제게 힐다를 챙기는 모습을 보여줘서는 안 됐다.

아무리 현실감 넘치는 연기를 해도 그 배역이 이미 임자가 있는 몸이라면, 사람들은 현실과 드라마를 혼동하지 않는다. 결국, 연기는 연기일 뿐이다. 지금 칼리드와 자신처럼 말이다.

지금 저희 둘은 서로 연기를 하고 있었다.

“내가 처음으로 만든 홍차야. 먹어줄래?”

연극의 시작을 알리는 막이 오르고 있었다.

“……”

“어때?”

엘레나는 일부러 아무것도 모르는 척, 칼리드에게 홍차의 맛을 물었다. 제가 우린 홍차는 빈말로라도 맛있다고 말할 수 없는 수준이었다.

“마, 맛있어……!”

“흐음…… 그래?”

맛있다고 말하는 것과는 달리, 칼리드의 표정은 전혀 그렇지 못했다. 얼굴이 기괴하게 일그러진 칼리드의 표정을 보고 있자니, 십 년 묵은 체증이 날아가는 것 같은 상쾌한 기분이었다.

엘레나는 제 몫으로 우려놓은 홍차를 한 모금 음미했다. 칼리드와 자신의 홍차는 찻잎이 달랐기에 안심하고 먹을 수 있었다.

"맛있다니 정말 다행이다!"

"하하, 엘레나가 직접 우려준 거라 그런지 너무 맛있어."

생각보다 칼리드는 이런 거짓말에는 능숙하지 못한 것 같았다. 맛있다고 말하는 그의 입 근육이 부들부들 떨리고 있었다. 아마 지금 당장 찻물을 뱉어내고 싶을 정도로 쓴맛일 거다.

"다행이야. 그건 내가 직접 말린 찻잎이거든."

물론, 완전히 뻥이다. 홍차에 대해서 잘 알지도 못하는 제가 어떻게 찻잎을 직접 말리겠는가.

"그, 그래……?"

"응."

칼리드는 제가 직접 말린 찻잎이라는 소리에 남은 홍차를 바라보고 있었다. 아마도 제가 직접 말렸다는 얘기에 저걸 다 먹을지 고민하는 거겠지.

엘레나는 여유롭게 홍차를 음미하며, 눈앞의 칼리드의 괴로워하는 표정도 같이 음미했다.

오늘따라 차의 향이 더욱 좋은 것만 같았다.

"내가 직접 말리고 우려서 맛이 없는 거야?"

"아, 아니! 절대로 아니야……."

말로는 아니라고 하면서, 얼굴은 당장이라도 토를 하고 싶은 표정이었다. 이건 복수 측에도 끼지 않는, 소심한 복수 중 하나였다. 갑자기 기분이 나쁠 때 찾아온 것에 대한 죗값이었다.

이 홍차는 칼리드가 왔다는 소리에 아까 실비아에게 시킨 것 중의 하나일 뿐이었다. 아직 더 남은 것이 있었다.

"혹시 돌아갈 때, 찻잎을 조금 가져갈래?"

"아……."

"왜 그래? 입에 맞지 않는 거야?"

엘레나는 일부러 모른 척 칼리드에게 말을 건넸다. 실비아에게 가뜩이나 아주 쓰고 떫은 먹지 못할 것 같은 찻잎을 준비하라고 말했다. 거기에 물을 적게 넣고, 찻잎을 왕창 넣었으니 아마 입안에서는 난리가 났을 것이다.

"아니야. 돌아갈 때, 꼭 줬으면 좋겠어."

"입에 맞다니 기쁘다! 아, 힐다에게도 같이 전해줄래?"

엘레나는 일부러 힐다를 입에 올리고, 칼리드의 반응을 살폈다. 아니나 다를까 움찔거리는 칼리드의 모습에 엘레나는 속으로 회심의 미소를 지었다.

"히, 힐다……?"

"응! 칼리드 후작성에서 만난, 그 마법사 여자분 말이야. 이름이……."

당연히 힐다의 이름을 알고 있었지만, 엘레나는 최대한 뜸을 들였다. 제가 뜸을 들일 때마다, 초조해하는 칼리드의 모습이 재밌었기 때문이다.

"아! 록사나 힐다! 록사나 힐다 맞지?"

"으, 응…… 맞아."

"그녀에게도 찻잎을 전해줘. 저번에 보고, 친해지고 싶었어."

힐다의 성격에 제가 보낸 찻잎을 받을 리가 없었다. 그 자리에서 마법으로 태우거나, 소멸시키지 않으면 다행이었다. 엘레나는 최대한 아무것도 모르는 척, 방긋방긋 웃고만 있었다.

"로, 록사나는 차를 좋아하지 않아서 괜찮아."

"그래?"

"응! 록사나는 귀족 출신이 아니라서, 이런 홍차 같은 건 마실 줄도 몰라!"

그저 찻잎을 전해달라는 말밖에 하지 않았는데, 혼자서 힐다의 신분에 대한 정보를 술술 부는 칼리드가 우스웠다.

그토록 힐다가 두려우면서, 꿋꿋하게 제게 오는 칼리드가 엘레나는 대단하다는 생각이 들었다.

"홍차를 좋아하지 않는구나……."

"그래! 록사나는 이런 거는 마시지도 못했어. 개가 홍차라니 가당키나……."

"그녀에 대해 꽤나 자세히 알고 있나 봐?"

엘레나는 힐다에 대해 줄줄 늘어놓고 있는 칼리드의 반응에 여기서 그를 한번 멈춰 줘야 했다. 여기서 더 나가게 된다면, 칼리드는 저를 경계할지도 몰랐다.

"뭐라고?"

"그녀에 대해 아주 잘 알고 있는 것 같다고. 후작위에 오르면서, 황제 폐하께 이번에 소개받은 게 아니었어?"

엘레나는 모른 척 차를 마시면서, 그의 반응을 지켜보고 있었다. 이쯤 말하면 아무리 칼리드라도 알아들을 것이다.

아무래도 쓰디쓴 홍차에 미각뿐 아니라, 두뇌까지도 잃은 게 아닐까 생각이 들었다. 지금의 칼리드는 누가 봐도 제정신이 아닌 것 같아 보였다.

"그게 아니면…… 원래 그녀를 알고 있었던 거야?"

"아…… 아니야! 절대로 원래 록사나를 알고 있지 않았어."

"그래? 그렇기에는 너무 많은 걸 알고 있는 것 같길래……."

당연히 같은 유모의 손에서 태어났을 때부터 자랐으니, 힐다에 대한 모든 걸 알 수밖에 없었다. 그래도 그렇지. 이렇게나 빠르게 술술 불 거라곤 생각하지 못했다. 겨우 떫은 홍차 한 잔에 이성을 잃고 넘어온 칼리드가 실망스러웠다.

"그건……! 록사나가 말해줬어…… 원래 마법사들은 천한 출신이 많잖아."

이 상황을 모면하려고, 잘생긴 얼굴을 이용해 웃고 있는 칼리드의 모습이 역겨웠다. 예전이었더라면 그의 얼굴에 혹했을지도 모르지만, 지금은 칼리드의 얼굴을 봐도 아무런 감흥이 없었다.

이미 진짜배기를 알아버렸는데, 가짜가 눈에 들어올 리가.

"이런…… 많이 고생했겠다. 칼리드가 더 그녀에게 잘해줘."

"충분히 그러고 있어. 이제 록사나 얘기는 그만하면 안 될까?"

힐다에 대한 얘기를 하는 것이 불편했는지, 대화를 돌리려는 칼리드의 말에 엘레나는 의문스럽게 웃어 보였다.

미쳤다고 여기서 화제를 돌릴 리가 없었다. 이건 칼리드에게만 설계된 계획이 아니었다.

"하지만…… 난 그녀랑 친해지고 싶어. 칼리드도 알다시피, 페이트 가문에서는 나만 마법을 사용하지 못하잖아. 게다가 여성 마법사라니! 난 록사나가 아주 마음에 들어."

그런 독하디독한 여자를 좋아할 리가 없었다. 가까이 다가가서 마법에 맞아, 죽지 않으면 다행일 정도였다.

"……엘레나, 네가 정 그렇다면……."

엘레나는 한풀 꺾인 칼리드의 기세를 확인하고, 실비아를 부르는 종을 울렸다. 이때쯤이면 준비를 하고도 남았으리라.

짤랑-

"아가씨, 부르셨어요?"

"실비아. 그걸 가져와."

실비아는 기다렸다는 듯, 테이블 위에 디저트를 올려놓고 서둘러 사라졌다. 굳이 그러지 않아도 되는데 혹시라도 칼리드가 맛을 보고, 혼을 낼까 싶어서 도망친 것 같았다.

"엘레나, 이게……?"

"티타임에는 디저트가 빠질 수 없잖아?"

"그, 그렇지……."

한눈에 보아도 먹음직스러운 디저트들이지만, 어째서인지 칼리드는 꺼림칙해 하는 표정이었다.

"나는 배가……."

"칼리드를 생각하며, 만들었어."

엘레나는 배가 부르다며 빠져나가려는 칼리드의 말을 차단했다. 기껏 칼리드를 위해서 특별히 준비한 디저트인데 먹지 않으면 안 됐다.

"나를 위해서? 엘레나 네가 직접?"

"응. 사실…… 힐다에게도 보내주고 싶어서, 이미 실비아에게는 포장해두라고 말했어."

"록사나까지?"

힐다에 대한 얘기가 나오자, 다시금 하얘지는 칼리드의 얼굴에 엘레나는 속으로 웃지 않을 수가 없었다.

"홍차를 싫어하는 사람이라도, 디저트를 싫어하는 사람은 없으니까 괜찮지?"

"아…… 응, 그렇지."

여기서 아까처럼 홍차를 좋아하지 않는다고 빠져나갈 길은 없었다. 그리고 디저트마저도 가져가지 않는다고 말하면, 제가 의심을 할 테니까 칼리드로서는 거절할 수 없는 일이었다.

"요즘 베이킹을 하는데, 취미를 붙였거든."

"베이킹을?"

베이킹은 무슨. 이것도 실비아에게 미리 부탁한 거였다. 설탕 대신 소금을 왕창 넣은, 한눈에 보아도 먹음직스러운 디저트를 준비하라고 말이다.

"칼리드, 어서 먹어봐."

엘레나는 직접 스콘을 덜어 잼을 발라, 그의 그릇 위에 올려주며 밝게 웃었다.

"갔어?"

"네, 아가씨. 칼리드 후작은 방금 돌아갔다고 합니다."

칼리드가 돌아갔다는 말에 엘레나는 안도의 한숨을 내쉬었다.

"이제는 다신 오지 않겠지."

"아가씨 명령대로 후작 각하에게 디저트를 전해드렸습니다."

"잘했어, 실비아."

소금 덩어리인 케이크와 스콘을 먹는 칼리드의 표정은 정말이지 볼만했다. 사진기가 있다면, 그대로 찍어서 소장하고 싶을 정도였다. 고통에 일그러지는 그의 표정은 그야말로 절경이었다. 차마 제 앞에서 뱉어내지도 못하고, 꾸역꾸역 음식을 넘기는 모습이란 정말이지…… 재미있었다.

"저…… 아가씨."

"응?"

"정말 괜찮을까요?"

칼리드가 돌아갔는데도 겁에 질린 표정을 하고 있는 실비아의 모습에 엘레나는 피식 웃었다. 어지간히도 칼리드의 소문이 안 좋게 퍼지긴 한 것 같았다.

"괜찮을 거야. 칼리드는 그 모든 게, 내가 만든 줄 알고 있거든."

"네?"

놀라서 소리를 지르는 실비아의 반응에 엘레나는 후후 미소를 지었다. 아마 소피아라면 절대로 자신의 계획에 동참해주지 않았을 테지만, 어린 실비아라면 꾀어내기 쉬웠다.

엘레나는 가만히 누워서 좀 전의 칼리드의 행동을 떠올렸다.

"그러니 실비아 네게 피해가 가지는 않을 거야. 물론 우리 페이트 백작가의 모든 식솔들에게도 말이야."

짜릿한 복수의 맛에 엘레나는 뭘 먹지 않아도 배부른 기분이었다. 이게 바로 복수의 맛인가?

제대로 맛 들이게 된다면, 끊을 수 없을 것만 같았다.

"너는 걱정하지 않고, 나가봐도 돼."

"하지만 아가씨……."

"왜 그래?"

이제 나가봐도 된다는 말에도 계속 주춤거리는 실비아의 태도가 이상했다.

"어젯밤에 향유를 바르지 않아서요…… 저 오늘 밤은 꼭 향유를 바르고, 머리에 영양을 줘야 한다고 소피아 님이 말씀하셨거든요."

"아……."

엘레나는 실비아의 말에 자신이 아직 잠들기 전의 준비를 하지 않았단 걸 깨달았다. 이 거추장스러운 머리 때문에 저는 다른 사람들과는 달리, 항상 아침저녁으로 분주할 수밖에 없었다.

그리고 어젯밤 그걸 생략했기 때문에 실비아가 저리 안절부절못하는 거였다. 오늘 아침 소피아의 반응도 그랬었고……

"아직, 아직은 잠이 들지 않을 거야. 그러니까 잠자리에 들 준비는 내가 부르면 해줄래?"

"네! 알겠습니다."

엘레나는 씩씩하게 말하고 침실을 빠져나가는 실비아의 뒷모습을 물끄러미 바라봤다.

"내가 왜 그런 말을 했지."

실비아의 말대로 이제는 잘 준비를 해야만 했다. 더는 누가 찾아오지도 않을 거고, 얼른 이 답답한 옷을 잠옷으로 갈아입고 머리를 손질하는 게 맞았다. 그런데 아직 할 수가 없었다.

"아직 그가 오지 않았으니까……."

엘레나는 멍하니 앉아, 볼을 매만졌다. 어제 아론이 제게 입을 맞췄던 곳이었다.

"2주 뒤에 온다고 말했지만, 칼리드와 만나는 날엔 꼭 왔으니까……."

칼리드와 만나는 날은 아론이 꼭 방문했었다. 그가 오지 않는 날은 없었다. 그게 정말 그가 말하는 질투 때문이지, 아닌지는 알 수 없었다. 하지만 한 가지 확실한 건, 그가 찾아오는 것이 싫지만은 않다는 거였다.

오히려 기뻐하는 쪽에 가까웠다. 칼리드와 똑같이 약속도 하지 않고, 불쑥불쑥 나타나도 이상하게 아론에게는 화가 나지 않았다. 물론 난감한 적은 있었지만, 한 번도 화가 난 적은 없었다.

"이번에도 오겠지?"

엘레나는 이상하게 설레는 마음을 억누르면서, 아론을 기다리고 있었다. 괜스레 거울을 보며 이곳저곳을 매만지며 그를 기다렸지만, 그는 찾아오지 않았다.

"오지 않았어."

어젯밤 뜬눈을 새워가며 그를 기다렸지만, 아론은 끝끝내 오지 않았다.

"왜……? 항상 왔잖아."

항상 칼리드를 만나는 날이면, 찾아오지 않는 날이어도 부득부득 저를 찾아와놓고는 어제는 오지 않았다. 2주 뒤에 만나자는 말을 들었어도, 믿지 않았던 이유는 그 안에 아론이 찾아올 거라고 생각했었다.

"……거짓말."

결국, 어제도 그를 기다리느라 머리 손질도 하지 못하고 잠이 들어버렸다. 옷도 잠옷이 아니라, 평상복 차림이었다. 대체 왜 그를 기다리느라, 아무것도 하지 못했는지 짜증이 났다.

"아론이 뭐라고, 내가 이렇게까지 그를 기다려야지?"

정말 그가 뭐라고…… 이렇게까지 화가 나고 짜증이 나는지 알 수 없었다. 아침부터 기분이 저조했다. 그것도 어제 그가 찾아오지 않았다는 이유만으로.

"짜증 나고 억울해…… 왜 내가 이런 기분을 느껴야 하는 거야?"

엘레나는 괜스레 이불과 베개를 주먹으로 퍽퍽 내리쳤다. 그래도 쉽사리 화가 풀리질 않았다.

매번 찾아오더니, 왜 이번에는 찾아오지 않는 거야. 지금 사람 약 올리는 거야 뭐야!

"후- 이제 좀 괜찮군."

엘레나는 너덜너덜해진 베개를 보고, 겨우 짜증이 조금 풀렸다. 베개를 칼리드라고 생각하고 흠씬 두들기니 기분이 나아졌다. 애초에 칼리드가 찾아오지 않았더라면, 제가 아론이 올 거라고 기대하지 않았을 거다.

그러니까 이건 모두 칼리드 잘못이야! 걔는 숨만 쉬어도 잘못이야!

짤랑-

엘레나는 몇 번 숨을 더 고른 뒤에야, 종을 울려 실비아와 소피아를 불렀다.

"아가씨!"

"좋은 아침."

놀라서 입을 벌리고, 제게 달려오는 실비아와 소피아에게 엘레나는 손을 흔들어주었다.

"이게, 이게 무슨 일이에요!"

"누가 들어오기라도 했나요?"

소피아와 실비아는 그야말로 경악해서 난리가 났다. 부산스럽게 침구를 정리하는 그녀들의 모습에 엘레나는 입술을 삐죽 내밀었다.

"누가 오기는 아무도 오지 않았어."

정말 누가 왔다면, 이렇게 제가 화가 나지도 않았겠지.

"그런데 왜 베개가…… 깃털이 다 나와서……."

"몰라. 잠을 좀 격하게 잤나 보지."

엘레나는 능청스럽게 거짓말을 내뱉었다. 사실 이미 베갯잇에 주먹으로 내리친듯한, 자국이 선연했다. 그렇다고 사실대로 기분이 좋지 않아서, 아침부터 생쇼를 벌였다고 말할 수 없었다.

"게다가 아가씨 머리가……."

소피아의 머뭇거리는 말투에 엘레나는 제 머리가 이상한가 싶어서, 거울을 바라봤다. 그곳에는 어떤 미친 여자가 서 있었다.

손질하지 않은 머리는 뻣뻣해 보였고, 조금 전 격한 움직임에 붕붕 떠서 잔뜩 엉켜 있었다. 거기에 곳곳에 박힌 깃털들까지. 거지가 친구 하자고 말해도 손색이 없을 정도였다.

"아……."

"이걸 대체 어디서부터……."

엘레나는 소피아의 울 것 같은 얼굴과 목소리에 미안하다는 듯이 미소 지었다. 이번만큼은 소피아의 심정이 이해가 갔다.

"미안해……."

이럴 때는 먼저 고개를 숙이고, 사죄를 청하는 방법밖에는 없었다. 소피아나 실비아가 아니라면, 이 사태를 해결해줄 사람이 없다.

"정말 미안……."

그렇게 전쟁과도 같았던 머리 손질 시간이 지나가고, 자신은 소피아에게 엄청난 잔소리를 들어야만 했다.

"아가씨, 제 말 듣고 계시는 거죠?"

"응, 듣고 있어."

소피아의 잔소리는 생각보다 어마어마했다. 다시는 그녀의 말을 듣지 않으면, 안 되겠다는 생각이 강하게 들었다. 아직도 한쪽 귀가 얼얼한 것 같았다.

"다시는 저녁에 그냥 잠자리에 들지 않을게."

"그뿐 아니에요. 베개를 주먹으로 치셔도 안 돼요!"

"응……."

역시나 제 거짓말이 통했을 거라는 생각은 하지 않았다. 하지만 이렇게나 혼나리라고는 생각지 못했다.

"머리카락에 깃털이 얼마나 껴 있었는지 아세요?"

"미안…… 다신 안 그럴게."

엘레나는 할 말이 없었다. 그도 그럴 것이 눈앞에 쌓인 깃털의 양에 입을 다물어야만 했다. 저게 자신의 머리카락 속에서만 나온 양이라니……! 어쩐지 베개가 터진 것치고는 깃털이 많이 빠져나오지 않았다고 생각했다.

그 많은 양의 깃털이 전부 머릿속으로 들어간 줄 알았더라면, 절대 그러지 않았을 거다.

"그리고…… 어제 실비아에게 들었습니다."

"뭘?"

"크흠…… 죄송합니다. 아가씨."

죄송하다며 제 눈을 피하는 실비아의 모습에 엘레나는 그녀가 어제 있었던 일을 소피아에게 말했다는 걸 깨달았다.

"칼리드 후작 각하 말입니다. 어떻게 그런 일을……!"

"자꾸 찾아와서 짜증이 났단 말이야."

엘레나는 입술을 삐죽삐죽 내밀며 소피아에게 항변 아닌 항변을 했다. 소피아가 알게 되면, 당연히 허락하지 않을 걸 알고 있었다.

"그래도 그렇지…… 그런 일을 하시다니요."

"앞으로도 그럴 거야. 그러니까 실비아는 혼내지 마."

"아가씨!"

엘레나는 소피아의 호통에 두 귀를 막았다. 소피아는 너무 잔소리가 많은 것이 문제라면 문제였다.

"앞으로도 그럴 거라고 말했어. 아버지는 오히려 잘했다고 박수까지 쳐주실걸?"

"하아……."

클라우스는 그러고도 남을 사람이었다. 오히려 이제까지 가만히 있었던 이유도, 순전히 저 때문이라는 걸 소피아도 모르지 않았다.

"그럴 바에는 아예 만나주지 마세요."

"그럴 수는 없거든."

아직까지는 만나기 싫어도 칼리드를 만나야만 했다. 엘레나는 마법처럼 정돈된 머리에 다시 기분이 좋아졌다. 역시 소피아와 실비아의 솜씨는 최강이었다.

"아! 백작 각하는 황궁에서 돌아오지 않으셨고, 클로비스 도련님도 영지 사찰을 나가셨습니다."

엘레나는 소피아의 말에 놀라, 걸음을 멈칫했다. 클라우스가 황궁에 가는 것은 익숙했지만, 클로비스가 아침에 저를 두고 영지 사찰을 간 적은 없었다.

"영지 사찰……?"

"네. 아가씨께 아침 식사를 같이하지 못해서, 죄송하다고 전해달라고 하셨습니다."

"그래…… 그렇구나."

엘레나는 애써 아무렇지 않은 척, 웃으면서 대답을 했다. 하지만 초조함에 입술을 깨무는 것까지는 막지 못했다.

어제 그 일이 일어나고서 처음으로 있는 일이었다. 갑자기 영지 사찰을 나간 클로비스. 이건 가볍게 넘길 만한 일이 아니었다.

"……."

"아가씨, 입맛에 맞지 않으세요?"

엘레나는 제 눈치를 보는 실비아에게 괜찮다는 의미로 손을 내저었다. 이곳에 오고 나서 처음으로 혼자 식사를 하는 거였다. 이제까지는 클라우스와 클로비스와 함께해서 몰랐지만, 백작가의 식탁은 너무나도 넓었다.

저의 관심을 돌리려는 클라우스와 클로비스의 싸움에 제발 한 번쯤은 조용한 식사를 하고 싶었지만, 그렇다고 이런 식사를 원한 것은 아니었다.

"아니야."

음식은 언제나 똑같이 맛있었다. 다만 제가 입맛이 없을 뿐이었다.

"클로비스는…… 아니야."

오늘의 일을 그냥 넘기기에는 어제 클로비스의 말이 걸렸다. 그냥 클로비스의 말을 듣고도, 모른척할걸……

"다 드셨으면, 디저트를 내올까요?"

"그래."

오늘따라 입맛이 너무 없어서, 음식에 도무지 손이 가질 않았다. 엘레나는 달콤한 디저트라도 먹으면 기분이 조금 좋아질까 싶어, 실비아의 말에 고개를 끄덕였다.

"아…… 케이크."

엘레나는 눈앞에 차려지는 홍차와 각종 디저트들에 어제의 일이 떠올랐다. 달콤해 보이는 케이크와 스콘. 어제 칼리드가 먹었던 것들과 동일했다. 아무래도 파티시에가 어제 같이 만들었던 것 같았다.

"어제 칼리드가 어땠더라……."

엘레나는 어제 칼리드를 떠올리면서, 포크로 케이크를 한입 떠먹었다.

무척 달콤한 게 입안 가득 퍼지는 느낌이 나쁘지 않았다. 엘레나는 조금 더 전투적으로 포크를 움직였다.

"음……."

달콤함이 입안에 퍼지자, 가라앉았던 기분이 강제로 위로 끌어 올려지는 기분이었다. 더불어 어제의 칼리드가 떠올랐다. 케이크를 한입 먹을 때마다, 말로 표현할 수 없을 정도로 표정이 일그러졌었다.

'엘레나, 네가 만들어준 거라 좋아. 좋아해.'

케이크가 좋다는 건지, 제가 좋다는 건지 칼리드의 말은 의미심장했다. 엘레나는 다시 떠올리자니, 다시금 나빠지는 기분에 포크를 퍽하고 케이크에 꽂아 넣었다.

"기분 나빠."

퍽퍽-

엘레나는 괜히 애꿎은 케이크를 공격하고 있었다. 이제 더는 칼리드의 좋아한다는 말에 가슴이 설레지 않았다. 도리어 짜증이 날 뿐이었다. 얼굴을 찌푸리고 입가를 부들거리면서도, 입꼬리를 올리려고 노력하는 모습은 우습기만 했다.

"내가 왜……! 남들에게 휘둘려야 하지?"

어제 찾아오지 않은 아론에게도, 아침부터 영지사찰을 나간 클로비스에게도! 게다가 어제 보았던 칼리드에게까지도 휘둘리는 게 엘레나는 마음에 들지 않았다.

"아, 아가씨…… 어디가 마음에 들지 않으세요?"

"아니야, 실비아."

엘레나는 전투적으로 케이크를 퍽퍽 떠먹고 있었다. 한입마다 저를 짜증 나게 하는 사람들이라고 생각했다. 그러니 조금 기분이 풀리는 것도 같았다.

"역시…… 제가 소피아 님께 말씀드려서 그런 거죠?"

엘레나는 울먹이는 실비아의 모습에 당황해서, 아니라는 의미로 허공에 손을 휘저었다. 실비아의 얼굴은 그야말로 울음이 터지기 일보 직전이었다.

"실비아! 절대로 그런 게 아니야!"

"어쩔 수 없었어요……."

"실비아."

금방이라도 그녀의 눈망울에서 눈물이 떨어질 것만 같았다. 엘레나는 괜한 오해를 살까, 먹고 있던 케이크까지 앞으로 밀어 넣었다.

"정말로 그런 게 아니야. 그냥 조금 아침부터 기분이 좋지 않았어."

"정말이신가요……?"

"그래, 오늘 내가 아침부터 베개를 터뜨렸단 걸 알고 있잖아."

엘레나는 결국 실비아를 위해서, 이 한 몸 희생해야겠다는 생각으로 미친 여자가 되기로 했다. 어차피 한 번 해본 것, 두 번은 못 해볼 것은 없었다.

"아…… 어쩐지 오늘 아가씨께서……."

차마 그래도 제 앞에서는 주인이 이상한 것 같다는 얘기를 못 하겠는지, 말끝을 흐리는 실비아의 반응에 엘레나는 실없이 웃어 보였다.

그래, 좋은 게 좋은 거겠지.

"그러니 걱정하지 마."

"네에……."

이제야 감정을 추스른 것 같은 그녀의 모습에 엘레나는 한숨을 푹 내쉬었다. 이건 뭐 눈치가 보여서, 마음대로 할 수도 없었다.

"오늘은 내 방에서 쉬고 싶으니까, 별다른 일이 없으면 들어오지 마."

"네, 알겠습니다."

이미 입맛도 달아났겠다. 더는 아무도 없는 식탁에 앉아 있을 필요가 없어졌기 때문이다.

"아……!"

"왜 그러시나요?"

엘레나는 자리에서 일어나 방으로 가려던 도중, 실비아를 불러 세웠다.

"만약 클로비스가 온다면…… 굳이 막을 필요는 없어."

"……"

벌써 몇 시간째, 혼자서 조용히 책을 읽고 있는지 몰랐다. 클로비스가 돌아오면 막지 말라는 얘길 했음에도 클로비스는 찾아오지 않았다.

"정말 재미없는 인생이네."

엘레나는 읽고 있던 책을 덮고, 그대로 침대 위로 쓰러져 눈을 감았다. 이제까지는 항상 주변이 떠들썩해서 느끼지 못했지만, 그녀의 삶은 지루하기 그지없었다.

친구라고 부를 만한 사람은 칼리드가 유일했고, 그녀의 인간관계는 모두 페이트 백작가에 한정되어 있었다. 그러니 왜 그녀가 칼리드에 집착했었는지 조금 이해가 갈 것도 같았다.

"새로운 사람이라고는 오직 칼리드뿐이니……"

아론의 코드 번호를 알고 있는 것도 아니고, 그가 직접 2주 뒤에 만나자고 했으니까 당분간은 그를 볼 일은 없을 것 같다. 그전에도 항상 아론과의 만남은 그가 먼저 찾아와서 이뤄진 만남이었으니까.

"생각할수록 이건 조금 불공평하네."

자신은 무슨 일이 있어도 연락을 할 수 없다는 거잖아?

엘레나는 순간 억울함에 벌떡 일어났다가, 다시 뒤로 드러누웠다. 억울해 해도 소용없었다. 그가 찾아올 때마다, 싫어하는 티를 냈던 건 전부 자신이었다. 대놓고 싫어하지는 않았지만, 당황스러워하기는 했었다.

“하지만 그게 정말로 싫어서 그런 건 아니었는데…….”

하필 칼리드를 만날 때마다, 그가 찾아와서 놀랐던 거였다. 이제 와서는 그게 모두 아론이 다 알고 찾아왔다는 걸 알게 됐지만, 그때 당시에는 얼마나 당황했는지 몰랐다.

실컷 찾아오다가 이제는 갑자기 찾아오지 않는 아론의 행동에 부아가 치밀었다.

사람을 놀리는 거도 아니고…….

“정말 심심해.”

지나치게 심심하고 지루한 삶이었다. 물론 그전에도 한수진의 인생도 썩 재미있었던 삶은 아니었던 것 같다. 흐릿한 기억 속에서도 즐거웠다는 느낌이 들지 않았다. 하지만 이건 해도 해도 너무 했다.

어떻게 된 사람이 이렇게 친분이 없을 수가 있지? 그나마 있는 칼리드마저도, 어제 떫은 홍차와 소금 폭탄 디저트 공격에 오늘 찾아오지 않을 거다.

“……칼리드의 방문을 기다리게 될 줄이야.”

이제 그녀의 마음이 얼핏 이해가 가는 것 같았다. 온실 속 화초처럼 집 안에서 갇혀 있는 그녀에게 바깥세상의 얘길 해주는 칼리드가 얼마나 소중했을지 알 것 같았다.

게다가 칼리드는 소녀의 마음을 설레게 할, 아주 훌륭한 외모도

가지고 있었다. 아마 그녀에게는 칼리드는 동화 속의 왕자님 같은 존재였을 거다.

"이제는 칼리드가 왕자님 같은 존재였을지도 모른다는 생각까지 들다니……."

그만큼이나 지루하기 짝이 없었다. 대체 그녀는 평소에 어떻게 시간을 보냈는지 궁금했을 정도였다. 제가 아무리 책을 좋아한다지만, 책을 읽는 것도 한계가 왔다.

이곳에 오고 나서 몇 권의 책을 읽었는지, 셀 수도 없었다. 처음에는 그저 이 평범한 여유로움이 좋았었다.

"재미없어."

엘레나는 누워서라도 책을 읽으려 했지만, 결국은 지루함에 책을 덮고 밀어버렸다. 이토록 여유로웠던 적은 처음이었다. 클라우스도 클로비스도 없고, 아론과 칼리드도 없는 시간은 이곳에 오고 나서 처음 겪는 일이었다.

"하아……."

어차피 눈을 감아도 낮잠이 올 리가 없었다. 이 몸은 쓸데없이 건강하고 튼튼해서, 낮잠이라고는 오지 않는 몸이었다.

"어차, 피……."

어차피 오지 않을 잠이라면, 그냥 눈이라도 질끈 감고 있자는 생각에 눈을 감고 있었다. 그런데 이상하게 정신이 몽롱해지는 것을 느꼈다.

또 꿈을 꾸고 있었다. 이번에는 어린 엘레나와 클로비스, 에블린뿐만 아니라 클라우스도 같이 있었다.

"엄마! 아빠! 오늘……."

어린 엘레나는 무엇이 그리 신나는지, 테이블 밑으로 발을 동동 구르며 웃으면서 말을 하고 있었다. 그런 엘레나를 클라우스가 사랑이 담긴 따뜻한 눈빛으로 바라보았다.

"클로비스랑 고목나무 밑에 다녀왔어요."

"또 그곳에 간 거니?"

그런데 엘레나를 보며 얼굴에 웃음을 참지 못하고, 그녀를 바라보던 클라우스의 표정이 대번 굳어버리고 말았다.

"클로비스."

"네, 네! 백부님."

엘레나를 부르던 따스하던 목소리와는 다르게, 싸늘한 목소리를 클로비스를 부르는 클라우스의 모습은 낯설었다. 그건 어린 엘레나도 마찬가지였는지, 어린 엘레나는 연신 눈을 도록도록 굴리며 눈치를 보고 있었다.

"또 엘레나와 고아원에 갔구나."

"죄, 죄송합니다."

클로비스는 얼굴이 하얗게 질린 채로 죄송하다는 말을 하고 있었다. 클로비스는 금방이라도 쓰러질 것처럼 새하얗게 질려, 몸을 덜덜 떨고 있었다. 그 모습이 안쓰러웠지만, 제가 할 수 있는 거라고는 아무것도 없었다.

이 꿈에서 자신은 철저하게 방관자였다. 그저 멀리서 영화를 보듯이, 지켜보는 것밖에는 할 수 있는 것이 없었다.

"가문의 후계자로서 후계 수업을 듣지 않고, 맨날 놀러 다닐 궁리만 하다니……."

저렇게 차가운 모습의 클라우스는 처음이었다. 제가 알기로는 클라우스와 클로비스의 관계는 그리 나쁘지 않았다. 무슨 일이 터질 것만 같은, 조마조마한 분위기에 아무것도 하지 못하고 있는데 에블린이 끼어들었다.

"클라우스."

"에블린."

무섭게 클로비스를 다그치던 목소리와는 다르게, 사랑이 뚝뚝 묻어져 나오는 클라우스의 눈빛과 목소리에 놀랐다. 그동안 클라우스와 에블린이 사이가 좋았다는 얘기는 들었지만, 이렇게 직접 보게 되는 것은 처음이었다.

직접 클로비스와 에블린을 보게 되니, 이건 사이가 좋았다고만 얘기하기에는 부족했다. 클라우스는 그야말로 에블린의 포로 같았다. 사랑에 빠져 약자가 된 클라우스의 모습은 놀라웠다. 그간 제게도 사랑이 담긴 눈빛을 보내왔지만, 그 깊이가 완전히 달랐다.

도저히 헤아릴 수조차도 없는 에블린을 향한, 애정의 깊이에 엘레나는 할 말을 잃을 수밖에 없었다.

"클로비스는 아직 5살이에요. 엘레나도 8살이고요. 아이들은 뛰어놀아야 좋은 거랍니다."

"하지만 클로비스는 페이트 백작가의 후계……."

"클라우스. 아직 우리가 이렇게 건강한데, 조금 더 아이들을 지켜줘도 되잖아요."

그야말로 에블린은 클라우스를 손에 넣고 쥐락펴락하고 있었다. 에블린은 클라우스의 뺨을 쓸며 예쁘게 웃었고, 클라우스의 날카로웠던 녹색 눈동자는 흐물흐물 풀려버렸다.

"그게 아니면…… 나를 두고 먼저 떠나려고 그러는 거예요?"

"아니, 에블린 절대 아니야. 그런 일은 일어나지 않을 거야."

에블린의 말에 펄쩍 뛰며, 그녀에게 속삭이는 클라우스의 모습은 새로웠다. 꿀이 뚝뚝 떨어지는 목소리와 눈빛은 감당하기 어려울 정도로, 농도 깊고 달콤했다.

"클라우스. 클로비스도 우리의 아이예요."

"에블린, 그대의 말이 맞아."

꿀이 뚝뚝 떨어지는가 싶더니, 결국 입을 맞추는 두 사람의 모습에 어린 엘레나는 후다닥 일어나서 클로비스의 두 눈을 가렸다. 클로비스의 눈을 가리고, 본인의 눈까지 가리는 행동을 보면 이런 일이 매우 익숙한 것 같았다.

엘레나는 저렇게나 에블린을 사랑했는데, 그녀를 잃은 클라우스가 멀쩡하다는 게 신기할 정도였다. 겨우 꿈속의 기억일뿐이지만,

에블린을 향한 클라우스의 사랑이 절절하게 느껴졌다.

"그리고 우리 엘레나는 세상에 단 하나뿐인 존재예요."

"에블린, 그대도 내게는 세상에 단 하나뿐인 존재야."

또다시 둘만의 세상으로 빠져들려는 클라우스와 에블린의 모습에 어린 엘레나는 클로비스의 손을 잡고, 슬금슬금 방을 빠져나가고 있었다.

"누님!"

"쉿, 클로비스. 저럴 때의 엄마 아빠는 건드리면 안 된단 말이야."

"하지만 백부님께 아직 수업 진도를……."

클로비스는 어린 나이부터 고지식한 성격이었던 것 같았다. 지금도 어린 엘레나는 도망치자고 말하는데, 클로비스만 계속해서 돌아가려 하고 있었다.

"지금 가게 되면 오히려 더 혼날걸? 엄마와 있을 때, 방해하는 사람을 아빠가 제일 싫어하는 거 몰라?"

생각보다 어린 엘레나의 성격은 더 장난꾸러기 같았다. 말은 유창하게 하고 있었지만, 잘 들어보면 클로비스에게 같이 도망치자고 꼬드기고 있는 거였다.

"하지만 누님도 아직…… 숙제 검사를 맡지 못하셨잖아요."

"그, 그건 나중에 해도 괜찮아. 엄마가 우리는 노는 게 가장 중요하다고 말했어."

어린 엘레나의 말은 거의 억지에 가까웠다. 지금 그녀는 숙제를 하지 못해서 도망치고 싶어 하는 것 같았다.

"백부님은 그렇게 생각하지 않으실걸요?"

생각보다 어린 클로비스는 예리했다. 지금의 클로비스보다도 더욱 날이 서 있는 모습이 꼭 길들여지기 전의 모습 같다는 생각이 들었다.

"그렇지만 클로비스가 나를 영원히 지켜줄 거잖아."

"……."

"뭐야? 왜 대답을 안 해? 백작위에 오르면, 나를 버릴 거야?"

엘레나의 발언에 클로비스는 아무런 대답을 하지 못하고 있었고, 엘레나는 그런 클로비스를 닦달했다.

"아니, 아닙니다……."

"너는 내 동생이니까, 백작위에 올라도 나 외면하면 안 된다?"

"네에……."

엘레나는 말 그대로 말괄량이 아가씨였다. 사랑받는 티가 팍팍 나는, 도저히 미워할 수 없는 그런 존재였다. 지금도 주근깨가 콕콕 박힌 얼굴로 장난스럽게 웃는 모습은 너무나 사랑스러웠다.

클로비스에게 약속해달라며, 손도장을 찍는 모습까지 모두 사랑스러움이 가득했다. 그랬기에 거의 억지에 가까운 약속에도 클로비스가 어울려준 거였다.

"백작이 되더라도, 외면하지 않기로 약속했다?"

"네."

그제야 어린아이처럼 환하게 웃는 클로비스는 제 나이처럼 보였다. 클라우스의 눈치를 보느라, 기가 죽어 있던 클로비스는 엘레나의 옆에서는 보통의 아이가 되었다.

"자, 그럼 가자."

"또 고목나무에 가는 건가요?"

"응."

엘레나는 마치 골목대장처럼 클로비스의 손을 잡고, 뛰어가려 하고 있었다.

"또 가게 되면, 백부님께 혼날 거예요."

"클로비스. 내가 그곳은 뭐라고 말했지?"

클로비스는 좀 전에 클라우스에게 혼났던 것이 걸렸는지, 엘레나의 손을 놓고 머뭇거리고 있었다. 그런 클로비스에게 제법 진지한 얼굴로 묻고 있는 어린 엘레나의 모습은 웃겼다.

"저희 둘만의 비밀공간이라고요. 무슨 일이 생기면, 그쪽으로 도망치라고요. 그러면 누님이 반드시 찾아와 구해주겠다고 말했어요."

"맞아. 그러니까, 그곳은 아빠도 건들 수 없는 곳이야."

그녀의 말에 클로비스의 얼굴이 서서히 환해지더니, 밝게 웃음을 지었다. 엘레나는 그런 클로비스의 손을 잡고 달려나갔다.

"반드시 너를 찾아서 구해줄 거야."

"네, 누님."

그렇게 꿈은 둘의 뛰어가는 뒷모습을 보여주며 끝나버렸다.

"……그래서 그랬던 거였어."

엘레나는 꿈에서 깨어나고, 곧바로 클로비스가 왜 그랬었는지 알게 되었다. 이제야 클로비스가 아론에게 고목나무 밑을 알려주었을 때, 제게 상처받은 표정을 지었는지 깨달았다.

"거긴 클로비스와 엘레나 둘에게는 정말 특별한 장소였던 거야."

고목나무 밑에만 가면, 떠오르는 그날의 기억은 둘의 삶에 무슨 문제가 일어났음을 알려주고 있었다.

왜냐하면, 기억 속의 둘의 모습은 멀쩡하다고 보기에는 거리가 있었기 때문이다.

"대체 뭐지."

한 번도 자지 않았던 낮잠, 그런데 갑자기 요 이틀간 이상한 꿈을 꾸며 낮잠을 잤다. 그것도 제 의지가 아니라, 수면제라도 먹은 듯이 강제로 잠이 들었다.

"이상해……."

제가 꾸는 꿈들은 책 속에 나온 얘기들이 아니었다. 제가 알아서는 안 되는 얘기라는 말이다. 그렇다고 자신의 망상이라기에는 꿈 속의 내용들은 모두 들어맞았다.

그럼 자신은 정말 있었던 과거의 일들을 꿈꾸고 있다는 얘기였다.

"내가 어떻게 알고 있는 거지?"

엘레나는 혼란스러움에 머리를 흔들었다. 하지만 여전히 기억들은 선명하기만 했다. 마치 누군가가 제 머릿속에 강제로 기억들을 주입하는 느낌이었다.

"원래의 엘레나가 아닌, 나는 몰라야만 하는 일인데……."

머릿속이 정리되지 않은 실타래처럼 얽히고설켜서 혼란스러웠다. 머릿속을 누군가 마구 헤집어 놓은 것 같았다.

똑똑-

엘레나는 들려오는 노크 소리에 혹시나 클로비스가 온 것일까 싶어, 서둘러 문 앞까지 달려나가 문을 벌컥 열었다.

"클로……."

"안녕, 엘레나."

그러나 문을 열자 보이는 사람은 클로비스가 아니라, 어쩔 줄 모르는 표정의 실비아와 그 옆에서 뻔뻔스럽게 웃고 있는 칼리드였다.

실비아의 표정만 보아도 그녀가 안 된다고 말했음에도 칼리드가 부득부득 올라온 것임을 예상할 수 있었다.

"칼리드."

당연히 어제 그런 일이 있었기 때문에 오늘은 오지 않을 거라고 생각했었다. 바보가 아니고서야 그런 짓을 당했는데도, 찾아올 사람은 없었기 때문이다.

하지만 칼리드는 제 생각보다 더 눈치가 없었던 것 같다.

"보고 싶어서 찾아왔어."

"그래?"

아마 심심함을 느끼기 전이었더라면, 칼리드의 방문을 달갑지 않게 여겼을 거다. 하지만 지금은 칼리드의 방문이라도 반가울 지경이었다.

"죄송합니다…… 아가씨."

"아니야, 실비아. 정원에 다과를 차려주겠어?"

"네!"

엘레나는 혹시 제게 혼이 날까 싶어 빠르게 달려가는 실비아의 뒷모습을 물끄러미 바라봤다. 옆얼굴에 진득하게 들러붙는 시선을 마주하기 싫었기 때문이다.

심심했던 건 맞지만, 저 눈빛을 마주 보고 싶지는 않았다.

"어제도 찾아와서 오지 않을 거라고 생각했어."

제 말의 뜻은 그런 대우를 받고서도 찾아온 거냐는 의미였다.

"엘레나가 매일매일 보고 싶은걸."

칼리드는 전혀 제 말을 알아듣지 못한 사람처럼, 웃으면서 제가 매일매일 보고 싶다는 말을 하고 있었다. 엘레나는 속으로 코웃음을 쳤다. 후작위에 오르고, 그가 얼마나 그녀를 홀대했는지 누구보다도 잘 알고 있는데 전부 개소리였다.

"후작위에 올라서, 많이 바쁘지 않아?"

어장을 넓히느라 바빠야 할 사람이 왜 계속 찾아오는지 엘레나는 이해가 가질 않았다. 제가 잡힌 물고기처럼 행동하지 않아서?

"내게 누구보다 중요한 건 엘레나인걸."

"나, 나도 마찬가지야."

더없이 사랑에 빠진 남자의 표정을 지으면서, 제가 제일 중요하다는 말을 하는 칼리드를 엘레나는 그만 밀쳐버릴 뻔했다. 하지만 겨우 입꼬리를 움직여 저도 그렇다는 말을 할 수 있었다.

"좋아해."

엘레나는 차마 이 말에는 어떤 대답도 할 수 없었다. 칼리드는 이제 계획을 바꾼 것 같았다. 방치에서 관리로 계획을 바꾼 칼리드는 그야말로 불도저였다.

마음을 고백하지 못해서 안달이 난 칼리드를 보는 것도 즐거운 재미였지만, 계속 이렇게 나온다면 오래 참기 힘들 것 같았다.

설마 2주 내내 이렇게 매일같이 찾아와서 칼리드가 고백을 한다는 상상을 하면…… 정말이지 끔찍했다.

"엘레나!"

설마가 사람을 잡는다고 했던가, 칼리드를 일주일이 넘는 기간 동안 매일매일 찾아왔다.

"칼리드."

물론 그 시답잖은 좋아한다는 고백도 매일같이 듣고 있었다. 마음 같아서는 좋아한다는 말을 하는 그의 입술을 때려주고 싶었지만, 그럴 수 없어서 매번 어색하게 웃고 있는 것이 전부였다.

"실비아, 다과를……."

"아니! 엘레나, 오늘은 내가 후작저에서 디저트를 가져왔어."

엘레나는 칼리드의 말에 눈을 가늘게 떴다. 당연히 일주일 동안 소금 폭탄 디저트 공격도 계속되었다. 그동안은 썩을 것 같은 얼굴로 꾸역꾸역 디저트를 입안에 밀어 넣더니, 이제는 학습이 되었는지 디저트를 가져왔다는 칼리드의 말에 엘레나는 놀랐다.

안 그래도 이제 슬슬 소금 공격을 질려가던 찰나였다. 더는 소피아의 눈초리를 견딜 수 없기도 했고…….

"무료해."

"응?"

처음에는 칼리드가 찾아오는 게 반갑기도 했지만, 시간이 지날수록 지겨워졌다. 칼리드는 정말 끝도 없이, 제 환심을 살려고 노력했다.

눈이 돌아갈 만한 보석을 내밀기도 했고, 의상실을 쓸어왔는지 각종 드레스들을 건네기도 했다. 하지만 모두 감흥이 일지 않았다.

오늘의 환심을 사려고 가져온 것은 디저트인 것 같았다. 본인이 계속 소금 디저트를 먹는 이유도 있었겠지만, 눈앞에 나열되는 디저트들은 하나같이 다 화려했다.

디저트조차도 꼭 칼리드의 화려하기만 했던, 후작성을 보는 것 같아서 기분이 별로 좋지 않았다.

"아! 그게 있었지!"

아론은 정말이지 2주 동안 절대로 찾아오지 않을 생각인지, 칼리드가 매일같이 드나들어도 그는 찾아오지 않았다. 그 행동에 슬슬 화가 나기 시작하고 있는데, 이런 좋은 생각이 떠오를 줄 몰랐다.

"분명히…… 질투가 많이 나지 않도록 해달라고 했었지……."

칼리드가 매일매일 찾아와도 질투가 나지 않나 보지? 그러면 후작 성에 찾아가는 건 질투가 나지 않는지 시험해보고 싶었다.

"칼리드."

"응, 엘레나 뭐든 말해봐."

엘레나는 저의 부름에 기뻐서 기대감을 한 아름 안고, 저를 바라보는 칼리드의 모습에 조소를 지었다. 뭐든 다 해줄 것처럼 구는 칼리드가 우스웠기 때문이다.

"후작저에 가고 싶어."

후작저에 가고 싶다는 자신의 말에 칼리드는 당황해서 대답을 미뤘다. 엘레나는 그 이유가 뭔지 알고 있었다. 이때쯤이면, 힐다의 마법 능력을 높이 산 칼리드가 그녀를 후작 부인으로 인정했기 때문이다.

힐다는 이때부터 완전히 본인이 후작 부인인 것처럼 행동하던 시기였다. 후작위에 오르고 어장을 넓히느라 소홀해지는 건, 원래의 엘레나에게만 해당한 일은 아니었다. 칼리드는 힐다에게도 소홀했다.

이걸 공평하다고 좋아해야 할지.

"누님."

"클로비스, 오늘도 많이 바빴니?"

"네, 검술 수련을 하느라 바쁩니다."

클로비스는 그날 이후로, 저를 눈에 띄게 피하기 시작했다. 엘레나는 클로비스가 왜 그렇게 저를 피하는지 이해할 수가 없었다. 원래도 알고 있었다면, 알게 됐을 때부터 자신을 피했어야 하는 게 아닌가?

"소피아에게 들었습니다."

"뭘?"

엘레나는 짐짓 모르는 척 클로비스에게 되물었다. 사실 엘레나는 저를 피하기만 하던, 클로비스가 왜 찾아왔는지 알고 있었다.

"내일 칼리드 후작저에 가신다고 들었습니다."

"응, 그냥 백작가에만 있으려니 심심해서."

"저번에도-!"

화를 참는 것인지, 주먹을 꽉 쥐고 분노를 삭이고 있는 클로비스의 모습은 새로웠다. 후작성 방문이 이렇게 대단한 것인지 몰랐다. 그렇게나 저를 피하려던 클로비스가 이토록 화가 나서 찾아오는 모습을 보면 신기했다.

"저번에도 아무 일 없었잖아."

"……왜 그러시는 겁니까?"

화가 났다. 전부 다 알고서 아무렇지 않게 행동할 때는 언제고, 이제 와서 저를 피하는 클로비스도. 아무런 연락도 없는 아론에게도 화가 났다.

언제까지고 원하는 대로 가만히 있어 줄 생각은 없었다.

"지금 칼리드 후작은……."

"알아. 이 사람 저 사람 다 만나고 다니지?"

"왜 알고 있으시면서 그러시는 겁니까? 그자를 좋아하시는 것도 아니지 않습니까!"

칼리드가 제게 매일매일 찾아오기는 했지만, 엘레나는 그가 저만 만나는 거라고는 생각하지 않았다. 그저 자신은 아직 제대로 잡히지 않은 물고기라서 먹이를 주는 것뿐이었다. 어장관리남인 칼리드가 제게만 만족할 리가 없었다.

그랬기에 힐다조차도 승부수를 걸어서, 그에게 다시 인정받은 거였다. 힐다는 칼리드를 상대로 도박을 행했다.

"칼리드가 사람들을 만나러 다니는 것과 내가 그의 영지에 방문하는 게 무슨 상관이지?"

"누님은 정말…… 잔인하십니다."

엘레나는 잔인하다는 클로비스의 말에 가슴이 욱신거렸다. 제게 잔인하다고 말하는 클로비스의 얼굴이 무척 슬퍼 보였기 때문이다.

"클로비스."

"누님도 혼란스러우실 테니까, 기다리려고 했습니다."

클로비스에게 손을 뻗었지만, 클로비스는 제 손길을 피해 뒷걸음질 쳤다. 엘레나는 처음으로 겪는 거부에 동공이 흔들렸다.

"하지만 기다린 결과가 이거일 줄 몰랐습니다. 지금 칼리드 후작에 관한, 무슨 얘기가 돌고 있는지 알고 계시기는 합니까?"

"클로비스, 나는…… 그런 게 아니라……."

"그런 게 아니라면, 왜 자꾸 누님은 본인을 소중히 대하지 않는 거죠? 왜 계속 위험한 곳에 가려고 하시는 겁니까."

칼리드에 대한 무슨 소문이 돌고 있는지 몰랐다. 그곳이 위험한지도 모르고 있었다. 제가 알기로는 지금 한창 후작가는 힐다가 휘두르고 있어야 하는 게 맞았다.

본인에게 소홀한 칼리드에게 화가 난 힐다는 독약을 먹고 자살기도를 한다. 그 모습을 본 칼리드는 그녀의 마법 능력을 잃을까, 그녀가 원하는 대로 힐다에게 모든 권력을 쥐여준다.

아론도 클로비스도 모두 저를 무시해서, 칼리드를 압박할 겸 후작 저에 가서 힐다의 모습도 확인하려 했던 거였다.

"위험……."

"칼리드 후작이 세력을 모으고 있단 걸, 정말 모르고 계셨습니까?"

세력? 칼리드가 세력을 모으고 있다고? 여자들을 만나며, 어장을 넓히고 있는 것이 아니라?

"세력이라니 그게 무슨 말이야."

"항간에는 칼리드 후작이 무언가를 꾀하고 있다는 소문이 돌고 있어요. 그게 무엇인지는 모르지만요."

엘레나는 칼리드가 무언가를 계획하고 있다는 말에 덜컥 겁이 났다. 아직 칼리드가 반역을 결심하는 시기는 아니었다. 벌써부터 반역을 계획하기에는 너무 일렀다.

그건 아직 일어나서는 안 되는 일이었다.

"누님?"

"아직은 아니야……."

엘레나는 저도 모르게 초조함에 손톱을 깨물고 있었는지, 클로비스의 부름에 화들짝 놀라 손을 내렸다.

"누님, 무슨 일이 있으신 겁니까?"

"아니, 아니야……."

무슨 일이 있냐는 클로비스의 말에 엘레나는 고개를 내저었다. 무슨 일이 일어나서는 안 됐다. 클로비스가 잘못 알고 있는 게 분명

했다. 아직 칼리드가 반역을 결심할 계기도 없었다. 황제는 여전히 살아 있었다.

칼리드가 반역을 결심하게 된 계기가 황제의 죽음 이후였으니, 지금의 칼리드는 반역을 생각하고 있지 않을 거다. 하지만 불안감에 손이 덜덜 떨리는 것까진 막지 못했다.

혹시 제가 알고 있는 것과는 다르게, 칼리드가 반역을 일으키려 하고 있다면……?

"하지만…… 이미 간다고 말을 했어."

엘레나는 혹시나 정말 클로비스의 말대로, 칼리드가 반역을 계획하고 있을까 봐 두려움에 몸이 떨려왔다.

이 세계는 제가 알고 있는 내용대로 흘러가지 않고 있다.

"누님! 진정하세요! 아직 확실한 건 하나도 없습니다."

"아직 일어나서는 안 돼……."

"제가 실언을 했습니다. 누님, 그런 일은 일어나지 않을 거예요."

막연한 두려움이었다. 모든 게 제가 알고 있는 대로 돌아가지 않았다. 마치 원작과 다른 선택을 한, 제게 누군가 경고를 하고 있는 것 같았다.

갑자기 밀려드는 알 수 없는 기억들, 다른 태도를 취하는 칼리드. 모든 것들이 혼란스럽고 무서웠다.

그런 두려운 감정들이 한데 폭발해, 쉴 새 없이 몸이 떨려왔다. 저 자신조차도 주체를 못 할 정도로 떨려오는 몸에 눈물이 날 것 같았다. 만약 그 자리에 클로비스가 없었더라면, 어떻게 됐을지 생각하고 싶지도 않았다.

"이제는 정말 모르겠어."

이곳이 정말 제가 읽었던 책 속의 세상이 맞는 것인지, 이제는 저 자신도 헷갈리기 시작했다. 클로비스는 불안해하는 저를 달래주고, 같이 후작 저에 가주겠다고 약속했다.

"하지만 클로비스를 위험에 처하게 할 순 없지."

이건 제가 저지른 일이었다. 모두 자신이 알고 있는 대로 돌아갈 거라, 자만해서 일어난 일이었다. 아무런 죄도 없는 클로비스를 끌어들일 필요는 없다.

"적어도 지금의 칼리드에게 나는 필요한 존재니까."

굳이 인질을 두 명이나 만들 필요는 없었다. 칼리드가 자신의 능력을 아는 것은 아니었지만, 유일하게 비가 내리는 영지인 페이트 백작가가 필요했다. 그래서 자신을 놓지 않고, 환심을 사기 위해 노력하는 거였다.

"아가씨, 꼭 이러셔야 하나요?"

"응."

엘레나는 울상을 지으며, 저를 말리는 실비아에게 굳은 얼굴로 고개를 끄덕였다. 클로비스를 위험에 끌어들일 순 없었다. 제겐 클로비스가 아니더라도, 믿을 만한 구석이 있었다.

"도련님이 아시게 되면, 무척 화를 내실 텐데요……."

"걱정하지 말라고 전해줘."

"아가씨……."

정말 클로비스의 말대로 칼리드가 세력을 모으고 있는 거라면, 자신이 가서 확인해야만 했다.

"정말 괜찮아. 클로비스가 쫓아오려거든, 너는 클로비스를 말려야 해. 알겠지?"

"제가 어떻게 도련님을 말릴 수 있나요?"

엘레나는 실비아의 말에 잠깐 멈칫했다. 그녀의 말이 맞았다. 클로비스가 실비아가 말린다고 오지 않을 아이가 아니었다.

"그땐…… 내가 아주 화를 낼 거라고 했다고 말해. 비상용 수정구슬도 가져가니 걱정하지 말라고 전해줘."

"그렇지만 아가씨……."

"걱정하지 마."

엘레나는 끝까지 제 걱정을 하느라, 울상인 실비아에게 안심하라는 의미로 손을 흔들어주었다.

"어서 오십시오."

"최고급 워프를 이용할게요."

제가 정류소에 들어서자, 관리자가 뛰어나와 고개를 숙여 인사를 해왔다. 카르탈이 말한 것처럼 제게 마법이 걸려 있어서 들어서

게 되는 순간 아는 것 같았다.

"아……."

"따로 말씀하실 거라도 있습니까?"

엘레나는 장난스럽게 입꼬리를 올렸다. 모든 워프 기록은 아론에게 보고된다. 즉 지금 제가 워프를 이용하는 것도 그에게 바로 보고된다는 소리였다.

제 믿을 만한 구석은 바로 아론이었다. 그에게 살짝 화를 내는 것이기도 했다.

"전하께 제가 다시 칼리드 후작저의 정류소에 나타나지 않는다면……."

뭐라고 말해야 조금이라도 더 아론을 골려줄 수 있을까 생각을 했다.

"빨리 오시라고 말씀해주세요. 그렇지 않으면, 무슨 일이 일어날지 모른다고 말이에요."

그가 말한 2주의 시간이 얼마 남지 않았다. 이제 곧 이틀 뒤면 건국일 파티였다. 정말로 2주 내내 나타나지 않은 아론에게 화가 난 것도 있었다.

"아니면 소중한 약혼녀를 잃게 될 수도 있을 거라고 전해주세요."

당연히 칼리드가 당장 저를 공격할 리가 없었다. 하지만 만에 하나의 가능성을 지울 순 없다. 그곳에는 칼리드뿐만 아니라, 힐다도 있었으니까.

"확실히 최고급 워프는 좋네."

단번에 칼리드 후작 저까지 이동되는 워프에 엘레나는 놀라울 정도였다. 이번이 두 번째로 이용하는 거였지만, 매우 빠르고 안정적인 워프였다.

"지금쯤이면…… 아론에게 전해졌으려나?"

엘레나는 과연 그가 그 말을 전해 듣고, 어떤 반응을 보일지 궁금했다. 신경도 쓰지 않으려나? 그게 아니면…… 곧바로 달려오려나?

"일단은 칼리드부터 확인해야겠어."

정말로 제가 아는 것과는 다르게, 칼리드가 지금부터 반역을 꾀하고 있다면 계획을 전면 수정해야 했다. 오늘 자신이 방문하려 했던 이유는 힐다가 실권을 잡았는지 확인하고 싶었던 거였다.

더불어 힐다에 대해 떠오른 기억이 진짜인지 확인해야 할 필요가 있었다.

"후작성으로 가야 하니, 마차를 불러주시겠어요?"

"네, 알겠습니다."

워프 정류소는 이런 점이 좋았다. 굳이 미리 마차를 준비하지 않아도, 정류소 내에서 모든 걸 준비해준다. 물론 고급 워프 이용자부터 해당하는 혜택이었다. 이런 혜택들이 없었다면, 클로비스 몰래 혼자서 칼리드 후작저까지 혼자서 올 생각을 하지 못했을 것이다.

"칼리드는 바보 같게도 황제가 되고 나서도, 이 정류소가 마법사들의 소유인 줄로만 알았지."

워프 정류소는 클로드 제국 모든 영지에 설립되어 있었다. 사실 저도 아론에게 듣기 전까지는, 이 거대한 기관이 그의 소유인 줄은 짐작도 하지 못했다.

"그러니 워프 정류소 덕분에 황위를 잃었겠지."

정류소는 화려하지는 않았지만, 무척이나 튼튼해 보였다. 그 어떤 공격도 받아낼 수 있을 것만 같은 그런 강함을 가지고 있었다. 그전에는 느끼지 못했지만, 새삼 이게 그의 소유라는 생각이 들자 새롭게 보였다.

지나치게 화려해서 눈살을 찌푸리게 만들던 칼리드 후작성과는 다르게, 정류소는 각각의 영지별로 다른 외관을 하고 있었지만, 기본 뼈대는 같았다.

절제된 강함. 정류소의 외관은 꼭 전투 요새 같았다.

"이 정류소로 대체 얼마나 돈을 벌어들일까?"

아마 천문학적의 액수를 벌어들이고 있을 것이다. 이 제국 내에서 워프 정류소를 이용하지 않는 사람은 없었다. 그만큼 정류소는 제국 내의 모든 사람들의 삶 속에 녹아들었다.

"영애, 마차가 준비되었습니다."

엘레나는 마차가 준비되었다는 관리자의 말에 앞으로 걸어 나갔다. 클로비스 몰래 백작가를 빠져나오느라, 칼리드에게 미리 연락도 하지 않고 찾아가는 거였다.

"갑자기 들이닥쳐서, 알아내는 것이 있으면 좋을 텐데."

하지만 칼리드는 생각보다 철저했다. 오늘 제가 오는 날이라는 걸 알고, 모든 걸 미리미리 준비해둔 것 같았다. 연락도 없이 찾아온 제게 당황한 것 같았지만, 아무것도 준비되지 않은 상황은 아니었다.

"엘레나가 와서 기뻐."

"저번에는 여유롭게 보지 못했잖아."

엘레나는 눈을 가늘게 뜨고, 칼리드를 살펴보고 있었다. 칼리드는 평소와 같았다. 눈부실 정도로 화려한 후작성도 모두 그대로였다. 아니, 도리어 더 화려해진 것 같기도 했다.

아마도 이것 또한 힐다의 취향이 반영된 거겠지. 칼리드 못지않게 힐다도 화려한 걸 좋아하는 사람이었다. 꼭 본인의 부족한 신분을 화려함으로 채워 넣으려는 사람처럼 집착했다.

"그때 힐다가 갑자기 쓰러지는 바람에 제대로 구경하지 못한 게 걸렸어."

"아, 그랬었지."

"응. 무척 아름다운 곳이잖아. 계속 생각이 났어."

힐다의 이름이 나오자, 눈에 띄게 변하는 칼리드의 표정에 엘레나는 살짝 미소를 지었다. 그뿐이 아니었다. 주변 하녀들도 놀라서 덜덜 떨고 있었다.

"아!"

엘레나는 자신의 목소리 하나하나에 귀 기울이고 있는, 주변인들의 반응에 힐다가 칼리드 후작가를 장악한 게 맞다는 걸 알아차렸다. 저번과는 다르게 쓸데없이 주변에 하녀들이 많이 분포해 있었다.

아마도 질투가 많은 힐다가 심어놓은 사람들인 것 같았다. 저와 칼리드가 무슨 대화를 나누는지, 보고하라고 일렀겠지.

과연 지금 그녀는 어디에서 무얼 하고 있을까.

"왜, 왜 그래?"

"저번에 그것 말이야. 그녀에게 전해주었어?"

당연히 칼리드가 그 소금 폭탄 디저트를 힐다에게 전해줬을 리가 없었다. 엘레나는 일부러 디저트라는 말을 쏙 빼놓고 말했다.

"응?"

"그거 말이야. 내가 직접 칼리드에게 만들어준 것."

엘레나는 눈치가 없는 칼리드를 위해서, 테이블 위의 디저트를 매만지며 신호를 주었다. 이쯤 되면 칼리드라도 알아들었겠지.

"아, 그거 말이야……."

"그녀가 뭐라고 해?"

"……고맙다고 말했어."

순전히 거짓말이었다. 그 소금 폭탄 디저트를 받고, 힐다가 고맙다고 얘기할 리가 없었다. 역시나 칼리드 선에서 처리한 것 같았다. 조금은 싱거운 결말이었다.

"그런데 엘레나, 왜 아무것도 먹질 않아?"

왜 아무것도 먹질 않냐는 칼리드의 물음에 엘레나는 작게 웃을 뿐, 여전히 테이블 위의 차와 디저트에 일절 손을 대지 않았다.

"독이 들었을까 봐."

엘레나는 독이 들었을까 봐 먹지 못하고 있다는 말을 무척 평온하게 웃으면서 얘길 했다. 제대로 대화를 듣지 못한다면, 이상함을 느끼지 못할 정도였다.

"엘레나? 그게 무슨 소리야 독이 들었다니."

잔뜩 당황한 얼굴로 진지하게 되물어오는 칼리드의 반응에 엘레나는 웃음을 터뜨렸다. 칼리드의 반응으로 보아, 적어도 이 테이블 위의 음식은 안전하다는 걸 알 수 있었다.

"농담이야, 농담."

엘레나는 농담이라고 말하면서, 찻잔을 들어 올려 차를 마시려 했다. 머리로는 어서 찻잔을 입에 대고 찻물을 입에 넘기라고 명령하고 있는데, 몸은 그걸 거부하는 듯이 손이 떨리고 있었다.

"엘레나?"

"사실은 아까부터 속이 좋지 않았어."

결국, 엘레나는 찻잔을 다시 내려놓아야 했다. 적어도 그 기억이 떠오른 이상은 힐다가 주인으로 있는 이곳에서 무언가를 먹지 못할 것 같았다.

책으로 읽었던 힐다의 만행들은 약과에 불과했다. 기억 속의 힐다는 무섭도록 잔인한 여자였다. 책에 쓰여 있었던 악행들은 모두 함축된 거였다. 실제 엘레나가 당한 것들은 말하기가 무서울 정도였다.

"이제 그만 성안으로 들어가고 싶은데."

"아…… 맞아. 이제는 슬슬 들어가야지."

엘레나는 일부러 계속 딴청을 부리는 칼리드의 모습을 가만히 지켜보았다. 칼리드는 제가 오자마자, 정원으로 이끌었다. 정원에 다과를 준비해놓았다는 이유였다. 처음에는 자신이 언제 올 줄 알고, 정원에 다과를 준비한 것인지 의아했지만 이제는 알 수 있었다.

"그녀는 어디에 있어?"

"록사나는 왜 물어보는 거야?"

애초에 이 티타임은 힐다와 예정된 것이었다. 하지만 티타임은 저라는 존재가 나타남으로 깨져버리게 된 거였다. 그래서 이렇게 주변의 하녀들이 불안해하며, 자리를 떠나지 못하고 있는 듯했다. 힐다는 이런 상황을 곱게 넘길 사람이 아니었다.

"친해지고 싶다고 말했잖아."

엘레나는 자신이 말하고서도 어이가 없는 대답에 실소를 터뜨렸다. 힐다와 제가 친해지다니, 그건 정말 말이 되지도 않는 얘기였다.

이 티타임이 원래 힐다와 칼리드의 예정된 일과였다면, 테이블 위의 음식들은 모두 안전할 것이다. 그러나 알 수 없는 꺼림칙함에 도무지 손이 가질 않았다.

그도 그럴 것이 힐다는 갖은 약들을 엘레나의 음식들에 타왔다. 그리고 그 피해는 고스란히 실비아가 겪게 되었다. 물론 엘레나라고 안전한 것은 아니었었다.

"내부 구경도 제대로 하지 못했고……."

사실 내부 구경이라고 해봐야 별것 없었다. 하지만 엘레나는 정말로 힐다가 안주인이 되었는지, 그걸 두 눈으로 직접 확인하고 싶었다.

이미 하녀들의 분위기만으로는 안주인이 된 것 같았지만, 직접 확인하는 것과는 달랐다.

또, 정말로 칼리드가 세력을 모으고 있는지 확인해야만 했다. 후작성 안에 있는 비밀장소. 그곳이 진짜로 존재하는지 찾아봐야 했다.

"후작성은 정원과 외관도 화려하지만, 내부는 더욱 화려하잖아."

화려하다 못해 눈살이 찌푸려질 정도였지만 말이다.

내부가 화려해서 좋다는 말에 칼리드는 기분이 좋아졌는지, 입가를 마구 씰룩거렸다. 차마 대놓고 환하게 웃을 수는 없던 것 같았다.

주변 하녀들의 만류에도 칼리드는 엘레나를 성 안으로 데려갔다. 하녀들의 안절부절못하는 표정에 엘레나는 아직 힐다가 준비가 다 끝나지 않은 것을 알아차렸다.

안주인으로 군림하고 있는 힐다가 얼마나 화려하게 본인을 치장했을지는, 굳이 보지 않아도 예상할 수 있는 일이었다. 그리고 그걸 저 때문에 다시 원래대로 돌려놓아야 한다니, 그녀의 반발이 심할 건 당연했다.

힐다의 성격은 장난이 아니었지.

"저번보다 더 화려해졌네."

"그래?"

칼리드의 만면에는 자랑스러움이 가득했다. 외관과 정원만 해도 저번보다 화려해졌다고 느꼈지만, 내부만큼은 아니었다. 내부는 거의 황금을 바른 것처럼, 화려하고 눈이 부시도록 변했다.

대체 얼마나 천문학적의 금액이 들어갔을지, 계산조차 할 수 없었다.

아무리 아들에게 미안함을 느끼고 있다고 해도, 선황의 애정은 비정상적이었다. 이런 행동들을 모두 눈 감고 있다고?

가뭄에 고통스러워하는 제국민들이 얼마나 많은데 겨우 이런 짓에 돈을 쓰다니…… 이건 사치고 낭비였다.

"그렇지 않아도 아버지도 마음에 들어 하셨어."

엘레나는 황제를 만난 적은 없었지만, 칼리드의 말만 들어도 인상이 찡그려졌다. 황제에 대한 이미지가 대폭 수정됐다. 어차피 아론에게 듣는 것만으로도 그다지 좋은 이미지는 아니었지만, 이것으로 완전히 최악이 되었다.

"……."

이상하게 지나치게 화려한 이곳이 낯설지 않았다. 저번에는 느끼지 못했는데, 후작성의 내부는 꽤나 익숙했다.

왜 제가 칼리드 방으로 가는 길을 알고 있는 거지? 그뿐만이 아니었다. 비밀장소로 가는 길까지도 어떻게 알고 있는지 이해할 수 없었다. 아무리 책으로 읽었다지만, 책에서는 그곳으로 가는 방법까지는 서술하지 않았다.

"엘레나?"

"아…… 왜?"

엘레나는 칼리드의 부름에 겨우 정신을 차렸다. 저도 모르게 몰려오는 기억들에 그만 멍하니 있었던 것 같았다. 전에는 느끼지 못했지만, 지금의 후작성은 무서우리만큼 익숙했다.

"표정이 이상해."

표정이 이상하다는 칼리드의 말에 엘레나는 고개를 돌려, 벽에 걸린 거울을 바라봤다. 그곳에는 낯선 얼굴을 한 여자가 서 있었다.

제게도 이런 표정이 있었나 싶을 정도로 싸늘하고 음울한 얼굴이었다. 스스로도 놀랄 정도의 모습에 당황할 수밖에 없었다.

"몸이, 몸이 좋지 않아서 그런가 봐."

칼리드에게 몸이 좋지 않아서 그렇다고 말했지만, 엘레나는 저 자신도 알 수 없는 표정 변화에 놀랐다.

마치 거울 속의 여자는 자신이 아닌 것 같았다.

"몸이 좋지 않으면, 의원을 부를까? 칼리드 후작가에 아주 유능한 주치의가 있어."

"아니, 괜찮아."

엘레나는 이 와중에도 자랑을 빼놓지 않는 칼리드의 말에 어처구니가 없었다. 이런 상황에서조차 자기 자랑이라니……

엘레나는 여전히 자랑하느라, 정신이 없는 칼리드에게 기가 질린 표정을 지었다.

"아마 제국 내에서 가장 유능한……."

"칼리드."

"응?"

도중에 멈추지 않으면, 끝도 없이 주치의를 자랑할 것 같다는 불길한 예감에 엘레나는 그를 멈춰 세웠다.

"의원을 부를 정도는 아니야. 힐다는 어디에 있어? 그녀를 보고 싶은데."

애초에 이곳에 오게 된 목적은 칼리드와의 대화가 아니라, 힐다를 보는 것이었다. 그리고 비밀장소의 존재 여부였다. 이렇게 칼리드와 하릴없이 영양가 없는 대화를 나눌 이유는 없었다.

"로, 록사나는 바빠서 볼 수 없어."

"왜?"

"그게 록사나는 가문의 마법사잖아. 나도 바빠서 매일 보지 못해."

눈에 훤히 보이는 거짓말이었다. 그의 옆방을 차지하고, 매일 사랑의 밀회를 나눈다는 걸 이 성 안의 모두가 알고 있었다. 힐다는 공공연한 후작가의 안주인이었다. 실제로 그녀는 안주인처럼 행동하기도 했다.

그나저나 본인들이 가장 싫어하는, 밀회를 나누는 둘이 우스웠다. 누구보다도 그런 것을 싫어하면서도 정작 본인들이 그러고 있다는 사실이 웃겼다.

"지금 록사나는 성에 비를 내려야 하거든."

"비?"

비를 내린다는 말을 하면서 잔뜩 거드름을 피우는 칼리드의 행동에 엘레나는 살짝 미간을 찌푸렸다. 본인이 비를 내리는 것도 아니면서, 저렇게 허세에 빠진 모습은 도저히 못 봐줄 꼴이었다.

"록사나는 마법으로 비를 내릴 수 있거든. 아, 페이트 백작가도

한 달에 한 번씩 비가 내렸지?"

그 마법을 부리는 게 본인도 아니면서, 어떻게 하면 저렇게 자신감에 찰 수 있는 건지 엘레나는 궁금할 지경이었다. 마법으로 비를 내리는 건, 클로비스와 클라우스도 할 수 있는 일이었다. 하지만 영지 전체에 비가 내리게 할 순 없었다.

"영지 전체에 비를 내리는 거야?"

"그럴 순 있지만, 록사나가 힘들어 해서 성에만 비를 내리고 있어."

그럴 만한 능력이 있는데도, 성 안에만 비를 내린다는 칼리드의 말에 엘레나의 표정이 눈에 띄게 구겨졌다. 매번 성 안에만 내리는 비를 바라보는, 성 밖의 영지민들은 얼마나 괴로울지 상상도 가질 않았다. 아마도 매번 허덕이면서 빗줄기를 바라보고만 있을 것이다.

클로비스와 클라우스는 뭐든지 최우선은 영지민들이었다. 비가 내리지 않아, 급한 날은 물을 공급하기 위해서 부단히도 노력했다. 저도 마찬가지였다. 몸이 아프더라도, 비를 내릴 수밖에 없었다. 그들의 고통에 울부짖는 소리를 외면할 수 없었기 때문이다.

"성 안에만……."

"저 정도의 정원을 유지하려면, 비를 자주 내려야 하거든."

"나도 보고 싶어."

자주 내리는 비를 보며, 영지민들은 어떤 생각을 했을까. 무슨 생각이든 자신은 가늠조차 할 수 없는 감정일 것이다.

"뭘?"

"힐다가 비를 내리는 걸 보고 싶어."

엘레나는 정말 아무것도 모르겠다는 듯이, 그저 밝게 웃어 보였다.

"후작 각하?"

엘레나는 날카로운 눈초리로 저를 바라보는 힐다의 반응에도, 방긋방긋 미소를 짓고 있었다. 힐다는 화려한 치장을 내려놓고, 전과 같은 간편한 드레스를 입고 있었다. 힐다라면 절대로 쳐다보지도 않을만한 진부한 디자인의 드레스였다.

"오랜만이에요, 힐다."

"오랜만입니다. 페이트 백작 영애."

눈빛은 전혀 반갑지 않은 표정이었다. 자신의 방문 때문에 안주인처럼 군림하던걸, 빼앗기게 되었으니 화가 날 만도 했다. 힐다는 항상 제게 열등감을 가지고 있었다.

"엘레나가 비를 내리는 걸 보고 싶다고 했어."

"그러, 셨군요……."

"한 번도 비를 내리는걸, 본적이 없거든요."

백작가에서는 굳이 볼 필요가 없었다. 클로비스와 클라우스가 내리는 비보다, 제가 내리는 비의 양이 훨씬 더 많았으니까.

칼리드도 무척이나 대단했다. 자살 기도까지 하며 옆자리를 원했던 힐다의 앞에서, 당당히 자신의 이름을 부르며 친근함을 보여 주고 있었다.

이걸 눈치가 없다고 해야 하나? 그게 아니면, 나쁜 남자인 건가?

"록사나의 마법은 최고니까."

이건 그냥 자랑하고 싶은 거였다. 본인이 가진, 힐다라는 패가 얼마나 대단한지 뽐내고 싶었던 거다.

"저는 신경 쓰지 말고 하세요."

힐다는 여전히 인상을 찡그린 채로, 하늘 위로 두 손을 뻗었다. 그녀가 하늘로 손을 뻗자 거짓말처럼 비구름이 몰려들기 시작했다.

"힐다의 능력은 무척 뛰어나. 아마 페이트 백작보다도 뛰어날 거야."

그 말을 하는 칼리드의 얼굴은 무척이나 탐욕스러워 보였다. 뱀의 혀처럼 날름거리는 혀와 욕망이 가득 찬 보라색 눈동자는 소름이 끼쳤다.

"그녀는 늘 내게 도움을 주었지. 아주 어렸을 때부터……."

비를 내리는 힐다를 바라보는 칼리드는 무언가에 매료된 사람 같았다. 엘레나는 이상한 느낌에 흠칫 몸을 떨었다.

"하지만 엘레나, 너도 내게 아주 필요한 사람이야."

"……."

엘레나는 욕망에 가득 차, 탐욕스러워 보이기까지 하는 보라색 눈동자를 마주하자 움직일 수가 없었다. 바보 같은 가면 아래 숨겨져 있던, 칼리드의 진짜 얼굴을 보는 것 같았다.

엘레나는 칼리드의 진짜 얼굴에 아무 말도 하지 못하고 그를 바라보기만 했다. 제가 비를 내리는 능력이 있다는 걸 칼리드가 알 리가 없는데도, 이상하게 그가 알고 있는 것만 같은 느낌이 들었다.

"아……."

뭐라고 말을 해야 하는데 억지로 입을 떼 봐도 들려오는 거라고는 단말마의 신음뿐이었다. 온몸이 굳은 것처럼 움직이지 않는 상황이었다.

"두 사람 모두 내게 소중한 사람이니까."

칼리드는 언제 그랬냐는 듯, 능숙하게 가면을 다시 쓰고 살살 눈웃음을 쳤다.

엘레나는 그제야 굳어 있던 몸이 풀리는 것을 느꼈다.

"그, 그래……."

엘레나는 굳이 비밀 장소를 찾지 않더라도, 칼리드가 이미 반역을 꾸미고 있다는 것을 알아차렸다. 지금 제 눈앞에 있는 칼리드는 자신이 원래 알고 있는 칼리드가 아니었다.

제가 알고 있는 칼리드는 운과 잘생긴 얼굴 말고는 아무것도 없는 별 볼 일 없는 놈이었다. 이런 얼굴을 할 수 있는 사람이 아니다.

하지만 지금의 칼리드는…… 또 다른 아론을 보는 것 같았다.

"아름답지 않아?"

"……."

칼리드는 정원에만 내리는 비를 보고, 아름답지 않으냐며 제게 물어왔다. 하지만 엘레나는 아무 대답도 할 수가 없었다. 정원에 비가 내림과 동시에 성 밖에서 처절한 울음소리가 들려왔기 때문이다.

비를 원하는 영지민들의 고통스러운 부르짖음이었다.

"난 정원에 비가 내리는 게, 무척 아름답다고 생각해."

엘레나는 칼리드가 아름답다고 말하는 게 정원에 내리는 비인지, 아니면 영지민들의 고통 어린 울음인지 알 수 없었다.

비를 맞아 활짝 피어나는 정원의 꽃들과 고통스러운 비명은 무척이나 기괴했다.

이런 곳은 한시라도 빨리 벗어나고 싶었다. 자신이 너무 어리석었다. 클로비스의 말을 듣고서도 찾아온 게 잘못이었다.

아니 어쩌면 절대 칼리드가 그럴 리 없다고 믿은, 제 자만심이 불러온 화였다.

비밀 장소를 확인할 필요도 없었다. 그는 자신이 알고 있는 칼리드가 아니었다. 이곳은 자신이 알고 있는 책 속과는 다른 세상이었다.

"엘레나, 표정이 왜 그래?"

이제는 칼리드의 저 가증스러운 표정조차도 무서웠다. 조금이라도 방심한다면, 이대로 모든 것이 끝날 수도 있었다.

"속이 안 좋아서, 아까부터 속이 좋지 않았어."

언제부터였지? 언제부터 칼리드가 저런 사람이었던 거지?

"아프지 마, 엘레나. 나는 네가 아프면, 무척 슬퍼."

"……응."

엘레나는 제 안위를 걱정해주는 칼리드의 말에 떨리는 목소리를 들키지 않기 위해서 노력해야만 했다. 지금도 식탁 밑으로 떨리는 손을 숨기고 있었다.

생각보다도 많이 위험했다.

"몸이 좋지 않아서, 이만 가봐야겠어."

더는 이곳에 있고 싶지 않았다. 지금도 그 처절했던 비명이 귓가에 들려오는 것 같았다. 그리고 그걸 들으며, 웃고 있는 칼리드의 모습이 뇌리에서 잊히질 않았다.

"그래?"

"응."

문제는 힐다가 아니었다. 문제는 바로 칼리드였다.

"이제 왔는데, 벌써 돌아가는 거야?"

이곳에 계속 있다가는 미쳐버릴지도 몰랐다. 지금 이 순간, 아론이 너무나 보고 싶었다.

"미안해. 하지만 몸이 좋지 않아서……."

정말로 몸이 좋지 않았다. 금방이라도 토할 것처럼 속이 메슥거렸다. 아무래도 아까 그 모습을 봐서 그런 것 같았다.

"페이트 백작가까지 데려다줄게."

"아니, 아니야! 그럴 필요 없어."

이대로 마차 같은 밀폐된 공간에서 칼리드와 단둘이 있어야 한다니, 정말이지 끔찍했다. 아마 그렇게 된다면, 제가 버틸 수 있을 리가 없었다.

지금도 칼리드와 얼굴을 마주하는 것이 매우 고통스러워 힘들었다.

"아픈 너를 이대로 보낼 수 없어. 제발 내가 바래다줄 수 있게 해줘."

오늘은 자상한 콘셉트를 잡았는지, 다정한 말을 하는 칼리드의 행동에 엘레나는 어떻게 반응해야 할지 몰랐다. 칼리드를 거절해야만 하는데, 저 말에 반박할 만한 이유가 없었다.

"이대로 널 보내면, 나는 백작과 클로비스에게 원망을 들을 거야."

"아니, 괜찮아."

"엘레나."

당장에라도 이곳을 떠나고 싶고 너무 무서웠지만, 칼리드가 클라우스와 클로비스에 대해서 말하는 순간 정신을 차릴 수 있었다.

머리에 차가운 물을 맞은 것처럼, 정신이 바짝 들었다.

여기서 제가 잘못한다면 피해를 받는 건, 클라우스와 클로비스였다. 저만의 목숨이 걸려 있는 게 아니었다.

"영지에 도착하면 클로비스가 마중 나와 있을 거니까, 칼리드는 신경 쓰지 않아도 돼."

칼리드가 황위에 오르고, 그가 어떻게 했었는지 떠올랐다. 거짓말처럼 머릿속이 차분해지고 겁이 나질 않았다.

칼리드가 나쁜 놈이라는 건 변하지 않았다. 적어도 그가 나쁜 놈이라는 걸 알고 있는 지금은 충분히 대응할 수 있었다. 무섭다고 떨고 있을 게 아니었다.

변한 건 없었다. 자신은 아무것도 모르고 당하던, 순진한 그녀가 아니었다.

"마차라도 불러줄게."

"고마워."

엘레나는 굳이 칼리드의 호의를 거절하지 않았다. 눈앞의 힐다가 저를 뚫어져라 바라보고 있었지만, 아무 상관 없었다. 힐다가 후작저를 손안에 넣었다는 건 알게 되었다.

이제 남은 건…… 비밀 장소의 존재 여부였다.

"힐다. 제 얼굴에 뭐라도 묻었나요?"

"아뇨…… 영애의 얼굴이 희게 질려서요."

얼굴이 희게 질려 있다는 힐다의 말에 엘레나는 싱긋 웃어 보였다. 방관자.

그녀는 칼리드가 안 좋은 길로 가는 것을 알면서도, 칼리드를 말리지 않았다. 오히려 옆에서 칼리드를 더욱 부추겼다.

"아, 몸이 많이 좋지 않은 것 같아요. 걱정해줘서 고마워요."

굳이 비밀 장소를 찾아내지 않아도, 칼리드가 반역을 계획하고 있다는 건 알아차렸다. 하지만 아론에게 설명하기 위해서는 좀 더 확실한 증거가 필요했다.

아마 그도 아예 모르고 있는 것은 아닐 거다. 이 제국의 모든 정보는 아론의 손안에 있는 것과 다름없었으니까.

"엘레나, 마차가 도착했어."

"고마워."

엘레나는 마차가 도착했다는 칼리드의 말에 서둘러 자리에서 일어났다. 조금이라도 더 빨리 이곳을 벗어나고 싶었다. 칼리드만큼이나 음습한 힐다의 시선을 받고 있는 것도 힘들었다.

"정말로 내가 같이 가지 않아도 괜찮겠어?"

"응, 정말로 괜찮아."

자신이 정신을 차리지 않으면 안 됐다. 예상외의 일이 일어났지만, 충격을 받아 아무것도 하지 못할 정도는 아니었다. 그저 시기가 앞당겨진 것과 제가 알고 있는 것과는 조금 다르다는 것뿐이었다.

"내가 너무 걱정이 돼서 그래."

"그래서 칼리드가 불러준, 마차를 타고 가잖아."

엘레나는 자꾸만 걱정하는 척 달라붙는 칼리드를 떨쳐내기 위해서 웃음을 지어 보였다.

이제는 칼리드가 저를 정말로 걱정하지 않고 있다는 걸 알았다. 그 가면 속에 위치한 진짜 얼굴을 본 이상, 칼리드의 어떤 연기를 보더라도 넘어가지 않을 자신이 있었다.

"그럼, 도착하면 연락해야 해."

"알겠어."

칼리드도 두 번은 권할 생각은 아니었는지, 그제야 자신의 웃음에 안심하고 저를 보내주었다. 엘레나는 마차에 들어섬과 동시에 얼굴에 걸려 있던 미소를 순식간에 지워냈다.

"……."

일부러 칼리드의 의심에서 벗어나기 위해서라도, 그가 보내주는 마차를 순순히 탄 것이었다. 마차는 빠른 속도로 정류소에 도착할 거고 칼리드는 자신의 도착 소식을 전해 들을 터였다.

"이번에는 바보같이 당하고 있지 않을 거야."

칼리드의 어장 속 물고기가 되는 것도, 소중한 사람들을 잃는 것도 모두 자신이 막아낼 것이다. 그가 원하는 대로 두고 보고 있을 생각은 없었다. 하나씩 하나씩 전부 바로잡아서 칼리드를 똑같이 나락으로 떨어뜨릴 계획이었다.

"그러기 위해서는 비밀 장소를 알아내야 해."

그곳에서 증거가 될 만한 물건을 가져와야만 했다. 엘레나는 초조함에 입술을 잘근잘근 깨물었다. 책 속에서의 칼리드는 용의주도한 인물은 아니었다. 하지만 지금의 칼리드는 제가 알고 있는 칼리드와는 조금 달랐다.

"누가 그쪽에 붙었었지……."

엘레나는 누가 칼리드의 편에 붙어서 반역을 도모했었는지 떠올리고 있었다. 반역의 핵심 멤버를 기억하려고 머리를 쥐어짜내고 있을 때였다. 빠른 속도로 달리던 마차가 속도를 줄이고 어느덧 자리에 멈춰서는 걸 느꼈다.

워프 정류소에 도착한 거였다.

끼익-

마차의 문이 열리고, 허리를 바짝 숙이고 저를 마중하러 나온 관리자가 보였다.

"어서 오십시오, 영……."

"후작저로 돌아갈 마차가 필요해요."

"그게 무슨 말씀입니까?"

"일단 정류장 안으로 들어가죠."

엘레나는 칼리드가 보내준 마차가 빠른 속도로 다시 왔던 길을 되돌아가는 것을 바라보았다. 역시나 자신의 예상대로 칼리드에게 제가 정류소에 도착했다는 걸 알리러 가는 거였다.

"영애?"

"지금 다시 후작저로 돌아갈 운송수단이 필요해요. 사람들 눈에 띄지 않는 거로 말이에요."

칼리드는 지금 숨기는 것이 많은 상태였다. 평소보다도 더욱 조심스러운 상황일 것이다. 오늘 아침만 해도 마차를 타고, 후작성 정문에 다다르자 미리 저를 마중 나와 있는 기사들이 있었다.

방문객들을 확실히 관리한다는 얘기였다.

"아론은…… 전하께는 제 말을 전했나요?"

"아…… 네, 그것이 전해드렸습니다만…… 왜 다시 돌아가시려는 겁니까?"

"전해줬으면 문제는 없어요."

엘레나는 말을 흐리는 관리자의 행동에 아론이 이곳에 나타나지 않을 거라는 걸 눈치챘다.

정말로 2주를 꽉 채울 거란 말이지…… 아론 없이 저 혼자서도 충분히 할 수 있다는 걸 보여줘야 할 때였다.

"후작성 뒤편으로 몰래 가야 해요. 너무 가까이에 마차를 대기시켜도 안 되고요."

이런 계획을 서슴없이 관리자에게 할 수 있는 이유는 이 모든 곳이 아론의 관할이라는 걸 알고 있어서였다. 지금 이 눈앞의 관리자도 아론의 충실한 신하일 것이다. 그러니 반역이 성공하고 황좌의 자리가 바뀌어도, 이 정류소에 속한 마법사들은 모두 아론을 따를 것이었다.

"그게 무슨 말씀입니까? 저는 잘 이해가 가질 않습니다."

저를 경계하는 듯한 관리자의 태도에 엘레나는 씁쓸한 웃음을 지었다. 당연히 제 말을 단번에 들어줄 거라고 생각하진 않았다. 하지만 저렇게 대놓고 경계를 하는 모습은 조금 상처였다.

"제가 전하의 약혼녀라는 건 알고 계실 테죠. 절대 전하께 해가 가는 일은 하지 않아요."

"……."

"믿어주세요."

믿어달라는 자신의 말에도 관리자는 아무런 대답이 없었다. 최고급 워프를 사용할 수 있게 되어, 이런 것쯤은 가능한 줄로만 알았다. 이렇게 된다면 계획을 대폭 수정해야 했다.

"……알겠습니다. 마차가 아니라, 근거리 워프를 사용하겠습니다."

"고마워요!"

도리어 들키지 않게 근거리 워프까지 사용해주겠다는 말에 엘레나는 활짝 웃음을 지었다.

"여기서부터는……."

"여기서부터는 혼자 갈 수 있어요."

눈이 아플 정도로 화려한 후작성은 뒤편마저도 화려했다. 엘레나는 이게 왜 그런 것인지 잘 알고 있었다. 앞편의 삼엄한 경비와는 다르게, 뒤편은 지나치리만큼 조용했다. 칼리드가 일부러 뒤편에는 경비를 세우지 않는다는 것을 알고 있기에 실행한 계획이었다.

"여기 어딘가에 있을 텐데……."

엘레나는 한참을 수풀 더미를 헤집으며 무언가를 찾고 있었다. 화려한 후작성의 뒤편은 앞편의 화려함과는 조금 달랐다. 비를 내릴 수 있는 능력이 있다는 것을 과시하는 듯, 싱그러운 푸르름이 가득한 정원의 웅장함이었다.

"찾았다. 비밀 장소의 입구."

나만 봐주었으면 좋겠는데

"들어가는 방법이 뭐였지?"

엘레나는 막상 비밀 장소의 입구를 찾았지만, 그 앞에서 그대로 멈춰 서 있었다. 과연 제 기억이 맞는지 확신이 들지 않았기 때문이다. 머릿속에서는 비밀 장소로 들어가는 방법이 떠올랐지만, 행동에 옮기기에는 망설여졌다.

혹시나 제 기억이 틀린 거라면 어떡하지?

이제까지는 자신의 기억이 틀린 적은 없었지만, 이번에는 아닐 수도 있었다. 칼리드는 비밀 장소의 문에 마법을 걸어놨다. 얼핏 보면 무성한 덤불 더미로 보이는 이곳은 사실 지하실로 통하는 입구였다.

"분명 왼쪽으로 두 번, 오른쪽으로 두 번이었지."

엘레나는 풀숲 사이 숨은 레버를 손에 쥐고 고민하고 있었다. 힐다의 마법은 외부인을 감지하는 마법이 아니었다. 힐다의 마법은 비밀 장소를 안전히 숨기는 것에 그치는 거였다. 반역을 도모하는 일원들은 모두 한가한 사람들이 아니었다.

정기적인 모임을 제외하고는 모두 자유로운 시간대에 후작성을 방문해 칼리드와 만났다. 그중에서도 가장 많은 방문을 했던 사람은 엘레나 바로 그녀였다.

"후우…… 이제 더는 돌이킬 수 없어."

정말 이제는 돌이킬 수 없었다. 제 기억을 믿어야만 했다.

엘레나는 한숨을 한 번 내쉬고는 레버를 왼쪽을 두 번, 오른쪽으로 두 번 힘차게 돌렸다.

드르륵-.

레버를 돌리자, 덤불 더미가 양쪽으로 갈라지더니 숨겨진 통로가 나왔다. 지하로 이어지는 끝없는 계단은 밖에서 보면 음산한 느낌이 들기도 했다.

"내 기억이 진짜였어."

엘레나는 정말로 열린 비밀 장소에 놀라서 입을 다물지 못했다. 머릿속에 떠오른 제 기억이 진짜였다. 제 기억 속의 이곳은 그녀가 수시로 칼리드를 찾아온 곳이었다. 칼리드는 그녀를 철저히 방치했다. 엘레나는 좋은 패이기는 했지만, 그녀가 칼리드의 전부는 아니었다.

칼리드는 엘레나를 반역 계획 날이 아니면 만나주지 않았다. 일부러 더 엘레나가 애가 타도록 그녀를 코너로 몰아간 것이었다.

그녀는 칼리드에게 사랑받기 위해서라도, 더욱 적극적으로 반역에 참여했다.

"제발 안에 아무도 없어야 할 텐데……."

엘레나는 조심스러운 발걸음으로 안으로 향했다. 입구에 들어섬과 동시에 통로 안에 불이 켜졌다. 사람이 들어오면 불이 켜지도록 설정된 마법인지, 벽에 걸린 촛불들에 모두 불이 붙었다.

"아…… 무슨 분위기가 이렇게 으스스해?"

자신의 기억은 아직 완벽한 게 아니었다. 어떤 기억은 마치 직접 겪은 것처럼 생생했지만, 다른 기억은 조각난 테이프처럼 드문드문 끊겨 있었다. 이 장소에 들어오는 방법은 알고 있었지만, 이 통로는 기억나지 않았다.

뚜렷하게 기억나는 거라고는 입구를 여는 법과 입구에 들어서 칼리드를 부르는 방법이었다.

"꼭 귀신이라도 나올 것 같네……."

엘레나는 소름이 끼치는 음산함에 양팔로 어깨를 연신 쓸어내렸다. 지하라서 그런 것인지, 한층 낮은 온도에 온몸이 다 서늘했다. 거기에 촛불에만 의지해 깜깜한 지하 통로를 지나가야 한다는 사실이 더욱 무서웠다.

이 길을 과연 거만하디 거만한 귀족 나리들이 걸었다는 사실이 믿기지 않았다. 후작성의 화려한 앞면과는 다르게 지하실은 무척이나 어둡고 음침했다.

꼭 칼리드의 감춰진 음침한 속내를 보는 것 같은 기분이었다.

터벅터벅-

지하통로를 울리는 자신의 발걸음 소리가 유독 크게 들려오는 것 같았다. 과연 이 길의 끝은 어디인지, 슬슬 겁이 나기 시작했다. 제 기억이 맞다면, 분명 도착지는 있었다.

"아……!"

엘레나는 통로의 끝에 나타난 거대하고 화려한 문의 모습에 감탄을 내뱉었다. 이제껏 음산하고 어두웠던 통로와는 다르게 눈앞의 문은 화려함의 극치였다. 거대한 문은 위압적이기까지 했다.

아마 칼리드가 의도했던 게 이것이었을 것이다. 도도한 귀족들을 기죽일 만한 화려하고 커다란 문은 기가 질릴 정도였다. 이런 문이 지하에 있다는 것이 믿기지 않았다.

끼이익-.

커다래서 열릴 것 같지 않았던 문은 생각보다 쉽게 열렸다. 손을 대는 순간, 스르륵 하고 가볍게 열리는 문에 엘레나는 살짝 몸을 움찔거렸다.

"……."

화려하고 커다란 문 너머에는 더 호화로운 공간이 있었다. 엘레나는 이 장소가 낯설지 않았다. 자신은 이곳에 온 적이 있었다. 이미 이 공간을 전부 알았다. 이곳에서 칼리드가 회의를 주도했던 기억이 떠올랐다.

"과연 누가 이곳을 역모를 모의하는 장소라고 생각이나 할까."

커다란 원탁과 곳곳에 장식된 미술품과 인테리어들은 한눈에 보기에도 비싸 보였다. 비밀스러운 공간보다는 호화로운 접견실 같았다. 그 누구도 이곳에서 역모가 이뤄지고 있다고 생각하지 못할 것이다.

"이곳에 방문인이 왔다고 알리는 장치는 저 끈이었지."

엘레나는 가만히 서서 벽 쪽의 끈을 바라봤다. 교묘히 미술품 쪽에 장식된 끈은 모르는 사람이 보면, 미술품을 관리하기 위해 설치된 장막의 끈인 줄 알 것이다. 하지만 저 끈은 장막이 아니라, 방문인의 알림을 알리는 거였다.

저 끈을 잡아당기면, 저택에 종이 울리는 장치였다. 그건 이 비밀장소에 누군가 왔다는 신호였다. 칼리드는 종이 울리면, 그게 누구든 무조건 이 장소에 나타나야만 했다. 그게 그들 간의 약속이었다.

"엘레나는 그 약속을 악용했지만……."

칼리드는 엘레나가 본인을 떠날 수 없다는 걸 알게 되고서는 점점 그녀에게 무심해져 갔다. 그녀가 안달이 나서 매달리는 것을 즐기기도 했다. 칼리드가 찾아오지 않으면, 그를 만날 수 없는 그녀는 매번 이곳에 와 끈을 잡아당겼다.

오직 칼리드를 만나기 위해서였다.

"일단 저 끈만 당기지 않는다면 안전하겠지?"

엘레나는 붉은색 휘장의 끈을 꺼림칙한 표정으로 바라보았다. 저걸 바라보면 몹시 기분이 좋지 않았다. 누군가 속을 마음대로 휘저어서 울렁거리는 기분이었다. 매우 불쾌한 감정이었다. 아마도 원래의 그녀에게 감정이 동화돼서 그런 것 같았다.

"기분 나쁘네."

기분 나쁜 건 나쁜 거고 이곳에 온 목적을 생각해야만 했다. 엘레나는 주변을 이리저리 살펴보았다. 애석하게도 회의에 대한 기억은 뚜렷하지 않았다. 그저 이곳에서 역모에 대한 계획이 이루어지고 있다는 것만 알고 있었다.

"칼리드라면…… 깊게 숨기지 않았을 거야. 그는 자신이 가진 걸 과시하는 것을 좋아했으니까."

칼리드는 본인이 가진 것을 으스대며, 그로 인해 남들이 공포에 떠는 것을 즐기는 자였다. 오늘 정원에서 있었던 일처럼 말이다. 고통 어린 부르짖음을 즐기던 칼리드의 모습은 무척이나 기괴했다.

엘레나는 손으로 원탁을 쓸어내리며 기억을 떠올렸다. 이 자리는 칼리드가 앉는 자리였다. 계획성 같은 건 없어 보였던 칼리드의 역모는 생각보다 체계적이었다. 역모에 참여하는 귀족들에게는 모두 지정석이 정해져 있었다. 칼리드와 가까운 곳에 앉을수록 중요한 사람들이었다.

"엘레나는 바로 이 자리였고."

원래 이 자리의 내정자는 힐다였다. 하지만 엘레나의 능력을 알게 된 칼리드는 힐다가 아니라, 엘레나에게 자신의 옆자리를 내어 주었다. 아마 지금 이 자리는 힐다가 차지하고 있을 것이다.

과연 힐다는 이 자리를 차지해서 행복했을까?

엘레나에게 칼리드의 옆자리를 빼앗긴 힐다가 얼마나 그녀를 표독스러운 표정으로 노려보았는지, 기억이 아주 생생했다.

"행복했겠지."

엘레나는 힐다의 자리로 추정되는 칼리드의 옆자리를 손가락으로 덧그리며, 비웃음을 지었다. 쓸데없는 감성에 젖을 때가 아니었다. 어서 역모의 증거를 찾아내, 아론에게 가져다줘야만 했다.

저벅저벅-.

엘레나는 지하를 울리는 발걸음 소리에 놀라, 주위를 두리번거렸다.

누군가 이곳에 오고 있었다!

"어, 어떡하지?"

엘레나는 점점 가까워지는 발걸음 소리에 당황해서 어찌할 줄 몰랐다. 이 바닥을 빠르게 구르는 신경질적인 걸음 소리는 칼리드였다. 칼리드의 걸음걸이는 초조하고 급한 그의 성격을 대변했다. 아무리 말과 표정은 연기로 어떻게 할 수 있는 거였지만, 걸음걸이만큼은 바꿀 수가 없었다.

"숨을 만한 공간이라고는……."

이곳에는 제 몸을 숨길 만한 공간이 없었다. 빌어먹게도 이 방은 화려하기 짝이 없었고, 어느 것 하나 허투루 만들지 않았다. 즉, 숨바꼭질할 만한 공간이 없다는 얘기였다.

저벅저벅-.

걸음 소리가 점점 더 가까워졌다. 이제 조금 있으면, 문이 열릴 것이다.

"어딜, 어디로 숨어야……."

끼이익-

문이 열리는 소리와 함께 칼리드의 것으로 추정되는 다리가 눈앞에 왔다 갔다 움직이고 있었다. 엘레나는 혹시라도 자신의 숨소리가 들릴까, 두 손으로 입을 막고 숨을 참았다.

"……!"

딱 자신이 숨어 있는 원탁 밑에 칼리드의 걸음이 멈췄다. 엘레나는 더는 참을 숨도 없었지만, 더욱 숨을 죽이고 몸을 웅크렸다.

"형님께 아주 감사하단 말이야."

칼리드가 말하고 있는 형님은 아론인 것 같았다. 엘레나는 굳이 칼리드를 보지 않더라도, 지금 그가 이죽대고 있음을 알아차렸다.

"감사합니다, 형님. 덕분에 제 계획이 앞당겨졌어요."

칼리드는 혼자서 기쁜 듯이 혼잣말을 주절주절 내뱉고는 사라져버렸다. 엘레나는 혹시나 그가 다시 들어올까 봐, 칼리드가 나가고 나서도 한참을 원탁 밑에 쭈그리고 앉아 나오지 못했다.

"하아……."

더는 칼리드가 오지 않을 거라는 안심이 들자, 그동안 참고 있었던 숨을 길게 내뱉었다. 칼리드는 무언가를 그림 뒤쪽에서 꺼내서 보고 있었다.

"형님 때문에 계획이 앞당겨졌다…… 아론 때문에 계획이 앞당겨졌다는 건가?"

만약 칼리드의 말이 사실이라면 큰일이었다. 칼리드는 의외로 신중하고 겁이 많은 스타일이었다. 그런 칼리드가 서둘렀다는 이유는 무언가 확실한 뒷배가 생겼다는 거다. 과거에는 그 뒷배가 엘레나였지만, 지금은 자신이 엘레나이기 때문에 그를 도와줄 일은 없다.

"누구지? 누가 칼리드의 옆에 선 거지?"

엘레나는 칼리드가 서 있었던 자리에 서서, 방안을 살펴봤다. 다시 돌아와서 살펴볼 만큼 중요한 것.

"대체 그게 뭐지?"

잘 있는지 확인해야 할 만큼 중요한 물건이 대체 뭐지?

"금? 아니…… 이건 아니야."

겨우 금 같은 걸 비밀스럽게 보관하고 있을 리가 없었다. 엘레나는 그림 뒤의 공간을 살펴보고 싶었지만, 혹시나 무슨 장치가 걸려 있는 것은 아닐까 망설여졌다.

여기서 들키게 된다면, 빼도 박도 못하는 상황이었다. 과연 이 위험을 감수해서라도 알아내야 하는 중요한 것인지 고민이 됐다.

"그래도 여기까지 와서 아무런 소득 없이 돌아갈 수야 없지."

엘레나는 한번 숨을 깊게 들이마시고, 조심스럽게 액자를 살살 들어 올렸다.

"금고?"

액자 뒤쪽에는 금고가 있었다. 별도의 잠금장치가 되어 있지 않은 금고였다. 하지만 쉽사리 손이 가질 않았다. 눈에 보이지 않는 잠금장치가 없더라도, 마법으로 잠금장치가 되어 있을 수도 있는 가능성 때문이었다.

엘레나는 금고 앞에서도 한참을 고민했다. 아무런 잠금장치가 없는 금고는 꼭 침입자를 유혹하는 느낌이었다. 그렇다고 중요한 게 들어 있다는 분위기를 풀풀 풍기는 금고를 이대로 외면할 수도 없었다.

"그래, 이젠…… 들켜도 어쩔 수 없어."

엘레나는 눈을 질끈 감고, 금고의 문을 힘차게 열어젖혔다. 이 안에 무엇이 들어 있더라도, 놀라지 않을 거라는 결심한 상태였다.

"이건……!"

하지만 안에 들어 있는 걸 보자, 그 결심은 와르르 무너지고 말았다.

"……베로니카 공작."

베로니카 공작이었다. 칼리드의 새로운 카드는 바로 베로니카 공작이었던 거다. 엘레나는 떨리는 손으로 베로니카 가문의 인장이 찍힌 종이를 붙잡았다.

하지만 왜?

"베로니카 공작은 끝까지 아론의 편이었잖아……."

베로니카 공작은 끝까지 황태자인 아론의 편에 서 있던 사람 중 하나였다. 실제로 아론의 복위를 도운 것도 베로니카 공작이었다. 그런 공작이 칼리드의 편에 설 리가 없었다. 이건 잘못된 거였다.

"베로니카 공작이 아론을 배신할 리가 없어. 왜냐면 아론과 공녀는…… 공녀는……."

미래가 바뀐 거다. 원래 아론과 빅토리아는 약혼 관계였다. 둘은 순조롭게 결혼까지 골인했고, 본인의 딸이 황후인 이상 공작이 아론과 척을 질 일이 없었다. 하지만 지금은 자신의 선택 때문에 아론과 빅토리아의 약혼은 없었던 일이 되었다.

즉, 더는 공작이 아론의 편에 설 일이 없다는 말이었다.

"나 때문이야. 나 때문에 미래가 바뀌게 된 거야."

자신이 아론과 결혼하겠다고 우기지만 않았어도 이런 일은 일어나지 않았다. 귀족들 사이에서 베로니카 공작이 가지는 힘은 대단했다. 공작의 말이라면, 많은 귀족들이 그 뒤를 따라나설 거였다.

그 증거로 지금 손에 들린 종이들의 양이 상당했다. 원래 내용대로라면 칼리드는 본인의 외모를 이용해서 꾀어낸 귀족들의 지지만 얻었었다. 칼리드가 황좌에 오를 수 있게 된 건 오로지 엘레나 덕분이었다. 엘레나의 능력이 없었더라면, 절대로 제국민들의 지지를 얻을 수 없었을 거다. 제국민들의 지지가 없는 칼리드는 아론에게 상대조차 되질 않았다.

"결국, 나 하나 살겠다고 아론을 위험에 몰아넣고 말았어."

엘레나의 손에 들린 종이가 힘없이 파르르 떨리고 있었다. 앞당겨진 계획. 베로니카 공작이 힘을 실어줘서 앞당겨질 수 있었던 거였다.

"어서 이걸 아론에게……."

이 사실을 빨리 아론에게 알려야 한다는 생각이 들었다. 칼리드의 뒤에 베로니카 공작이 있다면 얘기가 달라졌다. 거의 모든 귀족이 칼리드의 편이라는 얘기와도 같았다. 칼리드는 확실한 걸 좋아했다. 누군가를 잘 믿지 못하는 성격이라는 건 알고 있었지만, 이렇게 모두에게 서명문을 받았을 거라곤 생각하지 못했다.

"탄핵 서명문…… 베로니카 공작은 아론 클로드의 폐위에 찬성한다."

이런 서명문이 한 장이 아니었다. 베로니카 공작을 시작으로 들어보지도 못한 남작들까지도 모두 서명문을 작성했다. 아마 이 모든 인원을 모은 건 칼리드가 아니라, 베로니카 공작인 것 같았다.

모든 게 달라져 버렸다. 이제 제가 아는 것들은 모두 다, 바뀌어버리고 말았다.

"……안 돼. 내가 절대 그렇게 만들도록 놔두지 않을 거야."

엘레나는 서명문을 손에 들고, 지하실을 도망치듯이 빠져나왔다. 칼리드의 계획을 알게 된 이상, 이제 더는 물러날 곳이 없었다.

"헉, 헉……."

웬만해서 이 몸으로는 아무리 뛰어도 숨이 찬 적이 없었는데, 숨이 찰 정도로 필사적으로 빠르게 달렸다. 조금만 더, 조금만 더 나가면 관리자가 저를 기다리고 있을 거다. 관리자와 함께 워프로 이동하면, 제가 이곳에 온 건 누구도 알 수 없다.

"어디에……."

그러나 약속한 장소에 도착했지만, 저를 기다리고 있어야 할 관리자의 모습이 보이질 않았다. 순식간에 증발해버린 것처럼 어디에도 보이지 않는 모습에 엘레나는 초조해졌다.

턱-

그 순간, 누군가가 제 어깨를 붙잡는 감촉이 느껴졌다.

엘레나는 당연히 이 손의 주인이 칼리드라고 생각했다. 칼리드가 아닌, 다른 사람은 상상할 수 없었다. 역시나 좀 전에 들어왔을 때, 제가 있던 걸 알아차렸던 것 같았다.

"카, 칼리드……."

엘레나는 종이를 들고 있지 않은 다른 손으로 비상용 수정구슬을 집어 들었다. 여차하면 수정구슬을 깨뜨릴 생각이었다. 일단 이 종이를 들고 있는 이상은 의심을 피할 수 없었다.

"엘레나."

"전하……?"

그러나 그 손의 주인공은 전혀 생각지 못한 사람이었다. 바로, 2주간 코빼기도 볼 수 없었던 아론이었다.

"전하가 여긴 어떻게……."

아론이라는 사실을 확인하자마자, 온몸에 긴장이 풀려서 그만 다리에 힘이 풀려버렸다. 그래서 그만 들고 있던 수정구슬을 놓쳐 버리고 말았다.

"아! 안 돼!"

수정구슬이 깨지게 된다면, 클라우스와 클로비스가 이곳으로 워프를 하게 된다. 엘레나는 떨어지는 수정구슬을 붙잡으려고 손을 마구 허우적거렸다.

"조심해야지."

"아…… 감사해요."

수정구슬이 바닥에 닿기 직전, 다행히도 아론이 붙잡아 불상사는 피할 수 있었다. 엘레나는 오랜만에 본 아론의 얼굴에 어색함이 몰려왔다. 하필이면 마지막 만남에 볼 키스를 하고 난 직후라서 더욱 그랬다.

"여긴 어떻게 오셨어요?"

제 말에 입꼬리를 올려서 웃는 아론의 모습은 눈이 부실 정도로 아름다웠다. 한동안 그를 보지 않았더니, 그의 외모에 대한 면역이 사라져버린 것 같았다. 또 심장이 미친 듯이 뛰며, 두근거렸다.

"소중한 약혼녀를 잃게 될지도 모른다고 협박을 하는데, 내가 오지 않을 수가 있나?"

"아……."

아론은 어떻게 오지 않을 수가 있냐며, 제 머리카락을 부드럽게 쓸어내렸다. 엘레나는 그 행동에 얼굴이 붉어진 채로 아무 말도 할 수가 없었다. 오랜만에 보는 아론은 너무나 멋지고, 심장이 너무 두근거려서 입 밖으로 튀어나올 것만 같았다.

"그런데 말이야."

"……."

"나는 분명 내 약혼녀에게 질투가 날 만한 일은 피해달라고 말했을 텐데…… 질투가 나게 하는 것도 모자라서, 위험한 일까지 벌이는군."

화났다. 지금 아론은 제게 화를 내고 있는 거였다.

엘레나는 긴장감에 마른침을 꿀꺽 삼켰다. 얼핏 보면 평소처럼 잔잔해 보이지만, 그의 보라색 눈동자에는 미세한 파동이 일고 있었다.

"일단은 다른 곳에 가서 얘기하지."

다른 곳에 가서 얘기하자며, 자신을 끌어안는 아론의 행동에 엘레나는 당황했다. 훅 풍기는 아론의 향기와 몸에 와닿는 단단함에 머릿속이 하얘졌다.

"아, 읏…… 잠깐-!"

잠깐 종이를 봐달라고 말을 하려는 순간, 발동되는 워프에 엘레나의 말은 시공간에 묻혀버렸다. 이상한 곳에 갇히지 않으려면 그를 꽉 붙잡아야만 했다.

"자, 이제 얘기해보지. 왜 칼리드에게 찾아갔는지 말이야."

엘레나는 워프 중 다른 곳에 떨어지지 않으려고, 눈을 질끈 감고 아론의 목을 꽉 끌어안았다. 너무 지나치게 밀착해서일까? 그의 목소리가 귓가에 바로 울리는 느낌이 이상했다. 귓가를 간질이는 듯한 느낌에 엘레나는 몸을 부르르 떨었다.

워프로 도착한 곳은 의외인 곳이었다.

"어? 여긴 고아원 아니에요?"

"다른 데보다도 여기가 얘기하기 편할 테니까. 황궁도 백작성도 갈 순 없잖아?"

당연히 백작 성에 갈 거라고 생각했다. 하지만 도착한 곳은 고아원이었다. 아론과는 딱 한 번 온 곳이었지만, 그가 왜 이곳에 온 건지 알 수 없었다.

"여길 가장 편하게 생각하는 거 아니었나?"

"아…… 맞아요."

"그럼, 왜 칼리드에게 찾아갔는지 말해 봐."

엘레나는 머뭇거리면서 그에게 지하실에서 가져온 종이 뭉치를 건넸다. 부디 아론이 놀라지 않기를 바랐다. 이건 전부 제가 억지를 부려서 일어난 일이었다.

"처음에는 별다른 이유로 간 건 아니었어요. 그런데…… 칼리드가 반역을 도모하고 있다는 걸 알았고……."

"이건 어디서 난거지?"

어디서 난 거냐는 아론의 말에 비밀 장소에서 가져왔다는 말을 할 수도 없어서 난감했다. 지금 그 말을 한다면, 화가 난 그에게 기름을 들이붓는 것과 다름없었다.

"전하, 일단 이거 좀……."

"엘레나 페이트. 어디서 난 것이냐고 물었어."

엘레나는 초조함에 입술을 짓씹었다. 아무래도 아론은 물러날 생각이 없어 보였다. 그렇다고 사실을 말하게 되면, 그의 화를 돋우기만 할 텐데……

"그게……."

쉽사리 말할 수가 없었다. 과거의 기억만 가지고, 비밀 장소에 갔다는 걸 말하면 무모하다고 생각할 것이다. 하지만 아론은 호락호락 그냥 넘어갈 사람이 아니었다. 사실을 말하지 않는다면, 끝까지 추궁당할 게 분명했다.

"……왜 오지 않았어요?"

"무슨 소리지?"

적어도 지금 당장 그에게 얘기할 순 없었다. 조금 아론이 진정하게 되면, 넌지시 흘려가며 말할 생각이었다. 지금의 아론은 폭발하기 직전의 활화산 같았다. 언제든지 폭발해도 이상하지 않다는 말이었다.

"질투하는 게 싫다면서요. 그런데 왜 바로 절 찾아오지 않았느냐고요."

엘레나는 살짝 원망이 섞인 목소리로 되려 그를 타박했다. 이건 이 상황을 모면하려는 계획이기도 했지만, 진심이 담긴 말이었다. 2주간 그가 오지는 않을까, 몇 번이나 기대했었는지 몰랐다. 혼자 기대하고, 혼자 실망하는 나날의 반복이었다.

"찾아오지 말라고 말해도, 마음대로 다 찾아와놓고서는…… 왜 이번에는 안 찾아오지 않은 거예요?"

"엘레나, 나는……."

"칼리드랑 만나는 날이면, 바로바로 찾아왔었잖아요."

엘레나는 말을 하다 보니, 점점 억울해져 갔다. 이제껏 본인 마음대로 찾아와놓고서 화를 내는 아론에게 서운했다. 끝까지 무심하려면 무심하게 행동하지 헷갈리게 구는 그가 짜증이 났다.

"게다가 마지막에는! 마지막에는……."

마지막에는 혼란스럽게 입 맞추고까지 떠나기까지 했다. 엘레나는 자꾸만 제 마음을 흔들어놓는 그가 미웠다. 아무래도 잘생긴 얼굴로 사람을 홀리는 게 틀림없었다.

"내가 오지 않아서…… 보고 싶었나?"

엘레나는 본인이 보고 싶었냐는 아론의 말에 입을 꾹 다물었다. 제 입으로 인정하고 싶진 않았다. 그것도 그에게 직접 말해주는 것만은 피하고 싶었다. 그는 저라는 존재는 신경도 쓰지 않고 있었을 텐데, 보고 싶어 했다는 걸 들키고 싶진 않았다.

"……전하는 제가 보고 싶었나요?"

"그래."

아론에게 대답을 바라고 물어봤던 건 아니었다. 그런데 전혀 예상치 못한 대답에 엘레나의 눈이 커다래졌다. 얼굴에는 열이 오르고, 잠잠해졌던 심장이 또다시 세차게 두근거렸다.

"저는……."

"옆에서 재잘거리는 사람이 없으니, 무척 쓸쓸하고 그립더군."

대체 무슨 기대를 했을까. 엘레나는 옆에서 시끄럽게 하는 사람이 없어서 쓸쓸하다는 그의 말에 맥이 탁 풀려버렸다.

"그렇군요."

이러면 제가 꼭 아론에게 무언갈 기대한 사람 같았다. 아론과 저는 철저한 비즈니스 관계다. 이런 것에 실망할 일도 기대할 일도 없어야 하는 그런 관계였다.

"전하도 들으셨겠죠. 칼리드가 반역을 도모하고 있다는 소문이요."

"……."

그런 생각을 계속하다 보니, 머리가 차갑게 식으면서 이성적으로 생각할 수 있게 되었다. 눈앞의 그는 그저 비즈니스 파트너였다. 그리고 자신은 그에게 유용한 정보를 건네주는 걸 수행하고 있는 거다.

"칼리드의 후작성에 초대를 받아, 우연히 비밀 장소를 알아냈어요. 그리고 거기서 이걸 가져왔고요."

엘레나는 그가 들고 있는 종이 뭉치를 가리켰다. 그도 베로니카 공작가의 문장을 본 것 같았다.

"베로니카 공작가가 반역을 도모하고 있어요."

"그래, 그런 것 같군."

아론은 어느 정도 예상하였는지, 별달리 놀란 것 같지 않아 보였다. 아마 저와의 결혼을 택하면서부터 그가 포기한 부분인 것 같았다.

"저와의 계약, 아니 결혼을 후회하시나요?"

엘레나는 언제든지 그가 결혼을 후회한다고 말하면, 이 계약을 철회할 생각이 있었다. 처음부터 계약을 맺게 된 이유는 다시 돌아올 그녀를 위해서였다. 하지만 이제는 다시 돌아올 그녀보다도 아론이 더 중요해졌다.

그에게 피해를 주면서까지, 이 계약을 계속 유지하고 싶지 않았다. 애초에 목적은 칼리드에 대한 복수였으니, 칼리드를 몰락시킬 수만 있다면 아무 상관 없었다. 아마 그렇게 한다면 그녀가 다시 돌아오더라도, 칼리드에게 다시 돌아갈 수 없을지도 몰랐다.

"계약서에 숨겨 있는 마지막 조항. 양쪽의 동의하에 이 계약은 없었던 일로 만들 수 있다."

엘레나는 말을 하면서도, 주먹을 꽉 쥐며 눈물을 참아냈다. 왜 눈물이 흐를 것 같은지 자신도 이해할 수 없었다. 이상하게 그와의 계약이 끝난다는 생각을 하자, 슬픔이 마구 몰려왔다. 하지만 그를 위해서라면, 이 계약은 없었던 일로 하는 게 가장 좋았다.

"꼭…… 굳이 결혼하지 않아도, 칼리드에게 복수는 할 수 있으니까요."

"……."

"그러면 전하도 다시 베로니카 공녀와 약혼할 수 있을 테고…… 베로니카 공작도 마음을 돌릴 거예요."

엘레나는 떨리는 목소리를 숨기기 위해서, 두 주먹을 맞잡고 힘을 줬다. 이 감정은 혼자서 감당해야만 하는 거였다. 계약을 해지한다 해도 아론은 눈 하나 깜짝하지 않을 거다. 저도 그에게 아무렇지 않은 모습을 보여줘야 했다. 이건 다른 게 아니라, 그냥 서운해서 그런 거였다.

그래, 서운함. 좋은 비즈니스 파트너를 잃는 것에 대한 서운함이다.

"……왜 내가 그대와의 결혼을 후회한다고 생각하지?"

"네? 당연히……."

엘레나는 그가 지금 자신을 놀리고 있는 것인가 싶었다. 당연히 저와의 결혼으로 베로니카 공작이 칼리드 편에 붙었으니 후회하냐고 말한 거였다.

"질문을 바꿔보지. 영애는 나와의 결혼을 후회하나?"

본인과의 결혼을 후회하냐는 아론의 말에 엘레나는 입술만 벙끗거렸다.

후회하지 않았다. 당연히 후회할 리가 없었다. 그는 가장 최선의 선택이자, 최고의 선택이었다.

하지만…… 그를 선택함으로써 그가 받는 피해를 생각하면, 이 선택이 후회됐다.

"……네, 후회해요."

절대 그까지 끌어들일 생각은 아니었다. 예전이었더라면, 이렇게까지 아론에게 죄책감을 느끼지 않았을 거다. 그러나 지금은 뼈저리도록, 제 선택을 후회하고 있었다. 처음에는 서로에게 도움이 된다고 생각했다.

자신이 미래를 알고 있으니 그의 폐위를 막을 수도 있고, 서로의 눈엣가시인 칼리드까지도 제거하는 최상의 방법이었다. 하지만 저의 선택 때문에 미래가 바뀌고 말았다. 제 예상보다도 훨씬 더 빨리 역모가 진행되고 있었다. 이대로라면 아론이 너무 위험했다.

"저는 후회해요. 그래서 우리의 계약을 파기했으면 좋겠어요."

엘레나는 최대한 말을 하면서도, 그를 쳐다보지 않으려고 애썼다. 아론을 보게 되면, 마음이 약해질 것 같았다. 애초에 자신의 복수에 남을 끌어들이는 게 문제였다.

"……왜지?"

"이렇게 일이 커질 줄 몰랐어요. 우리만 서로 원래의 자리로 돌아간다면……."

"모든 게 제자리로 돌아갈 거다?"

모든 게 제자리로 돌아갈 거라는 그의 말에 엘레나는 고개를 끄덕였다. 그게 제가 원하는 일이었다.

"모든 게 다시 원래대로 돌아간다라…… 돌아오기에는 이미 너무 많은 길을 와버렸어."

"전하."

사실은 알고 있었다. 아론의 말대로 돌아오기에는 이미 너무 많이 흘러버리고 말았다. 하지만 그의 입으로 아니라고 확인받고 싶었다. 죄책감을 피하고자 비겁한 선택을 했다.

"나는 후회하지 않아. 그러니 우리의 계약은 파기될 일이 없지."

"전하! 제 말은……."

엘레나는 떠나려는 듯한 그를 붙잡으려고 손을 뻗었다. 처음 보는 아론의 상처받은 것 같은 표정에 자신이 잘못했단 걸 깨달았다. 후회한다고 말하는 게 아니었다. 거짓말을 해서 그에게 상처를 주고야 말았다.

"오늘은 여기까지 얘기하는 게, 서로에게 좋겠군."

"아론!"

그의 이름을 소리쳐 불렀지만, 엘레나의 목소리는 닿지 않았다. 아론은 이미 자리를 떠난 뒤였다.

"아론……."

그를 위해서 한 행동이었지만, 아이러니하게도 그에게 상처를 주는 꼴이 돼버렸다. 언제나 강하고 차가운 사람이라고만 생각했었다. 그래서 아무렇지 않을 거라고 스스로를 정당화시켰다.

하지만 자신의 선택은 아론에게 상처를 주고 말았다.

"누님……."

"클로비스, 돌아가 줘."

무슨 정신으로 백작가로 돌아왔는지 기억이 나질 않았다. 정신을 차리고 보니, 눈물을 흘리고 있었다. 머리가 깨질 듯이 아프고 눈물이 멈추지 않았다는 것밖에는 기억이 안 났다.

백작가에는 한바탕 폭우가 내리고 있었다.

"이렇게 힘을 남발해서 어쩌자는 얘기인 겁니까?"

"……."

"누님!"

듣고 싶지 않았다.

쏟아지는 비와 함께 머릿속에 기억의 비가 내렸다. 그녀의 기억이 저를 괴롭혔다. 알고 싶지 않았다. 더는 그녀의 마음을 알고 싶지 않았다.

"제발, 제발 그만!"

자신은 엘레나 페이트가 아니었다. 그러니까 지금 울고 있는 것도, 이런 이상한 감정을 느끼는 것도 모두 그녀의 것이다.

저는 엘레나 페이트가 아닌, 한수진이었다.

"이제 내가 네 누나가 아니라는 걸 알고 있잖아."

"그게 무슨 문제죠? 누님은 여전히 제 누님인걸요."

말이 통하질 않았다. 클로비스는 마치 그게 뭐가 문제냐는 듯 태연하게 행동했다. 가장 중요한 문제를 아무렇지 않게 행동하는 모습에 소름이 끼쳤다.

제가 무슨 존재이든 엘레나의 탈을 썼다면 상관없다는 것 같아서, 그래서 더욱 무섭고 소름 돋았다.

"나는 너희 남매가 싫어. 나를 여기에 갇히게 한, 엘레나 페이트도. 그런 나를 보고 아무렇지 않게 행동하는 너희 두 부자도 모두 끔찍해."

"……."

끔찍했다. 너무나 끔찍해서 견딜 수가 없었다. 자꾸만 자신의 머릿속에 알 수 없는 기억들이 주입되고 있는 느낌도 역겨웠다. 제 몸이 제 몸이 아닌 기분.

"……나가."

"누님이 그렇게 생각한다면 말리지는 않겠어요. 하지만…… 나중에 후회할 만한 일은 하지 않는 게 좋을 거예요."

엘레나는 클로비스의 말에 코웃음 쳤다. 제가 아니라, 이 몸의 원래 주인인 그녀를 걱정하고 있는 거겠지. 혹시나 제가 잘못된 선택을 할까 봐 전전긍긍한 거다.

"죽을 생각은 없으니까, 걱정하지 마."

"제 말은…… 하, 내일 건국 파티에 가려면 쉬시는 게 좋겠군요."

건국 파티라는 말에 엘레나의 몸이 움찔거렸다. 다시 그를 봐야 했다. 그의 얼굴을 보고 싶지 않았다. 아론의 얼굴을 마주 보게 되면, 어리석었던 자신의 선택이 생각날 것 같았다.

"대체 내게 뭘 원하는 거야…… 엘레나 페이트."

엘레나는 쓰러지듯 베개에 고개를 묻었다.

"아가씨, 아가씨. 일어나셔야 해요."

"으음……."

새벽 내내 멈추지 않는 폭우에 도통 잠이 들 수 없었다. 머리에도 기억의 소나기가 마구 쏟아졌기 때문이다. 그런데 거짓말처럼 아침 해가 뜨면서 비도 기억들도 모두 멈췄다.

"오늘 건국일 파티기 때문에 일찍 일어나서 준비하셔야 해요."

"조금 더 잘래……."

"아가씨 졸리셔도 일어나셔야 합니다. 오늘은 무척 중요한 날이라고 백작 각하께 들었습니다."

엘레나는 소피아의 단호한 목소리에 비척비척 몸을 일으켰다. 하지만 겨우 몸을 일으켜도 눈이 뜨이질 않았다.

"으……."

"헉! 아, 아가씨!"

"으…… 실비아? 나 눈이……."

눈을 뜨려고 눈꺼풀에 힘을 줘보아도, 이상하게 눈이 떠지질 않았다. 흐릿하게 빛이 새어 들어올 뿐이었다.

"아가씨 눈이 퉁퉁 부으셨어요!"

"눈이 부어?"

아마 간밤 내내 눈물이 멈추질 않아서 그런 것 같았다. 몸을 누이면 이상하게 눈물이 흘러내렸다. 그건 아론 때문이기도 했고, 몰려오는 기억 때문이기도 했다. 그녀가 느꼈던 감정에 동화되어 울음이 나왔다.

"소피아 님 어떡하죠?"

"이건……."

지금 제 모습을 볼 순 없었지만, 당황한 듯한 실비아와 소피아의 목소리만 들어도 어떤 상태인지 대충 감이 왔다. 생각해보면 그렇게 울고도 눈이 붓지 않는다면 말이 안 되는 거다. 아무래도 오늘 그녀들에겐 힘든 싸움이 될 것 같았다.

"일단은 클로비스 도련님을 불러오도록 해."

"네!"

클로비스를 불러온다는 소피아의 말에 엘레나가 손을 뻗었다가 이내 내려놨다. 클로비스가 가장 나은 선택지였기 때문이다. 만약 클라우스를 불러온다면, 무슨 일이 생길지 몰랐다. 클라우스라면 분노해서 이곳저곳을 들쑤실 게 뻔했다.

비록 어젯밤 있었던 일로 마주하기 껄끄러웠지만, 다른 방법이 없었다. 엘레나는 포기하고 한숨을 푹 내쉬었다. 정말로 눈이 너무 부어서 눈을 뜰 수가 없어서 답답했다.

"누님? 이게 무슨……."

"도련님, 보시다시피 아가씨의 눈이 부어서 도움을 요청하려고 불렀습니다."

이때는 눈이 안 떠진다는 게 정말 다행이었다. 어제의 일 때문에 클로비스와 마주치기가 껄끄러웠다.

"눈 말고 몸은 괜찮으십니까?"

"응, 괜찮아."

셋이 무어라 회의를 하면서 떠드는 소리가 들리더니, 눈두덩이 위에 시원한 얼음의 감촉이 느껴졌다. 아무래도 클로비스가 마법을 쓴 것 같았다.

"일단은 마법으로 최대한 눈을 가라앉힐 겁니다. 그래도 가라앉지 않는다면……."

엘레나는 불안하게 말을 흐리는 클로비스의 행동에 초조해졌다. 건국 파티에 참석을 안 할 수는 없다. 파티 전날 밤 오열한 제 잘못이었지만, 아론에게 이런 모습을 보여줄 순 없었다.

"가라앉지 않는다면?"

"보다 강한 마법사가 환각 마법을 걸어야 합니다. 이를테면 황태자 전하 같은 분이요. 저나 아버지가 걸은 마법은 전하께는 들킬 겁니다."

엘레나는 아론에게 이 모습을 보여줘야 한다는 사실에 눈앞이 깜깜해졌다. 분명 보지 않아도 붕어처럼 퉁퉁 부어서 보기 좋지 않은 모습일 거다.

"피부를 원래대로 되돌린다거나 그런 마법은 없는 거야?"

"마법은 그렇게까지 만능이 아닙니다. 게다가 이건 상처가 아니지 않습니까. 그러니 상처 회복 마법도 듣질 않죠."

클로비스의 말은 틀린 것이 하나도 없었다. 하지만 때로는 진실이 더 잔혹한 법이었다. 방법이 없다는 말에 엘레나는 입술을 잘근잘근 깨물었다.

"아가씨! 입술을 무시면 안 돼요!"

"걱정하지 마세요, 누님. 진정 마법과 냉각마법을 같이 사용하고 있으니, 금방 가라앉을 겁니다."

"제발 그랬으면 좋겠다."

어제는 그렇게 상처를 주는 신랄한 말들을 내뱉더니, 다음 날은 붕어 눈이 되어 나타난다면 이보다 더 코미디는 없을 거다.

"아가씨, 일단은 드레스를 먼저 입어보셔야 합니다. 그와 어울리는 장신구도 골라야 하고요."

"응, 알겠어."

눈이 가려 앞은 보이지 않았지만, 평소보다 소피아와 실비아의 손길이 분주하다는 것은 느껴졌다. 일반 얼음팩과는 다르게 마법이라 그런지 얼굴 화장이 가능했다.

"아가씨, 오늘은 황태자 전하에 맞춰 보라색으로 치장했습니다."

"아…… 전하에 맞춰……."

보라색으로 치장했다는 소피아의 말에 엘레나의 얼굴이 살짝 붉어졌다. 보라색은 아론의 눈동자였다.

"장신구도 모두 자수정으로 맞췄습니다."

"실비아, 이제 눈은 괜찮은 것 같아?"

아직 눈을 뜨질 않아, 제 모습이 어떤지 알 수 없었다. 엘레나는 불안함에 입이 바짝바짝 말랐다.

"아, 아가씨 황궁에서 마차가 도착했습니다."

그가, 그러니까 아론이 왔다.

"소피아! 내 눈은 이제 괜찮은 거야?"

엘레나는 아론이 왔다는 말에 마음이 급해졌다. 눈을 떠서 볼 수 없으니, 자신의 눈이 가라앉았는지 알 수 없다.

"이제 괜찮아진 것 같아요. 자세히 보지 않으면, 티가 나지 않아요."

"도련님을 불러오겠습니다."

클로비스를 불러오겠다는 말에 엘레나는 가만히 앉아서 기다리고 있었다. 하지만 초조함에 다리가 떨리는 것까지는 막을 수 없었다. 아론을 보게 되면 어떻게 해야 하지? 그와 어떤 표정으로 마주봐야 할지 알지 못했다.

"누님, 이제 눈을 뜨셔도 괜찮습니다."

"고마워, 클로비스."

눈가에 차가운 기운이 사라지고, 거짓말처럼 떠지지 않았던 눈꺼풀이 들어 올려졌다. 눈앞에는 눈시울이 붉어진 소피아와 실비아가 있었다. 그리고 알 수 없는 표정을 한 클로비스가 서 있었다. 클로비스의 표정은 웃고 있는 듯하면서도 울상이었다.

"다들 왜 그런 표정이야? 아직도 눈이 부었어?"

"아뇨, 아가씨가 아름다워서요."

이제는 소피아는 손수건으로 눈물을 찍고 있었다. 그녀의 말에 엘레나는 뒤를 돌아, 거울을 쳐다봤다.

"이게 정말 나야?"

진짜 마법사는 클로비스가 아니라, 소피아와 실비아인 것 같았다. 거울에 비친 모습은 정말 마법 같았다. 항상 가라앉히기 급급했던 머리는 예쁘게 땋아 틀어 올렸고, 엠파이어 형식의 드레스는 아래로 퍼질수록 보라색이 진해지는 디자인이었다. 무엇보다 자수정이 가득 박힌 티아라와 목걸이가 눈에 띄었다.

그야말로 정말이지 보라색의 요정 같은 모양새였다. 저도 이렇게까지 변할 수 있을 거라곤 생각하지 못했다.

"주근깨는 일부러 가리지 않았어요. 아가씨는 있는 그대로 아름답다고 생각해서요. 혹시 원하신다면……."

"아니, 아니야. 있는 그대로가 좋은걸."

실비아의 말대로 주근깨는 화장으로 전혀 가리지 않은 상태였다. 하지만 오히려 주근깨가 있으므로 더욱 요정 같아 보였다. 눈가 주변에 펄을 뿌려놓은 것인지, 주근깨와 펄이 한데 빛이나 장난스럽고 신비한 이미지를 연출했다.

"아가씨, 잘 다녀오세요."

"고마워, 실비아 소피아."

엘레나는 실비아와 소피아를 각각 한 번씩 안아주고 난 뒤, 방을 떠나려고 뒤를 돌았다. 여전히 눈물을 찍어내고 있는 소피아에게 싱긋 한번 웃어주었다.

"누님, 이걸 잊으신 것 같네요."

"아…… 고마워."

클로비스의 손에는 검은색과 보라색이 섞인 것같이, 어두운 보라색의 긴 장갑이 들려 있었다. 정말이지 머리부터 발끝까지 얼마나 신경을 썼는지 느껴지는 코디였다.

"가실까요."

"그래."

아직은 클로비스와 마주하는 게 어색했지만, 엘레나는 클로비스의 에스코트를 수락했다. 클라우스는 계단 밑에서 저를 기다리고 있었다.

"아버지."

"아름답구나! 엘레나."

"감사해요."

클로비스는 자연스럽게 제 손을 클라우스에게 인도해줬다. 클라우스는 묘한 표정으로 저를 에스코트했다. 그 모양새가 꼭 결혼식장에서 딸을 인도하는 아버지 같았다. 클라우스라면 그렇게 느낄 수도 있다고 생각했다.

"전하께서 마차를 보냈더구나."

엘레나는 아론의 얘기에 긴장되어 몸에 힘이 바짝 들어갔다. 클라우스도 클로비스도 모두 아름답다고 말해줬지만, 그가 어떻게 생각할까?

"오늘 건국 파티에서 너를 소개하는 건 알고 있지?"

"네, 알고 있어요."

클라우스의 표정에는 걱정이 가득했다. 엘레나는 클라우스를 안심시키고자, 살며시 미소 지어 보였다. 오늘이 중요한 날이라는 건 알고 있었다. 그래서 오늘 의상과 보석도 모두 보라색으로 맞춘 거였다.

"보라색으로 꾸민 너를 보니까, 정말로 실감이 나는구나. 에블린도 살아 있었다면…… 지금 네 모습을 보고 기뻐했을 거다."

에블린이 살아 있었다면 기뻐했을 거라는 클라우스의 말에 엘레나는 어색한 미소를 지었다. 만약 에블린이 죽지 않았다면, 가짜인 제 자리는 존재하지도 않았을 거다. 에블린이 없어서 가짜인 자신이라도 대체품이 될 수 있었다는 걸 알고 있었다.

"네…… 그러겠죠."

하나부터 열까지 다 가짜, 가짜. 전부 다 거짓으로 된 관계였다. 자신이 가짜라는 걸 알고 있으면서도 저런 표정을 지을 수 있는 클라우스가 대단했다. 어쩌면 클라우스는 인정하고 싶지 않은 거일 수도 있다.

겉으로 보기엔 자신은 완벽한 엘레나 페이트 그 자체였으니까.

"걱정하지 않으셔도 돼요. 그러니까…… 그런 표정은 지을 필요 없어요."

"너를 보내려니 힘들구나."

"아직 결혼하는 것도 아니고, 약혼 발표에 불과한걸요."

엘레나는 갑자기 느껴지는 거리감에 클라우스의 손을 놓고 마차의 문을 열었다. 그냥 차라리 빨리 안으로 들어가는 편이 낫다는 판단이었다. 적어도 아론은 거짓 관계가 아니었다. 아니, 유일한 진실

된 관계였다.

"……"

"엘레나? 어서 들어가지 않고 뭐하니?"

당당하게 마차 문을 연 것과는 달리, 안으로 들어갈 수가 없었다. 마차의 안은 텅 비어 있었다. 그러고 보니 누구도 제게 아론이 왔다는 말은 하지 않았다. 황궁에서 마차가 왔다는 말만 듣고서, 그가 왔을까 봐 혼자 지레짐작한 거였다.

"……전하가 없네요."

왜 서운한 감정이 드는 건지 이해할 수가 없었다. 그를 마주치는 걸 걱정했으면서, 막상 그가 없으니 서운하고 섭섭해 하는 자신이 이상했다.

"전하는 건국 파티 때문에 황궁을 벗어날 수가 없어서 마차만 보내온 것 같구나."

"그렇군요."

클라우스의 말이 맞았다. 아론은 파티의 주인공이나 마찬가지였다. 그런 그가 자리를 비울 순 없었다. 병에 걸린 황제는 모든 업무를 아론에게 맡기다시피 했다.

"저 혼자만 타나요?"

엘레나는 마차에 오르다가, 뒤를 돌아 클라우스와 클로비스를 바라봤다. 둘 다 모두 마차에 오를 생각이 없어 보였다.

"엘레나, 황궁의 마차는 아무나 탈 수 있는 게 아니란다. 황족과 황족이 허락한 사람만 탈 수 있지. 나와 클로비스는 탈 수 없다."

이 넓은 마차에 혼자 타야 한다는 말이었다. 클라우스의 말은 이제 제가 황족이나 다름없다는 얘기였다. 아론은 정말로 그가 원하는 대로 믿어 불일 생각인 것 같았다.

"네, 알겠어요."

"하지만 걱정하지 말렴. 바로 뒤이어서 다른 마차로 출발할 테니까 말이다."

"누님, 황궁의 마차는 마법이 걸려 있으니 걱정하지 마세요."

제 표정이 호위에 대한 걱정인 줄 알았던 건지, 클로비스가 저를 안심시키려고 말을 했다. 그 모습에 엘레나는 살짝 고개만 끄덕였다.

자신이 가짜인 줄 알면서도 속이려 하는 둘이 싫었지만, 그들의 호의를 무시할 만큼 매정한 사람이 되지 못했다.

마법이 걸려 있다는 클로비스의 말대로 마차는 흔한 흔들림조차 없었다. 마차라기보다는 단단하고 조용한 탱크 같았다. 검은색에 황금으로 황실의 문양이 적힌 마차는 겉모습부터 위압감이 느껴졌다.

신기한 점은 평범한 마차처럼 말로 운전하는 것이 아니었다. 마법으로 운전하는 방법인지, 마차의 앞에는 아무것도 없었다. 마법사로 보이는 마부가 한 명 있었을 뿐이었다. 그야말로 눈길을 끄는 신기한 마차였다.

"영애, 황궁에 도착했습니다."

이 목소리도 창문을 닫으면 안에서는 밖의 소리가 하나도 들리지 않았는데, 마부의 목소리가 마차 안에 울렸다. 이것도 마법인 것 같았다.

"내리시면 됩니다."

자동으로 열리는 문에 엘레나는 드레스를 붙잡고, 조심스럽게 걸음을 옮겼다. 아마 밖의 모든 사람이 이 마차를 주시하고 있을 거다.

"누님."

"클로비스, 고마워."

분명 뒤를 따라온다고 했는데, 어느새 먼저 도착해서 손을 잡아 주는 클로비스에게 감사의 인사를 건넸다. 마차에서 내리자마자, 쏟아지는 시선들에 엘레나는 살짝 몸을 움츠렸다.

"신경 쓰지 마세요."

"응……."

경악에 가득 찬 목소리와 표정들에 엘레나는 바닥으로 시선을 내렸다. 모두 마차의 주인이 베로니카 공녀라고 생각한 것 같았다. 자신이라도 그렇게 생각했을 거다. 갑자기 생뚱맞은 자신의 존재는 파란을 일으키기에 충분했다.

"건국 파티는 일주일에 걸쳐 진행된다고 합니다."

"일주일이나?"

"이번 건국제는 이백 주년이기도 하고, 무려 황태자의 약혼 발표까지 예정되어 있으니까 그렇단다."

언제 옆으로 다가온 것인지, 제 손을 붙잡고 얘길 하는 클라우스였다. 덕분에 자신은 클라우스와 클로비스 두 사람 모두에게 에스코트를 받는 웃긴 모양새였다.

"오늘 내 딸이 무척 아름다운 모양이다. 모든 사람들의 시선이 쏟아지게."

클라우스는 사람들이 왜 자신을 주시하고 있는지, 다 알고 있으면서도 모르는 척을 했다. 그래도 그나마 클라우스가 옆에 나타나자, 제법 많은 인원이 눈길을 거뒀다. 제국 내에서 클라우스의 입지란 이런 거였다.

유일하게 베로니카 공작에 대항할 가능성이 있는 가문.

"혹시 엘레나 네가 궁금할까 봐 말해주는 건데, 아직 칼리드 후작은 오지 않았단다."

"아…… 칼리드."

왜 칼리드가 아직 도착하지 않았는지는 뻔했다. 배알이 꼴려서였다. 본인이 주목받지 못하는 파티에는 절대 미리 참석하는 법이 없었다. 그럴 바에는 차라리 늦게 도착해서 관심을 가져가겠다는 심보였다.

"클로비스. 그동안은 최대한 네가 엘레나의 옆을 지키고 있거라."

"네, 아버지."

하지만 클라우스도 언제까지고 제 옆을 지키고 서 있을 수는 없었다. 아직 작위를 받지 않은, 영애와 영식들이 있어야 하는 자리가 정해져 있었다.

"누님, 긴장되십니까?"

"아니."

이상하게도 긴장이 되지 않았다. 아직 아론이 나타나지 않아서 그런 것 같았다. 지금의 자신은 남들의 입에 오르내리기 좋은 안줏거리였다. 황궁의 마차를 타고 오고, 온몸을 보라색으로 휘감았다. 이 모습이 무얼 의미하는지는 뻔했다. 모두 다 예상하고 있던 상황이었다.

다만 그 주인공이 다를 뿐이었다.

"안녕하세요, 페이트 영애."

엘레나는 제게 들이밀어 진 보라색 장갑의 주인을 봤다. 흘러내릴 것 같은 벌꿀의 머리에 바다를 담은 것 같은 파란 눈동자.

빅토리아 베로니카였다.

"처음 뵙겠습니다, 공녀님."

이 제국에 공녀는 단 한 명이었다. 원래 그의 옆자리에 서야 할 여자. 제가 빼앗은 자리의 원래 주인이었다.

"사교계에는 두문불출한 영애가 참석하다니, 무척이나 의외네요."

"그동안은 몸이 좋지 않아서 참석할 수 없었습니다."

마냥 핑계는 아니었다. 정말로 몸이 좋지 않았던 날들도 있었으니까.

"그렇군요."

쫙 펼쳐진 부채 사이로 탐색하는 듯한 시선이 내리꽂혔다. 그녀는 지금 제 머리부터 발끝까지 훑어보고 있었다. 과연 본인을 밀어내고 그 자리를 차지한 제가 궁금한 것 같았다.

"보라색…… 누군가가 생각나는 듯한 드레스네요."

"공녀님도 마찬가지인 것 같습니다."

베로니카의 드레스도 저와 같은 보라색이었다. 저보다도 더욱 화려해 보이는 드레스였다. 제가 그러데이션의 드레스를 입었다면, 베로니카 쪽은 과감한 보라색을 사용했다. 심지어 그녀가 들고 있는 부채 또한 보라색이었다.

"저는 약혼자의 색을 표현한 거예요."

"그렇군요."

아론이 저를 선택했다는 걸, 그녀가 모르진 않을 텐데…… 왜 이렇게 자신만만한 태도인지 엘레나는 알 수 없었다.

"누가 진짜 보라색의 주인이 될지는…… 두고 봐야겠죠. 지금 잡은 왕관이 진짜일지, 가짜일지는 누구도 모르는 거니까요."

“그게 무슨 소리…….”

“황제 폐하와 황태자 전하 나오십니다.”

엘레나는 대체 그게 무슨 소리냐고 베로니카에게 말하려던 순간, 황제와 아론이 등장하는 나팔소리가 울렸다.

저 멀리서 아론이 정복을 입은 채로 황제와 걸어오고 있었다. 정복을 입은 아론은 무척 오랜만이었다. 그의 검은 머리와 정복이 어우러져 한층 더 눈길을 사로잡았다.

“지켜보세요.”

베로니카는 부채 사이로 지켜보라는 말을 남긴 채, 어디론 가로 훌쩍 떠나버렸다. 어찌나 발이 빠른지 붙잡을 수조차 없었다. 사람들의 인파에 사라진 베로니카의 뒷모습에 엘레나는 무언가 불안함을 느꼈다.

“너무 자신만만해…….”

베로니카의 되려 자신만만한 태도에 당황스러울 정도였다. 분명 베로니카는 자신이 아론의 약혼녀라는 걸 알고 있었다.

그런데 왜 이렇게 당당하지?

“누님 왜 그러십니까? 혹시 베로니카 공녀가 무슨 말이라도 했습니까?”

“아, 아니…… 아무것도 아니야.”

엘레나는 클로비스의 물음에 아무것도 아니라며 고개를 저었다. 굳이 클로비스에게까지 걱정을 끼칠 필욘 없었다. 베로니카의 말은 신경 쓰지 않아도 되는 일일 수도 있었다. 그냥 그녀가 끝까지 인정하지 못하고 행동하는 것 같았다.

"떨리십니까?"

"응……."

정말 떨렸다. 이게 다른 이유로 떨리는 게 아니라, 아론과 눈이 마주치는 순간부터 가슴이 마구 떨려왔다. 제 착각일 수도 있는 거였지만, 분명히 아론과 시선이 부딪혔다. 지금도 제 쪽을 주시하고 있는 것 같았다.

"……착각이 아니야."

"네?"

그는 등장했을 때부터 눈도 깜빡이지 않고, 이쪽을 뚫어져라 바라보았다. 착각이 아니었다. 착각이 아니라, 정말로 아론이 저를 보고 있는 거였다. 엘레나는 그 생각을 하자, 왠지 볼이 붉어지는 것 같았다.

그의 시선을 피할 수도, 그렇다고 당당히 마주 볼 자신도 없었다. 아론의 눈빛이 너무나 뜨거워서 녹아버릴지도 모른다는 생각이 들었다. 바보 같다고 느낄지 몰라도, 제가 느끼는 한은 그랬다.

"지금부터 건국 파티를 시작하겠다."

마법으로 홀 내의 모든 곳에 황제의 목소리가 울려 퍼지면서, 드디어 건국 파티가 시작됐다.

엘레나는 파티가 시작되고 난 뒤, 극도의 긴장감에 입이 바짝바짝 마르는 걸 느꼈다. 마른 입술을 축이기 위해, 구석에서 샴페인을 홀짝였다. 지금은 황제의 축사가 시작되고 있었다. 적어도 지금 당장 약혼을 발표하지 않을 거라는 건 알았다. 하지만 여전히 긴장되는 건 어쩔 수 없었다.

"엘레나."

"칼리드?"

그때, 누군가가 손목을 세게 움켜잡는 느낌에 엘레나는 미약한 신음을 흘렸다. 제 손목을 잡아 온 인물은 의외의 인물이었다. 파티의 중반전까지는 절대로 나타나지 않을 것 같던 칼리드였다.

어딘가 초조해 보이는 칼리드의 표정에 엘레나는 의아했다. 칼리드는 꼭 누군가에게 쫓기고 있는 것처럼 보였다. 저렇게까지 초조해하는 칼리드는 처음이었다. 칼리드의 이마는 식은땀으로 축축해져 있었다.

"나랑 얘기 좀 해."

얘기 좀 하자며 무작정 자신을 끌고 가려는 칼리드의 억센 손아귀에 엘레나는 질질 끌려갈 수밖에 없었다. 그러나 주변에는 누구도 저를 구해줄 생각이 없어 보였다.

황제의 축사를 듣지 않고, 나가는 건 무척이나 무례한 일이었다.

지금 이 행동도 칼리드라서 용납되는 거였다. 공공연한 황제의 사생아. 칼리드에게는 거리낄 것이 없었다.

"무슨 얘길 하자는 거야. 잠깐 이 손 좀……."

"그냥 얘기 좀 하자는 거야. 내가 무슨 짓을 하겠다는 건 아니잖아?"

"클로……."

엘레나는 떨어져 있는 클로비스를 부르려 하다가, 칼리드의 흉흉한 눈빛에 입을 다물었다. 왠지 지금 클로비스를 부르면 안 될 것 같단 느낌을 받았다. 클로비스를 불렀다가는 클로비스마저 위험해질 수도 있었다.

"엘레나, 네게 다른 짓을 하려는 건 아니야. 우린 특별한 관계잖아."

어느덧 초조함은 사라지고, 친절해 보이는 웃음의 가면을 쓴 칼리드의 모습에 엘레나는 입술을 깨물었다. 적어도 완전히 칼리드의 이성이 날아간 건 아니었다. 아직 연기를 할 정도는 된다는 얘기였다.

"그래, 알겠어. 하지만 눈에 띄지 않게 조용히 나갔으면 해."

"당연하지."

굳이 아론에게 지금 이 상황을 들켜서, 일을 크게 만들 필요는 없었다. 그에게 들키면 간단히 끝날 일도, 크게 번져 시선을 주목받게 될 거다. 아무리 칼리드라도 이곳에서 무슨 일을 벌일 순 없었다.

이곳은 건국 파티가 벌어지고 있는 황궁 안이었다. 게다가 지금 저 위에는 아론이 있었다.

"자, 날 데려온 이유는 뭐야?"

"엘레나."

칼리드가 저를 데려온 곳은 홀 안을 얼마 벗어나지 않은 테라스였다. 엘레나는 이곳에 오니, 아론과의 첫 만남이 떠올랐다. 그날 보이지 않는 아론을 찾아다니다가 지쳐서 아무 테라스에 들어갔었다. 그리고 거짓말 같게도 그를 만났다. 생각해보면 그와 자신의 첫 만남은 평범하지 않았었다.

"엘레나, 무슨 생각해?"

"그냥……."

어떻게 하면 너한테서 벗어나, 다시 파티 홀로 돌아갈 수 있나…… 그런 생각을 하고 있었다고 말할 수 없었다. 그리고 아론과의 첫 만남을 떠올리고 있었다고는 더더욱 말하지 못했다. 칼리드는 지금 어울리지 않게, 자신의 앞에서 착한 척 굴고 있었다. 아까의 초조한 모습을 보지 않았다면 깜빡 속을 만한 연기였다.

아무래도 제가 황궁의 마차를 타고 왔다는 걸 전해 들은 것 같았다. 그렇지 않고서야 이렇게 친절히 굴 리가 없었다. 거기에 지금 자신의 모습은 누가 보아도 오해할 만한 차림새였다. 약삭빠른 칼리드가 불안감을 느끼지 않을 리가……

"요즘 엘레나가 이상해진 것 같아."

그럴 수밖에 없는 게 자신은 여자 주인공인 엘레나 페이트가 아니라, 대한민국의 만년 고시생 한수진이었으니까.

"칼리드……."

칼리드라고 부르자, 일그러지는 보라색 눈동자에 엘레나는 웃음이 나왔다. 이 남자는 그런 남자였다. 황제와 칼리드 자작가의 영애 사이에서 태어난 사생아. 황제의 애첩이 될 정도로 수려한 외모였던 어머니를 닮아, 조각을 빚어놓은 듯 잘생긴 외모로 수많은 귀족 영애들의 마음을 사로잡은 남자, 안톤 칼리드.

"또, 칼리드. 왜 그래, 우리 사이에. 이름으로 불러줘."

"그래…… 안톤."

이름으로 불리길 원하니, 기꺼이 불러드려야지.

아마 이게 제가 마지막으로 불러주는 이름일 것이다. 칼리드를 이름으로 불러주자, 황가의 핏줄을 이은 증거인 보라색 눈동자에는 미처 숨기지 못한 기대감이 가득 서려 있었다.

엘레나는 그 기대감을 모조리 없애버릴 생각이었다. 저렇듯 순진하고 잘생긴 얼굴로 얼마나 많은 여자의 마음을 유혹했을지, 엘레나는 감히 헤아릴 수조차 없었다.

"안톤……."

"엘레나, 나는 너밖에 없어."

거짓말. 또다시 거짓을 입에 담는 칼리드의 행동에 엘레나는 입꼬리를 올려, 환하게 웃어 보이는 것으로 대신했다. 자신도 칼리드밖에 없다는 듯이 답해주는 것처럼 말이다. 그러자 같이 마주 웃는 칼리드의 표정에 구역질이 나려는 것을 엘레나는 속으로 몇 번이나 참았는지 모른다.

"그럼 넌 내 소중한 친구니까, 나도 안톤 너밖에 없어."

"엘레나, 나는……."

자신의 대답에 항변하려는지 고개를 내젓는 칼리드의 행동에 그의 결 좋은 은발이 허공에 흔들렸다. 고귀한 핏줄, 어떤 곳에 있어도 환히 빛나는 은발 머리, 보석을 박아넣은 듯 반짝이는 황가만의 보라색 눈동자까지 누구라도 칼리드를 보면 끌릴 수밖에 없었다. 그렇기에 여자 주인공인 엘레나도 칼리드의 사랑의 포로가 된 것이었다.

이 남자가 얼마나 쓰레기 같은 남자인지도 모르고 말이다.

칼리드는 황실의 핏줄을 이었지만, 겉으로 보기에 오만하지 않았고 누구에게나 다정하고 친절했다. 사람들은 그게 다 능력이 없어서 그냥 그럴싸한 외모로 헤실거리는 거라는 걸 아무도 몰랐다.

그냥 칼리드는 억수로 운이 좋은 남자 주인공이었다. 왜 소설 속의 주인공인지도 모르는 그런 남자 주인공 말이다.

아, 유일한 재주라고는 사람을 포섭하는 게 유일했다. 칼리드 본인의 능력은 하나도 없었다.

"좋아하는 사람이 생겼어."

"그게 무슨 소리야."

칼리드는 엘레나가 좋아한다는 상대가 혹시나 본인일지도 모른다는 생각을 했는지, 씰룩거림을 참지 못하는 그의 입가를 보고 그녀는 비웃음이 나오려는 것을 필사적으로 참았다. 자신이 엘레나인 이상, 원작대로 칼리드의 여자가 될 생각은 전혀 없었다.

끔찍한 미래를 아는 이상은 절대 칼리드를 좋아할 일은 없었다. 물론 그 이유가 없어도, 칼리드는 보기만 해도 기분이 나쁘고 소름이 끼쳤다. 이 보라색 드레스가, 자수정이 모두 본인일 거라는 착각에 안심하고 있는 칼리드의 모습은 우스웠다. 엘레나는 잠깐 그의 착각을 그대로 내버려 둘까 싶었지만, 역시 조금이라도 그런 착각을 하게 두는 것도 불쾌했다.

"나, 황태자 전하를 좋아하게 됐어."

"……."

제 말이 끝났음에도 칼리드는 아무런 대답이 없었다. 테라스는 더없이 고요했다. 마치 폭풍 전의 고요 같았다.

"……그래서……."

"……."

"그래서 내 약혼 신청을 거절한 거야?"

칼리드는 고개를 숙이고 있어서, 어떤 표정인지 알 수가 없었다. 칼리드가 무너지는 표정을 보고 싶었는데…… 엘레나는 못내 아쉬움에 입맛을 다셨다. 아직 제대로 된 약혼 발표도 아니었으니, 이쯤에서 물러날 생각이었다.

"응, 맞아."

"……너 이런 애였어?"

이런 애였냐는 칼리드의 말에 엘레나는 어처구니가 없어서 헛웃음이 나올 지경이었다. 누가 누구한테 하고 싶은 말을 하는 당당한 태도에 다소 어이가 없었다.

"어떻게 네가 내 앞에서 형님 얘기를 해?"

제게 어떻게 아론의 얘기를 하느냐고 말하는 칼리드의 표정은 사나운 괴물 같았다. 너무도 순식간에 변하는 표정에 엘레나는 놀라서 아무 말도 할 수 없었다. 그야말로 포효에 가까운 울부짖음이었다.

"……."

"감히! 네가 나한테!"

사납게 일그러진 칼리드의 얼굴은 무시무시했다. 엘레나는 말이 나오질 않는 입술을 벙긋거렸지만, 겁에 질린 육체는 목소리가 나오질 않았다.

"형님을 좋아해? 너도 결국은 그런 여자였어?"

"카……."

"형님은 네가 아니라, 베로니카 공녀를 좋아해! 네가 베로니카 공녀보다 나은 점이 뭐가 있어?"

칼리드는 두 손으로 자신의 어깨를 붙잡고, 정신을 차리란 듯이 세게 뒤흔들었다. 엘레나는 종이 인형처럼 속절없이 나부끼는 게 전부였다. 폭력에 가까운 칼리드의 폭언에 도무지 정신을 차릴 수가 없었다.

"엘레나, 우리 예전에는 좋았잖아."

"제, 발……."

엘레나는 끊임없이 흔들리는 몸에 이제는 어지럽기까지 했다. 하지만 칼리드는 제 말을 들을 생각이 전혀 없어 보였다. 칼리드는 미친 사람처럼, 자신을 흔들며 말을 쏟아내고 있었다.

"엘레나, 너를 좋아해. 내가 사랑한다고까지 말해줬잖아!"

지금 칼리드는 좋아한다고까지 말해줬는데, 감히 본인을 배신한 것에 대해 분노하고 있었다. 엘레나는 그제야 머리가 차갑게 식으며 무서움이 사라졌다.

칼리드는 끝까지 칼리드였다.

"난 널 끝까지 믿었어!"

"이거 놔!"

엘레나는 칼리드의 손아귀에 벗어나기 위해서, 마구 몸부림쳤다. 칼리드의 손가락이 제 몸에 닿기만 해도 소름이 끼치고 역겨웠다.

"엘레나!"

"난 네게 믿어달라고도, 사랑해달라고 말한 적 없어!"

칼리드에게 믿어달라고 사랑해달라고 원한 건, 제가 아니었다. 한수진이 아니라, 엘레나 페이트였다.

"네 마음을 원하지도 않아. 필요하다고 말할 때는 거부하더니, 이제 와서 선심 쓰는 척하지 마!"

정말 자신을 좋아했다면 지금이 아니라, 과거에 얘길 해야 했었다. 아마 원래 그녀는 행복해했을 거다. 하지만 자신은 아니다. 칼리드의 마음이 달갑지도 않았고, 무엇보다 칼리드를 사랑하지 않았다.

"나는 널 사랑하지 않아."

엘레나는 한 자 한 자 또박또박 칼리드의 눈을 똑바로 바라보고 말을 했다. 칼리드의 표정이 험악하게 일그러져도 상관없었다. 오히려 이상하게 통쾌한 기분까지 들었다. 칼리드가 화가 나 분노할 때마다, 입가에는 웃음이 나왔다.

"진짜가 버젓이 있는데, 내가 가짜를 원할 리가 없잖아?"

"너……!"

"윽!"

엘레나의 잇새 사이로 고통스러운 신음이 흘러나왔다. 진짜와 가짜 발언에 칼리드가 참지 못하고, 자신의 어깨를 잡은 손에 힘을 줬기 때문이다. 어깨의 고통에 신음이 나왔지만, 엘레나는 얼굴에 웃음을 잃지 않았다.

"그럼 가짜가 진짜가 될 줄 알았어? 그 증거로 너는 안톤 클로드가 아니라, 안톤 칼리드잖아?"

일부러 칼리드를 도발하려고 한 말이었다. 더 이상 억지로 칼리드와 친한 관계를 유지할 필요가 없었다.

"아! 흐……."

"이제라도 잘못했다고 말해!"

어깨에 가해지는 힘이 더욱 세져서 웃음을 유지하기는커녕, 입술을 꽉 깨물고 신음을 참는 것이 고작이었다. 엘레나는 잘못했다고 말하라는 칼리드의 말에 끝까지 고개를 흔들었다. 죽어도 말을 번복할 생각은 없었다.

"네가 형님을……."

"……안톤 칼리드. 죽고 싶지 않다면, 당장 내 여자한테 손 떼."

점점 고통에 정신이 아득해지고 있을 때, 흐릿한 시선 사이로 누군가가 보였다. 익숙한 목소리와 실루엣.

"아, 론……."

나의 보라색의 진짜 주인, 아론이었다.

쾅……!

커다란 굉음과 함께 칼리드가 반대편으로 날아가는 것이 보였다. 엘레나는 지금 이게 무슨 상황인지 알 수 없어서, 가만히 눈동자만 데굴데굴 굴렸다. 아론의 목소리가 들려오더니, 칼리드가 눈앞에서 사라져버렸다.

“엘레나, 괜찮나?”

“아…….”

자신을 안아주는 아론의 온기는 진짜였다. 엘레나는 허겁지겁 그의 품에 파고들었다. 아직도 어깨가 욱신거리며 고통스러웠다.

“전하…….”

힘을 잃고 부들부들 떨리는 손은 애처롭게 아론의 옷을 쥐었다. 엘레나의 어깨에는 벌겋게 칼리드의 손자국이 올라와 있었다. 한눈에 보아도 그녀가 얼마나 고통스러웠는지 알 수 있는 흔적이었다.

“정말 죽고 싶어서 용을 쓰는군. 안톤 칼리드.”

아론의 목소리는 그 어느 때보다도 낮고 위험했다. 흡사 짐승의 으르렁거림 같은 분노를 한가득 담고 있는 목소리는 소름이 돋을 정도였다. 엘레나는 아론이 이렇게 화가 난 모습은 처음이었다. 분노를 담고 있는 흉포한 보라색 눈동자는 거세게 휘몰아치고 있었다.

“혀, 형님…….”

“난 너 같은 버러지 동생을 둔 적이 없다. 도무지 만족이란 걸 모르는 너를 내가 왜 가만히 두고 있는지 생각은 안 해봤나?”

“저, 전하…… 잘못했습니다. 저는 결코…….”

제게는 그렇게나 강한 모습을 보여줬던 칼리드가 아론의 발밑에서는 용서를 구하는 모습에 엘레나는 기분이 이상해졌다. 칼리드가 사람에 따라 다르게 행동한다는 건 알고 있었지만, 직접 보게 되자 생각보다도 더 기분이 더러웠다.

이제껏 자신은 무엇을 무서워하고 두려워했던가. 이토록 나약하고 앞뒤가 다른 인간을 두려워했다는 사실이 부끄러웠다.

더는 상대할 가치도 없는 인간이라는 생각이 들었다.

"네가 무슨 일을 꾸미고 있는지, 내가 한 번이라도 신경 쓴 적 있더냐?"

"아, 아뇨……."

"아무리 네놈이 멍청하다지만…… 건드리지 말아야 할 것과 건드려야 할 것은 구분할 줄 알아야지."

엘레나는 이토록 싸늘한 말투와 표정을 하고 있는 아론이 낯설었다. 이제까지 보아왔던 차가운 모습은 하나도 무섭지 않은 거였다. 그의 목소리 하나하나에는 뚝뚝 시린 냉기가 느껴졌다. 주변의 공기마저 서늘해지는 목소리에 엘레나의 드러난 어깨가 오들오들 떨렸다.

"친구 사이에 흔한 다툼 같은 거였습니다."

"다툼이라…… 내가 보기에는 그녀를 겁박하는 거로밖에는 보이지 않았는데?"

친구 간의 흔한 다툼이라는 칼리드의 변명에 엘레나는 하도 어이가 없어서 입을 벌렸다. 어쩜 저렇게 입에 침 하나 바르지 않고, 거짓말을 잘도 하는지 기가 막혔다. 칼리드의 거짓말은 알아줘야 했다.

"그건 제가…… 실수를…… 용서해주십시오."

"용서는 내가 아니라, 그녀에게 해야지."

"에, 엘레나에게요?"

칼리드는 얼이 빠진 표정이었다. 아론이 제게 사과하라는 말을 들을 거라곤 생각하지 못한 것 같았다. 그건 자신도 마찬가지였다. 그가 이렇게까지 화를 내리라고는 예상하지 못했다.

"이제는 그녀의 이름도 함부로 불러서는 안 될 거야. 겨우 사생아 출신인 후작이 이름을 부를 수 있는 신분이 아니니까."

"네, 네…… 알겠습니다."

아론의 말에 머리를 조아리는 칼리드의 모습을 비굴하기 그지없었다. 왜 칼리드가 반역을 결심했는지도 알 것 같았다. 칼리드와 아론의 관계는 철저한 위아래가 정해져 있었다. 찍소리도 하지 못하는 칼리드는 처음이었다.

"엘…… 엘레나 내가 무례를 저질렀어…… 용서해주겠어?"

"……."

칼리드는 그야말로 납작 엎드려 용서를 빌고 있었다. 비굴함이 절절하게 느껴지는 모습에 엘레나는 아무 대답도 하지 못했다. 용서를 받아주기에도, 거절하기에도 신경이 쓰일 것 같았기 때문이다.

"우린 이만 홀로 돌아가도록 하지. 모두 그대를 기다리고 있어."

"아, 아…… 네……."

완벽한 무시였다. 아론은 처음부터 칼리드의 사과를 받을 생각이 없던 거였다. 그는 칼리드가 사과하자마자, 엘레나를 이끌고 자리를 떠났다. 칼리드는 차마 고개도 들지 못하고, 우리가 모습을 감출 때까지 계속 고개를 수그리고 바짝 바닥에 붙어 있었다.

"전하, 잠깐…… 잠깐만요!"

엘레나는 저를 품에 안다시피 부축하고 걸어가는 아론을 멈춰 세웠다. 아론은 뭐가 문제냐는 표정이었다.

"왜 그러지?"

"정말 저렇게 두어도 괜찮을까요?"

"그게 무슨 문제가 있나?"

무슨 문제라도 있냐는 아론의 대답에 엘레나는 말문이 턱 막혔다. 그의 말대로 무슨 문제가 있지는 않다. 현재는 말이다. 하지만 칼리드가 베로니카 공작과 손을 잡은 걸 알게 된 지금은 문제가 될 수도 있었다.

"칼리드가 이번 일로 앙심을 품고…… 반역에 박차를 가하면 어떻게 해요."

엘레나는 말을 하면서도 끔찍하다는 듯이 인상을 찡그렸다. 생각만 해도 끔찍한 일이었다. 칼리드는 심보가 작고 못된 사람이었다. 이 일을 당연히 마음에 두고 있을 것이 분명했다.

"그 자리에서 없애고 싶은 걸 참았어. 더는 내게 자비를 바라지 마."

"전하!"

"그대가 무엇을 걱정하는지 알아. 하지만 아무것도 걱정할 필요 없어."

자신과는 다르게 여유로워 보이는 그의 모습에 엘레나는 아론을 불렀다. 베로니카 공작이 연계되어 있다는 사실에도 그는 지나치게 느긋했다.

"아까는 아론이라고 잘도 부르지 않았나?"

"그건…… 당연히!"

"당연히?"

너무도 가까워진 그와의 거리에 엘레나는 움찔거렸다. 아론의 얼굴이 바짝 다가온 상태였다. 바로 위에 자리한 그의 보라색 눈동자에 엘레나는 괜스레 눈을 데굴데굴 굴리며 시선을 피했다.

아론은 모르겠지만, 그의 외모는 무척이나 심신에 해로웠다. 마음을 흩트려놓고, 정신을 차릴 수 없도록 어지럽게 했다. 비겁할 정도로 잘생기고 아름다운 얼굴이었다. 사람을 홀리는 세이렌도 그의 앞에서는 무용지물일 것 같았다.

"너무 아파서…… 그래서 정신이 없어서 그랬어요."

"아, 그랬지. 그놈이 그대의 어깨를 붙잡고 있었지."

아론의 손이 제 어깨에 닿았다. 그의 손길이 닿는 부분이 화끈화끈 달아오르는 듯한 느낌이었다. 그의 손은 부드럽고 조심스럽게 어깨 위를 돌아다니며 스쳐 지나갔다. 엘레나는 아론의 손길이 닿을 때마다, 눈을 질끈 감고 움찔거렸다.

"읏, 아……."

하지만 그의 손길은 멈출 생각이 없어 보였다. 엘레나는 왜 하필 어깨가 드러나는 디자인의 드레스를 입었는지 후회가 됐다. 맨살에 와닿는 아론의 손은 뜨겁고 단단했다. 거칠거칠한 느낌과는 다르게 움직임은 부드럽기 짝이 없었다.

"빨갛게 자국이 났군."

"네, 네……."

엘레나는 얼른 이 시간이 지나기만을 바랐다. 이제는 귓가에 그의 뜨거운 숨결까지도 느껴졌다. 어느 틈엔가 아론은 아예 저를 뒤에서 끌어안고 있는 자세가 되었다. 그의 품에 안겨 옴짝달싹도 할 수 없는 상태였다.

"칼리드가 그대를 끌고 나가는 걸 봤을 때는……."

"저, 전하…… 제발……."

엘레나의 둥글고 뽀얀 어깨는 아론에게 먹혀버린 것 같이, 그의 품에 쏙 들어가 보이지 않았다. 그녀의 작은 몸은 어느새 아론의 몸에 다 가려져 있었다.

오직 아론만이 엘레나를 독점하고 있었다.

"제발?"

"제발 다시 홀로 돌아가요."

엘레나는 거의 울먹이며 그에게 애원했다. 이대로 그와 계속 있다가는 자신이 버티지 못할 것 같았다. 어서 이 이상한 분위기에서 벗어나야 했다. 그렇지 않으면, 무슨 일이 벌어질지 몰랐다. 그에게 속절없이 빠져드는 것이 두려웠다.

"항상 그대는 중요한 때에 한 발짝 물러나곤 하지."

"아론, 제발……."

"……이럴 때만 아론이군. 그대는 참 비겁해."

비겁하다는 말과 함께 씁쓸한 웃음을 짓는 그의 모습에 엘레나는 가만히 눈을 깜빡거렸다. 엘레나는 왜 그가 이런 표정을 짓는지 알 수 없었다.

"전하……?"

"홀 안에 들어가면, 그대가 걱정해야 할 것은 단 하나야. 나와 친밀하게 보일 것. 그것만 걱정하면 돼."

엘레나는 지금이라도 아론을 붙잡아야 할지도 모른다는 생각이 들었다. 자신이 무슨 잘못을 한지는 몰랐지만, 저런 표정의 그를 보는 것은 싫었다. 언제나 그가 행복하고 즐거워하기만을 원했다. 이게 대체 무슨 감정인지는 알 수 없었지만, 그의 저런 미소는 보고 싶지 않았다.

"아, 아론……!"

"그래, 그렇게 잘하고 있어. 지금부터 시작이야."

그런 게 아니라고, 그런 거 때문에 그의 이름을 부른 게 아니라고 말하고 싶었는데…… 이미 홀 안의 문은 열려버리고 말았다. 문이 열림과 동시에 홀 안의 모든 사람의 시선이 저와 아론을 바라보는 것이 느껴졌다.

제게 쏟아지는 날카로운 시선들에 몸이 절로 움츠러들었다. 못마땅한 눈빛들은 칼날이 되어, 이곳저곳을 공격해왔다. 엘레나는 웅성거림과 쏟아지는 시선들에 숨이 막히는 것만 같았다. 이런 시선들을 모두 감당해온 아론에게 경외감이 들 뿐이었다.

"엘레나?"

"……."

아론의 부름에도 아무런 대답도 할 수가 없었다. 몸이 그대로 굳어버려, 눈동자만 굴리는 것이 제가 할 수 있는 전부였다. 수많은 시선들에 숨이 턱턱 막혔다. 엄청난 긴장감이었다. 이런 시선들을 받고서도 전혀 아무렇지도 않은 그가 대단했다.

자신은 금방이라도 쓰러질 것 같을 정도로 다리가 후들거리는데…… 아론은 이 모든 것이 익숙해 보였다. 그에게는 숨 쉬듯 당연한 일이었던 거다. 앞으로 그와 함께하기 위해서는 전부 감내해야만 하는 일들이었다.

그의 옆자리란 이런 자리였다. 모든 걸 어깨에 짊어지고 아무렇지 않아야만 하는 자리. 누구에게도 빈틈을 보여서는 안 되는 그런 위치였다.

"이제 괜찮아요."

엘레나는 힘이 들어가지 않는 다리에 억지로 힘을 주고, 등을 꼿

꼿이 세웠다. 피할 수 없다면 견디는 방법밖에는 없었다. 아론에게 이 눈빛들이 무섭다고 징징댈 수도 없는 노릇이었다. 그동안은 호의적인 눈빛들만 받아오느라 몰랐던 거였다.

"정말 괜찮나?"

"이 정도는 괜찮아요."

사실은 조금만 긴장을 늦추면 다리가 후들거릴 것 같았지만, 엘레나는 애써 미소를 지어 보였다. 자신의 모든 것들이 샅샅이 해부되어 관찰당하는 느낌이었다. 제 모든 행동 하나하나에 모든 사람들이 집중하고 있었다.

"아, 저기 오는군."

엘레나는 코앞까지 다가온 황제의 모습에 숨을 들이켰다. 이렇게 가까이에서 황제를 마주 보는 건 처음이었다. 아픈 황제는 언제나 파티가 시작할 때, 말 몇 마디를 하고 서둘러 떠나버렸기 때문이다. 그러고 보니 오늘 얼굴은 혈색이 돌고 미소가 감도는 게 제법 컨디션이 좋아 보였다.

"화, 황제 폐하를 뵙습니다."

"오늘같이 즐거운 날. 즐거운 소식을 경들께 알리게 돼서 기분이 좋군. 모두 예상했겠지만, 오늘 황태자의 약혼자를 발표할걸세."

약혼자를 발표한다는 말에 엘레나는 마른침을 꼴깍 삼켰다. 이제 정말로 황제의 선언과 함께 저와 아론의 약혼 관계가 공표되는 거였다. 이미 일어날 일임을 알고 있었지만, 긴장감에 떨리는 걸 막을 수 없었다.

"괜찮아."

자신의 떨림을 눈치챈 것인지, 아론이 가볍게 저를 끌어안는 것이 느껴졌다. 황제는 신이 난 듯 홀 안에 목소리를 울리게 하고 있었다.

"황태자의 약혼녀는 바로 엘레나 페이트 백작 영애네."

황제의 말이 끝남과 동시에 우려와 같은 환호성과 제게 쏟아지는 시선들에 엘레나는 눈을 뜰 수가 없었다. 날아오는 축하 인사들에 제대로 대답할 상태가 아니었다.

"엘레나."

"……."

"엘레나, 괜찮으니 눈떠."

괜찮으니 눈을 뜨라는 아론의 말에 엘레나는 살며시 눈꺼풀을 들어 올렸다. 거짓말 같게도 그의 목소리를 듣는 순간, 긴장감과 두려움들이 씻은 듯이 사라져버렸다. 그의 품 안에 있는 한은 안전하다는 생각이 들면서 잔뜩 힘을 주고 있던 눈가가 편해졌다.

"아론……."

다정한 보랏빛 눈동자는 저를 바라보고 있었다. 주변의 소음도 주변 사람들의 인기척도 느껴지지 않았다.

"역시 아까 칼리드 때문에 몸이 안 좋나?"

"아뇨, 아뇨…… 그런 거 아니에요."

"몸이 안 좋으면, 파티를 중단하고 쉬면 돼."

파티를 중단한다는 그의 말에 엘레나는 고개를 도리도리 휘저었다. 약혼녀라는 걸 발표하자마자, 파티를 중단하고 떠날 순 없었다. 아직 제대로 된 파티의 시작도 하질 않았다.

"절대로 안 돼요."

사람들은 제게 말을 걸고 싶어서 안달이 나 있었다. 지금은 아론이 자신을 안고 있어서 다가오지 못하는 거였지만, 아마 조금이라도 틈을 보인다면 우르르 다가올 것 같았다.

"아론, 절대 제 옆을 떠나면 안 돼요."

"……."

"아론?"

엘레나는 아무 대답도 없고, 멍한 표정인 그의 반응에 당황했다. 이렇게 얼이 나간 표정의 아론은 처음이었다. 전원이 꺼진 로봇처럼 잠시 렉에 걸린 듯한 모습에 어떻게 해야 할지 몰랐다.

지금 제가 믿을 사람이라고는 아론뿐인데, 그런 그가 저런 모습을 하니 불안했다.

"아론…… 괜찮아요?"

그래서 이곳이 지금 어디라는 것도 잊고, 그의 뺨을 매만지며 상태를 확인했다. 열이 없는 것을 보니 멀쩡한 것 같은데…… 왜 저렇게 멍한 얼굴이지?

이제는 걱정이 되기까지 할 정도였다.

"아론……."

"……괜찮아."

엘레나의 손길이 이마에 닿기 전, 아론은 그녀의 작은 손을 꽉 붙잡고 괜찮다는 말을 내뱉었다. 여전히 그녀의 얼굴은 영문을 알 수 없다는 표정이었다.

"괜찮으면 이제 춤을 추면 되겠군."

"네."

본인이 무슨 말을 했는지 자각도 하지 못하고, 태연하게 좋다고 고개를 끄덕이는 모습에 아론은 왠지 지는 느낌이 들었다. 아무 의미 없는 말에 휘둘리는 제 모습이 우스울 정도였다. 그렇다고 그녀가 나쁜 건 아니었다.

나쁜 건 오로지 매력적인 그녀에게 홀려버린 바보 같은 자신이었다.

"아론 그런데 저…… 춤을 잘 못 출 수도 있어요."

무슨 커다란 비밀이라도 되는 양, 귓가에 작게 속닥거리는 그녀의 모습은 매우 사랑스러웠다. 엘레나가 춤을 못 추는 것 정도는 알고 있었다. 그녀는 춤에 관심이 없었다. 다른 여자들처럼 사교계에 목매는 여인이 아니었다.

"알고 있어."

"네? 알고 있다고요?"

알고 있다는 말에 놀라 커지는 갈색 눈동자에 아론은 살짝 미소 지었다. 그녀의 행동 하나하나가 사랑스러워서 큰일이었다. 언제부터였는지 몰랐다. 그 이상한 꿈이 시작되고 나서부터인지, 아니면 엘레나를 만나게 되면서부터인지 알 수 없었다. 정신을 차리니, 정신없이 그녀에게 빠져버린 자신을 발견했다.

"나는 파티를 싫어하지만, 춤을 추지 못하는 건 아니야."

"당연히 그러시겠죠."

또 무엇이 마음에 들지 않는지, 살짝 삐져나온 붉은 입술에 아론은 작게 신음을 흘렸다. 엘레나는 본인이 얼마나 매력적인지 모르고 있었다. 그녀의 빨간 머리가, 귀여운 주근깨가, 웃을 때마다 콧등을 찡그리는 것도 전부 다 아찔할 정도로 눈길을 끌었다.

"아론, 난 정말로…… 춤을 못 출 수도 있다고요. 장난이 아니란 말이에요."

엘레나는 제법 진지해진 표정으로 걱정을 토로했다. 하지만 그녀의 걱정은 쓸모없는 걱정이었다. 그녀는 누구와 춤을 추는지 모르고 있었다.

"알고 있다고 했잖아."

"아론! 정말 제가 당신의 발을 왕창 밟을 수도 있다니까요?"

"발이 닳아 없어지도록, 밟아도 상관없어."

발이 닳아 없어지도록 밟아도 된다는 말에 놀랐는지, 입술을 꾹 다물고 눈만 깜빡거리는 그녀의 모습도 귀여웠다. 그러나 지금 이곳에서는 가만히 그녀를 보고만 있을 순 없었다. 모든 이에게 엘레나가 이제 제 여인이라고 보여줘야만 했다.

"아…… 나는……."

"아예 발을 내 위에 올리고 있어도 돼."

그녀의 드레스 밑단은 길어서, 제 위에 발을 올려놓고 있어도 티가 나지 않을 것 같았다. 머리부터 발끝까지 보라색으로 치장한 그녀를 보는 건 꽤나 즐거웠다. 아니 무척이나 만족스러울 정도였다. 이토록 보라색이 잘 어울릴 거라고는 생각하지 못했다.

보라색으로 치장한 엘레나를 처음 본 순간, 도저히 눈을 뗄 수가 없었다. 저주받은 색깔이라고 생각했던 보라색도 아름다울 수 있다는 걸 처음 깨달았다.

엘레나 페이트는 언제나 그에게 처음이었다.

"그럼, 사람들한테 들킬 거예요. 너무 바짝 붙게 되잖아요."

혹시나 사람들에게 들릴까, 조곤조곤 속삭이는 그녀의 목소리에 아론은 웃음을 멈출 수 없었다. 그녀가 걱정하는 것과는 다르게, 바짝 붙게 되는 건 오히려 이쪽에서 환영이었다.

"나와 바짝 붙게 되는 것이 싫나?"

"네? 아뇨, 하지만 사람들에게는 좋게 보이지 않을 거예요."

만약 그녀의 입에서 싫다는 소리가 나오면 어쩔까 전전긍긍했다. 자신이 물어놓고서도 후회가 되는 질문이었다. 연한 초콜릿 같은 갈색 눈은 또렷하게 제 눈을 응시하고 있었다. 언제나처럼 피하지 않고 당당하게 마주해왔다.

"앞으로 나와 있을 때는 사람들의 시선은 신경 쓰지 마."

"그걸 어떻…… 아!"

엘레나는 갑작스레 들리는 몸의 중심에 소리를 내뱉었다. 아론이 허리를 붙잡아 안아 올렸기 때문이다.

"올려도 돼. 상관없어."

"안돼요. 구두라서 아플 거예요."

이대로라면 그의 발등 위로 안착하게 되고 만다. 엘레나는 고개를 도리도리 내저으며 거부했다. 구두 굽으로 아론을 밟을 수는 없었다. 이건 무모한 시도였다.

"구두 굽으로 밟으나, 올려놓으나 같은 거 아닌가?"

"완전히 틀려요!"

그의 말을 들으니 살짝 그런 것도 같았지만, 이내 엘레나는 정신을 차렸다. 하마터면 아론의 말에 고개를 끄덕이고 발을 올려놓을 뻔했다. 하지만 그는 그녀를 이대로 내려놓을 생각이었다. 엘레나는 최대한 발이 닿지 않으려고, 그의 팔뚝을 붙잡고 버둥거렸다.

"엘레나, 괜찮아."

"제가 안 괜찮아요."

하필이면 오늘 뾰족하고 높은 구두를 신었다. 구두를 신고 있는 저도 발이 아픈데, 굽에 정통으로 찍힐 아론이 무사할 리가 없다. 엘레나의 표정이 울상으로 변했다. 아무래도 조금 전에 중단하고 돌아가자는 그의 말을 들을 걸 그랬었다.

"아론, 제발……."

엘레나는 울먹이는 목소리로 그에게 애원했다. 그의 발등을 밟을 순 없었다. 뾰족한 구두 굽에 그의 발등은 넝마가 될 것이다.

"엘레나, 걱정하지 마. 그대의 아버지와 동생이 나를 뭐라고 말했지?"

"카르탈과 붙어도 지지 않을 거라고……."

"그런 내가 고작 구두 굽에 상처 입을 것 같나?"

생각해보면 아론이 구두 굽에 상처 입을 것 같진 않았다. 겨우 구두 굽에 아파하는 아론이라니 상상 속에서도 일어날 리 없는 일이었다. 엘레나는 살짝 고개를 내저었다. 그가 구두 굽에 다친다니 말도 안 된다.

"그럼 내 위에 발을 올려도 돼."

엘레나는 무언가에 홀린 사람처럼, 그의 말을 믿고 발을 올려놓았다. 그의 발등 위는 안정적이었다. 이곳에 와서 춤을 추는 것은 처음이었다. 이 몸은 모든 것에 익숙했지만, 춤에도 익숙할진 알 수 없었다.

"다시는 혼자 두지 않을게. 약속해."

"네."

아론의 시선이 어디에 있는지 알 것 같았다. 그는 제 어깨를 바라보고 있었다. 거울로 확인하진 않았지만, 그의 말에 의하면 자국이 올라왔다고 했다.

"전 괜찮아요. 이제야 우리의 계획이 시작되었는걸요."

엘레나는 그와 춤을 추면서도 주위를 두리번거리며 칼리드를 찾았다. 칼리드라면 분명 파티장에 돌아오고도 남았다. 칼리드가 겨우 그런 일에 꽁지를 내뺄 사람은 아니었다.

"그대의 시선은 여전히 다른 곳에 있군."

"네?"

알 수 없는 말을 하는 아론의 말에 엘레나는 고개를 갸웃거렸다. 오늘따라 아론이 이상한 것 같기도 했다. 평소보다도 많이 웃고, 지나치게 다정한 느낌이었다. 물론 남들이 보기에는 같아 보일지 몰라도, 저는 느낄 수 있었다.

오늘의 아론은 달콤할 정도로 다정하고 아름다웠다.

"적어도 사냥대회가 시작하기 전까지는 나만 봐주었으면 좋겠는데."

"사냥대회요?"

4장

나만을 위한 호수

사냥대회라는 말은 처음 들었다. 지금처럼 가뭄에 시달리는 때에 동물이라고 멀쩡할 리가 없었다. 사람도 죽어가는 판국에 동물들이 죽지 않을 리가 없었다. 그런데 사냥대회라니 말이 안 되는 얘기였다.

"원래라면 진행되지 않을 대회겠지만…… 이번에는 무려 건국 200주년을 맞이해 열리는 거야. 황제 폐하께서 진행하는 걸 내가 막을 도리가 있을 리가."

거짓말이었다. 아론이라면 막고도 남을 사냥대회였다. 황제는 이제 져버린 태양과도 마찬가지였다. 이제 황궁의 실세는 아론이었다. 하지만 그가 막지 않은 거라면, 아버지인 황제에게 행하는 마지막 자비와도 같은 거였다.

본인의 아버지를 그토록 미워하고 증오하면서도, 아론은 모질지 못했다. 아버지라고 부르고 싶지도 않아서 황제 폐하라고 부르면서도 그랬다.

"정말 못 막으셔서 그런 거예요?"

"정말로."

"사냥대회라고 해봐야 풀어놓은 몬스터들을 잡는 거야. 가뭄으로 사람들도 괴로워하는데 동물들이 살아 있을 순 없으니까."

몬스터라는 말에 엘레나는 눈을 크게 떴다. 이곳이 제가 살던 곳과 같다고 생각하진 않았지만, 몬스터가 있을 줄 몰랐다.

"몬스터요?"

"그래, 몬스터. 위험한 개체들은 많이 풀어놓지 않았어. 아마 지금 황궁의 모든 마법사들은 몬스터를 잡아놓느라 애를 쓰고 있을걸."

심지어 이미 몬스터들을 풀어놓았다는 얘기에 엘레나는 경악했다. 위험한 개체들이 없다고 해도 몬스터는 몬스터였다. 충분히 위험할 수도 있었다.

"그런 무서운 표정 짓지 않아도 돼."

"이게 무섭지 않을 일이 아니잖아요."

"몬스터를 죽이고 나오는 부산물들은 꽤나 유용하지. 사냥대회에서 잡은 몬스터들은 모두 민가에 하사하기로 결정했어."

사냥대회가 있는 자들만의 유희가 아니라서 그나마 다행이었다. 귓가에는 아직도 칼리드 후작저의 비명이 생생했다. 그만큼 수많은 사람들이 가뭄에 괴로워하고 있다는 거였다. 그런데 다른 한쪽에서는 호화로운 놀이를 한다는 자체가 이해가 가질 않았다.

"그래도 조금 이상해요……."

건국 200주년은 특별하긴 했다. 그 증거로 황궁뿐만 아니라, 수도와 가까운 마을에는 축제가 벌어지고 있었으니까. 하지만 수도와 멀리 떨어진 영지들은 여전히 상황이 똑같았다. 다른 제국민들에게는 건국 200주년이 축하할 날이 전혀 아니라는 말이다.

오히려 그들에겐 저주에 가까운 날이었다.

"뭐가 이상하다는 말이지?"

"한쪽은 가뭄에 괴로워하는데, 우리는 이다지도 편하게 사냥놀이나 한다는 게요."

생각보다 춤은 길었다. 엘레나는 이렇게 노래가 길었나 의문이 들 정도였다. 댄스홀 중앙에는 저와 아론밖에 없었다. 모두 다 저희 옆으로 다가올 생각을 못 했기 때문이다. 저 같아도 아론의 곁에 다가가는 생각도 하지 않았을 것이다. 하지만 모두 궁금해 미치겠다는 얼굴로 이곳을 힐끔힐끔 쳐다보고 있었다.

"마음에 안 든다면, 사냥을 취소할까?"

아까부터 계속 취소하고 중단한다는 말을 쉽게 말하는 아론의 행동에 엘레나는 픽 웃고는 고개를 절레절레 내저었다. 오늘의 아론은 평소답지 않았다. 지나치게 다정해서 지금 제 앞에 있는 남자가 제가 알던 남자가 맞나 싶었다.

"저 때문에 취소를 어떻게 해요. 그리고 좋은 일에 동참하는 거라면서요."

"그대가 싫어하는 것 같아서. 물자는 언제든지 하사할 수 있어."

엘레나는 아론을 한번 흘겨보고는 고개를 흔들었다. 오늘따라 아론은 집요했다. 지금도 너무 바싹 붙어서 어색한데 계속 말을 하는 게 부끄러웠다. 그와 말을 하려면 밀착한 상태로 밀어를 주고받는 것처럼 대화해야 했기 때문이다. 그저 음악이 빨리 끝나기만을 바랄 수밖에 없었다.

"여자들은 뭘 하나요? 저도 사냥에 참가해야 해요?"

"원하는 여자들만. 대부분 사냥에 참가하지 않으려고 하지."

"저도 참가하지 못할 것 같은데요."

애석하게도 저만은 페이트 가문에서 유일하게 마법적 능력이 없었다. 제가 할 수 있는 거라곤 자연을 조정하는 것이었다. 그걸로 몬스터들을 사냥할 수 없다. 당연히 참가할 수 있는 자격이 되지 않았다.

"여인들은 주로 자신이 응원하는 참가자를 기다리지. 하지만 이번에는 특별하게 보석 경매를 진행할 거야."

"경매요?"

엘레나는 보석 경매라는 말에 눈을 크게 떴다. 이제는 경매까지 진행한단다. 정말이지 그들만의 유희였다.

"몬스터에서 나온 물자와 함께 보석을 경매한 돈을 같이 줄 예정이거든."

이번에도 취지는 좋았다. 보석을 경매한 돈을 기부한다니, 정말로 상류층들의 세상 같았다. 그들에게는 그저 재미가 다른 이들에게는 목숨보다도 더 간절한 일이었다.

"그러면 여인들은 보석 경매를 진행하겠군요. 자신의 장신구를 내놓아서요."

"그래."

"그럼, 저는 제 장신구를 내놓지 않을 거예요."

엘레나는 긴 춤이 끝난 뒤 한숨을 돌리기 위해서 샴페인을 마시고 있었다. 살짝 숨이 차 있는 저와는 다르게 아론은 하나도 지친 기색이 없어 보였다.

"그대는 항상 체력이 부족해."

"저는 전혀 부족한 체력이 아니에요. 전력 질주를 해도 숨이 차지 않는단 말이에요."

정말 이 몸은 100미터 달리기를 해도 숨이 차지 않을 정도로 튼튼한 몸이었다. 자신은 이렇게나 기나긴 춤은 처음이었다. 게다가 온몸에 긴장을 하고, 그에게 바짝 붙어 있어서 그런지 전신이 욱신거렸다.

"엘레나, 지금은 몰라도 내가 사냥대회에 참가하면, 그대에게 사람들이 몰릴 거야."

"알고 있어요."

지금도 제게 다가오고 싶어서 안달이 난 사람들이 가득이었다. 그들이 가까이 다가오지 못하는 이유는 단 하나였다. 지금 자신의 옆에 있는 아론 때문이었다. 사람들은 일정 거리를 유지한 채, 저를 관찰하고 있었다.

솔직히 관찰당하는 기분이 좋지만은 않았다.

"지금이라도 대회에 참가하지 않겠어."

"그럴 필요 없어요. 그것도 감당하지 못할 거면, 전하에게 먼저 결혼해달라 청하지도 않았을 거예요."

"다시 또 전하로군."

엘레나는 아론의 말을 짐짓 모른 척하며, 다른 곳으로 시선을 돌리려 했다. 저 너머에서 칼리드와 눈이 마주치지 않았다면 말이다. 칼리드와 눈이 마주치자, 저도 모르게 잔을 들고 있는 손에 힘이 들어갔다.

칼리드는 복잡한 눈으로 저를 응시하고 있었다. 분노, 원망, 허탈 모든 것들이 뒤섞인 노기 어린 눈빛이었다. 자신이 이럴 줄 추호도 몰랐다는 반응이었다.

칼리드가 하나 모르는 것이 있었다. 그런 눈빛으로 바라본다고 제가 겁을 낼 리가 없었다. 도리어 이제야 모든 것들이 제대로 돌아가고 있었다.

자신은 칼리드에게 가장 큰 허망함을 선사하려고 아론을 택했다. 칼리드의 유일한 열등감은 아론이었다. 칼리드는 평생을 아론을 이기지 못했다. 그런 칼리드가 유일하게 갖고 싶어 했던 자리와 열등감의 대상을 둘 다 갖는 방법이 딱 하나 있었다.

"아론."

엘레나는 테이블 위에 샴페인 잔을 올려놓고, 아론의 품속으로 안겨들었다. 그의 품에 안겨들자마자 저를 감싸오는 손길에 작은 죄책감이 들었다.

"미안해요…… 칼리드가 이쪽을 보고 있어서……."

"……그랬군."

아론의 향기와 품 안은 저를 부드럽게 감싸 안았다. 처음으로 아론을 대놓고 복수에 이용하고 말았다. 그 사실에 심장이 욱신거리며 고통스러웠지만, 엘레나는 애써 심장의 고통을 무시했다.

"엘레나."

"……."

"엘레나."

엘레나는 저를 부르는 그의 물음에 차마 대답을 할 수가 없었다. 그를 이용한 것에 미안해서 고개를 들 수가 없었기 때문이다. 서로를 이용하기 위해서 계약으로 만난 관계였지만, 막상 그를 이용하려니 미안함이 솟구쳤다.

"내가 그대에게 처음 한 말이 뭐였지?"

"손이 많이 간다고 했어요."

"아, 그것도 물론 맞는 말이지. 하지만 나는 분명 그대에게 나를 마음껏 이용하라고 말했었어."

첫 만남에 대한 얘길 하는 알 수 없는 아론의 행동에 엘레나는 눈을 깜빡거렸다. 왜 그가 이런 얘길 하는지 의도를 가늠할 수 없었다.

"그건 이런 상황도 모두 상관없다는 말이야. 언제든지 나를 이용해. 나를 이용할 수 있는 건, 오로지 그대밖에 없어."

아론은 그 말과 함께 제 손등 위에 입을 맞췄다. 엘레나는 멍한 얼굴로 그의 행위를 가만히 지켜보며, 얼굴을 새빨갛게 붉혔다. 자꾸만 자상해서 나쁜 마음을 먹게 하는 아론 때문에 심장이 미친 듯이 쿵쿵 뛰었다.

뒤이어 다가올 사냥대회 때문인지 파티는 생각보다 빠르게 마무리되었다. 모두가 황궁에 마련된 사냥터로 이동했다. 이동하는 내내, 아론이 곁에 있어서 아무도 제게 다가오지 못했다. 그건 클라우스와 클로비스도 마찬가지였다.

'사냥대회 참가자분들은 모두 준비를 해주시기 바랍니다.'

장내에 사회자인 듯한 사람의 목소리가 울렸다. 사냥을 구경하는 간이 천막으로 보이는 곳의 배치는 모두 직위 순이었다. 지금 이 천막은 고위귀족들과 아론과 제가 있는 곳이었다.

"이제 가야 할 시간이군."

"아, 조심하세요."

이제 가야 한다는 아론의 말에 엘레나는 그에게 조심하라는 말을 건넸다. 그러나 아론은 제 말을 듣고도 여전히 자리를 떠나지 않고 있었다.

"아론?"

"원래 사냥대회의 풍습은 자신이 응원하는 참가자에게 행운의 징표를 나눠주지."

"징표요? 하지만 전 아무것도……."

사냥대회가 열리는 줄도 몰랐는데 징표가 될 만한 것을 갖고 있을 리가 만무했다. 엘레나는 당황해서 그에게 줄 만한 것을 찾아봤지만, 제가 가지고 있는 거라곤 드레스와 보석 장갑뿐이었다.

"행운의 징표는 그대의 키스면 될 것 같군."

키스라는 말에 엘레나의 눈이 커다랗게 뜨였다. 키스라는 말을 너무도 아무렇지 않게 말하는 그 때문에 자신이 잘못 들은 건가 싶었다.

"키, 키스요?"

"그래."

잘못 들은 게 아니었다! 아론은 정말로 제게 입맞춤을 원했다.

"아무리 내가 황태자라지만…… 늦으면 안 될 것 같은데?"

늦으면 안 될 것 같다면서, 하얀 이를 드러내고 씨익 웃는 그의 모습에 엘레나는 그가 거짓말을 하고 있다는 걸 깨달았다. 아론이 늦으면 당연히 대회는 시작하지 않을 거다. 하지만 누구도 그에게 책임을 묻진 못한다.

"하지만 사람들이 다들 보고 있는데요……."

엘레나는 기어들어 갈 것 같은 목소리로 그에게 속삭였다. 이런 곳에서 입을 맞추면 모두가 보는 게 당연했다. 게다가 아직 클라우스와 클로비스도 떠나지 않은 상태였다.

"그게 무슨 상관이지?"

그의 미소가 무섭고 아름답다는 건 취소였다. 이렇게나 뻔뻔스럽고 얄미울 줄 전혀 몰랐다.

"엘레나, 어서."

"……."

엘레나는 이도 저도 못 하는 상황에 입술만 잘근잘근 깨물었다. 아론은 제가 입을 맞춰주기 전까지는 절대 떠날 생각이 없어 보였다.

쪽-

매우 찰나의 입맞춤이었다. 그의 볼에 살짝 입을 맞추고는 서둘러 두 손에 고개를 파묻었다. 도무지 주변의 시선을 마주치기가 어려웠다.

"꼭, 제일 큰 몬스터를 잡아 오지."

그런 건 필요 없었다. 엘레나는 그가 어서 이곳을 떠나주기만을 원했다.

나지막이 그의 웃음소리가 들리고, 정수리 쪽에 무언가 닿았다 떨어지는 느낌이 났다. 정황상 아론의 입술인 것 같았다. 엘레나는 그렇게 한참을 고개를 아래로 떨구고 있다가, 조용해진 주변의 분위기에 얼굴을 빼꼼 들어 올렸다.

"……."

용기를 내어 고개를 들자, 주변의 모든 사람들이 저를 뚫어져라 바라보고 있었다. 엘레나는 애써 그 시선을 무시하며 정면을 꼿꼿이 응시했다. 하지만 붉게 달아오른 양 뺨까지는 숨길 순 없었다.

"사이가 아주 좋으시네요."

친절해 보이지만 빈정거림이 다분히 묻어나오는 목소리에 엘레나는 옆을 돌아봤다. 빈정거리는 목소리의 근원지는 베로니카 공녀였다. 옆에는 영애들을 한껏 거느리고, 보라색의 부채로 얼굴의 반절을 가리고 있는 그녀의 표정은 알 수 없었다.

"베로니카 공녀."

"정식으로 약혼녀로 인정받으셨으니…… 하대하면 안 되겠지요?"

보라색 깃털이 가득 있는 부채 사이로 베로니카 공녀의 눈이 부드럽게 접혔다. 누가 보면 악의라고는 하나도 느껴지지 않는 행동이었다. 그러나 엘레나는 그녀에게서 명백한 악의를 느꼈다. 하대를 하지 않을 뿐이지, 충분히 그녀는 저를 무시하고 있었다.

"약혼 축하드려요. 이제야 겨우 축하 인사를 건넬 수 있네요."

"감사합니다."

이 천막 안에 있는 누구도 베로니카 공녀가 제게 진심으로 축하 인사를 건네고 있다고 생각하지 않을 것이다. 그 증거로 모두가 저와 베로니카 공녀를 흥미진진한 눈길로 관찰하고 있었다. 굴러들어온 돌이 박힌 돌을 빼낸 상황이니 흥미로울 만도 했다.

그런데 이상하게도 모든 게 밝혀진 상황인데도 그녀는 여전히 보라색으로 온몸을 휘감고 있었다. 베로니카 공녀 정도의 지위가 여벌의 드레스를 가져오지 않을 리 없었다. 이미 약혼자는 자신으로 공표된 상황에서 보라색으로 꾸미고 있는 건 보기 좋지 않았다.

"전하께서 그런 표정을 짓는 건 처음이에요. 정말 영애를 좋아하시나 봅니다. 처음에 저는 페이트 백작과 모종의 거래라도 한 줄 알았다니까요."

베로니카 공녀의 말이 끝나고 주변에는 비웃는 분위기가 감돌았다. 베로니카 공녀의 말은 틀리지 않았다. 충분히 그럴 만한 가정이었다. 자신은 화려한 베로니카 공녀에 비교해, 눈에 띄지 않는 초라한 외모에 속했다. 게다가 빨간 머리는 천대받는 존재였다. 고위 귀족에서 천하다는 빨간 머리가 존재할 수 있을 리가 없었다. 거기에 이목구비도 큼직하고 시원한 그녀와 비교하면, 자신은 이목구비도 평범하고 주근깨까지 가득 있었다.

"그럴 리가요. 베로니카 공작 각하라면 몰라도…… 백작이신 저희 아버님과 거래할 것이라도 있나요."

"……."

부채 사이로 그녀의 눈이 찡그려지는 것이 보였다. 베로니카 공녀와 아론은 철저한 정략결혼이었다. 서로가 원하는 것을 주고받고, 이익에 결정된 관계였다는 말이다. 물론 저와 아론도 그렇지만 사람들은 오해를 하고 있었다. 엘레나는 그 오해를 그냥 넘어가지 않고 이용할 생각이었다.

"제일 중요한 것은 전하의 마음이지요…… 그게 아니면, 약혼은 절대 불가능한 거니까요."

당연히 베로니카 공녀가 쉽게 물러날 것으로 생각하지 않았지만, 생각보다도 그녀는 강적이었다. 지금 베로니카 공녀는 아론이 저를 마음에 들어 하지 않았다면, 약혼녀가 되지 못했을 거라고 말하고 있었다. 외모가 뛰어나게 아름다운 것도 아니며, 천한 빨간 머리에 고작 백작위를 가진 영애였다. 나라에 한 명뿐인 귀한 공녀인 그녀와는 비교조차 되지 않았다.

"네, 맞아요."

하지만 엘레나는 더는 베로니카 공녀를 상대할 가치를 느끼지 못했다. 중요한 건 그녀가 아니라, 실질적 권력을 가진 공작이었다. 제 상대는 공작과 칼리드지 질투심에 분개하는 베로니카 공녀가 아니었다.

지금 이곳에 남은 사람들은 주로 여자와 아이들이었다. 아픈 황제조차도 사냥대회에 참가한 것 같았다.

"마법인가?"

허공에는 무슨 마법을 부렸는지 몰라도 스크린처럼 사냥대회 장소가 비치고 있었다. 이들에게는 정말 이 사냥대회 자체가 유흥이었다. 마법사가 귀하다더니 황궁에는 넘쳐나는 게 분명했다. 엘레나는 쓸데없을 정도로 호화롭게 마법을 남발하고 있다는 느낌을 받았다.

"이곳에 계신 모든 부인들과 영애들께 알립니다. 지금부터 보석 경매를 시작하겠습니다."

꽤 높아 보이는 시종장으로 보이는 사람이 나타나서 보석 경매의 시작을 알렸다. 시작을 알리는 목소리가 막사 전체에 울리고, 사람들의 시선이 단상 위로 몰려들었다.

"보석 경매를 시작하기에 앞서, 경매 진행을 도와주실 레이디가 필요합니다."

레이디라는 말에 모두가 헛숨을 들이키더니, 웅성대기 시작했다. 무슨 일인지는 몰라도 모두가 되고 싶어 한다는 것만은 짐작할 수 있었다. 제 예상대로 단상 위의 남자는 황제의 시종장이 맞는 것 같았다.

엘레나는 가만히 주변의 분위기를 살폈다. 이상하게도 아무도 저를 바라보고 있지 않았다. 아론과 함께할 때는 제게 쏠린 시선들은 모두 베로니카 공녀에게 가 있었다. 아무리 자신이 약혼녀로 공표됐어도 아론이 없다면 저는 베로니카 공녀에게 밀리는 신세였다. 심지어는 시종장조차도 제가 아닌, 베로니카 공녀를 바라보고 있었다.

"……."

지금 이곳에 있는 모두가 당연히 베로니카 공녀가 그 주인공이 될 거라고 생각하고 있었다. 베로니카 공녀 본인도 강한 확신에 찬 태도였다. 그럴 수밖에 없는 게, 지금 사교계의 여왕은 베로니카 공녀였다. 그녀는 제국 유일한 공녀였으며, 가장 강한 권력을 가진 가문이었다. 자신이 황태자의 약혼녀로 공표됐다 한들, 손바닥 뒤집듯이 바뀔만한 판세가 아니라는 거였다.

"이번 보석 경매는 특별하게 경매금액 모두 민가에 기부할 뜻깊은 경매입니다."

엘레나는 시종장의 말에 이제까지는 모든 경매금액이 민가에 넘어가지 않았다는 걸 알아차렸다. 남자들은 모두 사냥을 나가고, 여자들만이 남은 곳에서 경매를 진행하는 이유는 뻔했다. 이건 여자들 간의 권력 싸움이었다. 사교계에서의 입지를 다지는 중요한 행사라는 말이었다.

그리고 그런 중요한 경매에 진행을 도와줄 레이디라니…… 당연히 사교계의 정점에선 자가 하는 것이 맞는 거였다.

"베로니카 공녀님. 경매 진행을 도와주실 수 있으십니까?"

"물론, 당연하죠."

베로니카 공녀는 무척 당당한 목소리로 시종장의 말을 수락했다. 그녀의 태도에 누구도 이상함을 느끼지 않고, 매우 당연하다는 듯이 굴고 있었다. 사람들의 눈동자에는 본인이 되지 못한 것에 대한 아쉬움은 느껴졌지만, 그녀가 뽑힌 것에 대한 의문은 전혀 느껴지지 않았다.

그 순간 엘레나는 결심했다.

"시종장, 질문이 있어요."

"네, 말씀하시죠. 페이트 영애."

"본래 경매를 진행할 레이디는 제국에서 제일 지위가 높은 여성이 하는 것이 관례 아닌가요?"

자신은 이들에게 이제는 판도가 바뀌었다는 걸 알려주어야만 했다. 엘레나는 제 말에 서서히 얼굴이 일그러져가는 베로니카 공녀를 쳐다봤다. 공작이 반역을 계획하고 있다면, 여기서 베로니카 가문의 위세를 꺾어줄 필요가 있었다. 아론은 아론 나름대로 사냥장에서 그걸 행하고 있을 거다. 그렇다면 자신도 여기에서 물러설 순 없었다.

"맞습니다."

"그런데 왜 베로니카 공녀가 진행할 레이디로 뽑힌 거죠?"

"베로니카 공녀님은 당연히 이 제국에서 제일 신분이 높은 레이디입니다. 공작부인께서는 타계하셨으니까요."

시종장의 말에 엘레나는 승리의 미소를 지었다. 방금 시종장은 베로니카 공녀를 제국에서 신분이 가장 높다고 말했다.

"시종장의 말은 지금 베로니카 공녀가 신분이 제일 높다는 말이지요?"

"네, 그렇습니다."

"시종장은 오늘 공표를 듣지 못했나 봐요. 오늘 제국에서 가장 높은 신분의 레이디가 탄생했다는 걸 말이에요."

엘레나는 일부러 보라색의 장갑을 낀 손으로 옆머리를 귀 뒤로 넘겼다. 귀에는 자수정의 귀걸이가 목에는 자수정의 목걸이가 손에는 보라색 장갑을 낀 상태였다.

"하지만…… 영애는 아직……."

"황제 폐하께서 직접 공표하셨죠. 공녀는 고급 워프를 타지요? 저는 공표되기 전부터 최고급 워프를 이용하고 있었어요."

"……."

"이래도 누가 가장 높다고요?"

최고급 워프가 의미하는 바는 컸다. 아무리 나라에 한 명뿐인 공작가라 해도, 베로니카 공녀는 최고급 워프를 이용할 수 없었다. 최고급 워프는 오로지 황족만의 것이었다.

"감히 황제 폐하께서 인정하신걸, 일개 시종장이 번복할 리 없겠죠?"

누가 우위에 있는지 확실히 보여줘야 할 필요가 있었다. 이곳에 있는 가문 중, 베로니카 가문에 붙은 자들이 없을 리가 없었다. 원래 말이란 가장 빠르고 무서운 법이었다. 비록 여인들만 있는 자리였지만, 말은 입을 타고 아론의 건재함을 널리 퍼지게 할 거다. 중요한 건 칼리드와 베로니카 공작이었다. 남은 사람들은 승기가 보이는 쪽에 붙을 부류들이었다. 모두를 치지 않더라도, 간단하게 해결할 수 있었다.

"영애, 제가 실수를 했습니다. 너그러이 용서해주실 수 있으실까요?"

"한 번의 실수는 눈감아줄 수 있어요. 그 정도도 이해 못 하지 않으니까요."

이건 시종장에게 말하는 것만은 아니었다. 이곳에 있는 모두에게 하는 말이었다. 엘레나는 공작에게 가담한 가문들에게 마지막 기회를 주고 있는 거였다. 그들도 바보가 아닌 이상에야, 자신이 무슨 말을 하고 있는지 알아들을 것이다.

"이번 경매는 페이트 영애께서 진행하도록 하겠습니다."

새로운 권력의 탄생이었다.

지금 이 결과를 보고, 많은 가문들이 입장을 바꿀 것이다. 엘레나는 살포시 미소 지으며 단상 위로 올라갔다.

"페이트 영애는 오늘 보석 경매가 열리는지도 몰랐던 거로 알고 있는데, 진행까지 맡으실 수 있겠어요?"

"진행은 처음이지만, 원래 황족에서 진행하는 거니 당연히 제가 해야죠. 그동안 빈자리를 대신해줘서 고마워요. 베로니카 공녀."

순순히 베로니카 공녀가 패배를 인정하지 않을 건 알고 있었다. 자신의 미숙함에 대해 파고드는 그녀의 말은 날카로웠다. 엘레나는 일부러 빈자리라는 말을 크게 내뱉었다. 원래 호랑이 없는 굴에는 여우가 왕 노릇을 한다고 했다.

"……."

"하지만 오늘은…… 제가 진행은 처음이니까, 공녀가 옆에서 도와주는 것도 좋을 것 같네요."

"그게 좋을 것 같습니다!"

시종장으로서는 공작을 무시할 수도 없으니, 쌍수를 들고 환영할 일이었다. 시종장은 굳은 베로니카 공녀의 표정을 보지 못했다. 어쩌면 모른 척 외면했을 수도 있다.

"경매가 열리는지도 모르셨는데, 출품할 보석이라도 있으시나요?"

"없으면 만들면 되는 거 아닌가요?"

여전히 베로니카 공녀는 패배를 인정하지 못하고, 저를 대놓고 무시 중이었다. 우리의 대화가 다른 사람들에게도 들리고 있다는 걸 알고서 그러는 거였다.

"지금 하고 계신 장신구라도 내놓으실 건가요?"

비웃음이 담긴 목소리에 엘레나는 그녀를 바라봤다. 그녀와 저만 보라색의 보석을 걸치고 있었다. 클로드 제국에서 보라색이 황실을 뜻하는 만큼 보라색의 자수정은 아무나 가질 수 있는 보석이 아니었다.

고위 귀족이 아니면 절대로 자수정을 가질 수 없었다. 자수정을 얼마나 가지고 있느냐에 따라서 가문의 위세가 표현되기도 했다. 또한 자수정을 가지고 있어도 공식 석상에서 함부로 착용할 수 있는 보석도 아니었다. 때에 따라서는 황족에 대한 도전의 의미로 받아들여질 수도 있었다.

"공녀가 걸치고 있는 자수정의 등급이 더 좋군요."

"더 창피를 당하기 전에 이제라도 내려가시는 게 좋을지도 모릅니다."

하지만 아무리 고위 귀족이라 하더라도, 가장 좋은 등급의 자수정은 소유할 수 없었다. 가장 좋은 등급의 자수정은 오직 황실에만 납품되는 거였다.

"그런데 제가 언제 지금 하고 있는 보석을 내놓는다고 말했나요?"

"저는 한 번도 제 보석을 내놓는다고 말한 적이 없는데요."

엘레나는 여유롭게 웃음을 지으며, 다시 한번 옆머리를 뒤로 넘겼다. 옆에서는 뜨거운 베로니카의 시선이 느껴졌지만, 신경 쓰지 않았다. 아마 그녀에게는 처음으로 겪는 좌절감과 패배감이었을 거다.

"이제 경매를 진행해야 하지 않을까요?"

"아, 알겠습니다! 경매를 진행하도록 하겠습니다."

자신도 처음에는 보석 경매가 열리는지 몰라서 지금 하고 있는 장신구를 내놓아야 하나 고민했었다. 아마도 아론과 춤을 추지 않았더라면, 그대로 귀걸이나 목걸이를 내놓았을지도 몰랐다. 하지만 그와 춤을 추면서 번뜩이는 아이디어가 머리를 스쳐 지나갔다.

"……."

엘레나는 단상 위에서 가만히 경매가 진행되는 것을 지켜보고 있었다. 베로니카는 조금 초조해하며 눈치를 보는가 싶더니, 어느새 다시 자신만만해진 태도로 모든 걸 진행했다. 경매의 참가신청이 거의 끝나가는 마지막쯤에 당당히 걸어가는 그녀의 뒷모습에 웃음을 참을 수가 없었다.

"이제 경매 신청 마감을……."

"아직, 아직이요."

마지막으로 베로니카의 물품을 마지막으로 신청을 마감하려는 시종장을 멈춰 세웠다. 가만히 단상 위에서 신청을 지켜본 결과 경매 신청에도 엄연한 룰이 있어 보였다. 일단 경매 신청은 아무나 할 수 있는 것이 아니었다.

비교적 낮은 지위의 영애나 부인들은 가만히 자리를 지키고 있었다. 그리고 낮은 순의 지위부터 신청을 받았다. 그마저도 제대로 된 신청이라기보다는 머릿수 채우기에 불과했다.

모두들 진짜 주인의 신청을 기다리고 있었다. 마치 모두 약속이라도 한 듯이 형식적인 보석을 내놓았다. 아마 제 예상이 틀리지 않는다면, 이 보석 경매의 주인은 베로니카였다. 오직 그녀만이 가장 화려한 보석을 내놓을 수 있었다.

"페이트 영애?"

"아직 신청이 끝나지 않았어요."

"경매 신청을 하실 겁니까?"

시종장의 말에 엘레나는 고개를 끄덕였다. 물품 신청을 받던 원탁 위에는 베로니카가 내놓은 보석함이 보였다. 그 안에 무엇이 들었는지는 알 수 없었지만, 엘레나는 적어도 지금 제가 내놓을 보석이 가장 좋을 것을 알았다. 저 보석뿐만이 아니라, 어떤 보석을 내놓더라도 자신 있었다.

"이걸로 신청 부탁해요."

자신이 보석을 내놓자마자, 주변에서는 숨을 들이켜는 소리들이 들려왔다. 엘레나는 태연하게 아무렇지 않은 듯이 보석을 시종장에게 내밀고는 자리로 돌아갔다. 뜨거운 시선들이 얼굴에 들러 붙어오는 게 느껴졌다.

보석을 내미는 순간 전부 예상한 일이었다.

"어떻게 당신이 그걸……."

"쉿, 이제 곧 경매가 시작되겠어요."

부들부들 떨리는 목소리로 말하는 베로니카의 모습에 엘레나는 살짝 미소를 지으며 그녀를 지나쳤다. 모든 게 그녀가 원하는 대로 돌아가지 않으니, 저를 원망할 만도 했다. 어쩐지 등 뒤에 느껴지는 시선이 유난히 따가운 느낌이었다.

"지금부터 경매를 시작하겠습니다."

경매를 시작하겠다는 시종장의 말과 함께 경매가 시작됐다. 진행에 도움을 줄 레이디를 구한다더니, 명목상 했던 말이었던 것 같았다. 실제로 하는 일이라고는 보석이 나올 때마다 보석을 착용하고 있는 것뿐이었다. 마치 마네킹처럼 말이다.

"이번에는 다이아몬드 목걸이입니다."

그래도 한 가지 기분이 좋았던 건, 보석의 착용은 모두 제가 했다는 거였다. 시종장은 베로니카의 눈치를 보면서도 꿋꿋이 그녀에겐 보석을 건네주지 않았다. 그 의미는 확실한 권력이 이동되었다는 얘기였다. 당연히 베로니카는 옆에서 입술을 깨물며 분노를 억누르고 있었다.

"영애가 착용하셔서 그런지, 더욱 아름다워 보이는군요."

이런 립 서비스는 덤이었다. 엘레나는 그제야 왜 베로니카가 이 자리를 원했는지 알 수 있었다.

사실상 보석 경매의 주인공은 보석이 아니라, 진행을 도와주는 레이디였다.

보석을 착용하는 걸 보여주면서 계속해서 칭찬을 늘어놓는다.

가장 좋은 것을 먼저 가질 수 있다는 우선권이 부여된 거다. 그리고 그건 은연중에 확실한 권력을 다질 수 있는 일이었다.

"드디어 경매의 막바지입니다. 오늘 경매의 하이라이트인 자수정입니다. 이번에는 특별히 자수정이 무려 두 개나 출품되었습니다."

"시종장."

엘레나는 씩 미소를 지으며, 베로니카를 한번 바라보곤 말을 이어나갔다.

"마침 자수정도 두 개고, 레이디도 두 명이니…… 둘 다 하나씩 착용하는 건 어떨까요?"

하늘의 도움인지 하필이면 우연치 않게도 저와 베로니카의 출품 보석은 겹쳤다. 저희 둘 다 자수정을 경매에 내놓았다. 베로니카 쪽은 무척이나 화려한 자수정 목걸이였다. 가히 공작가의 위상이 드러나는 엄청난 크기의 자수정이었다.

"그래도 되겠습니까?"

"베로니카 공녀, 상관없죠?"

"……괜찮아요."

베로니카의 입장에선 거절하고 싶어도 거절할 수가 없는 일이었다. 사람들이 다 보고 있는 상황에서 보석의 착용을 거절할 이유가 마땅히 없었다.

"그럼, 자수정 브로치와 목걸이의 경매를 시작하겠습니다."

엘레나는 조심스럽게 드레스 앞쪽에 브로치를 매달았다. 옆에는 베로니카가 뚱한 얼굴로 목걸이를 착용하고 있었다. 브로치를 가슴 쪽에 매다는 순간, 사람들의 모든 시선이 몰리는 것이 느껴졌다. 사람들의 눈에는 브로치를 갖고 싶다는 탐욕이 넘쳐흘렀다.

"이 자수정 브로치는 황실에만 납품되는 최상급의 자수정입니다. 무려 황태자 전하의 소유품이기도 합니다."

브로치의 값을 올리기 위한 시종장의 끝도 없는 말이 이어졌다. 어느새 베로니카의 목걸이는 안중에도 없어진 지 오래였다.

물론 그녀의 목걸이도 엄청난 가치를 지니고 있었다. 하지만 아론의 브로치는 절대로 구할 수 없는 거였다. 황족만이 가질 수 있는 등급의 자수정. 그런 자수정이 경매에 나왔으니, 모두가 눈에 불을 켤 만도 했다.

합법적으로 황실의 자수정을 가질 수 있는 유일한 기회였다.

"백만 골드!"

"삼백만 골드!"

"천만 골드!"

기하급수적으로 늘어나는 경매금액에 엘레나는 조용히 미소만 짓고 있었다. 모두 혈안이 되어 브로치를 가지려고 난리였다.

"공녀가 생각한 분위기와 사뭇 달라서 당황하셨겠어요."

"……언제까지 웃을 수 있을 것 같아요?"

"공녀야말로…… 황족 기만죄로 잡혀 들어가는 것은 아닐까요?

어쩌면 다른 죄도 추가될 수도 있고요."

엘레나는 베로니카에게 반역에 대한 경고를 건넸다. 그녀가 정확히 무슨 생각을 하고 있는지는 몰랐지만, 이렇게까지 몰린 상태에서도 지나치게 당당해서 불안했다. 그녀는 분해했지만, 기가 꺾이지는 않았다. 무언가 믿는 구석이 있다는 태도였다.

"그 황족이 바뀐다면, 죄 또한 다른 사람으로 바뀌겠죠."

"그게 무슨……."

"백억 골드!"

엘레나는 말도 안 되는 금액을 부른 목소리에 소리가 난 곳을 바라봤다. 그곳에는 믿을 수 없게도 의외의 인물이 자리해 있었다.

"히, 힐다……?"

"이번 경매의 가장 최고 금액입니다!"

옆에서는 시종장이 신나서 소리를 지르며 떠들고 있었지만, 엘레나의 표정은 하얗게 질려 핏기가 가신 상태였다.

왜 그녀가 여기에…… 아니, 어떻게 있을 수 있는 거지?

"어떻게……."

힐다는 이곳에 있을 수 없는 사람이었다. 일단 힐다의 지금 신분은 칼리드 가문의 마법사였다. 그리고 무엇보다도 힐다에게는 백억 골드라는 돈을 낼만큼의 재력이 없었다. 그런 그녀가 경매장에서 백억 골드를 외쳤다.

이건 있을 수 없는 일이었다.

"실례지만 어느 가문의 누구십니까?"

시종장도 모르는 힐다의 신분이 갑자기 귀족이 되었을 리가 없다. 엘레나는 자신만만한 힐다의 표정에 손을 떨었다. 이미 의지를 벗어난 몸은 파르르 떨리고 있었다. 힐다의 등장만으로도 몸이 마구 떨려오는 게 버틸 수가 없었다.

"저는…… 베로니카 공작가 사람입니다. 저희 공녀님이 경매를 진행하는 레이디로 올라가 계셔서, 대신 경매에 참여한 것뿐입니다."

베로니카 공작가의 사람이라는 말에 엘레나의 눈이 크게 뜨였다. 힐다가 베로니카 공작가의 사람일 리가 없다. 그녀는 칼리드의 사람이었다.

"그렇습니까? 그럼……."

시종장의 말은 귓가에 들려오지 않았다. 엘레나에게는 오직 힐다의 모습만이 보였다. 힐다는 당당하게 웃으면서 저를 마주 보고 있었다.

"아니야, 그녀는 칼리드의……."

"많이 놀라셨나 봐요?"

"베로니카 공녀."

"저도 가지고 싶었거든요."

엘레나는 아무 말도 하지 못하고 베로니카를 바라보기만 했다. 이제야 알 것 같았다. 왜 그녀가 그토록 자신만만한 태도였는지…….

"그 자수정이요. 황족만 가질 수 있다잖아요. 내가 가지지 못할 건 없는데 말이에요. 그깟 자수정이 뭐라고…… 안 그래요?"

"……."

"그래서 가지기로 했어요. 원래부터 내 것이었거든요."

공작과 칼리드가 어디까지 계획하고 있는지는 알 수 없었다. 하지만 그 계획에 베로니카마저도 포함되어 있을진 몰랐다.

"그 보라색이라는 거…… 보라색의 눈을 가진 자라면, 누구나 가능한 거 아니에요? 꼭 하나만 고집할 필요가 없다는 걸 깨달았죠."

"칼리드. 당신이 잡은 왕관이 그였어. 약혼자도 칼리드였고."

"이제야 깨달았어요? 조금 똑똑한 줄 알았는데…… 눈치는 없네."

이제는 존대까지 집어치운 베로니카의 행동에 엘레나는 입을 벌렸다. 당연히 칼리드가 그녀와 약혼했을 거라는 생각은 하지 못했다. 공작의 자존심에 사생아인 칼리드와 베로니카를 엮을 거란 생각을 하지 않기도 했지만, 당연히 힐다의 존재가 있기 때문에 그러지 않을 거라고 생각했다.

적어도 힐다가 있는 한은 그녀를 이용하기 위해서라도 베로니카와 약혼은 선택할 수 없었다. 칼리드는 전에도 끝까지 엘레나와 힐다 사이에 끊임없이 어장관리를 했다.

희망 고문이라는 이름의 어장관리였다. 둘을 모두 이용하기 위해서는 끝이 오기 전에는 누구의 손도 완벽히 들어주지 않았다. 언제나 여지를 남겨두는 식이었다.

"칼리드가 그럴 리가…… 그리고 힐다가 그걸 그냥 두고 볼 리가……."

"아…… 힐다? 제법 아는 게 있나 봐?"

엘레나는 베로니카를 보고 있던 고개를 돌려 힐다를 바라보았다. 힐다는 무표정한 얼굴이었지만, 억지로 무언가를 하고 있는 느낌은 들지 않았다.

그렇다는 건 둘의 약혼을 힐다가 허락했다는 얘기였다.

"칼리드 후작 말이야…… 조금 이상하더라고. 이상하게 너한테 집착을 하더라. 빨간 머리에 보잘것없는 너를 왜 다들 좋아할까?"

엘레나는 떨리는 손을 몇 번이나 다잡았다. 눈앞이 새하얘지며 아무것도 보이질 않았다.

"나는 칼리드 후작에게 관심은 없어. 내가 관심 있는 건, 오로지 그 자리뿐이야. 그 점에서 나와 힐다는 의견이 맞았지. 힐다는 지금 전적으로 나를 따라. 그래야 그녀가 원하는 것 내가 줄 테니까."

"……."

"그녀가 원하는 건 오직 나만 줄 수 있거든."

꺄아아악……!

사람들의 째질 듯한 비명과 막사 안은 소란스러움이 가득했다. 모두가 웅성거리며 막사를 빠져나가려고 앞다퉈서 다투고 있었다.

사냥대회를 비추고 있던 스크린은 새빨간 유혈이 낭자했다.

"꺄아아악!"

찢어질 것 같은 비명소리와 주변의 소란스러움에도 엘레나는 멍한 얼굴로 가만히 스크린을 보고 있었다. 어느덧 경매는 중단된 지 오래였다. 사람들은 모두 출구 쪽으로 향하고 있었다. 아수라장도 이런 아수라장이 없었다.

"……."

엘레나가 할 수 있는 거라곤 멍하니 스크린을 응시하는 것뿐이었다. 누군가 발을 바닥에 붙여놓은 것처럼 움직일 수가 없었다. 마법에 걸린 것은 아니다. 스크린에 나오는 화면을 보는 순간, 그대로 굳어버리고 말았다.

스크린 속의 황제는 몬스터들에게 잔인하게 살해당하고 있었다.

"많이 놀랐어? 얼이 빠진 표정이네."

이미 모든 걸 알고 있었다는 태연한 목소리.

엘레나의 고개가 끼기긱 거리듯이 움직이며, 목소리의 근원지를 바라보았다. 베로니카는 이 잔혹한 상황에서 눈 하나도 깜빡이지 않았다. 도리어 즐거운 듯이 입꼬리를 올리고 있었다.

"다들 살려고 발버둥 치는 게 우습지 않아?"

그녀의 시선 너머에는 막힌 출구에서 나가려고 문을 두드리는 사람들이 보였다. 사람들은 나가기 위해서 용을 쓰고 있었다.

"아무리 온갖 애를 써도 나갈 수 없을 텐데……."

"……사람들을 나가게 해줘."

엘레나는 나오지 않는 목소리를 쥐어짜내어 사람들을 나가게 해달라는 말을 했다. 공포심에 사로잡혀 앞다투어 출구를 찾는 사람들의 모습은 안쓰러웠다.

반면 베로니카는 그 모습을 즐기고 있었다.

"정말?"

"그래, 어차피 저 사람들은 상관없는 일이잖아."

"좋아, 힐다."

"네."

너무나 쉽게 한 번에 수락하는 그녀의 반응에 엘레나는 불안했지만, 다른 사람들이라도 도망칠 수 있어 안심했다. 베로니카가 힐다를 불렀고, 힐다는 살짝 고개를 끄덕이고는 마법으로 막아두었던 출입문을 해제했다.

"이건 네가 원한 거야."

"괴, 괴물이다……!"

"아아악!"

제가 원한 거라는 말과 함께 미소 짓는 베로니카의 모습은 아름다웠다. 무척 아름다워서 잔인할 정도의 웃음이었다. 막아두었던 출구가 열리고 몬스터들이 들어와 막사 안을 어지럽히고 있었다. 가장 먼저 당한 사람들은 출구 가까이에 있던 사람이었다.

몬스터는 순식간에 한입에 사람들을 잡아먹고 있었다. 그 잔혹함에 모두가 겁에 질려 덜덜 떨고 있었다. 이미 막사 안도 대회를 비추고 있는 스크린도 피로 물들어져 갔다.

"원하는 대로 출구를 봉쇄한 걸 풀었어. 어때?"

"……."

"그런 눈으로 보지 마. 나라고 원해서 이러는 것만은 아니니까."

엘레나는 아무런 말도 없이, 가만히 베로니카를 노려보기만 했다. 주변은 난장판이었다. 저와 베로니카가 서 있는 단상에는 마법이 걸려 있는지, 몬스터들이 올라오지 못하고 있었다.

"분명 몬스터는 마법사들이 관리하고 있는데…… 어떻게 이런 일이 일어난 건지 궁금하지?"

이런 참혹한 현장을 보고서도 그녀는 아무렇지 않아 보였다. 주변 사람들의 비명소리와 낭자한 핏물에 엘레나는 정신을 잃을 것만 같이 아찔했다. 코를 찌르는 비릿한 혈향과 시시각각 다가오는 죽음의 냄새.

"이 모든 건 힐다가 아이디어를 낸 거야. 그녀는 뛰어난 마법사거든. 몬스터 몇 마리쯤 몰래 데려오는 건 일도 아니지."

"지금이라도 그만둬."

"이미 황제는 죽었어. 이제 곧 황태자까지 죽으면, 너야말로 살려달라고 빌어야 해."

엘레나는 그 말에 대회를 비추고 있는 스크린을 올려다봤다. 황제의 죽음을 비추고 있던 스크린은 어느새 다른 곳을 비추고 있었다.

"아무리 그라도 고위 몬스터 떼를 무찌를 순 없지."

"아…… 아, 안 돼!"

베로니카의 말처럼 아론은 몬스터들에 둘러싸여 있는 상태였다. 그를 둘러싼 몬스터가 몇 마리인지 셀 수도 없을 정도로 아론은 포위당해 있었다. 그가 몬스터들에 둘러싸인 것을 보는 순간부터 모든 것들이 느리게 느껴졌다.

앞에서 그녀가 무슨 말을 하고 있었지만, 귓가에 들려오질 않았다. 엘레나에게는 오직 아론의 모습만이 보였다.

영영 멈춰 있을 것만 같던 시간은 몬스터가 그에게 달려들자 깨져버렸다.

누군가가 심장을 세게 움켜쥔 것만 같은 극심한 고통과 함께 주체할 수 없을 정도로 심장이 펄떡거렸다.

그를 잃을지도 모른다는 불안감.

"안 돼……!"

불안함에 심장이 터질 것 같은 고통이 느껴졌다.

아론이 이대로 당해버린다면?

다시는 그를 보지 못하게 된다면?

아직 그에게 마음을 전하지도 못했다. 바보 같게도 이런 순간에 제 감정을 깨달아버렸다. 이제야 왜 그를 보면 가슴이 두근거렸는지, 그의 품이 좋았는지 알게 되었다.

그동안은 이 몸에서 느끼는 감정은 자신의 감정이 아니라고 외면하고 있었다. 어차피 저는 돌아갈 사람이라고 생각하면서 못 본 척했다. 아론에 대한 감정을 꾹꾹 억누르고 아무렇지 않게 행동할 수밖에 없었다.

하지만 그건 어디까지나 그가 무사하다는 전제하에 그런 거였다. 지금 아론이 죽어버린다면 복수고 뭐고 중요치 않았다. 제게 중요한 건 복수가 아니라, 아론이 무사한 거였다.

"제발! 엘레나, 제발!"

지금 이 몸 어딘가에 원래의 그녀가 같이 존재한다는 걸 눈치채고 있었다. 자신이 몰라야 하는 기억들을 알고 있는 것이 바로 그 증거였다. 한 번도 나타나진 않았지만, 그녀가 숨어서 저를 지켜주고 있다는 것도 알았다.

"나는 필요 없으니까 그를 구해줘!"

지금 이 순간에도 몬스터들은 아론에게 달려들고 있었다. 엘레나는 그녀의 이름을 부르짖으며 외쳤다. 제발 그를 구해달라고 그를 구해주기만 한다면 뭐든 하겠다고 빌었다.

"소용없……."

"엘레나!"

온몸에 힘이 다 빠질 정도로 그녀의 이름을 크게 소리쳤다. 정말로 온몸에 힘이 빠지는 것 같았다. 찰랑거리던 물을 담고 있던 그릇에 금이 가기 시작하더니, 순식간에 깨져버리고 말았다.

미처 손을 쓸 수도 없는 찰나의 시간이었다.

"아……!"

정신을 잃고 몸이 고꾸라질 것처럼 머리가 핑글핑글 돌았다. 온몸의 피가 역류하는 듯한 느낌이었다. 체내의 혈관을 타고 그릇 안의 물이 돌아다녔다. 머리부터 발끝까지 빠른 속도로 퍼지는 물은 붙잡을 수도 없었다. 헐떡이며 숨을 토해내는 것이 고작이었다.

넘실거리던 물은 해일처럼 제 몸을 덮쳐왔다. 빠르게 몸을 잠식하는 느낌에 눈앞이 흐릿해졌다.

하지만 알 수 있었다. 그녀에게 자신의 외침이 통했다는 것을…… 적어도 그는 무사했다.

보지 않아도 느껴졌다.

……아론은 죽지 않았다.

"힐다! 이게 무슨 일이야!"

"저도 모르는 일입니다!"

"……."

엘레나는 결국 고통을 참지 못하고 털썩 무너져 내렸다. 위에서는 베로니카와 힐다가 말을 하는 것인지, 머릿속이 윙윙대고 있었다. 대화 소리는 들리지 않았지만, 그들이 당황하고 있다는 것 알 수 있었다.

살아 있어. 자신의 부름에 그녀가 응답한 거였다.

"살아…… 있어."

그러나 뼈 마디마디가 녹아내리는 것만 같은 아픔이 계속 이어졌다. 숨을 쉬려고 호흡을 들이쉬는 것조차도 고통스러웠다. 온몸이 고통에 잘게 떨리고 있었다. 조금만 방심해도 이대로 정신을 잃을 것 같았다.

아직은 정신을 잃을 수 없었다. 해결하지 못한 것들이 아직 많이 남아 있었다.

"갑자기 웬 나무들이 몬스터를 에워싸서……!"

"근처에 누가 마법사가 있는지 살펴봐! 페이트 가문일 수도 있어!"

클로비스…… 클라우스. 잠시 그들을 잊고 있었다. 제가 엘레나가 아니라는 것을 알고 있어도 친절을 멈추지 않았던 사람들.

"만약 그렇다면…… 안톤이, 안톤이 위험해요! 안톤은 마법을 할 줄 모른단 말이에요!"

"지금 그게 문제야? 먼저 아론을 죽여야만 해!"

웡웡……

"아, 으……."

대화 소리가 또렷하게 들리지는 않았지만, 칼리드를 두고 둘이 다투고 있다는 것만은 알았다.

엘레나는 부들거리는 손으로 땅을 짚으며 고통스러운 숨을 토해냈다. 전신에 불이 붙은 것처럼 녹아내리는 듯한 아픔이 이어졌다. 목소리도 제대로 나오질 않았다. 나오는 거라고는 고통 어린 신음

소리뿐이었다. 짐승의 소리와도 같은 괴기스러운 소리였다.

엘레나는 바닥을 기어 다니며, 고통에 몸부림쳤다.

뜨거워. 뜨거워서 죽을 것만 같아. 온몸이 타오르는 느낌이야.

"비, 비…… 비……."

미칠 것만 같은 몸의 열기를 식혀줄 차가운 빗물이 필요했다. 한 번도 이렇게까지 비를 갈구한 적이 없었다. 하지만 물을 담고 있던 그릇이 깨져버려, 비를 내릴 수도 없는 상황이었다. 까딱하면 정신을 잃을 것 같은 고통에 엘레나는 입술을 꽉 깨물었다.

이게 아론을 구한 대가라면 견뎌낼 수밖에 없었다.

"……끄으윽!"

엘레나는 이를 앙다물고 주먹을 꽉 쥐었다. 자신의 고통으로 그가 무사할 수만 있다면 상관없었다.

언제부터 아론을 좋아하게 됐는지는 몰랐다. 마음을 깨닫고 난 뒤에는 이미 가슴 깊은 곳까지 그가 스며들어 있었다.

그를 좋아하는 감정을 외면하고자, 계속해서 계약에 의한 관계라고 되뇌었다. 그렇게 하지 않으면 그에 대한 감정이 가슴을 뚫고 나올 것만 같았기 때문이다.

그토록 숨기고 외면하려 했지만, 정작 그가 위험에 처하자 숨길 수가 없었다. 모든 걸 걸고서 지키고 싶었다.

설령 그게 제 목숨이라도……

"공, 공녀님! 페이트 영애가 이상합니다."

"뭐야? 왜 이러는 거야."

흐릿한 시선 사이로 스크린이 보였다. 적어도 피가 보이지는 않았다. 그는 정말 살아 있었다.

"일단 붙잡아! 상황이 이렇게 됐으니, 인질로라도 이용해야 해!"

"네!"

엘레나는 강제로 몸이 들어 올려지는 상황에 반항하고 싶었으나 그럴 수가 없었다. 손끝에도 힘이 들어가지 않는 상황이었다. 겨우 정신을 잃지 않고 있는 게 최선이었다.

"아버지는! 아버지를 데려와!"

"공작께서는 이미……."

"확실히 아무리 황태자라고 해도 몬스터 떼를 이기지 못한다고 했었잖아!"

스크린이 보이지 않아 정확한 건 알 수 없었지만, 상황이 유리하게 돌아가고 있는 것 같았다. 엘레나는 고통 속에 몸부림치면서도 입꼬리를 끌어올렸다.

"하아…… 하, 지금이라도 포기해."

"안톤이……! 안톤이 위험해요!"

칼리드가 위험하다는 힐다의 말이 끝나기도 전에 자신을 붙잡고 있던 힐다의 손길이 떨어졌다. 칼리드가 있는 곳으로 순간이동을 한 거였다.

"허억……!"

엘레나는 다시 바닥을 나뒹굴었다. 거친 숨을 몰아쉬며, 어떻게든 몸을 일으키려고 노력했지만, 도무지 힘이 들어가지 않았다.

"싫어, 안 돼!"

"하, 아……."

힐다가 이곳을 떠나면서 문제가 생겼다. 힐다의 힘으로 단상 위로 올라오지 못했던 몬스터들이 단상 위로 올라오고 있었다. 고통으로 흐릿해진 시야에도 몬스터들이 바로 앞까지 다가오는 것이 보였다.

엘레나는 이대로 죽는구나 하는 생각에 눈을 질끈 감았다. 그를 구할 수 있었으니, 적어도 후회는 없었다.

다시 돌아가지 못한다고 해도 좋았다.

"……레나, 엘레나!"

좋아하는 사람을 구할 수 있어서 다행이었다.

쪽, 볼을 스쳐 지나가는 부드럽고 말랑한 입술에 아론은 입꼬리가 올라가는 걸 막을 수 없었다. 부끄러운지 귓가까지 빨개진 채로 두 손에 얼굴을 묻고 있는 그녀의 모습에 가슴이 간질거렸다. 이곳이 어디인지도 잊어버리고, 그대로 엘레나의 얼굴을 들어 올려 저만 보게 하고 싶은 충동이 들었다.

"……."

"꼭, 제일 큰 몬스터를 잡아 오지."

하지만 만약 그렇게 한다면, 부끄러움이 많은 엘레나는 숨어버리고 말 것이라는 걸 알았다.

숨기만 하면 다행이었다. 저를 원망의 눈길로 바라볼지도 몰랐다. 아론은 차마 그녀에게만은 그런 눈빛을 받고 싶지 않았다. 아쉬움이 뚝뚝 묻어나오는 아론의 눈빛이 한참을 엘레나에게 머물렀다.

"어떻게 저희 누님을 저렇게 만드신 겁니까?"

"질투는 추한 거네, 처남."

엘레나가 고개를 묻고 얼굴을 들지 않아, 백작과 영식은 그대로 떠날 수밖에 없었다. 아론은 자꾸만 실실 웃음이 나올 것 같은 걸 참았다.

정말이지 엘레나 페이트는 귀여웠다. 지금도 사냥대회고 뭐고 전부 취소하고 싶은 마음이었다.

"가장 큰 몬스터는 제가 잡을 겁니다."

평소였더라면 클로비스가 저렇게 말하는 게 짜증이 났을 테지만, 클로비스가 신경도 쓰이지 않을 만큼 아론은 지금 매우 기분이 좋았다. 지금이라면 아무리 짜증이 나는 일이라도 그냥 넘길 수 있을 것만 같았다.

"겁나서 도망가지라도 않으면 다행이겠군."

"제가 전하보다 더 큰 걸 잡을 겁니다."

"썩 기대는 안 가지만, 한번 기대해보지."

그녀를 닮은 연한 초콜릿색의 눈동자가 호기롭게 피어오르는 모습에 아론은 내심 마음이 풀어져 버렸다. 백작을 닮은 금발 머리를 보면 아무런 감흥도 일지 않았지만, 엘레나와 같은 눈동자를 하고 있는 클로비스에게는 자연스레 경계가 풀어지곤 했다.

"아니면 겁을 내서 누님께 어리광을 피우는 것도 좋겠군요."

마지막까지 도발을 하는 클로비스의 모습에 아론의 표정이 구겨졌다. 역시 아무리 생각해도 백작을 쏙 빼닮아 정이 가질 않는 녀석이었다.

"가장 큰 몬스터를 잡을 거라고 호언장담한 게, 내 뒤를 졸졸 따라오는 거였나?"

"하필 제가 가는 길마다 전하께서 있으신 겁니다."

"그래, 그것참 희한하군그래."

아론은 눈에 불을 켜고 제 뒤를 쫓아오는 클로비스 때문에 피곤해졌다. 이 사냥대회는 스크린을 통해 안에 있는 막사에 전송되고 있었다. 혹시나 자신이 동생에게 함부로 대한다면, 엘레나는 상처를 받을 것이 분명했다.

그 때문에 그는 이러지도 저러지도 못하는 상황이었다. 진심을 대하자니 그녀가 걸렸고, 계속 내버려 두자니 심히 거슬렸다.

"아들로서 백작의 곁을 지켜야 하는 거 아닌가? 아무리 친아들이 아니라, 조카라고 해도 말이야."

"역시 전부 다 알고 계실 거라고 생각했습니다. 누님은 정확히는 알고 계시지 않으니 말하지 않는 게 좋으실 겁니다."

"그러더군. 어렴풋이 알고만 있던데, 왜 그런 거지?"

엘레나는 가끔 이해할 수가 없었다. 그녀의 기억은 드문드문 조각이 난 것같이 완벽하지 않았다. 본인은 들키지 않았다고 생각하고 있지만, 제 눈을 속일 순 없다.

"마법 때문입니다. 아버지가 누님께 걸어놓은 혼동 마법 때문이죠."

"백작이 그녀의 기억을 지웠나?"

아론은 백작이 엘레나의 기억을 지웠을지도 모른다는 생각에 저도 모르게 주먹에 힘이 들어갔다. 아직 이유도 듣지 않았지만, 그녀의 기억을 강제로 지웠다는 소리만으로도 심기가 뒤틀렸다.

"그러지 않으면, 누님은 무너져 내렸을 테니까요. 그땐 그것 말고는 선택지가 없었습니다."

"엘레나에겐 무슨 일이 있었던 거지?"

"그건……."

키에에엑……!

어느 순간 주변을 에워싼 엄청난 몬스터 떼들에 아론과 클로비스는 말을 멈춰야 했다. 아니, 멈출 수밖에 없었다. 지금 눈앞의 몬스터들은 사냥대회 때문에 풀어놓는 몬스터가 아니었다. 한눈에 보아도 쉽게 처리할 수 없는 고위급 몬스터들뿐이었다.

"키에에엑!"

아론은 흥분해서 날뛰는 몬스터들을 뒤로하고, 마법으로 이곳을 비추고 있을 허공을 바라봤다. 엘레나가 지금 이 상황을 보는 건 시간문제였다. 저 혼자라면 몰라도 클로비스까지 함정에 걸린 걸 그녀가 알면 충격을 받을지도 몰랐다.

"대체 이것들은……."

"아마 내 이복동생과 공작의 짓이겠지."

그녀가 가져다준 정보에는 적어도 오늘 반역을 시도할 준비가 되어있지 않았었다. 그렇다는 건 이건 급하게 계획된 일이라는 얘기였다. 모두에게 중계되는 사냥대회를 노리다니, 지극히 공작다운 계획이었다. 제 이복동생은 이런 계획을 세울 만큼 치밀하지 못했다. 제법 사람은 부리는 듯싶었으나, 그마저도 자기보다 약한 사람들에게만 해당하는 거였다.

공작이 무얼 원하는지는 대충 예상이 갔다.

"본인이 황좌에 오를 순 없으니, 허수아비를 이용한다…… 공작이 생각할 만한 일이야."

클로드 제국의 황실은 오직 보라색 눈동자를 가진 자만이 황좌에 오를 수 있었다. 아무리 공작이 애를 써도 절대로 황좌에 오를 수 없었다.

하지만 또 다른 보라색 눈동자의 주인공이 있다면 얘기가 달라졌다. 그것도 본인이 마음껏 주무르고 휘두를 수 있는 자라면 더더욱 환영이었을 거다.

"페이트 백작가의 일원이니 자기 몸 하나 정도는 건사할 수 있겠지?"

"그렇지만…… 너무 수가 많습니다."

"제일 큰 몬스터를 잡겠다던 열의는 어디로 가버린 거지? 그렇게 넋 놓고 있다가는 가장 큰 몬스터를 잡는 건 내 차지가 될 텐데."

제 말에 정신을 차리고 표정을 가다듬는 클로비스의 모습에 아론은 안심했다. 무려 치밀한 공작이 준비한 거였다. 한시도 방심할 수가 없었다. 이런 상황에서 완벽하게 클로비스를 지켜내는 것까지 확신하긴 어려웠다. 물론 동생이 다치면 슬퍼할 그녀를 생각해서라도 가만히 방관할 생각은 아니었지만, 털끝 하나라도 다치지 않게 열성적으로 지킬 생각은 없었다.

"전하는 어떻게 이런 상황에도 태연하신 거죠? 저희 쪽이 이런 상태라는 건……."

"황제 폐하도 그대의 아버지인 백작도 위험하겠지."

공작이 반역을 계획했다면 가장 먼저 할 일은 정당한 보라색의 주인들을 말살시키는 거였다. 더불어 언제나 호시탐탐 공작의 자리를 위협한 페이트 백작 또한 해당하였다. 공작의 성격으로는 위험요소들을 깔끔하게 해치울 것이 틀림없었다.

"다 알고 계시면서 어떻게 태연한 거죠?"

"폐하께서 얼마 사시지 못할 것은 이미 알고 있었다. 그러고 보니 제법 웃기겠군."

"뭐가 말씀입니까?"

페이트 백작가의 후계자가 괜히 된 게 아니라는 듯, 클로비스는 유연하게 몬스터들을 하나씩 죽여가고 있었다.

"자신이 사랑하는 여자와 낳은 아들이 본인을 죽이리라고는 생각하지도 못하셨겠지. 원래 그 모자는 탐욕이 하늘을 찔러, 사랑 따위 알지도 못하는 족속들이었는데 말이야."

그렇게나 사랑을 운운하던 아비와는 다르게 그 여자는 아버지를 진정으로 사랑하지 않았다. 아니, 사랑하기는 했다. 아버지가 아니라 아버지의 권력을……

"백작은 끈질기니 절대 죽지 않을 거다. 그러니 너도 엘레나가 눈물을 보이지 않게, 다쳐서는 안 될 거야."

하지만 아론은 말을 하면서도 혹시나 능글거리는 백작이 죽을까 봐 걱정되었다. 아버지란 존재에게 아무것도 남지 않은 자신과는 달리 그녀는 깊은 애정을 품고 있었다. 백작이 잘못된다면 그녀는 필시 눈물바다가 될 것이다.

"……성가시군."

엘레나의 눈에서 눈물이 나오지 않게 하려면, 그녀뿐만 아니라 백작과 클로비스도 지켜야만 했다. 그것도 아주 무사히. 엘레나가 상처받지 않고 편안히 있을 수 있게, 그녀가 소중히 여기는 것들은 저도 신경 쓸 수밖에 없었다.

"전하! 앞에!"

상념에 빠져 있느라 미처 다가오는 몬스터를 보지 못했다. 하지만 몬스터가 등장함과 동시에 방어 결계를 쳐놓아서 괜찮다는 말을 하려는 순간, 믿기지 않는 일들이 눈앞에 벌어졌다.

"괜찮……."

잔뜩 흥분해서 흉흉한 기세로 달려들던 몬스터들이 일제히 움직임을 멈췄다. 그들 스스로 움직임을 멈춘 건 아니었다. 무언가에 의해 강제로 움직임이 봉쇄당한 거였다.

"이게 뭐지?"

아론은 눈앞에 일어난 상황이 믿기지 않았다. 몬스터들은 전부 땅에서 솟아 나온 나무줄기에 꽁꽁 묶여 움직이지 못하고 있었다. 그뿐만 아니라, 나무줄기에 갇힌 몬스터들은 흥분을 가라앉히고 하나둘씩 사라져갔다.

"누님, 누님입니다!"

"엘레나라고?"

"이런 걸 할 수 있는 사람은 누님밖에 없습니다. 마법이 아니란

건, 전하도 느껴지지 않습니까!"

클로비스의 말대로 정말로 마법적 기운이 하나도 느껴지지 않았다. 느껴지는 거라곤 온몸이 상쾌해지는 자연의 느낌뿐이었다.

"그럼 이 일의 배후를 마저 처단하러 가야겠군."

엘레나 덕분에 꼼짝없이 발이 붙잡히려는 걸 벗어날 수 있었다. 적어도 막사는 결계가 쳐져 있다. 그곳까지 몬스터들이 들어갈 리가 없었다. 그러나 아론은 이상하게도 불안함이 들었다.

"클로비스 페이트."

"네, 전하."

"너는 막사로 돌아가 엘레나의 곁에 있어. 나는 일단 공작과 칼리드에게로 간다. 그곳에는 백작도 같이 있겠지."

클로비스의 힘으로는 공작을 이길 수 없었다. 백작이 죽게 되면 슬퍼할 그녀를 위해서라도 무조건 그를 구해내야 했다. 페이트 백작이라면 쓸데없는 충성심에 폐하 근처에 있을 게 뻔했다.

"알겠습니다."

이런 상황에는 망설임도 사치라는 것을 알았는지, 클로비스는 곧바로 막사로 떠났다. 아론은 그제야 불안감을 뒤로하고 공작에게 향했다. 한눈에 보아도 각종 마법으로 연기가 피어오르는 곳이 보였다.

겁도 없이 기어오른 칼리드와 공작을 얼른 죽이지 않으면 안 될 것 같았다. 감히 주제도 모르고 기어오르는 버러지들은 뒤끝이 없게 밟아 죽여야 했다.

무엇보다 아론은 더러운 손으로 그녀를 탐한 손부터 잘라내 버릴 생각이었다.

예상대로 아버지로 예상되는 시체는 형체를 알아볼 수 없을 정도로 훼손되어 있었다. 오로지 페이트 백작만이 그 앞을 지키고 서 있었다.

"폐하는…… 돌아가셨군."

자신의 아버지가 돌아가셨음에도 아무런 감정이 느껴지질 않았다. 이미 죽는다는 것을 알고 있어서 그런가.

"전하!"

언제나 능글거리기만 하던 백작이 저런 표정을 짓는 것은 처음이었다. 아론은 그 모습에 잠시 가만히 백작을 관찰했다. 역시 엘레나와 닮은 곳이라고는 하나도 없어서 그런지 아무 감흥도 일지 않았다.

"이래서 제가 버러지 같은 것들은 없애버려야 한다고 말씀드렸는데도요…… 가만히 내버려 두면 언제든 다시 기어오르니까 말이죠."

아론은 고인에게 예의를 표하며, 한때는 아버지였던 형체를 알 수 없는 시신에 말을 걸었다.

그래도 베로니카 공작이 칼리드와 손을 잡은 것은 의외였다. 그만큼 칼리드의 유혹을 떨쳐내기 어려웠다는 뜻이었겠지.

아론은 지금 눈앞의 광경에 아득한 과거의 기억이 떠올랐다.

당당히 여자의 손을 잡고 황궁에 걸어온 저와 같은 눈을 가진 아이.

"내가 왜 너를 내버려 두고 있었는지 아까도 말했었지 않나?"

진즉에 없애도 상관없을 녀석이었다.

그놈의 부정이 뭐라고 반대하는 황제 때문에 계획을 접었지만, 완전히 접은 것은 아니었다. 적어도 황제가 살아 있는 한 마지막 예의로 미뤄둔 거였다. 하지만 칼리드는 끊임없이 그의 인내심을 시험했다. 그래서 그토록 원하는 후작위를 받는 날, 칼리드를 죽이려 했었다.

그런데 그날, 운명처럼 그녀를 만났다. 이복동생의 여자라고 생각했던 그녀는 너무도 당당하게 제가 필요하다는 말을 해왔다. 자신이 칼리드에 의해 폐위당한다는 얼토당토않는 말을 하는 그녀를 무시해야 하는 게 맞았다.

머리로는 그녀를 지나치라고 말하고 있었지만, 저도 모르게 이끌리고 있었다. 알 수 없는 묘한 이끌림으로 시작된 관계였다. 그저 지루하던 찰나에 생긴 한순간의 유흥이라고 생각했다.

"내가 너를 죽이지 않은 게, 너를 죽이지 못해서가 아니야. 그녀가 원했기 때문에 가만히 있던 거다."

"전 언제나 여유 있는 형님이 싫었죠. 모든 걸 다 가진 자의 그 거만함!"

알 수 없는 이끌림은 점점 흥미가 되어갔다. 왜 엘레나가 그렇게 아등바등하는지 알고 싶어졌다. 항상 모든 걸 알고 있는 듯 미소 짓고 있다가도, 세상에 다신 없을 처절한 표정을 짓는 이유를 알고 싶었다.

그냥 그녀의 모든 것을 알고 싶고, 소유하고 싶은 소유욕이 들끓었다. 엘레나의 갈색 눈동자가 다른 이를 담으면 주체할 수 없을 정도로 불쾌감이 마구 피어올랐다.

"하지만 이제 그것도 곧 끝나실 겁니다. 제가 이 순간을 얼마나 기다려왔는지 형님은 생각도 못 하셨겠죠."

아론의 미간이 작게 찌푸려졌다. 더는 칼리드의 말을 듣고 있어 줄 여유가 없었다. 제가 칼리드를 진즉에 처리하지 않은 이유는 하나였다. 무슨 이유에서인지 엘레나는 칼리드에게 복수를 하고 싶어 했다.

그녀의 복수를 망치고 싶지 않았다. 그녀가 원하는 대로 곁에서 그녀를 도우면 될 거라고만 생각했었다.

"나 또한 이 순간을 얼마나 기다려왔는지, 너는 짐작도 못 했겠지."

하지만 그건 그녀가 왜 복수를 하려는지 이유를 몰랐을 때 해당했던 일이었다.

언제부터인가 이상한 꿈을 꿔왔다. 원래 꿈이란 걸 믿지 않아, 처음에는 대수롭지 않게 생각했었다. 그러나 꿈의 주인공이 그녀인 이상 얘기가 달라졌다. 꿈속의 그녀는 비참하고 처절하게 칼리드에게 애정을 갈구했다.

꿈속의 내용은 그녀가 제게 말해주었던 미래와 같았다. 꿈은 거짓말처럼 그녀가 말해준 대로 얘기가 흘러갔다. 정말로 칼리드는 엘레나를 이용해 황좌를 차지했다. 문제는 거기서부터였다. 칼리드는 그녀를 철저히 이용한 뒤에 버려버렸다. 마치 다 쓴 말을 버리는 것 같이, 한 치의 망설임도 없는 선택이었다.

"이런 상황에서 형님이 무얼 할 수 있다고 생각하십니까? 제게는 베로니카 공작과……."

"아, 뒤에서 목이 잘려 죽어가는 공작을 말하나?"

"고…… 공작 각하!"

황제가 되겠다 반역을 일으키더니, 공작에게는 절절매면서 각하라고 부르는 칼리드의 모습에 조소를 지었다. 아론은 목이 잘린 채로 피를 흘리고 있는 공작을 붙잡고 있는 칼리드를 한심하게 바라봤다.

고작 저런 인간 같지도 않은 인간에게 그녀가 당했다는 것을 생각하면, 머리에 피가 솟구치는 기분이었다. 공작에게 특별한 원한은 없었다. 공작은 그저 권력을 탐하는 한 마리의 개에 불과했다.

"혀, 형님…… 제발……."

그러나 지금 눈앞에서 목숨을 구걸하고 있는 칼리드는 달랐다. 엘레나에게 비참한 말로를 맞게 한 걸 생각하면, 지금 당장 죽이고 싶은 마음이 들었다. 꿈속이라는 걸 알면서도 황망한 표정으로 저를 물끄러미 바라보는 엘레나의 모습에 몇 번이나 그녀를 꽉 끌어안고 싶었다.

하지만 제 의지대로 그녀에게 다가갈 수가 없었다. 꿈속의 자신은 엘레나를 붙잡지 않았다. 그녀가 신경 쓰이면서도 애써 모른 척하며 외면했다. 그래야만 제가 혐오하는 아버지 같은 인간이 되지 않는다고 생각했기 때문이다. 그 결심도 고통에 그녀가 무너져내린 것을 알았을 때는 아무 소용이 없었다.

"너는 그 커다란 황궁에서 엘레나가 죽어가고 있는지도 몰랐지. 너의 그 알량한 욕심에 빠져서 아예 신경을 쓰지 않았으니까."

이름뿐인 황후궁에서 엘레나는 서서히 죽어갔다. 그래서 그녀를 그곳에서 빼내 주면, 모든 게 다시 돌아오고 해결될 거라고 생각했다. 그러나 그건 제 오판이었다. 엘레나는 그대로 계속해서 조금씩 본인을 좀먹었고, 종국에는 스스로를 해쳤다. 꿈속의 자신은 바보같게도 그녀가 사라지고 나서야, 이상한 감정의 이유를 깨달았다.

"감히 나도 소중해서 제대로 만지지도 못하는 그녀를 건드렸지."

그제야 알게 됐다. 이유를 알 수 없는 끌림, 주체할 수 없이 요동치는 감정. 자신은 그녀를 사랑하고 있었다.

어째서 그녀가 일어나지도 않을 미래를 기억하는지, 그 미래를 제가 알게 되었는지는 중요하지 않았다. 이번에는 무슨 일이 있어도 허망하게 그녀를 놓치지 않을 거다.

"안톤!"

"끄으으윽……."

더러운 손으로 그녀를 붙잡은 손. 바라보기만 해도 소중한 그녀를 탐한 눈. 마지막으로 세 치 혀로 그녀를 농락한 혀까지 뽑아버리고 싶었지만, 모든 복수는 엘레나가 원하는 대로 이뤄져야 했다.

적어도 목숨은 살려놔야 한다는 말이었다.

"하지만 손 한 개쯤은 없어져도 상관없잖아?"

아론은 잘린 손목 사이로 피가 철철 흘러나오는 칼리드를 멍하니 바라봤다. 고통스러운 신음을 흘리는 모습이 지극히도 불쾌감을 일으켰다. 신음마저 짜증이 났다.

"반역은 아무런 문제도 되지 않아. 문제는 그녀를 건드린 거다."

"안톤!"

손목이 잘린 칼리드를 안고 소리치는 익숙한 모습에 아론의 표정이 한없이 구겨 들었다. 엘레나를 괴롭게 하던 또 다른 존재.

"왜 이제야 오나 싶었군."

저 여자에게 엘레나가 얼마나 수없이 죽을 위기에 처했던 것을 생각하면, 감당할 수 없는 분노가 온몸을 맴돌았다.

"록사나……."

"이제 괜찮아. 걱정하지 않아도 돼."

"대단한 자신감이군. 설마 나를 이길 거라고 생각하나?"

넘치는 자신감이 이해될 만큼 제법 괜찮은 마법사였지만, 제 능력에 비하기에는 부족한 실력이었다. 아론은 마지막 공격을 하기 위해 둘을 향해 손을 뻗었다. 만약 마지막 말을 듣지 않았더라면, 그대로 둘에게 마법이 쏘아졌을 거였다.

"소중한 약혼녀가 몬스터에게 죽는 걸 원하면 저를 상대하셔도 좋습니다."

엘레나가 위험하다는 사실을 알게 되는 순간, 온몸의 피가 다 차갑게 식는 느낌이었다. 그녀를 잃을지도 모른다는 두려움에 심장이 둥둥- 거대한 북소리를 울렸다. 심장이 달음박질치고, 입이 바짝바짝 마르는 느낌. 이미 한번 느껴본 적 있는 익숙한 공포였다.

"엘레나!"

힐다의 말대로 막사 안은 아수라장이었다. 결계 마법이 풀려, 몬스터들이 막사 안을 뒤덮었고 온갖 혈흔과 희생자들이 있었다. 남은 사람들은 혼비백산해서 도망치려 노력 중이었다. 아론은 이 피가 혹여 그녀의 피일까 덜컥 겁이 났다.

"엘레나, 엘레나!"

아론은 아수라장 가운데 단상 위에서 몸을 웅크리고 바닥에 쓰려져 있는 그녀를 발견했다. 고통스러운 듯이, 간헐적으로 몸을 떨고 있는 엘레나의 모습에 숨이 멎는 것만 같았다.

"엘레나 정신 차려!"

"아…… 아론?"

외관적으로는 어디 다친 곳이 없어 보였지만, 엘레나의 상태가 이상했다. 잘게 떨리는 몸과 초점이 흐릿한 눈동자. 누가 보아도 정상적인 상태의 반응이 아니었다.

"살아있었네요…… 나는 당신이 다치는 게 싫어……."

언제나 작고 따뜻했던 그녀의 손은 차갑게 식어 떨리고 있었다. 아론은 자신의 볼에 와닿는 차가운 감촉이 믿기지 않았다.

"어디, 어디라도 다친 건가?"

"아뇨…… 아니에요."

고개를 흔들 힘도 없었던 것인지, 작게 미소 짓는 그녀의 모습은 사라질 듯 희미했다. 금방이라도 사라져버릴 것 같은 웃음에 아론은 엘레나의 손을 세게 움켜쥐었다. 또 이렇게 허망하게 그녀를 잃을 순 없었다.

"……엘레나, 제발."

자신도 무엇을 말하는지 모르지만, 아론은 쉴 새 없이 그녀의 손을 붙잡고 애원했다. 이대로라면 꿈속에처럼 그녀를 잃어버릴 것 같았다. 꿈속의 엘레나도 이랬었다. 마지막에는 사라져버릴 것 같은 미소를 짓고 있었다.

"제발, 제발…… 날 떠나지 마."

"……."

"내겐 그대가 필요해."

그대가 필요하다며 쉼 없이 읊조리는 아론의 목소리가 아득해져만 갔다. 온몸이 타오르는 것 같은 열기에 시야도 흐릿했지만, 그의 보라색 눈동자만은 또렷하게 보였다.

엘레나는 신기하게 그가 제 몸을 안아 들자 고통이 줄어들어 드는 걸 느꼈다.

하지만 여전히 정신은 몽롱하고, 고통에 몸부림치고 있었다. 엘레나는 고통이 완전히 해소되기 위해서는 어떻게 해야 하는지 알고 있었다.

이 열기를 식혀줄 비가 필요했다. 타는 것 같은 고통과 갈증을 없애줄 빗물이 절실했다. 마치 제국의 모든 가뭄의 고통을 자신이 짊어진 느낌이었다.

"바, 밖으로……."

이 답답한 막사 안이 아닌, 밖으로 나가고 싶었다. 푸릇푸릇한 풀과 땅이 느껴지는 곳으로 가야 했다. 고통에 젖은 비명이 귀를 울려 멍한 감각이 이어졌다. 이건 몬스터에 쫓기는 사람들의 비명이 아니었다.

그보다 더 근원적인 비명.

고아원의 고목나무에서 느꼈었던 소리와 같았다.

"허억……!"

"엘레나, 괜찮나?"

막사 안을 빠져나오자 비명과 고통은 더욱 커졌다. 엘레나는 고통스러운 숨을 들이쉬며, 온몸을 부들부들 떨었다. 그런 제 반응에 아론이 안절부절못하는 게 느껴졌다.

"헉, 허억……."

엘레나는 한꺼번에 몰려오는 고통에 숨을 몰아쉬며, 가슴께를 붙잡았다. 숨을 쉬는 것마저 고통일 정도로 괴로웠다. 만약 그가 옆에 없었더라면 더한 고통이 이어졌을 거라는 것도 알고 있었다. 이유는 설명할 수 없었지만, 아론이 있어서 버틸 수 있는 거였다.

"비, 비를……."

얼른 비를 내려야만 했다. 깨진 그릇 조각을 이어붙여서라도…… 이 고통을 잠재우는 법은 그 방법밖엔 없었다. 엘레나는 이제야 왜 자신이 이곳에 오게 됐는지, 왜 그녀의 몸에 들어오게 됐는지 깨달았다.

자신은 그녀 대신 희생하기 위해서 선택된 거였다.

"……아, 론."

아쉽다거나 원망스러운 건 하나도 없었다. 모든 게 원래대로 돌아가는 것뿐이었다. 다만, 한 가지 걸리는 게 있다면…… 자신이 그를 마음에 담았다는 거였다. 정신을 차리고 보니, 너무나 많이 스며

들어버리고 말았다.

"이제 그냥 때가 온 것뿐이에요."

자신의 몸이 아닌 이 몸에도. 자신의 남자가 아닌, 이 남자에게도. 지울 수 없는 진한 자국이 서로에게 깊게 배어 들어버렸다.

"안 돼, 안 돼…… 엘레나 제발."

이렇게 짧게 한정된 시간인지도 모르고, 쓸데없는 곳에 한눈을 팔아 그를 많이 보지 못한 것이 걸렸다.

"아론…… 고마워요."

엘레나는 얼굴 위로 후드득 떨어지는 빗물을 느끼며 눈을 감았다.

"……엘레나! 역시 너였어!"

멀리서 칼리드의 처절한 외침에 들렸지만, 이젠 더는 상관없는 일이었다.

결국, 마지막까지 그에게 좋아한다는 말을 전하지 못했다. 마지막 순간에 시야가 흐릿해져 보지 못했지만, 얼굴에 떨어지는 뜨거운 빗물이 비가 아니라 어쩌면 그의 눈물이었을지도 모른다는 생각이 들었다.

볼 위로 떨어진 게 그의 눈물일지도 모른다니, 아무리 마지막이라 해도 말도 안 되는 상상이었다. 아론이 눈물을 흘린다니…… 그래도 마지막 아론의 반응은 무척 의외였다. 그가 제게 떠나지 말아 달라고 애길 할 거라곤 예상하지 못했다.

우습게도 마지막 순간에 와서야 왜 제가 이곳에 왔는지 깨달았다. 원작을 읽으면서 안쓰러워했던 그녀를 대신해서 희생하는 거라니 후회는 없었지만, 어딘가 조금 허망한 기분이었다.

하지만 엘레나는 알 수 있었다. 자신은 다시 돌아가더라도 똑같은 선택을 할 거라는 것을.

'이제 나는 다시 돌아가는 걸까.'

다시 돌아가고 싶었다. 언제든 돌아갈 준비를 하고 있다고 생각했다. 그런데 왜 이렇게 미련이 드는지 알 수 없었다. 자신을 향한 다정한 보라색 눈동자를 떠나고 싶지가 않았다. 누구에게도 넘겨주기 싫었다.

그건 제 것이었다. 누군가 그 눈을 독점한다는 생각만으로도 속이 뒤틀려 모든 장기가 요동치는 느낌이었다.

애써 미련이 없는 척 굴었지만, 인정해야만 했다. 자신은 그의 곁을 떠나고 싶지 않았다.

'그를 떠나고 싶지 않아.'

하지만 그런 제 결심과는 다르게 몸은 계속 심연 속으로 가라앉고 있었다. 저항하고 싶어도 손가락 하나도 움직일 수 없는 상태였다. 온몸에 힘이라고는 하나도 들어가지 않아, 마치 흐물흐물한 연체동물이 된 느낌이었다.

이대로 돌아간다면 자신은 다시 고시생 한수진이 되는 거였다. 엘레나가 되어 한수진의 기억을 다 잃어버렸듯이, 한수진으로 돌아간다면 엘레나의 기억을 전부 잃을 수도 있었다. 그렇다는 건 아론에 대한 기억을 모두 잃어버린다는 뜻이었다.

"그건 싫어!"

이제까지 목소리가 나오지 않다가, 드디어 목소리가 나왔다!

"난…… 난 아직은 돌아가고 싶지 않아!"

언젠가는 떠나야 한다는 건 알고 있었다. 원래 제 자리가 아닌 자리였으니 당연한 일이었다. 머리로는 떠나야 한다고 말하고 있지만, 자꾸만 욕심이 들었다.

조금만 더, 그의 곁에 있고 싶어. 가능하다면 오래도록 영원히.

"엘레나 제발!"

이게 말도 안 되는 부탁이라는 걸 알았다. 이젠 그녀에게 몸을 아예 제게 달라고 억지를 부리고 있었다. 이기적이라고 비난해도 좋았다. 그런 걸 신경 쓰지 않을 만큼이나 저는 무척 간절했다.

"이기적이라고 해도 좋아. 하지만…… 나는 정말로……."

그를 사랑한다는 말을 하려다가, 갑자기 나타난 영상에 엘레나는 말을 멈췄다. 처음에는 제가 잃어버렸던 한수진의 기억이라고 생각했다. 하지만 눈앞에 펼쳐지고 있는 장면은 한수진의 기억이 아니었다.

이건 제 기억이 아니라, 엘레나의 기억이었다. 클로비스가 어떻게 백작가의 후계자가 되었는지, 클로비스가 누구의 아들이었는지 전부 나오고 있었다. 마치 자신이 이제까지 궁금해하고 의문을 품었던 것들을 보여주는 것 같았다.

"대체 왜 나한테 이런 걸……."

화면의 영상은 시간이 뒤죽박죽이었다. 화면 속의 엘레나는 어린 소녀의 모습을 하고 있다가도, 다 자란 숙녀의 모습을 하고 있기도 했다. 이제는 그녀가 태어난 날을 보여주고 있었다. 산욕에 지친 에블린이 갓 태어난 엘레나에게 뭐라 소리를 지르는 게 보였다. 방금 아이를 낳은 사람이라고는 생각할 수 없는 긴박하고 날쌘 움직임이었다.

'아…… 안 돼!'

아무것도 모르는 엘레나는 방이 떠나가라 울음을 터뜨렸고, 에블린은 그런 엘레나를 붙잡고 무언가를 하고 있었다. 알 수 없는 말을 중얼거리며, 혼신의 힘을 쏟는 에블린의 모습은 갓 아이를 출산한 산모의 행동이라기엔 이상했다.

그리고 거짓말처럼 에블린의 행동이 끝난 뒤에 엘레나는 울음을 그치고 잠들었고, 에블린은 그대로 의식을 잃고 쓰러졌다. 에블린의 출산 내내 쏟아지던 비는 어느새 그친 뒤였다.

공교롭게도 가뭄은 엘레나가 태어나는 날부터 시작되었다.

"이때부터였어. 이때부터 가뭄이 시작된 거야."

다시 어린 소녀가 된 엘레나는 클로비스의 손을 붙잡고 여기저기를 뛰어다니고 있었다. 그런 둘의 모습을 에블린과 클라우스가 뒤에서 흐뭇하게 바라보았다. 엘레나는 원래 제가 알고 있던 것처럼 페이트 가문의 분위기 메이커였다. 모두가 그녈 향해 미소 지었다.

사랑받는 것에 당연함을 느끼는 아이. 엘레나는 그런 아이로 성장했다. 그래서 한편으로는 고집이 센 면모도 있었다.

"안 돼, 그러지 마."

자신은 화면 속 엘레나를 말렸다. 마치 그녀가 무엇을 할지, 이미 알고 있는 사람 같았다.

"제발 그러지 마. 그러면 안 돼."

하지만 제 만류는 그녀에게 들리지 않았다. 엘레나는 여전히 삐쩍 마른 고목나무 위로 손을 가져갔다. 미처 말릴 틈도 없이, 일은 벌어지고야 말았다. 엘레나가 고목나무 위로 손을 가져다 대는 순간, 10년간 봉인해두었던 힘의 폭주가 시작됐다.

"아아…… 그만……!"

뒤는 굳이 보지 않아도 알 수 있었다. 폭주를 막기 위해서, 에블린이 희생하게 된다. 에블린의 희생으로 엘레나의 힘은 다시 봉인되었다.

그러나 문제는 에블린의 죽음이었다. 페이트 백작가의 중심이었던 에블린의 죽음은 모두에게 큰 충격으로 다가왔다.

특히 가장 충격에 빠진 건 어린 엘레나였다. 본인 때문에 에블린이 죽은 걸 알게 된 엘레나는 제정신이 아니었다.

이대로 가다가는 엘레나까지 잃을지도 모른다는 생각에 클라우스는 결단을 내리게 된다. 엘레나의 기억을 조작하는 거였다. 혹시 엘레나가 기억을 찾게 될까, 클라우스는 페이트 가문 모두에게 마법을 걸었다.

"그런데…… 부작용이 온 거였어. 에블린이 클로비스를 낳다가 죽은 거로 기억한 거야."

클라우스의 마법은 완벽하지 않았다. 애초에 인간의 기억을 마음대로 할 수 있다는 것부터가 어려운 일이었다. 엘레나는 기억이 뒤섞였고, 클로비스를 친동생으로 기억했다. 더불어 에블린의 죽음마저 스스로 조작해버렸다.

그런데 어째서 자신은 이런 것들을 다 알고 있는 건지 이해가 가질 않았다. 이건 책 속에도 나오지 않은 숨겨진 내용이었다. 한수진이라면 알아서는 안 될 것들…….

"이제야 알겠어?"

"엘레나……?"

엘레나는 갑자기 눈앞에 나타난 그녀의 모습에 놀라, 멍하니 그녀를 바라봤다. 몇 달 동안 익숙하게도 봐온 얼굴. 이제는 제 원래의 얼굴은 기억도 나지 않았다. 검은 머리와 검은 눈을 하고 있었다는 것밖에는 떠오르는 게 없었다. 그녀가 떠나지 않고 머물러 있다는 것쯤은 알고 있었다. 하지만 이렇게 직접 그녀와 대면하는 건 처음이었다.

"아직도 깨닫지 못했나 봐."

"뭘 깨닫지 못했다는 말이야?"

"나는 너야."

'나는 너야.'

엘레나는 말도 안 되는 그녀의 발언에 할 말을 잃었다. 혹시 제가 헛것이라도 보는가 싶어서 몇 번이나 눈을 비벼 보았지만, 여전히 그녀는 앞에 서 있었다.

"이제는 내가 헛것까지 보나 보네."

"헛것이 아니라는 거 알고 있잖아."

그녀의 표정은 오묘했다. 무어라 설명할 수 없을 정도로 오묘한 표정이었다. 어딘가 슬퍼 보이면서도 기뻐하는 듯한 표정은 시선을 끌었다. 이 얼굴로 살아간 지 얼마 되지 않았지만, 저런 표정을 지을 수 있을지 몰랐다. 그만큼 같은 얼굴을 하고 있었지만, 그녀와 저는 확연히 달랐다.

"한수진이 엘레나 페이트고, 엘레나 페이트가 한수진이야."

여전히 그녀는 허무맹랑한 이야기를 하고 있었다. 어쩌면 이건 제 망상일지도 몰랐다. 아론을 떠나고 싶지 않아 하는 제 열망이 만들어낸 망상.

"헛것도 망상도 아니야. 정확히 말하자면 한수진은 엘레나 페이트가 만들어낸 허구의 인물이지."

"허구의 인물?"

허구의 인물이라는 말에 엘레나는 살짝 인상을 찡그렸다. 아무리 망상이라지만 말이 심해도 너무 심했다.

"그렇게 끝까지 못 믿는단 말이지……."

"당연히 말이 안 되는……."

"자, 어때?"

"……."

엘레나는 가만히 입을 벌리고 아무 말도 하지 못했다. 제 앞에 있던 건 그녀가 아니라, 바로 거울이었다. 거울 속의 그녀는 씁쓸한 미소를 지은 채로 저를 바라보고 있었다.

"나는 너야. 나는 한수진이고, 엘레나 페이트기도 하지. 그건 너도 마찬가지야. 우리는 처음부터 하나였으니까."

처음부터 하나?

"왜 책 속에서 내 마지막이 무너져버렸다고 서술했는지 정말 모르겠어?"

"그릇이 깨져버려서…… 영혼의 그릇이 깨져버렸어. 지금의 나처럼."

힘을 담고 있던 영혼의 그릇이 깨져버리고, 자신은 이 알 수 없는 공간으로 흘러들어왔다. 그야말로 무너져버렸다는 말이 딱 들어맞는 표현이었다.

“정확히는 깨지진 않았어. 금이 갔을 뿐이지. 대신 충격으로 과거에 아버지가 걸어두었던 기억 마법이 깨졌어.”

“기억 마법?”

“그때 내가 할 수 있었던 마지막 선택은 그 마법을 이용해서 다시 한번 혼동을 주는 것밖에는 없었어.”

들으면 들을수록 점점 그녀의 말이 이해하기 어려웠다. 기억 마법이 깨졌다니, 혼동을 주었다느니 알 수 없는 말들에 머리가 아파져 왔다.

“영혼이 깨지기 직전에 기억을 지우고, 모든 걸 다시 시작했어. 하지만 그대로 다시 시작한다면…… 똑같은 결과가 나올지도 모른다는 생각을 했어. 그래서 나를, 우리를 둘로 나눈 거야.”

담담하게 기억을 지우고, 둘로 나누었다는 말을 아무렇지 않게 말하는 그녀가 이상했다. 이 거울에 이상한 마법이 걸린 게 분명했다.

“정신 차려. 정말로 네가 한수진이라고 생각해? 한수진으로서의 기억이 있긴 해?”

“그건……!”

“한 번에 이해할 수 없는 거라는 거 알고 있어. 마법을 건 나조차도 아직도 이해할 수 없으니까. 이건 내게 걸린 어머니와 아버지의 힘을 이용한 거야. 마지막 순간에 그들의 힘이 발동해서 우리에게 한 번 더 기회를 준 거고."

어머니와 아버지의 힘.

엘레나는 그녀가 무엇을 얘기하는지 알았다. 에블린이 목숨을 내어가면서까지, 봉인했던 그것.

"이미 알고 있겠지만, 우리에게는 자연을 관장하는 힘이 있어. 그건 모계를 통해서만 이어지는 힘이야. 우리가 있어야만 제국의 자연이 제대로 돌아가. 태어남과 동시에 자연스럽게 자연을 조종하게 되지."

"……."

"하지만 문제가 생겼어. 우리는 너무나 강하게 태어난 거야. 아직 성장하지 않은 신체로는 감당할 수 없는 힘을 타고 태어나버린 거지. 그래서 억지로 어머니가 힘을 봉인할 수밖에 없었어. 당연히 우리가 힘을 봉인당하니, 제국에는 가뭄이 시작된 거야."

엘레나는 아까 보았던 영상에서도 에블린이 힘을 봉인해버리자, 쏟아지던 비가 그쳤던 걸 기억했다.

"그릇에 금이 가면서 아버지가 걸었던 기억 마법도 깨졌지만, 어머니가 걸어두었던 봉인도 깨져버렸어. 그 두 개의 힘을 이용해서 나는 기회를 다시 얻을 수 있었어. 그런데 생각보다 시간을 되돌린다는 건 어려웠어."

"……새로운 시간을 만든 거야."

"맞아. 시간을 되돌릴 수 없다면, 새로운 시간을 만들기로 했어.

그 덕분에 우리는 둘로 나뉘게 된 거야. 괴롭고 아픈 기억은 모두 내가 가지기로 했지만…… 너에게 경고를 해주고 싶었어."

그래서 책을 만든 거였다. 제게 경고를 해주기 위해서…….

"한수진이라는 허구의 인물을 만들어서, 책을 통해 칼리드에 대한 반감을 심어주려 했어. 내 계획은 성공했지만…… 가뜩이나 불안정했던 신체가 둘로 나뉘니, 내 기억은 점점 네게 흘러 들어갔어."

"둘로 나뉜 신체는 약할 수밖에…… 그럼 나는, 아니 우리의 영혼은 깨져버린 거야?"

엘레나는 마지막 순간에 완전히 산산이 조각 나버린 그릇을 기억했다.

"어떨 거라고 생각해?"

"엘레나! 이건 장난하는 게 아니야."

"그렇게 흥분하지 마. 우리의 그릇은 아직 깨지지 않았으니까."

그릇이 깨지지 않았다는 그녀의 말에 안심하면서도, 분명 제가 그릇이 깨진 것을 확인했었다. 그 고통은 거짓이 아니었다.

"하지만…… 난 분명히 그릇이 깨진 걸 느꼈어."

"그건 우리의 힘을 억누르고 있던 어머니의 봉인이야. 봉인이 깨지면서 갑작스레 몰려드는 힘에 기절한 거고."

그러면 계속 비를 맞고 싶었던 게, 힘을 방출해서 고통을 없애려 했던 건가?

"또 다른 나에게 묻고 싶은 것이 있어."

엘레나는 제게 묻고 싶은 것이 있다는 그녀의 말에 고개를 들었다. 그녀는 뭔가를 망설이는 듯한 표정이었다.

"뭔데?"

"정말 그를…… 아론을 사랑해?"

"사랑해."

이건 너무도 쉬운 질문이었다. 이제야 알 수 있었다. 제가 그녀의 기억과 감정을 느끼듯이, 그녀도 제 기억과 감정을 느끼고 있었던 거였다.

"칼리드를 좋아할 때는, 텅 빈 공허함을 느꼈지만…… 그는 아니야. 그를 떠올릴 때마다, 가슴속이 꽉 들어차 견딜 수가 없어. 무언가 가득 차서 터져버릴까 봐 무서울 정도야."

지금도 그를 떠올리기만 해도 입가에는 미소가 지어졌다. 그리고 이 감정은 저뿐만 아니라, 그녀도 느끼고 있을 거다.

"무섭지 않아?"

"뭐가?"

"우리가 하나로 합쳐지고, 모든 기억을 알게 된다면…… 그를 사랑하지 않게 될 수도 있잖아."

아, 또 다른 자신은 겁을 내고 있는 거였다.

"우리는 처음부터 하나라고 말하지 않았어? 우리가 아론을 사랑하지 않을 리가 없어. 벌써부터 그를 사랑하지 않게 될까 봐 걱정하는 게 그 증거인걸."

"네가 또 다른 나여서, 정말 다행이야."

엘레나는 그녀의 말에 작게 웃음을 지으며, 저도 그렇다는 의미로 고개를 살짝 끄덕였다. 이제 더는 그를 만나지 못할 거라는 불안감은 느끼지 않아도 됐다.

어떻게 둘로 나뉘었든 자신과 그녀가 다시 하나로 합쳐졌는지는 알 수 없었다. 그냥 원래 하나였던 것처럼 자연스러웠다. 달라진 점이라고는 드문드문 끊겨 있던 기억들이 돌아온 것밖에는 없었다.

자신이 한수진이 아니라는 갑작스러운 말에도 크게 거부반응이 느껴지지 않았다. 물론 한 번에 이해할 수 없는 일들이었다. 하지만 저는 이미 그녀와 한 몸이라는 것을 알고 있었던 거였다.

이제야 어딘가 붕 뜬 것 같은 불안감이 느껴지지 않았다. 온전한 제가 된 것 같은 기분. 이전에는 아론의 곁에 있지 않는 한, 항상 불안하고 안정적이지 못했다. 그러나 지금은 달랐다. 작은 그릇에 담겨 불안정했던 힘도 사라졌다.

존재 자체만으로도 편안해지는 자연의 소리들이 들려왔다. 모두가 저의 귀환을 환영하고 있었다. 엘레나는 어서 눈을 뜨고 싶었다. 눈을 뜨면, 가장 먼저 그의 얼굴이 보였으면 좋겠다는 생각이 들었다.

"엘레나."

누군가 저를 부르는 간절한 목소리. 모르는 사람의 목소리라기에는 지나치게 애절하고 익숙했다. 모르려야 모를 수가 없었다. 제일 듣고 싶고, 보고 싶은 사람의 목소리였다. 빨리 눈을 떠서 저도 그 목소리에 대답을 하고 싶었지만, 생각보다 눈이 빨리 떠지지 않았다. 아직 하나로 합쳐진 힘에 몸은 적응 중이었다.

"……."

"엘레나 어서 일어나."

자신도 얼른 일어나고 싶었다. 하지만 아직 신체는 봉인이 풀린 힘에 익숙하지 않았다. 이렇게나 커다란 힘이 제 몸에 숨어 있으리라곤 예상하지 못했다. 정말이지 엄청난 힘이었다. 갑작스레 늘어난 힘은 육체를 피로하게 했다.

"……그대를 지켜주지 못해서 미안해."

엘레나는 자신을 지켜주지 못해서 미안하다고 말하는 아론의 말에 가슴 한구석이 아려왔다. 그의 목소리는 후회와 슬픔이 뚝뚝 묻어나왔다. 이건 아론의 잘못이 아니었다. 언젠가는 일어나야만 하는 일이었다.

"이제 그만 어서 내게 웃는 모습을 보여줘."

둘이 합쳐지게 되면, 아론을 사랑하지 않게 될지도 모른다는 그녀의 걱정은 쓸데없는 거였다. 지금도 그의 목소리를 듣기만 해도 심장이 마구 두근거렸다. 마치 주인을 찾은 듯 쿵쿵거리는 심장에 민망할 정도였다.

제 귓가에도 이렇게 크게 울리는데 아론이 듣지 못할 리가 없었다.

"엘레나?"

하필이면 지금 이 순간에 몸의 적응이 끝나버렸다. 엘레나는 최대한 아무것도 모른 척, 감고 있던 눈을 더 질끈 감았다. 이 커다랗게 들리는 심장 소리는 제가 내는 소리가 아니었다.

"……."

"영영 보지 않을 생각인가?"

엘레나는 결국 어쩔 수 없이, 질끈 감고 있던 한쪽 눈을 살며시 떴다. 간절함이 느껴지는 아론의 목소리에 눈을 뜨지 않을 수가 없었다. 부끄러움도 부끄러움이었지만, 그의 말을 외면하지 못했다.

부끄러움과 창피함으로 붉게 달아오른 얼굴로 아론을 마주 보았다. 그는 조금 수척해 보였지만, 여전히 잘생긴 얼굴이었다. 저를 바라보고 있는 보라색 눈동자가 너무도 다정해서 코가 시큰거릴 정도였다.

"겨우 눈을 떴군."

일어나면 가장 먼저 보고 싶었던 얼굴이 아론이었다. 그의 얼굴을 봐야만 정말로 돌아왔다는 걸 느낄 것 같았기 때문이다.

"다녀, 왔어요……."

하지만 막상 마주 보는 그의 얼굴에 행복한 감정만이 들지 않았다. 그동안 제 마음을 부정해서 흘려보냈던 시간. 하마터면 이 사람을 다시는 보지 못했을지도 모른다는 불안감. 모든 것들이 뒤섞여서 울지도 웃지도 못하는 우스운 표정이 돼버렸다.

기절한 뒤에 바로 일어나서 목소리도 쩍쩍 갈라지고, 한없이 볼품없는 모습일 게 분명했지만 그런 건 아무 상관없었다.

"엘레……."

충동적이었다. 그땐 그렇게 해야 할 것 같았다. 엘레나는 손을 뻗어, 그의 목에 팔을 두르고 아론을 끌어당겼다. 그리고는 그의 입술 위에 자신의 입술을 가져다 댔다. 딱딱하게 굳어 있는 아론의 반응에 스치듯이 살며시 입을 떼어냈다.

"보고 싶었어요."

다시는 이 눈빛을 보지 못할까 봐 겁이 났었다. 그를 좋아하는 걸 잊어버리는 건 아닐까 두려웠었다.

"다시는 못 보는 줄 알았……."

다시 못 보는 줄 알았다는 말을 채끝 마치기도 전에 부딪혀오는 그의 입술에 엘레나의 말이 먹혀버렸다. 다급하고도 긴박한 입술은 금세 입을 벌리고, 안에 들어 있는 혀를 찾아냈다. 거칠지만 부드러운 그는 손쉽게 혀를 얽혀왔다.

엘레나는 처음으로 겪는 깊은 입맞춤에 당황해서 아론을 피하려 했지만, 그를 피해 도망칠 곳은 없었다.

점점 더 진득해지는 키스에 엘레나는 머리가 빙글빙글 도는 것 같았다. 갈수록 짙어지는 입맞춤은 산소를 공급하지 못하게 했다.

엘레나는 지금 이게 숨이 막혀서 머리가 어지러운 것인지, 그게 아니면 그와의 키스 때문에 어지러운 것인지 분간이 가질 않았다.

아론의 목에 두르고 있던 팔은 어느새 그를 밀어내고 있었다.

"으, 응……!"

도망치지 못하도록 옭아매고 괴롭히는 것마저도 지극히 아론다운 키스였다. 강자의 포악함이 여실히 드러났다. 종이 한 장도 들어가지 않을 정도로 맞물린 입술은 젖은 소리가 가득했다. 엘레나는 키스라기보다는 잡아먹히고 있는 쪽에 가깝다는 생각이 들었다.

이건 제가 생각했던 첫 키스와는 많이 달랐다. 자신이 생각했던 첫 키스란 생각만 해도 가슴이 몽글몽글해지는 달콤한 거였다. 하지만 지금 저와 아론이 하고 있는 키스는 동물의 왕국이었다. 본능밖에는 남지 않은 짐승들이 절로 생각났다.

문제는 그게 그와 무척 어울려서 위화감이 하나도 느껴지지 않는다는 거였다.

"하아, 아……."

아쉬움이 가득 담긴 눈빛이 끈적하게 얼굴 위로 달라붙는 게 느껴졌다. 이제는 정말 참을 수가 없어서, 퍽퍽- 아론의 가슴을 밀어냈다. 그제야 겨우 떨어지는 입술에 엘레나는 참고 있었던 숨을 거칠게 몰아쉬었다. 아무래도 머리가 빙빙 돌았던 건, 산소가 부족해서 그런 게 틀림없었다. 이렇게 숨이 차본 적은 난생처음이었다.

원래 키스란 게 이토록 숨이 차는 행위였던가? 만약 그렇다면 앞으로는 키스를 자주 할 생각이 없었다. 키스를 할 때마다 생명의 위협을 느낄 것 같았다.

"엘레나……."

"그, 그만! 이 이상은 다가오지 마세요."

다시금 다가오려 하는 그의 행동에 엘레나는 뒷걸음질 치며 소리를 꽥 질렀다. 한 번만 더 이런 입맞춤을 당한다면, 다시 기절해 버릴지도 몰랐다. 이건 키스가 아니라 새로운 방법의 질식사에 가까웠다.

엘레나는 오래오래 살고 싶었다.

"안돼, 안돼…… 엘레나 제발."

"아론…… 고마워요."

떠나지 말아 달라는 애원에도 그녀는 제게 고맙다는 말을 남기고 눈을 감았다. 혈색이 사라진 얼굴, 힘없이 축 늘어진 몸과 다시 떠지지 않는 눈. 엘레나에게는 살아 있는 인간이라면 느껴져야 할 생기가 느껴지지 않았다.

그녀는 제 곁을 떠나버렸다.

"……."

꿈속에서 보았을 때처럼 엘레나의 몸은 차갑게 식어가고 있었다. 아론은 이대로라면 그녀가 흔적도 없이 사라질 것을 알았다. 그녀의 마지막은 무척 잔인했다. 그제야 마음을 깨달은 제 마음을 비웃듯이 흔적조차도 남기질 않았다.

"안 돼. 이번에는 그러지 못할 거야."

그녀와 저 사이에는 영혼을 건 깨뜨릴 수 없는 계약이 있었다. 이번에는 허망하게 엘레나를 잃을 일은 없었다. 그녀가 어디 있든지 자신은 알 수 있다. 계약을 파기하지 않는 이상은 서로의 영혼이 귀속되어 있는 상태였다.

"이번에도 그럴 순 없어."

아론은 제 손안에서 사라진 그녀를 기억했다. 마치 그곳에 존재한 적도 없었다는 듯, 엘레나는 흔적도 없이 증발해버렸다. 지금도 서서히 희미해져 가는 그녀의 몸이 그 증거였다.

"그대는 날 떠나지 못해."

"……엘레나! 역시 너였어!"

흐릿해져 가는 그녀를 붙잡고 있는 아론의 귀에 잊고 있었던 목소리가 들려왔다. 팔이 잘리고도 정신을 못 차리고 날뛰고 있는 칼리드의 모습에 절로 인상이 찌푸려졌다. 감히 주제도 모르고 엘레나의 이름을 부르면서 날뛰는 놈을 갈기갈기 찢어 흔적도 없이 죽여버리고 싶었다.

그녀가 느꼈던 고통만큼 아니 그녀가 느꼈던 것보다도 훨씬 더. 너무 고통스러워서 죽여달라 애원할 때까지 만들 수 있었다. 그래도 상관없는 놈이었다.

"전하, 어떻게 할까요?"

일이 이렇게 될 때까지 보이지 않다가, 이제야 나타난 부하들의 모습에 아론은 짜증이 일었다. 시끄럽게 날뛰는 칼리드도 짜증이 났지만 느려터진 부하들도 짜증이 나긴 매한가지였다.

"죽이지 말고 잡아들여. 처리는 내가 직접 할 거다."

하지만 모든 건 엘레나가 원하는 대로 처리해야 했다. 그녀가 원한다면, 지금 당장 죽여도 마땅한 놈이라도 살려둘 수 있었다. 아론은 여전히 불안정한 상태인 그녀를 소중히 안아 들었다. 어서 안전한 곳으로 엘레나를 옮겨야 했다.

그녀가 일어난다면, 무엇을 원하든 다 들어줄 것이다. 그게 만약 칼리드의 죽음이라면 자신은 망설임 없이 칼리드를 죽일 수 있었다. 그녀가 원하는 것이 무엇이든.

그러니 그때까지는 넘칠 것 같은 분노를 억누를 필요가 있었다.

엘레나가 원하는 것은 뭐든 들어주려 했지만, 이런 부탁을 들을 거라곤 생각하지 못했다. 그녀는 눈을 떠 달콤한 키스를 선사한 후

에 가장 잔인한 비수를 꽂았다.

“정식으로 말씀드릴게요. 전하와의 계약을 해지하고 싶어요.”

이런 소리를 듣자고 그녀가 일어난다면 무엇이든 들어준다고 결심한 게 아니었다. 딱 하나 절대 그것만큼은 들어줄 수 없는 것. 그 말을 지금 엘레나가 말하고 있었다.

“……왜지?”

쓰러진 엘레나를 바라보면서 일어나기만 한다면, 눈을 뜨기만 한다면 뭐든 이뤄주겠다고 계속해서 그녀에게 속삭였다. 제국을 원한다면 그녀의 발밑에 갖다 바칠 수도 있다고. 칼리드의 목을 원해도 문제없었다. 엘레나가 원하면 뭐든 문제가 되지 않았다. 그러나 계약을 해지하는 건 아니었다. 그것만큼은 들어주지 못 하는 일이었다. 애초에 제가 들어줄 수 있을 리가 없었다.

“저희 둘 다 동의를 한다면 해지할 수 있는 거 아닌가요? 분명 그때 제게 파기할 수 있다고 말씀하셨잖아요.”

방금까지는 세상에서 가장 달콤한 키스를 선사하고는 계약을 해지해달라 말하는 그녀는 잔인했다. 처음에는 이 계약으로 그녀를 붙잡을 수 있다는 게 기뻤다.

영혼을 걸고 한 계약.

그녀가 생각하기에는 끔찍할 수도 있을 것이다. 하지만 아론은 그녀를 떠나보지 않아도 된다는 것이 기뻤다.

더는 꿈속에서처럼 허무하게 엘레나를 잃지 않아도 됐다. 그녀가 일어날 거라는 생각에 그녀의 옆을 떠날 수 없었다. 눈을 감고 있는 모습만 봐도 좋았지만, 어서 눈을 떠서 저를 바라보는 걸 봐야 안심이 될 것 같았다. 그녀도 저를 좋아할지도 모른다는 그런 기대는 하지도 않았다. 그저 엘레나가 깨어난다면 그것으로 족했다.

"……정말로 계약을 파기하고 싶나?"

하지만 엘레나는 눈을 뜨자마자, 예쁘게 웃으면서 다녀왔다는 말을 제게 했다. 그 말만으로도 아론은 가슴이 벅차올랐었다. 그녀에게 자신이 돌아올 수 있는 사람이라는 것에 입안에는 지독한 갈증이 느껴졌다.

더욱 그녀를 갖고 싶었다. 그녀가 돌아와야 할 곳은 오직 자신의 옆으로만 만들고 싶었다. 그렇게 주체할 수 없는 소유욕에 정신을 차리지 못하고 있는데, 저를 끌어당기는 작은 손길이 느껴졌다. 믿을 수 없게도 입술 위로 엘레나의 부드러운 입술이 느껴졌다. 그 순간 아론은 정신을 잃어버리고 말았다.

"네."

정신을 잃고 눈앞의 입술을 미친 듯이 탐했다. 여린 그녀의 입술을 억지로 벌리고 뜨거운 숨을 삼켰다. 무언가에 자제력을 잃는 것은 태어나서 처음이었다. 무척이나 짧게 느껴졌던 키스가 끝나고, 아론은 엘레나가 자신을 좋아할지도 모른다는 희망을 품었다.

"더는 전하를 이용해서, 칼리드에게 복수하지 않아도 되니까요."

혹시나 했던 희망은 무참하게 깨져버리고 말았다. 아론은 처음으로 제 이복동생에게 부러움이 섞인 열등감이 들었다. 그는 그녀가 얼마나 칼리드를 사랑했는지, 얼마나 헌신했는지 전부 알고 있었다. 그리고 엘레나의 마음에 절대 자신이 들어갈 자리가 없다는 것 또한 너무나 잘 알고 있는 사실이었다.

"정확히는 전하를 이용해가며, 복수하고 싶지 않아요. 제가 그동안은 잠시 착각을 하고 있었던 거였어요. 저는 그렇게 하면…… 모두가 행복해질 거라고 생각했어요."

처음에는 그렇게 생각했다. 본인을 사랑하는 줄로만 아는 칼리드의 뒤통수를 치고, 칼리드의 어장에 벗어나 배신감을 느끼게 하는 것이 엘레나의 목표였다. 그토록 믿었던 사랑에 배신당하는 걸 보고 싶었다.

그러면서 칼리드가 원하는 것도 가지지 못하게 할 생각이었다.

만약 그렇게 한다면 모두에게 이득인 거라고. 하지만 완벽하다고 생각했던 계획은 그를 만나면서 바뀌었다. 과거의 상처에 연연하느라, 현재의 사랑을 보지 못했다. 심지어는 그 사랑을 이용하려 했다. 어리석게도 과거의 복수에 눈이 멀어, 제일 중요한 걸 놓치고 있었다.

"이젠 칼리드 때문에 전하가 필요하지 않아요. 그러니까 이런 계약 결혼은 하기 싫어요."

엘레나는 그의 눈치를 보며, 말을 이어나갔다. 아론의 표정은 전혀 속내를 알 수 없는 무표정이었다. 딱딱하게 그의 굳은 얼굴에 입으로는 말을 내뱉으면서도 조금씩 후회가 들었다. 이제야 제가 무얼 잘못하고 있었는지 깨달았다.

하지만 이미 많이 늦어버렸다면? 겨우 끌어 모아낸 용기였다. 엘레나는 떨리는 가슴에 주먹을 꽉 쥐었다. 심장이 미친것처럼 쿵쿵거려, 꼭 밖으로 튀어나올 것만 같았다. 겁이 난다고 여기서 물러날 수 없었다. 조금 전 그와의 키스에서 얻은 확신을 믿는 거였다.

"……좋아, 그대가 원한다면."

"네……"

계약을 해지하는 걸 수락하는 아론의 말에 엘레나는 어쩐지 조금 기분이 이상했다. 당연히 거쳐야 하는 절차라는 걸 알고 있음에도, 가슴 한구석이 콕콕거렸다. 그가 아무 표정도 없어서? 그게 아니면 바로 수락해서?

제가 느꼈던 확신이 아닌 것 같을지도 모른다는 생각에 엘레나의 표정이 하얗게 질려갔다. 괜한 도박에 아론을 잃을 수도 있었다. 그러나 이대로 그와 계약서를 쓰고, 계약서에 쓰여 있는 대로 결혼하고 싶지는 않았다. 그래서는 칼리드와 다를 게 없었다. 만약 그가 저를 좋아하지 않는다면…… 그를 포기해야만 하는 상황이 올 수도 있었다.

하지만 더는 대답 없는 일방적인 사랑은 싫었다. 대답 없는 상대에게 집착하고, 뒷모습을 바라보며 애원하고 싶지 않았다. 계약이 아닌, 거짓이 아닌. 깨뜨릴 수 없는 계약 같은 것으로 묶어놓는 것이 아니라, 깨질 수 없는 진짜 관계를 원했다.

"이제 이곳을 손을 올리면, 우리의 계약은 없었던 거로 되는 거야."

아론의 앞에는 처음 계약을 했었던 때와 같이 마법이 펼쳐져 있었다. 엘레나는 한번 숨을 크게 내쉬고는 그의 앞으로 손을 뻗었다. 손을 올리기 전에 마지막으로 그의 표정을 살폈다. 아론은 여전히 표정을 알 수 없는 무표정이었다. 이유 모를 불안감에 엘레나의 표정이 점점 굳어져 갔다. 관계가 변하기 위해서는 반드시 거쳐야만 하는 일이었지만, 아무렇지 않은 그의 표정을 보면 불안감을 떨칠 수가 없었다.

"알겠어요."

엘레나는 떨리는 마음을 뒤로하고, 마법 위로 손을 올렸다. 이젠 더는 되돌릴 수 없었다. 만약 자신의 착각으로 원하지 않는 결과가 일어나더라도, 그것 또한 어쩔 수 없는 일이었다.

계약이 풀리는 것은 금방이었다. 손을 올리고 무언가 노란빛이 나오더니, 마법으로 쓰인 계약서들이 순식간에 지워져 갔다.

"이제 그대는 자유야."

"정말 우리의 계약은 없었던 일로 되는 건가요?"

"그래."

계약을 할 때와는 다르게 계약의 해지는 빠르게 이뤄졌다. 이토록 빠르게 해지가 될 줄 몰랐다. 그만큼 자신과 아론의 관계도 쉽게 깨질 수 있는 관계였다는 얘기였다. 손만 올리게 되면 아무것도 아닌 게 되는 관계. 그녀는 그런 관계를 원하지 않았다.

"앞으로는 어떻게 하고 싶은지 마음대로 해도 좋아. 칼리드를 원한다면, 아무도 모르는 곳에 둘이 살 수 있도록 해 주지."

엘레나는 생뚱맞은 소리를 하는 아론의 말에 인상을 찌푸렸다. 왜 여기에 칼리드의 이름이 나오는지 이해할 수 없었다.

"지금 여기서 왜 칼리드의 얘기가 나와요? 칼리드는 반역을 일으켜서 처리당한 게 아니었어요?"

"아니, 아직 지하 감옥에 있다."

아직 칼리드가 살아서 감옥에 갇혀 있다는 아론의 말이 엘레나는 이해가 되지 않았다. 그렇게 아무 망설임 없이 베로니카 공작을 죽여놓고는 칼리드는 아직 죽이지 못했다니…… 설마 아무리 싫어도 혈연은 혈연이라는 건가?

"동생이라서…… 아직 내버려 둔 거예요?"

엘레나는 말을 하면서도 자신이 어이가 없었다. 피도 눈물도 없다고 소문이 난 아론이 칼리드가 이복동생이라서 죽이지 못했다니. 누가 들으면 말도 안 되는 얘기라고 비웃을지도 몰랐다. 하지만 그것 말고는 딱히 다른 이유가 생각나지 않았다. 그게 아니라면 아직도 칼리드가 멀쩡히 지하 감옥에 살아 있을 리가 없다.

"동생이라서라니……? 그게 무슨 소리지?"

"칼리드가 이복동생이라서, 처리하지 않고 내버려 두었냐고요."

아론은 제 말에 상상만 해도 불쾌하다는 듯이 얼굴을 찌푸렸다. 역시 칼리드가 동생이라서 내버려 둔 것은 아니었다. 그렇다면 왜? 왜 아직 그가 칼리드를 가만히 두었지?

"아직 그대가 복수하지 않았잖아."

"……네?"

"엘레나 그대가 원하는 걸 아직 말하지 않아서 살려두었어."

자신이 칼리드의 귀결을 말하지 않아서 살려뒀다는 그의 말에 엘레나는 바보같이 눈을 깜빡 거리만 했다. 더는 불안감을 느끼지 않아도 됐다. 정신을 차리고 나자, 입가에는 실실 미소가 나올 것만 같은 걸 꾹 참아냈다.

"그래서 지금 저한테 만약 제가 원한다면, 칼리드의 반역도 덮어 주고 둘이 살 수 있게 해 준다는 건가요?"

"그래, 그대가 원한다면 무엇이든."

철두철미한 아론의 성격에 칼리드를 용서하고 내보내 준다는 건 말이 안 되는 얘기였다. 지금도 싫어서 죽을 것 같다는 눈을 하고서는 고개를 끄덕이는 그의 모습에 엘레나는 결국 참지 못하고 미소를 지었다.

"그러니 원하는 게 있다면 나중에 말하도록. 나는 이만 돌아가지."

아론은 그 말을 끝으로 방을 떠나려 하고 있었다. 그의 뒷모습에 엘레나는 점점 웃음을 참을 수가 없어서 환하게 웃고 있었다.

"잠깐만요."

이제야 왜 아론이 무표정으로 있었는지 알 것 같았다. 생각할수록 귀여운 면모가 많은 남자였다.

이대로 놓칠 줄 알고?

"……그렇게나 빨리 말하고 싶나?"

"네, 엄청요. 빨리 말하고 싶어서 죽을 것 같거든요."

엘레나는 지금 이 남자가 무슨 생각을 하고 있는지 알 것 같았다. 대체 왜 말도 안 되는 오해를 아직도 하고 있는지 몰랐지만, 질투를 하는 모습도 이상하게 너무 좋았다. 당장이라도 저 무표정한 얼굴을 끌어당겨 뽀뽀를 퍼붓고 싶은 기분이었다.

"엘레나 당신이 뭘 원하든 그건 지금 말고 나중에……."

"저랑 결혼해줘요."

"뭐라고?"

"아니, 저랑 결혼해요."

항상 깨지지 않았던 그의 무표정이 일순간에 깨져버리고 말았다. 거침없이 흔들리는 보라색 눈동자가 그 증거였다. 엘레나는 자꾸만 실실 미소가 흐르는 걸 참을 수가 없었다. 정말이지 보면 볼수록 너무 귀여운 면모가 많았다.

"지금 나랑 장난하는 건가?"

"아뇨, 누가 프러포즈를 장난으로 해요? 저는 지금 하나도 장난이 아니란 말이에요."

"이게 장난이 아니면, 그럼 왜……!"

엘레나는 침대에서 일어나 그에게로 다가갔다. 제가 걸음을 옮길 때마다 미세하게 움찔거리는 아론의 모습에 쿡쿡 웃음이 나왔다.

"그럼 왜 계약을 파기했느냐고요?"

"……."

"저는 전하랑 계약 결혼은 하고 싶지 않거든요."

이제는 아예 제가 코앞까지 다가오자, 눈을 감아버리는 그의 반응에 엘레나는 미칠 것 같았다. 자신보다 두 배 정도는 커다란 몸. 쳐다만 보아도 겁에 질리는 살기가 느껴지는 날카로움. 그런 그가 왜 제 눈에는 이토록 귀여워 보이는지 알 수 없었다.

아마 이래서 제 눈에 안경이라는 말이 생겼는지도 몰랐다. 지금도 눈을 질끈 감은 그가 귀여워서 죽을 것 같았으니까.

"당신을 좋아하니까. 아론을 사랑하게 돼서 계약에 묶인 관계가 되고 싶지 않으니까요."

아, 드디어 눈을 떴다.

제 말이 끝나자마자 눈을 뜨는 그의 모습에 엘레나는 아무 말 없이 미소만 지었다. 어느 때보다 거칠게 일렁이고 있는 보라색 눈동자에 그가 많이 동요하고 있다는 걸 알 수 있었다. 언제나 무심하고 차가웠던 무표정도 깨져버린 지 오래였다.

갑자기 아론이 생글생글 웃거나 따뜻한 인상으로 변한 건 아니었다. 여전히 그는 날카로웠고, 서늘한 분위기를 풍겼다. 변한 건 아론이 아니라, 제 마음이었다. 그를 향한 마음을 깨닫고 나니 이상하게도 그가 하나도 무섭지 않았다. 무섭긴커녕 귀여워 보이는 게 문제였다. 터질 것만 같은 애정을 도무지 주체할 수가 없었다.

"저는 지금 계약에 묶인 결혼이 아니라, 진짜 결혼을 하자고 말하는 거예요."

"정말 나를 좋아하나……?"

이 남자가 평생 속고만 살았나? 좋아한다고 말해줘도 믿지 않는 아론의 태도에 엘레나는 속이 탔다.

"제가 왜 가짜로 말을 지어내겠어요? 지금도 엄청 용기 내서 말하고 있는 거라고요."

굳이 제가 거짓으로 그에게 고백할 이유가 없었다. 마음에 대한 의심에 엘레나의 얼굴이 살짝 찡그려졌다. 그렇다고 여기에서 물러날 엘레나가 아니었다.

"나랑 억지로 결혼하지 않아도 돼요. 다른 여자랑 결혼해도 상관없어요. 모두 아론의 선택이니까요."

물론 당연히 누구에게도 그를 빼앗길 생각은 전혀 없었다. 하지만 뻔히 아론의 마음을 알고 있는데도, 망설이기만 하는 그에게 초강수를 둬야만 했다. 저를 좋아하고 있는 게 눈에 보이면서 왜 망설이고 있는지 엘레나로서는 도통 알 수가 없었다.

"아니, 나는 그대가 아니면 절대 결혼할 생각이 없어."

"그래요? 그럼 왜 그러는 거예요?"

제가 아니면 결혼할 생각이 없다는 아론의 말에 엘레나의 입꼬리가 점점 위로 올라갔다. 만약 여기서 그가 다른 대답을 했다면, 두고두고 마음에 담아서 괴롭혀줄 생각이었다.

"그대는…… 내가 아니라, 칼리드를 좋아하는 게 아니었나?"

"네?"

엘레나는 상상도 못 한 아론의 대답에 그러면 안 된다는 것을 알고 있으면서도, 눈을 커다랗게 뜨고 입을 쩍 벌렸다. 아까부터 계속해서 나오는 칼리드의 이름에 여간 당황스러운 게 아니었다. 지금처럼 중요하디중요한 순간에 계속해서 초치는 발언이라니……

"또 칼리드예요? 제가 분명 칼리드를 좋아하지 않는다고 말했잖아요."

"하지만 그대는 칼리드 때문에 스스로 목숨까지 버릴 정도였지 않나."

"아론이 그걸 어떻게……"

이건 그냥 넘겨짚어서 말하는 게 아니었다. 아론은 진짜 무언가를 확실히 알고 있는 사람의 표정이었다. 하지만 그가 알고 있을 리가 없었다. 그건 모두 일어나지 않은 일이었다.

"꿈을 꿨어. 그대를 만나고 나서부터 매일매일 꿈을 꿨지."

"꿈?"

"처음에는 말도 안 되는 꿈이라고만 생각했지. 하지만 점점 갈수록 꿈에 동화되어가는 나를 발견했더군. 그 꿈속의 내용은 엘레나 당신이 간간이 말해주는 내용들과 모두 들어맞았어."

꿈을 꿨다는 아론의 말에 엘레나는 숨을 죽이고 집중했다. 저도 같은 과거의 기억이 담긴 꿈을 꾼 적 있었으니, 그의 말도 그냥 넘길 순 없었다.

"꿈속의 그대는 누구보다 칼리드를 사랑했어."

"……맞아요. 아론의 말대로 그랬던 적이 있었어요. 어리석게도 그게 사랑인 줄 착각했었죠. 그래서 더욱 매달렸어요. 하지만 지금은 아니에요."

한때는 칼리드의 사랑을 얻기 위해서 매달렸던 적이 있었다. 그 당시의 자신은 너무나 어렸고, 진짜 사랑이 무엇인지 구분하지 못했다. 그저 눈앞의 칼리드를 놓칠까 봐 안달이나 있었다. 저를 망가뜨려 가며 하는 사랑은 사랑이 아니었다. 그건 그냥 집착이었다. 처음으로 받은 친절에 대한 집착.

"친절이 사랑인 줄 알았어요. 그 친절을 잃고 싶지 않아서, 사랑이라고 세뇌할 수밖에 없었어요. 시간이 지날수록 사랑이 아니란 걸 깨달았지만…… 이미 되돌리기에는 너무 많이 와버렸어요. 그때는 사랑이라고 말하지 않으면, 제가 한 모든 행위가 용서받을 수 없었으니까요."

사랑이라는 이름하에 수많은 악행을 저질렀다. 칼리드의 사랑을 얻기 위해서, 죄 없는 자들을 없애는 것도 눈감았다. 모두 사랑, 사랑 때문이었다. 그런데 그게 사랑이 아니었다니…… 그걸 인정하게 된다면, 더는 돌아갈 곳이 없었다. 하지만 그마저도 아론을 보게 된 순간 인정하게 되었다.

"그렇게 후회로 얼룩진 날들 가운데 아론 당신을 보게 됐어요. 당신을 보는 순간, 내가 잘못된 선택을 했다는 걸 알았어요."

"엘레나."

어두운 황후궁에 나타난 그는 한 줄기의 빛이자 구원이었다. 그제야 얼마나 자신이 어리석은 선택을 했는지 깨달았다. 아론은 자신을 구해줬지만, 자신은 스스로 구하지 못했다. 잘못된 선택을 한 자신이 너무도 한심해서 그렇게 혼자 죽어갔다. 기억을 찾고서 모두 알게 됐다. 자신을 스스로 죽였던 이유는 칼리드가 아니었다. 모두 아론 때문이었다. 처음부터 다시 모든 걸 되돌리고 싶어서.

"저도 어떻게 이게 가능한 일인지 설명할 수 없어요. 하지만…… 확실한 건 전 아론을 좋아해요. 아니 사랑하고 있어요."

"엘레나, 괜찮아 힘들면 굳이 설명하려 하지 않아도 돼. 그렇게 말하지 않아도 나도 다 알고 있으니까."

저도 모르게 말을 하다 보니 눈물을 흘린 것 같았다. 그의 손가락이 눈물로 젖어 축축해져 있었다.

"좋아해요……."

눈물로 젖은 눈으로 좋아한다며 올려다보는 엘레나의 모습은 불가항력적이었다. 누구도 이 모습을 보고 거절할 수 없을 것이다. 아론은 그가 아닌 다른 누군가가 이 모습을 볼지도 모른다는 상상만으로도 기분이 불쾌해졌다. 이런 그녀의 모습은 오직 그만 볼 수 있는 거였다.

"……."

"아론?"

방금까지만 해도 엘레나가 자신을 좋아하지 않을지도 모른다는 생각만으로 고통스러워했으면서, 지금은 이런 그녀의 모습을 누군가 볼까 봐 싫어하는 자신이 우스웠다. 하지만 그런 저와는 다르게 엘레나는 무척이나 사랑스러웠다. 끓어오르는 욕망을 참지 못할 만큼.

"아, 읍!"

좀 전의 키스로 달아오른 붉은 입술에 입을 맞췄다. 부드럽고 달콤한 그녀의 입술은 마치 마약 같았다. 영원히 입술을 떼고 싶지 않을 정도로 중독적이었다. 엘레나가 숨을 못 쉬어서 벅차하지만 않았어도 조금 더 오래 입술을 떼지 않았을 거다.

"하아……"

"나는 그대만 있으면 돼."

아론은 숨이 차서 헐떡거리는 엘레나의 모습에 작게 웃으면서, 그녀의 손등 위로 길게 입술을 내리눌렀다.

"이제 정말 계약이 아니라, 진짜 관계가 되는 건데 그래도 좋아요?"

"상관없어."

"저한테만 유리하게 불공정 계약을 해도 상관없어요?"

"그래, 뭘 하든 좋아."

엘레나의 귀여운 투정에 아론은 결국 웃음을 참지 못했다. 불공정 계약뿐 아니라, 자신은 언제나 그녀에게는 약자가 될 준비가 되어 있었다. 원한다면 그를 손에 놓고 마음껏 주무를 수 있다는 걸, 그녀만 전혀 모르고 있었다.

"진짜 불공정 계약으로 나한테만 엄청 유리하게 할 거예요."

"상관없어. 다만 도망가거나 내 곁에서 벗어날 생각만 하지 마."

만약 도망간다면⋯⋯ 그땐 자신도 어떻게 할지 몰랐다. 이런 제 말이 장난인 줄 아는지, 콧잔등을 찡그리며 사랑스럽게 웃음을 터뜨리는 엘레나의 반응에 아론은 같이 웃어 보였다. 도망갈 생각도 들지 못하도록 만들면 되는 거였다.

"사랑해."

이마 위로 입술을 맞추며 나지막이 속삭이는 그의 말에 엘레나는 미소를 지으며, 아론의 허리를 양손으로 끌어안았다. 가슴속 깊이 충만해지는 기분. 드디어 비어 있던 한 조각이 들어차는 느낌이었다.

"저도 사랑해요."

영원히 이 시간이 계속되었으면⋯⋯.

"누님!"

"엘레나!"

하지만 행복한 시간은 초대받지 않은 두 불청객에 의해 오래가지 않았다.

하필이면 그 순간에 클로비스와 클라우스가 나타날 줄 몰랐다. 둘이 모든 걸 엿듣고 있는 줄 알았다면, 절대로 그 자리에서 얘기하지 않았을 거다.

"세상에 어떻게 이럴 수가……."

엘레나는 이러지도 저러지도 못하는 상황에 모호한 표정으로 클라우스와 클로비스를 바라보고 있었다.

"아버……."

"허락 못 한다!"

"저도 마찬가지입니다."

대뜸 허락하지 않겠다고 선전포고를 하는 클라우스의 말에 엘레나의 얼굴에는 물음표가 한가득 떠올랐다. 대체 무얼 허락하지 않겠다는 거지?

"백작. 저번에도 말했지만, 백작의 허락이 필요한 게 아니라고 말했을 텐데?"

“정말 제 허락이 필요하지 않으실까요?”

클라우스의 의기양양한 표정과 아론의 골치 아프다는 표정까지. 엘레나는 지금 상황이 어떻게 돌아가고 있는지 알 수가 없었다.

“모든 게 다 계약이었다니!”

“아버지, 그게…… 일부러 속인 건 아니었어요.”

“누님이 무슨 잘못이 있겠습니까. 모든 건 다 황태자 전하의 잘못이시겠죠.”

클로비스 그거 아니야.

전부 다 들었다면, 계약을 제안한 것도 저라는 걸 알 텐데도 클로비스의 콩깍지는 아직도 벗겨지지 않았다. 벗겨지기는커녕 오히려 더 두꺼워진 것 같은 기분이었다.

“드디어 누님이 모든 걸 기억해내셨군요.”

“클로비스…… 전부 알고 있었니?”

엘레나는 저도 모르고 있던 사실을 클로비스가 알고 있었다는 사실에 놀랐다. 클로비스가 알고 있었다면…… 클라우스도 이미 알고 있었다는 얘기였다.

“내가 네게 걸어두었던 마법의 부작용 때문에 기억에 혼동이 왔던 거겠지. 그동안 고생했단다.”

“이번에 쓰러지게 되면서, 아버지가 거셨던 마법이 사라지게 된 거죠?”

“어…… 맞아.”

아무래도 클라우스와 클로비스는 마법의 부작용이라고 생각하고 있는 것 같았다. 엘레나는 구태여 둘의 오해를 고쳐줄 생각은 하지 않았다. 오해를 바로잡기에는 너무나 복잡했기 때문이다. 그리고 완전히 틀린 얘기만은 아니었으니까.

"우리 순진한 엘레나를 잘도 꼬여내셨군요."

"아버지!"

누가 보면 아론이 저를 꼬셔서 강제로 계약을 하게 한 것 같은 말투였다. 클라우스의 애정은 알고 있었지만, 모든 걸 듣고서도 저렇게 듣고 싶은 대로만 듣는 것도 대단한 능력이었다. 누구든지 저와 아론의 대화를 듣고 저렇게 생각할 사람은 없었다.

"분명 그랬을 겁니다. 순진한 누님은 전하의 꼬임에 넘어가서……."

아니, 여기 두 명이나 있었다.

"클로비스, 아버지. 둘을 속이게 된 건 죄송해요. 하지만 정말 속이려던 건 아니었어요."

"엘레나, 괜찮단다."

"누님, 괜찮습니다."

틀렸다. 이미 둘은 제 말을 들을 생각도 안 하고 있었다. 엘레나는 이 상황에 속이 탔다. 왜 하필 둘이 그 얘기를 들어서는……

"백작. 백작이 오해한 거야."

"백작? 지금 백작이라고 하셨습니까?"

잔뜩 흥분한 표정으로 말을 비꼬는 클라우스의 모습에 엘레나는 고개를 절레절레 내저었다. 저런 모습의 클라우스는 자신이라도 막을 수 없었다.

"아…… 아뇨, 장인어른."

"누가 장인어른이랍니까? 저는 전하 같은 사위를 둔 적이 없습니다."

유치하고도 유치했다. 클라우스의 반응에 엘레나는 푹 한숨을 내쉬었다. 계약 결혼이었다는 걸 들키게 돼서 힘들어질 거란 예상을 했지만, 둘이 이 정도로 유치할 줄 몰랐다.

"저는 절대로 전하를 사위로 인정하지 않을 겁니다!"

인정하지 않긴 뭘 인정하지 않아. 이건 그냥 꼬투리를 잡은 거였다. 말 그대로 심술에 불과하다는 말이었다.

"아버지!"

"엘레나 너도 마찬가지다. 겁도 없이 전하와 계약을 해?"

"아버지……"

엘레나는 여느 때처럼 클라우스에게 화난 척을 하면, 금방 상황이 해결될 줄로만 알았다. 하지만 금방 풀릴 거라고 예상한 거와는 달리 클라우스는 정말로 화가 나 있었다. 물론 겁도 없이 아론과 계약을 한 것은 맞았다.

"너를 오냐오냐 키웠다만, 이런 일을 벌일 줄 몰랐다."

"아버지 그게……"

"페이트 백작."

"전하는 지금 빠져주시는 게 좋을 것 같습니다."

아론의 제지도 통하지 않았다. 장난인 줄로만 알았는데, 클라우스는 진심으로 화가 난 상태였다. 클라우스가 저를 얼마나 애지중지하며 키웠는지 알고 있었다. 그렇게나 사랑하는 에블린을 죽게 한 것과 다름없음에도 클라우스는 절 원망하거나 하지 않았다. 오히려 괴로워하는 자신 때문에 그 일을 없던 일로 묻기까지 했다.

그런 클라우스가 지금 처음으로 제게 화를 내고 있는 거였다.

"아버지…… 누님은 그런 의도가 아니었을 겁니다."

"클로비스, 네게 물은 것이 아니다."

엘레나는 싸늘한 클라우스의 목소리에 덜컥 겁이 나기 시작했다. 클로비스는 제게 아론의 냉정한 모습을 누구보다 잘 알고 있는 게 클라우스라고 했었다. 그런 아론에게 계약 결혼을 요구한 걸 클라우스가 알게 됐으니 쉽게 넘어갈 수 있는 일이 아니었다.

"백작, 그녀는 지금 내 약혼녀이기도 하네."

"그건 계약 결혼이 아닌 줄 알았을 때이지요. 일단은 엘레나가 깨어났으니, 영지로 데려가겠습니다."

어느새 클라우스에게 붙잡혀 아론과는 멀어져 버리고 말았다. 저를 애처로이 바라보고 있는 보라색 눈동자에 엘레나의 마음은 마구 흔들렸다. 지금 이 손을 놓고, 아론에게 간다면 클라우스는 무척 상처를 받을 것이다.

"아론…… 미안해요. 조금만 참아요. 알겠죠?"

잘생긴 아론의 얼굴과 애처로운 눈빛에 흔들린 것도 잠시, 클라우스의 뒤끝을 감당할 자신이 없었다. 엘레나는 마지막으로 그에게 얌전히 있으라는 의미로 살짝 웃어 보였다. 일단은 단단히 토라진 클라우스를 해결하는 게 급선무였다.

"하아……"

엘레나는 땅이 꺼져라 푹- 한숨을 크게 내쉬었다. 클라우스는 그렇게 저를 데려오고는 한마디의 말도 하지 않았다. 제게 외출금지령을 내린 것도 아니었다. 하지만 찔리는 것이 있는 사람이 먼저 납작 엎드리는 거였다. 그날 이후로 식사를 하는 것을 빼면, 엘레나는 방안에서 나가지 않고 있었다.

"누님."

"아, 클로비스."

"오늘도 방 안에만 계실 겁니까?"

벌써 방 안에만 콕 박혀 있는 것도 삼 일째였다. 이제 슬슬 아론이 보고 싶기는 했다. 아니, 사실은 첫날부터 아론이 보고 싶었다. 아직 칼리드의 일도 제대로 해결하지 않았는데…… 또 결혼하자는 말만 하고 다른 얘기는 전혀 하지 않은 상태였다.

지금 아론이 흐물흐물한 상태에 제게 유리하도록 각서라도 쓰게 해야 하는데…….

“모르겠어……”

“아버지께서는 따로 외출금지령을 내리시지 않으셨습니다.”

“그래…… 그렇지만 요즘 식사도 집무실에서만 하시잖아?”

클라우스는 마치 제게 항의를 하는 것처럼 식사도 집무실에서만 하고 있었다. 원래라면 저와 같이하는 식사 시간을 가장 좋아하는 클라우스였다. 그런 클라우스가 식사 시간조차 피하고 있다는 건, 제 얼굴도 보기 싫을 정도로 단단히 화가 난 상태라는 것이었다.

“확실히 그러시죠.”

“클로비스, 너는 좋아 보인다?”

“네. 누님이 당장 전하께 달려가지 않아서 좋습니다.”

정말이지 지나치게 솔직한 아이였다. 엘레나는 작게 한숨을 내쉬고는 찻잔을 내려놓았다. 이대로 시간을 허비할 수는 없었다. 클라우스가 저를 보지 않으려 한다면, 제가 찾아가면 되는 거였다.

“클로비스.”

“네.”

“너는 다 알고 있잖아. 어서 말해줘.”

엘레나는 왜 클로비스가 매시간 저를 확인하러 오는지 알고 있었다. 클라우스에게 자신의 상태를 보고하기 위해서였다. 처음에는 서운해하는 클라우스에게 맞춰주려고 참고 있었지만, 이제 더 이상 지체할 시간이 없었다. 삼일 정도면 자신도 할 만큼은 했다고 생각한다.

페이트 백작 성의 두 남자도 제가 돌봐야 했지만, 저 멀리 황궁에서도 자신을 기다리고 있는 사람이 있었다. 그리고 이제 더는 아론의 인내심이 바닥이 난 것 같기도 하고…… 분명 클라우스와는 계속해서 연락하고 있을 것이다.

"저는 무슨 말인지 모르겠는데요?"

"클로비스."

아무것도 모르는 얼굴로 미소를 지으며 넘어가려는 클로비스의 태도에 엘레나는 단호하게 클로비스의 이름을 불렀다. 거짓말을 할 때는 웃음을 짓는 건 클로비스의 오랜 버릇이었다.

"뭐가 궁금하신데요?"

"전부다. 아버지와 아론, 그리고 너까지."

"아버지는 시간을 끌고 계십니다. 누님을 순순히 보내고 싶어 하지 않으시거든요. 그 점에서는 저도 의견이 맞아, 아버지의 편에 서게 됐습니다."

당연히 그럴 거라고 생각했다. 클라우스와 클로비스는 자신에 관한 일이라면, 죽이 척척 맞는 부자지간이었다. 엘레나는 어쩐지 머리가 아픈 것 같아, 고개를 절레절레 내저었다.

"그리고 전하는…… 매일매일 협박성이 짙은 연락을 해오십니다."

엘레나는 아론이 협박성이 짙은 연락을 해온다는 말에 웃음을 터뜨렸다. 굳이 자세히 듣지 않아도, 눈앞에 상황이 훤히 그려졌다. 협박 편지를 보내는 아론과 그 편지를 무시하는 클라우스. 이러면 안 되는데 자꾸만 웃음이 나왔다.

"아버지는 꾸준히 무시하고 계시지만…… 조만간 전하께서 방문하실 것 같습니다."

"하하, 그래?"

너무 웃음이 나와서 눈물까지 날 정도였다. 클로비스의 질린다는 표정까지 웃기지 않은 게 하나도 없었다. 자신도 딱 삼일이 아론의 한계라고 생각했었다.

"아버지는 일부러 나를 피하시는 거지?"

"네, 시간마다 누님에 대한 보고를 하지 않으면 저도 피곤하다고요."

"그래, 알았어. 지금은 아무 보고도 하지 마."

유치하기까지 한 클라우스의 행동에 엘레나는 마저 웃음이 터져나왔다.

자신도 아론이 보고 싶어서 못 견디겠으니까.

"아가씨? 어디 가세요?"

"아버지한테. 집무실에 계시지?"

아니나 다를까 집무실 근처에는 소피아가 있었다. 아마 자신의 방문을 막으라는 지시를 받았을 거다.

"각하께서는 많이 바쁘셔서, 들어갈 수 없을 것 같습니다."

"흐음…… 그래?"

역시나 자신의 침입을 막는 소피아의 행동에 엘레나는 장난스럽게 입꼬리를 씩 올렸다. 명령을 내리면서도 절대로 제 몸에 손을 대지 말라고 말한 것 같았다. 그렇지 않고서야 저렇게 멀리 떨어져 있을 리가 없었다.

"미안, 소피아!"

엘레나는 망연자실한 표정으로 저를 보고 있는 소피아에게 미안하다는 말을 내뱉고, 몸을 날려 집무실의 문을 열어젖혔다.

"에, 엘레나."

"오랜만이에요, 아버지."

자신의 등장에 잔뜩 당황한 클라우스의 반응을 뒤로하고, 엘레나는 태연하게 소파 위에 착석했다. 언뜻 보아도 책상 위에는 황가의 인장이 찍힌 편지들이 한가득이었다.

완전 편지 폭탄이네.

"네가 어떻게……"

"하도 제 얼굴을 안 보시려는 것 같아서요."

"미안하지만, 보시다시피 나는 바쁘단다."

끝까지 피하려고만 하는 클라우스의 행동에 엘레나는 속으로 한숨을 내쉬었다. 딸을 보내고 싶어 하지 않는 클라우스의 마음도 이해했지만, 지금 저를 애타게 기다리고 있을 아론이 더 마음이 쓰였다.

"아론의 연락을 받느라요?"

엘레나의 말에 클라우스는 눈에 띄게 움찔거렸다. 누가 보아도 무언가 찔리는 것이 있는 사람의 반응이었다.

"……."

"숨기시려 해도 소용없어요. 이미 알고 왔으니까요."

"크흠……! 클로비스가 말했나 보구나."

사실 이런 얘기를 해줄 사람은 클로비스밖에는 없었지만, 엘레나는 클로비스를 보호하기 위해서라도 긍정도 부정도 하지 않았다. 제가 이런다고 클라우스가 클로비스를 의심하지 않을 리는 없었지만 말이다.

"언제까지 속이시려고 했어요?"

"……최대한 늦게. 이대로 너를 황태자 전하에게 보내고 싶지 않단다. 엘레나 내가 전에도 말했지만, 전하는 무척 잔인하고 냉혹하신 분이다."

클라우스의 진지한 말에 엘레나도 얼굴의 웃음을 지우고, 클라우스를 마주 보았다. 걱정이 한가득 서려 있는 얼굴. 클라우스는 불안한 거였다.

"아론이 잔인하고 냉혹한 건 누구보다도 잘 알고 있어요."

"아니, 엘레나 너는 모른다."

"설사 아론이 잔인하다고 해도 상관없어요. 저는 이미 그를 사랑해요."

아론이 얼마만큼 냉정해질 수 있는지는 다른 이보다 제가 더욱 잘 알고 있었다. 그리고 누구보다 냉정해질 수 있는 사람이 자신에게는 한없이 물러지는 것 또한 알고 있었다.

"왜 항상 너는 어려운 사랑만 하는 거니."

"죄송해요……."

어려운 사랑만 하냐는 클라우스의 말에 엘레나는 고개를 숙였다. 도저히 클라우스를 볼 낯이 없었다. 그전에는 칼리드와 결혼하고 싶다고 클라우스에게 매달렸던 적도 있었다. 아버지인 클라우스의 입장에서는 아론도 칼리드도 결코 환영할 만한 사윗감은 아니었다.

정말 클라우스의 말대로 어렵고 힘든 사랑만 하고 있는 거였다.

"진짜…… 전하와 결혼하고 싶으냐?"

"……네, 아버지."

제 말에 클라우스는 곤란하다는 듯이 침음을 내뱉으며, 관자놀이 부근을 꾹 누르고 있었다.

"어쩜 너는 에블린이 아니라, 나를 쏙 빼닮은 거냐."

"제가 아버지를요?"

"그래. 사랑에 불나방처럼 뛰어드는 것 말이야. 내가 어떻게 신원도 확실하지 않은 에블린과 결혼할 수 있었는지, 한 번도 생각해본 적 없니?"

그러고 보니 에블린은 천한 취급을 받는 붉은 머리에 귀족 집안의 여인이 아니었다. 그런 에블린이 백작가의 부인이 될 수 있었던 건, 클라우스의 사랑이 없었다면 일어날 수 없는 일이었다.

"내가 딱 네 나이였을 때쯤, 에블린을 만났다. 나는 그녀에게 푹 빠져서 정신을 차리질 못했어. 바로 지금의 너처럼 말이다."

이런 얘기는 처음 듣는 거였다. 물론 클라우스와 에블린은 항상 서로를 사랑했지만, 둘에게 고난이 있었을 거라곤 생각하지 못했다. 그만큼 에블린은 완벽한 백작 부인이었다.

"당연히 집안의 반대는 말할 것도 없었지. 하지만 나는 절대로 그녀를 포기하지 않았어. 내겐 가문보다 에블린이 소중했으니까."

"저는…… 몰랐어요."

"이미 내 동생도 집안의 반대에 집을 박차고 나간 상황이라, 부모님은 나를 받아들일 수밖에 없었지."

엘레나는 둘의 사랑에 반대가 있었다는 사실에 놀라 입을 다물지 못했다. 에블린과 클라우스의 사랑은 언제나 순탄했을 거라고만 생각했다.

"엘레나, 너도 그러겠지? 너는 나를 닮은 내 딸이니까 말이야."

클라우스의 말에 엘레나는 곰곰이 고민을 하다가, 이내 고개를 끄덕였다. 아무리 생각해보아도 아론을 포기할 순 없었다.

"언젠간 이런 날이 올 거라고 생각했지만…… 생각보다 많이 힘들구나."

"이건……?"

엘레나는 클라우스가 건넨 물건에 눈을 커다랗게 떴다. 클라우스가 건넨 것은 비상용 수정구슬이었다.

"비상용 수정구슬이다. 일반적인 수정구슬과는 다르게 그걸 깨뜨리면, 상대방이 있는 곳으로 갈 수 있지."

"아버지……"

이걸 깨뜨리면 아론에게 갈 수 있다는 말이었다. 엘레나는 일말의 망설임 없이, 수정구슬을 바닥에 던져 깨뜨렸다.

수정구슬을 바닥에 떨어트려 깨트리는 순간, 작은 유리 파편들이 생기면서 흐릿한 연기가 피어올랐다. 그리고 그 연기 사이로 꿈속에서도 그리워했던 너무나 그리운 얼굴이 보였다.

"아론……!"

엘레나는 아론의 얼굴이 보이자마자, 그에게 뛰어가 품에 안겼다. 이곳이 어디인지도 모르고 그저 반가움에 달려간 거였다. 그도 당연하다는 듯이 두 팔을 벌려서 자신을 꽉 안아주어, 마음껏 그의 품에서 얼굴을 비비며 행복을 만끽했었다.

"크, 흠!"

"흠!"

분명 저와 아론만 있는 줄 알았는데, 어디선가 들려오는 헛기침 소리들에 엘레나는 고개를 들었다. 그러자 언제 있었는지 모르는 귀족들이 주르륵 줄지어 앉아 있었다. 그 모습에 엘레나의 얼굴은 점점 하얗게 질려갔다.

"언제……?"

"저희는 원래부터 있었습니다."

원래부터 있었다는 말에 엘레나가 주변을 두리번거렸다. 집무실로 보이는 이곳은 회의실 같았다. 엘레나는 그제야 자신이 뭘 했는지 깨달았다. 하얗게 질려가던 얼굴은 어느새 잘 익은 홍시처럼 새빨갛게 익어버렸다.

"아…… 어, 음……."

이제 엘레나의 얼굴을 건드리면 톡 터져 흘러나올 것 같은 홍시가 되어버렸다.

"다들 일이 없나 보군. 안 바쁜가 봐?"

"아, 아닙니다! 그만 나가보겠습니다!"

누가 봐도 티가 나게 사람들을 내쫓는 아론과 그런 그의 축객령에 서둘러 빠져나가는 사람들의 모습에 엘레나는 창피함에 도무지 고개를 들 수가 없었다.

"……."

"엘레나."

정말이지 쥐구멍이 있다면, 숨어버리고 싶은 마음이었다.

"엘레나, 얼굴은 안 보여줄 건가?"

애원하듯 달콤한 목소리에 엘레나는 울상인 표정으로 고개를 들어 그를 마주 보았다. 정말이지 저런 목소리로 부탁하면, 들어주지 않을 수가 없잖아.

"이제야 보네."

"……."

이제야 본다는 아론의 다정한 음성에 엘레나는 부끄러움이 밀려와 아무 대답도 하지 못했다. 일단 그와 눈을 마주치는 것도 부끄러워서 미칠 것만 같았다. 언제 자신이 아론과 이런 분위기를 연출할 거라고 생각했겠는가.

"……보고 싶었어."

"저, 도요……."

하지만 보고 싶었다는 말에는 대답하지 않을 수가 없었다. 자신도 그가 너무나 보고 싶어서 미칠 것 같았으니까.

"조금만 더 늦게 왔으면, 강제로 데려오려고 했어."

조금만 늦게 왔으면 강제로 데려오려 했다는 아론의 말에 엘레나는 작게 웃음을 터뜨렸다. 흡사 어린아이가 투정을 부리는 것 같은 모양새였다.

결론은 무척 귀엽다는 거였다. 이렇게 커다란 남자가 귀엽다니, 자신의 콩깍지도 정말 대책 없는 것 같았다.

"빨리 데리러 오시지 그러셨어요. 그런데 이제 황제 폐하가 된 건가요?"

"엄연히는 맞지. 아직 즉위식은 치르지 않았지만."

"아, 맞다! 저 아론한테 질문할 게 있어요."

제가 일어나지 못했던 시간 동안, 또 페이트 백작가에 있는 동안 많은 것이 바뀌어 있었다. 황제는 사냥대회에서 일어난 베로니카 공작의 반역 때문에 사망한 거로 공표되었다. 하지만 공고 내용 중 어디에도 칼리드의 이름은 보이질 않았다. 그야말로 칼리드의 반역은 수면 밑으로 가라앉아 은폐되어버렸다.

"뭐가 궁금하지?"

"아이, 잠깐만요!"

엘레나는 자꾸만 머리카락을 쓰다듬고 괴롭히는 아론의 손길에 볼을 부풀리며, 손을 이리저리 내저었다. 이러면 진지한 얘기를 할 수가 없었다.

"칼리드는…… 왜 반역 얘기에 칼리드의 얘기는 빠져 있는 거죠? 힐다도 마찬가지예요."

반역의 주역이나 다름없었던 그 두 사람이 빠졌다니 말이 안 되는 일이었다. 이건 아론이 일부러 숨기지 않고서는 있을 수 없는 일이었다.

"클로드 제국의 국법상 반역은 어떤 죄에 처하게 되는지 알고 있나?"

"……사형."

"맞아. 그것도 별도의 재판이 이뤄지지도 않고, 단시간에 모두가 보는 앞에서 이뤄지지."

아론의 말대로라면 칼리드와 힐다는 이미 죽은 사람이어야만 했다. 그러나 칼리드와 힐다는 사형당하지 않았다.

"왜 칼리드와 힐다는 죗값을 치르지 않은 거죠?"

"아직 결정하지 않았으니까."

"네? 뭘 결정하지 않았다고요?"

"그대가 복수의 결말을 정하지 않았잖아."

자신이 아직 칼리드의 처우를 정하지 않아서, 반역죄를 숨겼다는 그의 말에 엘레나는 어이가 없어 입을 벌렸다.

겨우 그런 이유로 모두를 속여?

하도 기가 차서 말이 나오지 않을 지경이었다.

"겨우 그런 이유로 반역죄를 숨겨요? 이건 아무리 아론이라 해도 위험한 일이에요!"

"지금 나를 걱정해주는 건가?"

"아론!"

걱정해주는 거냐는 실없는 소리를 하는 그의 반응에 엘레나가 가슴팍을 팍팍 두드렸다. 위기감이라고는 하나도 없는 아론 때문에 속이 터져 답답했다.

"무엇이든 해줄 수 있어. 가장 잔인하고 고통스럽게 죽여 달라면 그럴게. 무엇을 원하든 내가 다 이뤄줄 거야. 어떤 복수를 해도 좋아. 하지만 손에 피를 묻히는 더러운 일만은 내가 대신할게."

아론은 눈 하나 깜빡하지 않고, 아무렇지 않게 잔인한 얘기를 했다. 그의 말이 이어질 때마다, 수줍은 표정이었던 엘레나의 표정은 점점 핏기가 없어졌다.

종국에는 몸을 살짝 떨기까지 할 정도였다.

"난…… 그런 걸 원하지 않아요."

생각만 해도 구토가 나올 것 같은 잔혹한 장면이었다. 칼리드에게 복수하고 싶었지만, 그가 고통스럽게 죽어가는 모습을 원하는 게 아니었다.

"엘레나?"

"피를 묻힐 필요도 없어요. 난 당신한테 나 대신 더러운 일을 해 달라고 말하지도 않았어요."

말하는 것만으로도 온몸에 소름이 오소소 돋는 기분이었다. 엘레나가 몸을 부르르 떨며, 아론에게 매달리듯이 그의 옷자락을 꽉 그러쥐었다. 그가 손에 피를 묻히고 있는 상상만으로도 너무 무서웠다.

"그러지 말아요."

"알겠어, 그대가 하지 말라면 하지 않을게. 그러니 이제 그만 울 것 같은 표정은 그만해. 응?"

"앞으로도 하지 말아요."

이제까지는 아론이 피도 눈물도 없이 잔인했을지라도 앞으로는 아니었다. 어쩌다 보니 황제 즉위가 빨라졌지만, 엘레나는 누구보다 그가 잘할 걸 알고 있었다.

"이제는 공포 정치도 안 돼요. 제국민들을 괴롭히던 가뭄도 끝났잖아요."

힘의 봉인이 풀리기 전에는 억지로 힘을 끌어내서 썼다면, 지금은 자연스레 힘을 방출할 수 있었다. 그제야 제 존재 자체가 자연을 유지하는 균형이라는 말이 이해가 갔다.

더 이상의 가뭄은 없었다. 모든 자연은 제자리로 돌아갔다.

"알았어."

"앞으로는 죽인다는 소리도 함부로 하면 안 돼요."

"그래, 잔소리하는 모습도 귀엽지만…… 오랜만에 만났는데 나한테 더 집중해주면 안 되나?"

엘레나는 아론의 낯간지러운 말에 금세 얼굴이 확 붉어졌다. 저런 말을 그가 할 수 있을 거라곤 생각하지 못했다. 정말로 저와 아론은 서로 사랑하는 보통의 평범한 연인이었다.

"아, 음…… 아, 아직은 안돼요! 아직 칼리드의 일을 해결하지 않았잖아요."

"정말이지 끝까지 짜증이 나는 놈이군."

"아론!"

끝까지 짜증 나는 놈이라고 말하는 그의 말에 엘레나는 짐짓 세모 눈을 뜨고 그에게 소리를 질렀다.

"꼭 여기까지 와야 하나?"

"저번에는 보여줄 것처럼 얘기하더니, 왜 그래요?"

지금 저와 아론은 칼리드와 힐다가 있는 지하 감옥으로 향하고 있는 중이었다. 물론 가는 내내 그는 마음에 들지 않는 걸 숨기지 않았다.

"그런 좋지 않은 곳에 그대를 데려가야 하는 게 싫어."

제법 순수한 면도 있는 아론의 모습에 엘레나는 입가의 미소를 감출 수 없었다. 알면 알수록 그가 너무 좋아지는 게 문제였다. 이대로라면 머지않아 그를 향한 감정이 넘쳐나서 흘러내릴지도 몰랐다.

"오래는 있지 않을 테니까 걱정하지 말아요. 저도 칼리드와 오래 얼굴을 마주 볼 생각은 없거든요."

"다행이야."

"뭐가요?"

갑자기 다행이라는 그의 말에 그렇게나 제가 지하 감옥에 가는 게 싫은 건가라는 생각이 들었다.

"그대가 칼리드를 좋아하는 게 아니라서."

"매번 좋아하지 않는다고 말했잖아요."

엘레나는 또 그 얘기인가 싶어서 작게 한숨을 내쉬었다. 자신이 칼리드를 좋아하면, 처음부터 아론에게 접근할 생각도 없었을 거다.

"알아, 하지만 아직도 믿기지 않아서."

믿기지 않는다면서 깍지를 껴서 잡고 있는 손을 들어 올려, 손등 위로 길게 입 맞추는 그의 행동에 엘레나의 얼굴은 다시 한번 빨갛게 익어버렸다.

그가 이렇게 애정표현에 거침이 없는 사람인지 몰랐다.

"이제는 좀 믿어줘요."

"응."

"난 칼리드의 어장에서 벗어나고 싶었어요. 다시는 그의 어장에 들어간, 한 마리의 물고기가 되고 싶지 않았죠."

이건 전혀 예정에 없던 얘기였다. 아론에게 이런 얘기까지 할 생각은 없었었다. 그런데 이상하게도 술술 말이 나왔다. 아마도 이 이상야릇한 분위기 때문인 것 같았다.

"물고기?"

"그래요, 물고기. 전 칼리드란 어장 속에 갇힌 물고기였어요. 그것도 수많은 물고기 중의 하나인 그저 그런 물고기요. 칼리드의 어장에는 저 말고도 다른 물고기들이 아주 많았거든요. 그 물고기 중 하나는 힐다였고요."

엘레나는 말을 하면 할수록, 과거의 기억에 울컥하는 자신을 발견했다. 그동안 얼마나 칼리드의 어장관리에 괴로워했었나. 이제야 드디어 완벽히 칼리드의 어장에서 벗어났다. 더는 어장 속에 갇혀, 언제 칼리드의 관심이 사라질까 전전긍긍하지 않아도 됐다.

무엇보다도 자신은 이제 진짜 사랑을 하고 있었다. 사랑을 말하면, 그보다 더 뜨거운 애정의 눈길로 바라봐주는 상대가 생겼다.

"엘레나, 그대가 말하는 물고기는……."

"그래요. 칼리드라는 어장 속에 갇힌 수많은 여자들이에요. 정말이지 어장관리를 하는 남자는 질색이에요!"

윽, 생각만 해도 너무 싫어. 엘레나는 생각만으로도 끔찍해서 몸을 부르르 떨었다. 드디어 벗어났지만, 너무도 괴로운 시간이었다.

"칼리드의 어장이 싫었던 거군."

"맞아요!"

싫어도 너무 싫었다. 이건 싫다는 말만으로 표현하기에는 부족할 정도였다. 만약 누가 제게 다시 그때로 돌아가라고 한다면, 있는 힘껏 힘을 다해 때려줄 자신이 있었다. 엘레나는 고개가 떨어질 정도로 열렬히 고개를 끄덕이며, 아론에게 답했다.

"그래서 날 선택한 거고."

"뭐…… 그땐 그랬죠……."

"상관없어. 이제 그대는 내 것이니까."

은연중에 질투와 함께 소유욕을 드러내는 아론의 행동에 엘레나가 웃으면서 그의 손을 꽉 맞잡았다. 그런 이유로 본인을 선택했다는 것에 많이 억울해하고 있는 것 같았다. 하지만 지금 생각해보면, 칼리드가 아니더라도 어떻게든 아론을 선택했을 것 같다는 생각이 들었다.

“꼭 그런 이유가 아니더라도, 저는…….”

“어장이 싫고 갑갑하다면, 엘레나만을 위한 호수를 만들어줄게. 내 호수에는 어떤 물고기도 살지 않아. 오직 그대밖에는 없어.”

이건 오직 엘레나만을 위한 고백이었다.

엘레나는 사랑한다는 말보다도 이상하게 자신만을 위한, 호수가 만들겠다는 그의 말에 더욱 설레고 가슴이 뛰었다. 오직 자신만을 위한 호수가 되어준다는 것보다 완벽하고 로맨틱한 고백은 없을 것 같았다.

“좋아요…… 저만을 위한 호수가 되어줘야 해요.”

“그래.”

지금 상태에서 아론과 눈을 마주치면, 볼썽사납게 울음이 왈칵 터질 것만 같았다. 엘레나는 울음이 나올 것 같은 얼굴을 숨기려고 그의 가슴팍에 고개를 묻었다. 눈물을 참느라 물기 어린 목소리로 웅얼대는 게 고작이었다.

“다른 여자라도 생기는 날에는 바로 탈출할 거예요.”

“그럴 일은 절대 없어.”

더는 보답받지 못하는 사랑에 눈물을 흘릴 일 없었다. 이젠 넘쳐나는 사랑에 행복의 눈물을 흘릴 일뿐이었다. 너무나 행복해서 지금 자신이 누구를 만나러 가고 있는지 잊어버릴 정도였다.

“화, 황제 폐하를 뵙습니다!”

군기가 바짝 든 감옥 통로를 지키고 있는 기사를 만나고 나서야,

칼리드를 만나러 지하 감옥에 가는 길이었다는 걸 깨달았다.

"안의 간수는?"

"모두 안에서 지키고 있습니다."

"모두 나오라고 해."

"네, 네? 알겠습니다!"

간수들을 모두 나오라고 하는 아론의 말에 경비병이 당황해서 되물었지만, 아론은 다시 한번 말을 번복하지 않았다. 당황한 것은 엘레나도 마찬가지였다. 간수들을 모두 나오라고 한다니……

아무리 감옥에 수감되어있다고 한들, 그 안에서 무슨 일이 벌어질 수도 있었다.

"아론……?"

엘레나는 대체 아론이 무슨 생각을 하는지 알 수 없었다. 대뜸 간수들을 모두 내보내고, 단둘이서만 지하 감옥에 들어가는 게 이상했다.

"보고 듣는 눈과 귀가 없는 게 좋잖아?"

"그게 무슨……."

"그 안에서 무슨 결정을 내려도, 아무 상관없다는 말이야."

어떤 결정을 내려도 상관없다는 말은 그곳에서 칼리드와 힐다가 증발해버려도 상관없다는 얘기였다.

"아론 저는 아까도 말했지만…… 칼리드를 죽일 생각은 없어요."

"알고 있어. 하지만 한 대 때리고 싶을 수도 있잖아? 곧 황후 전하가 되실 분이 그런 모습을 아무에게나 보여줄 순 없으니까."

"아론!"

제가 칼리드를 때린다니 말도 안 되는 얘길 하는 아론의 말에 엘레나는 그를 나무랐다. 누가 들으면 절대 장난으로 여길 수 없는 모습을 하고서, 제게 장난을 치는 아론은 색다르면서도 좋았다.

"누구의 눈치도 보지 말고 하고 싶은 대로 다 해도 된다는 소리야."

"제가 말도 안 되는 요구를 해도요?"

"상관없어. 용서하라는 것만 빼고."

엘레나는 아론의 말에 웃음을 쿡 터뜨렸다. 뭐든 다 해줄 것처럼 굴면서, 용서는 안 된다는 그가 웃겼다. 그런 아론의 모습에 드디어 칼리드와 마주할 용기가 생겼다.

"좋아요, 가요."

그의 손을 잡고 지하 감옥에 들어서자, 지하 특유의 퀴퀴한 냄새와 습한 기운이 온몸을 휘감았다. 잠깐 들어가는 것만으로도 이렇게 불쾌한데 여기서 오래 있으면, 정신이 미쳐버릴지도 몰랐다. 그만큼 지하 감옥의 상태는 매우 좋지 않았다.

"엘레나?"

"아, 그냥 조금 습해서요."

코를 찌르다 못해 머리까지 아파지는 곰팡내에 저도 모르게, 숨을 들이쉬고 코를 막았다. 숨 쉬는 게 괴로울 정도였다.

"얼른 일만 보고 가야겠어요."

정말이지 오래 있지는 못할 곳 같았다. 절로 인상이 찡그려지는 그런 곳이었다.

"많이 힘들면 지금이라도 나갈까?"

"아뇨, 적어도 칼리드의 마지막은 봐야겠어요."

힘들면 나가도 된다는 아론의 말에 엘레나는 고개를 내저었다. 겨우 냄새 때문에 포기하고 나갈 순 없었다. 얼마나 걸었을까, 드디어 등불이 보이기 시작했다.

저벅저벅-

숨소리 하나 들리지 않는 지하 감옥에는 엘레나와 아론의 걸음소리만이 울리고 있었다. 간수들까지 없는 지하 감옥은 고요했다.

"누, 누구……?"

익숙한 목소리였다. 조금 갈라지고 쉬어버리긴 했지만, 제가 알고 있는 목소리다.

"칼리드?"

"혀, 형님! 오셨습니까!"

쇠창살이 흔들리도록 매달려 아론을 찾는 칼리드의 모습에 엘레나는 눈살을 찌푸렸다. 면도를 하지 못해 거뭇거뭇해진 턱과 볼살이 빠져 퀭한 얼굴. 눈빛은 어딘가 맛이 간 것처럼, 초점이 제대로 맞춰지지 못했다.

"드디어 저를 꺼내주시려고 오셨습니까? 간수들이 매번 윽박지르는 통에 너무 무섭습니다. 형님…… 저는 형님의 동생이지 않습니까."

칼리드의 애원은 처절하다 못해 추할 정도였다. 칼리드에게는 자신이 보이지 않는 것 같았다. 그렇지 않고서야 저렇게 아론에게만 매달릴 리가 없었다.

"……엘레나 페이트?"

"엘레나? 엘레나가 왔어?"

또 다른 익숙한 목소리가 들려왔다. 힐다는 칼리드의 맞은편 감옥에 수감되어 있었다. 아무런 구속구가 없는 칼리드와는 달리 그녀에게는 구속구가 채워져 있었다. 마법을 쓸 줄 아는 힐다이기에 마법 구속구를 채운 것 같았다.

"엘레나 네년 때문에 형님과 사이가 틀어졌어! 형님, 저는 절대 엘레나의 반역을 돕지 않았습니다…… 황제의 자리는 형님 것인데 저는 그냥 후작의 자리에 만족……."

"시끄럽군."

가만히 칼리드의 말을 들어보니, 어딘가 이상했다. 아론과 사이가 틀어졌다는 둥. 저의 반역을 돕지 않았다는 게 말이 안 됐다. 반역을 저지른 건 제가 아니라 칼리드였다. 그것 때문에 지금 감옥에 갇혀 있다는 걸 알지 못하는 것 같았다.

"형님……!"

"감히 네까짓 것의 입에 올릴 이름이 아니다."

"자, 잘못…… 허억!"

칼리드는 아론의 눈빛을 마주 보는 것만으로도 사시나무 떨듯이 몸을 떨었다. 이 모든 행동들을 미루어보아, 칼리드는 지하 감옥에 갇힌 충격으로 정신착란증세가 온 것 같았다. 엘레나는 한때는 사랑한다고 생각했었던 남자의 마지막 모습을 싸늘한 눈으로 바라봤다.

이제는 인간이라고 말할 수 없을 정도로 무너진 한 사람의 마지막 말로는 추했다. 역겨운 냄새와 악에 받친 태도는 복수심마저 들지 않게 만들었다. 왜 이제까지 이런 남자에게 휘둘리고, 복수하고 싶었는지 한심할 정도였다.

"내가 굳이 복수하지 않아도, 넌 이미 무너졌구나."

"조용히 해!"

"역겨워."

감옥 안에서 벌레가 꿈틀거리는 것처럼 발악하는 칼리드의 모습은 정말이지 역겨웠다. 저게 바로 분에 맞지 않은 권력을 탐한 자의 마지막이었다.

"분수에 맞지 않은 걸 원하다가, 그마저 있던 후작위까지 빼앗긴 기분은 어때?"

"네가 뭘 안다고! 나는 황제가 될 몸이야!"

"끝까지 권력에 눈이 멀었구나. 너에게는 사랑도 우정도 중요하지 않아. 그저 더러운 탐욕밖에는 없어."

사랑도 우정도 중요하지 않은 자에게 사랑으로 복수하려 한 자신이 어리석었다. 제 사랑은 칼리드에게 타격하나 주지 않을 것이다.

"난 너에게 딱히 복수할 생각이 없어. 마지막 남은 복수심마저, 방금 다 사라져버렸거든."

칼리드에게 이런 복수는 아무런 소용이 없다는 걸, 방금 깨달았다.

"네가 가장 원했던 걸, 주고 빼앗을 거야. 평생 그 기억을 가지고 살아. 절대로 죽지 말고 말이야. 그게 내 복수야."

칼리드가 가장 가지고 싶어 하는 것, 그건 바로 황제의 자리였다. 그 황제의 자리를 칼리드는 가져본 적이 있었다. 물론 지금 제 눈앞에 있는 칼리드는 아니었지만.

"엘레나?"

"아론, 제가 무슨 결정을 해도 이뤄준다고 했죠?"

"그래."

엘레나는 마지막으로 그에게 부탁하기 전에 숨을 크게 들이쉬고 내쉬었다. 긴장감에 심장이 터질 것만 같았다.

"칼리드에게 우리가 겪었던 기억을 심어줘요. 원래 줬다 뺏는 게,

가장 나쁘잖아요? 그리고 절대로 말을 하지 못하게 봉인을 걸어서 빈민가에 내다 버려요. 칼리드가 가장 싫어하는 게, 바로 그거거든요. 최하층의 삶."

말을 하면서도 손이 떨려서, 가슴을 부여잡고 말해야만 했다. 목소리도 형편없이 떨리는 게 느껴졌다.

"안 돼-! 그것만은 제발, 그것……."

엘레나는 뒤에서 처절하게 부르짖는 칼리드의 애원을 뒤로하고, 눈을 질끈 감고 지하 감옥을 빠져나왔다. 도무지 이 끔찍한 공간에서 조금이라도 더 있을 수가 없었다.

"아, 그녀에게 들키면 어쩌나 했는데…… 다행히도 들키지 않을 것 같군."

"혀…… 형님?"

아론은 일부러 엘레나가 지하 감옥을 빠져나가는 걸 알고 있으면서도, 뒤따라가거나 붙잡지 않았다. 일단 그녀는 제게 뒤처리를 부탁했다. 그녀를 달래주는 것은 쓰레기를 처리한 뒤에 해도 늦지 않았다. 엘레나도 그걸 원했기에 혼자서 감옥을 나간 거였다.

"그놈의 짜증 나는 형님이라는 소리도 이제 마지막이라니까, 기뻐서 웃음을 주체할 수가 없군."

웃음을 주체할 수가 없다는, 아론의 입가에는 환한 미소가 걸렸다. 곡선을 이룬 입꼬리와는 다르게, 그의 보라색 눈은 살을 에일 만큼 시린 눈을 하고 있었다.

"그녀는 말이야…… 너무도 착해."

"……."

꿀꺽-

조용한 감옥 안에는 칼리드의 침 넘기는 소리가 크게 울려 퍼졌다.

"그래서 더 사랑스러운 거겠지만."

"형……."

"그 정도로 너를 쉽게 용서할 생각을 하다니 말이야…… 겨우 기억을 심어주는 것만으로는, 나는 성이 차지 않아서."

어둠 속 아론의 눈동자가 매섭게 빛났다. 짐승의 눈빛 같기도 한 보라색 눈동자는 보는 사람으로 하여금 두려움이 일게 했다.

"기억을 심어주는 건 나도 동의해. 하지만……."

"형님!"

"나는 너를 살려 줄 생각이 없는데? 죽어 마땅한 쓰레기는 없애야만 한다고 배웠거든."

이제는 바지에 실금을 하고 덜덜 떨고 있는 칼리드의 모습을 아론은 싸늘한 눈으로 내려봤다. 보면 볼수록 추한 놈이었다. 겨우 이런 놈한테 그녀가 힘들어한 걸 생각하면, 당장 죽여도 시원치 않았다.

"나는 널 살려줄 생각이 없지만, 마지막 관용을 베풀어줄 수는 있어."

아론의 입가에는 금방이라도 홀릴 것 같은 고혹적인 미소가 떠올랐다. 그가 손가락을 유려하게 움직이자, 칼리드가 온몸을 꿈틀거리며 바닥을 뒹굴었다.

"끄아아악-!"

"안돈!"

"없던 기억을 심어주는 건, 꽤나 고통스러운 작업이거든."

고통스러운 신음을 내지르며 바닥을 구르는 칼리드의 모습에도 아론은 미소를 잃지 않았다. 역겨운 것을 본다는 눈빛만이 한층 더 진해졌을 뿐이었다.

"허억, 헉……."

"짧게나마 맛본 황좌는 어떻던가?"

"에, 엘레나……."

칼리드의 입에서 나온 그녀의 이름에 아론의 표정이 형편없이 구겨졌다. 감히 저도 소중해서 부를 때마다 조심하는 이름이었다.

"스스로를 죽이는 것도 재밌겠지."

"커억, 컥…… 이게……."

아론의 나른한 목소리가 감옥 안에 울리고, 얼마 지나지 않아 칼리드의 괴로운 신음이 뒤이어 울렸다.

"안톤! 그에게 무슨 짓을 한 거야?"

"아, 록사나 힐다. 엘레나에게 독약을 먹였던가?"

"안톤!"

"끄으으……."

칼리드는 바닥을 구르면서 스스로 목을 조르는 중이었다. 벌겋게 충혈되어 튀어나온 눈알이 그가 얼마나 세게 목을 조르고 있는지 알 수 있었다.

"그를 편하게 해줄 방법을 이미 알고 있지 않나?"

"뭘 말이야? 당장 그에게 걸은 마법을 풀어줘!"

"소매 안쪽의 그것 말이야."

아론의 말에 힐다는 안색이 새파랗게 질려, 입술을 덜덜 떨었다. 그녀가 몸을 떨 때마다, 절그럭거리는 구속구의 소리가 울렸다.

"두 명분의 독약. 일이 잘못되면, 칼리드와 나눠 마실 계획으로 준비했겠지?"

"……어…… 어떻게……."

"구속구는 풀어주겠어. 하지만 내가 걸은 마법은 풀리지 않을 거야. 선택해. 사랑하는 남자가 고통에 몸부림치며 죽어가는 걸 지켜볼지…… 그게 아니면, 그를 편하게 해줄지."

입가에는 미소를 띠고, 개운한 듯한 표정으로 아론이 지하 감옥을 빠져나오고 있었다. 그의 얼굴에는 숨길 수 없는 홀가분함이 가득했다.

"폐, 폐하……! 혹시 다치신 곳은 없으십니까?"

"그녀는?"

"아……! 황후 전하께서는 저쪽에 계십니다."

경비병의 손짓이 향하는 곳에 아론의 시선이 돌아갔다. 그곳에는 곧 울음이 터질 것만 같은 그녀가 있었다. 바람에 나부끼는 붉은 머리카락과 눈물이 고여 촉촉해진 초콜릿색 눈동자. 울음을 참느라 찡그려진 콧잔등까지. 눈에 넣어도 아프지 않고, 사랑스러운 모습이었다.

"엘레나."

"……아론."

아, 터져버렸다.

저를 보는 순간 순식간에 엘레나의 눈물이 차오르더니, 그대로 터져버리고 말았다. 그녀의 뺨 위로 흐르는 투명한 눈물에 아론은 이상한 감정을 느꼈다.

그녀가 우는 것은 싫었지만, 자신을 보고 울음을 터뜨리는 건 이상하게 나쁘지 않았다. 오히려 기분이 더 좋은 것도 같았다.

"빨리…… 나왔네요? 기억이 빨리 심어진 거예요?"

"……그래."

울음을 터뜨리자 금세 빨개진 코끝과 눈가는 이상하리만치 유혹적이었다. 계속 바라보게 된다면, 이성을 잃게 될 것 같았다. 방금까지 제가 무슨 짓을 했는지도 모르고, 순진하게 품에 안기는 그녀의 모습에 덜컥 겁이 났다. 만약 자신이 벌인 일을 그녀가 알게 되면, 그녀가 제 곁을 떠날 수도 있다는 생각이 들었다.

"도저히 마지막은 보지 못할 것 같아서…… 아론에게 힘든 일을 부탁했어요. 미안해요."

"괜찮아. 나는 언제든 그대가 하지 못하는 것들을 대신할 거야."

"나 너무 바보 같죠?"

바보 같냐는 그녀의 말에 아론은 고개를 내젓고, 엘레나의 눈가에 입 맞췄다. 눈물로 젖은 눈가가 유난히 달았다. 이제 더는 제게서 그녀를 빼앗아갈 존재는 없었다. 엘레나가 괜찮다고 말했는데도, 그녀가 겪었던 고통을 모두 돌려주었다. 그녀가 겪었을 아픔을 되돌려주겠다는 것도 있었지만, 진짜 이유는 따로 있었다.

혹시라도 있을 칼리드의 변심 때문이었다. 만약 칼리드가 마음을 바꾸고, 엘레나에게 매달린다면…… 분명 그녀는 칼리드를 거절하지 못할 거다. 엘레나가 얼마나 칼리드를 사랑했는지 잘 알고 있었다. 불안의 싹은 미리 제거하는 것이 좋았다. 아론은 그녀를 누구와도 공유할 생각이 없었다. 그게 육체적이든, 감정적이든 모두 마찬가지였다. 엘레나의 모든 것을 다 가지게 되어도 항상 불안했다.

"아론?"

눈가에 입을 맞추고는, 멍하니 저를 바라보는 그의 모습에 엘레나가 의문을 표했다. 아무래도 마지막 일을 그에게 맡긴 것이 문제였던 것 같다. 아무리 그가 맡기라고 했어도, 그건 제 일이었다. 무섭다고 피해서는 안 될 일이었던 거다.

"역시 힘들었어요?"

"아니……."

엘레나는 마치 갈증이 난 사람처럼, 갈구하듯이 다급하게 입을 맞춰오는 아론의 입술에 조용히 그를 받아들였다. 그의 뜨거운 혀가 이곳저곳을 스칠 때마다, 이상하고 묘한 감각이 몸에 피어올랐다.

"흐…… 읏, 응……."

평소보다도 유난히 더 거친 입맞춤이었다. 휘몰아치는 혀의 움직임에 동조할 수가 없었다. 할 수 있는 거라고는 최대한 입을 벌려 그를 받아내는 것뿐이었다. 다급한 움직임은 한편으로는 애걸 같았다. 제발 자신을 받아달라는 간절한 애원.

"하, 아……."

아쉽다는 듯이 입술을 물고 늘어지는 그의 행동에도 엘레나는 턱 끝까지 차오른 숨을 내쉬느라 정신이 없었다. 앞으로도 그와 이런 키스를 매번 한다면, 자신의 건강이 남아나지 않을 것만 같았다.

"앞으로 나 때문이 아니면 울지 마."

"하……? 지금 그거 때문에……."

"아니, 그대가 내 곁을 떠날 것 같아서."

자신이 떠날 것 같아서 그랬다는 아론의 말에 엘레나의 말이 멈쳤다. 그는 정말 진심이었다. 아론의 표정은 불안함이 가득했다.

"사랑해요. 제가 사랑하는 사람을 두고, 떠날 리가 없잖아요."

"불안해."

"어떻게 하면 불안해하지 않을 건데요?"

"나랑 결혼해줘."

이런 순간까지도 본인이 원하는 걸 숨기지 않은 그의 모습에 엘레나는 웃음을 터뜨렸다. 왜 그가 불안해하는지는 알 수 없었지만, 그가 원하는 건 제가 들어줄 수 있는 거였다.

"이제 전 아론 아니면, 결혼하지도 못한다고요."

"다른 사람이랑 결혼할 생각이었어?"

"아휴…… 말이 그렇다는 거잖아요!"

다른 사람이랑 결혼할 생각이었냐는 말에 엘레나는 답답함에 가슴을 두드렸다. 장난이라고는 치지도 못하는 사람을 사랑한 자신의 죄였다.

"아론이 아니면, 결혼하고 싶지 않아요."

"나도. 그대가 아니면, 아무와도 결혼하고 싶지 않아."

"황제는 무조건 결혼해야 하는데도요?"

"응."

비록 그냥 하는 말일 테지만 엘레나의 기분이 무척 좋아졌다. 뚱한 표정이 꼭 애교를 부리는 고양이 같기도 했다. 물론 고양이라기에는 무척 커다랗고 사납다는 게 문제였지만…… 어쨌든 종류는 비슷하니까.

“그리고…… 제가 운 건…… 저 자신이 너무 바보 같아서였어요.”

“왜지?”

“저는 칼리드에게 제가 느꼈던 아픔을 받게 하고 싶었어요. 사랑하는 사람에게서 배신당하는 것 말이에요. 하지만 칼리드의 마지막 모습을 보고 깨달았어요. 칼리드가 끝까지 사랑했던 건…… 저도 힐다도 아닌, 바로 권력 그 자체였다는 걸요.”

다른 사람도 아니고, 칼리드에게 사랑으로 복수하려 한 것이 어리석은 일이었다. 칼리드가 진짜로 사랑했던 건 권력이었다. 제가 했던 복수는 모두 부질없는 거라는 얘기였다. 사랑을 모르는 사람에게 사랑으로 복수하려 한다니…… 그만큼 바보 같은 일은 또 없었다.

“제 복수는 처음부터 소용없는 거였어요. 그래도 칼리드 덕분에 당신을 만날 수 있어서 다행이에요.”

마냥 쓸데없는 일만은 아니었다. 정말로 다행이라고 생각했다. 칼리드에게 복수를 할 거라는 생각을 하지 않았다면, 아론을 만날 수 없을지도 몰랐다. 어쩌면 저번과 똑같이 베로니카 공녀에게 아론을 빼앗겼을 수도 있었다.

“사랑해.”

“저도요.”

이번에는 그녀가 먼저 그에게 입을 맞췄다. 살짝 까치발을 들고 안고 있던 목을 당기자, 순순히 끌려오는 엉거주춤하는 아론의 반응에 엘레나가 쿡 웃음을 지었다.

원하는 것이 무엇이냐는 질문에 결혼이라고 답하는 아론의 말처럼, 결혼식 준비는 빠르게 이뤄졌다. 어찌나 빠르게 이어지는지 눈 깜빡하니 벌써 결혼식 전날이었다. 아론은 무슨 결혼식을 못 해서 한이 된 사람처럼 행동했다.

"아가씨, 기분이 어떠세요?"

"실비아! 이제는 아가씨가 아니라, 황후 전하시다."

"소피아, 아직은 괜찮아요. 저도 아직 제가 황후가 된다는 게 믿기지 않으니까요."

어쩌면 아론이 결혼 준비를 더욱 서두른 이유가 있을 수도 있다. 클로드 제국에는 지금 황제의 자리가 비어 있었다. 황태자인 아론이 모든 일을 대신하고 있었지만, 아직 그는 정식으로 즉위식을 올리지 않았다. 아직 즉위식도 이뤄지지 않았는데, 결혼식을 먼저 치를 수는 없었다.

"그나저나 즉위식과 함께 이뤄지는 결혼식이라니…… 얼마나 화려할지 기대돼요!"

"나도야……."

사실은 즉위식과 함께 이뤄지는 결혼식은 이미 한번 경험해본 적 있었다. 칼리드와의 결혼식 때였다. 반역으로 황위를 찬탈하고, 칼리드는 황좌를 강화하기 위해서 자신을 이용했다.

"도련님이 많이 서운해하고 계시던데……."

"집에 자주 갈 거니까, 괜찮아."

아론이 결혼 준비를 서두른 이유는 즉위식 핑계를 대면서, 결혼을 조금이라도 늦추려 하는 클로비스의 계략 때문이었다. 클로비스는 결혼식도 하기 전에 자신이 황궁에서 머무는 걸 용납하지 않았다. 심지어 그날 이후로 저는 페이트 백작가에서 나갈 수 없었다.

저를 보지 못해서 애가 탄 아론이 내놓은 수는 즉위식과 결혼식을 동시에 치르는 거였다. 그것도 미친 듯이 기한을 앞당겨서. 엘레나는 한 나라의 커다란 행사가 그렇게 번갯불에 콩 볶듯이 이뤄지는 것인지 처음 알았다.

"전하. 내일 결혼식 준비를 하시려면, 일찍 주무셔야죠."

"알았어요, 소피아."

황궁에 입궁한 것도 내일이 결혼식이라서 마지막인 오늘에야 입궁한 거였다. 클로비스와 클라우스는 정말이지 저를 조금이라도 늦게 보내려고 혈안이었다. 물론 페이트 백작가에서의 시간도 무척이나 행복했다. 다정한 아버지와 사랑스러운 동생과 보내는 시간은 매우 즐거웠다.

하지만 문제는 열흘간이나 아론을 보지 못했다는 거였다. 아무리 아버지와 동생이 좋지만, 사랑하는 사람을 열흘이나 보지 못하는 건 힘든 일이었다.

"하…… 그래도 내일은 볼 수 있으니까."

사실 오늘 황궁에 입궁하자마자, 그의 얼굴을 볼 수 있을 거라고 생각했었다. 그러나 아론은 즉위식과 결혼식 준비로 바빠서 얼굴 한번 보지 못했다. 자신도 오자마자, 이리저리 끌려다니며 바쁜 것도 마찬가지였다.

툭, 툭-

무언가가 창문을 두드리는 소리에 엘레나는 자려고 누웠던 침대에서 일어났다. 여기는 일 층이 아니었다. 누군가 창문을 두드릴 수가 없다는 얘기였다.

"누구…… 아론?"

"엘레나."

혹시나 하고 열어본 창문에는 놀랍게도 오늘 하루 내내 코빼기도 볼 수 없었던 아론이 있었다. 그것도 허공에 몸이 둥둥 뜬 채로.

"여긴 어떻게?"

"엘레나 그대에게 보여주고 싶은 게 있어."

제게 보여주고 싶은 것이 있다는 아론의 말에 엘레나는 홀린 듯이, 내밀어진 그의 손을 잡았다.

"꺅!"

"쉿, 모두 잠들었어."

그의 손을 잡자, 자신의 몸도 허공 위로 둥둥 뜨더니 어느새 아론의 품 안에 안착해 있었다. 엘레나는 이 상황이 꿈인가 싶어서, 연신 눈을 깜박였다. 하지만 사라지지 않는 아론의 모습에 꿈이 아닌 걸 깨달았다.

"보고 싶었어, 엘레나."

"저, 저도요……."

제 목덜미에 얼굴을 묻더니, 길게 한숨을 내쉬는 그의 행동에 엘레나는 볼을 붉혔다. 오랜만에 본 아론의 모습은 한층 더 치명적이었다.

"이럴 게 아니라, 그대에게 보여주고 싶은 게 있어."

보여주고 싶은 게 있다며 아론은 저를 안고 이동했다. 허공을 날아다니는 게 무서울 만도 한데, 이상하게도 그의 품 안에서는 하나도 무섭지 않았다.

"이건?"

눈앞에 펼쳐진 건 커다랗고 광활한 호수였다. 이런 공간이 황궁에 있을 거라곤 생각하지 못했다.

"엘레나만을 위한 호수를 만들어주겠다고 했잖아."

"그래도 그렇지……."

"다른 물고기는 하나도 없어. 이건 오직 그대의 것이야."

물고기가 하나도 없다는 아론의 말에 엘레나의 표정이 조금 이상해졌다.

"엘레나……?"

"누가 이렇게 커다란 호수를 방치해요! 물고기가 하나도 없다니!"

"하지만 물고기는 분명 싫다고……."

말하는 걸 정말 곧이곧대로 듣는 아론에 엘레나는 답답해졌다. 제가 말한 건 그런 의미가 아니었다. 그런데 정말로 물고기가 하나도 없다는 소리에 절로 한숨이 나왔다.

"물고기 키워요! 이런 호수를 낭비하면 어떻게 해요!"

"분명 저번에는 내게 물고기가 되고 싶지 않다고 했잖아."

역시나 한 번에 알아들을 거라고는 생각하지 않았다. 엘레나는 금방이라도 나올 것 같은 한숨을 참고, 답답하리만치 우직하고 사랑스러운 그의 양 볼을 붙잡고 살짝 입술을 맞췄다.

"저는 이제 더는 어장 속 물고기가 아니니까 상관없어요."

이제 정말 어장 속 물고기는 안녕이었다.

작고 좁은 어장을 나온 물고기에게는 이제 커다란 전용 호수가 생겼으니까.

〈끝〉

| 작가후기 |

안녕하세요, 작가 신새미입니다.

먼저 이 책을 여기까지 읽어주신 독자님들에게 감사드립니다.

《어장을 나온 물고기》는 정말 우연한 아이디어로 집필을 시작한 작품이었습니다. 처음에는 그냥 어장 관리를 당하던 여자 주인공이 어장 관리남을 차버리고, 새로운 벤츠남을 만나면 좋겠다는 생각으로 쓰기 시작했습니다. 제목인 어장을 나온 물고기도 엘레나가 칼리드의 어장을 빠져나온다는 의미로 떠올린 것입니다.

하지만 처음의 자신만만했던 생각과는 다르게 한 권의 소설을 완결 낸다는 건 무척 어려운 일이었습니다. 포기하고 싶은 생각이 들 때마다, 오직 마지막 장면만을 생각하며 글을 썼습니다. 독자님들이 생각하기에는 어떨지 모르지만 저는 이 글의 마지막 부분을 가장 좋아합니다. 도중에 글의 방향이 달라진 적이 있어도 마지막 장면만큼은 절대로 바뀌지 않았거든요.

> "저는 이제 더는 어장 속 물고기가 아니니까 상관없어요."
> 이제 정말 어장 속 물고기는 안녕이었다. 작고 좁은 어장을 나온 물고기는 이제 커다란 전용 호수가 생겼으니까. (2권 본문 409쪽)

칼리드의 어장을 빠져나온 엘레나가 더는 어장 속 물고기가 아니라고 말하는 부분은 정말 짜릿했습니다. 독자님들에게도 저와 같이 동일한 포인트에서 즐거움을 느끼셨다면 행복할 것 같습니다.

사실은 엘레나와 아론의 뒷이야기를 더 쓰고 싶은 마음도 들었습니다. 그러나 마침 완결 부근에 제 건강이 악화하기도 했고, 무엇보다 마지막 결말을 망치고 싶지 않았습니다.

아마 무조건 결말만큼은 작고 좁은 어장을 나온 물고기라는 표현을 쓰고 싶었습니다. 그래야만 이 글이 마무리될 것 같았거든요.

《어장을 나온 물고기》는 제가 제대로 써본 첫 작품이라 많이 부족한 점이 많습니다. 만약 글을 읽으면서 부족한 부분이 있었다면, 부디 너그러운 마음으로 웃어넘겨 주셨으면 좋겠습니다. 열정만 가득한 초보 작가의 실수이겠거니 생각해주세요.

앞으로 더욱 노력하여 성장하는 작가가 될 수 있도록 노력하겠습니다. 그러니 비록 성에 차지 않는 부분이 있더라도, 응원하는 마음으로 지켜봐 주시면 좋을 것 같습니다. 감사합니다.

2019년 초여름

신새미 드림

어장을 나온 물고기 2

초판 1쇄 인쇄 2019년 7월 12일 초판 1쇄 발행 2019년 7월 19일

지은이 신새미
펴낸이 연준혁

웹소설사업분사 이사 정은선
책임편집 오가진 디자인 함지현

펴낸곳 (주)위즈덤하우스미디어그룹 출판등록 2000년 5월 23일 제13-1071호
주소 경기도 고양시 일산동구 정발산로 43-20 센트럴프라자 6층
전화 031-936-4000 팩스 031-903-3893
홈페이지 www.wisdomhouse.co.kr

값 12,800원
ISBN 979-11-90182-42-3 04810
979-11-90182-40-9 (세트)

* 이 도서의 국립중앙도서관 출판예정도서목록(CIP)은 서지정보유통지원시스템 홈페이지(http://seoji.nl.go.kr)와 국가자료종합목록 구축시스템(http://kolis-net.nl.go.kr)에서 이용하실 수 있습니다. (CIP제어번호 : CIP2019024013)